Jo Browning Wroe

Jo Browning Wroe a grandi dans un crématorium à Birmingham, en Angleterre. Diplômée en écriture créative, elle enseigne désormais cette discipline à Cambridge. *Une terrible délicatesse* (Les Escales, 2022) est son premier roman, best-seller du *Sunday Times*, sélectionné pour le prix Bridport Peggy Chapman-Andrews et le prix du roman Fnac. Il figure également dans le palmarès *Livres Hebdo* des livres préférés de la Rentrée littéraire.

UNE TERRIBLE DÉLICATESSE

JO BROWNING WROE

UNE TERRIBLE DÉLICATESSE

Traduit de l'anglais
par Carine Chichereau

LES ESCALES

Titre original :
A TERRIBLE KINDNESS

ISBN : 978-2-266-33263-7
Dépôt légal : août 2023

Aux embaumeurs qui se sont rendus à Aberfan
et aux personnes qu'ils ont aidées.

Première partie

ABERFAN

1

OCTOBRE 1966

Il s'est passé quelque chose de terrible hier, au pays de Galles, mais c'était le jour de la remise des diplômes, alors William n'y a guère prêté attention. Il vient de terminer sa formation au Thames College of Embalming avec des résultats exceptionnels, du jamais vu. Aujourd'hui a lieu la soirée annuelle de la branche des Midlands de l'Institute of Embalmers : le bal donné par les Dames de Nottingham. Pour fêter la réussite de William et le préparer à sa première sortie en société, oncle Robert lui a acheté un smoking et un nœud papillon. À dix-neuf ans, William est certes impatient, mais surtout terrifié, car son oncle lui a appris que leur président, David Melling, doit faire publiquement son éloge.

Il s'apprête à passer sa première nuit à l'hôtel, au Lace Market, avec oncle Robert et son associé, Howard, à quatre-vingts kilomètres de chez eux, à Birmingham. À leur table ce soir sont aussi assis les Stroud, qui travaillent dans les pompes funèbres à Solihull, et à la gauche de William, la seule personne de son âge, Gloria Finch, également issue d'une famille d'embaumeurs, chez laquelle William a vécu pendant ses études à Stepney. La glorieuse Gloria, dont William est amoureux depuis leur première conversation, il y a un an, lorsqu'ils ont bu ensemble un chocolat chaud dans la confortable cuisine tout en longueur des Finch, tandis que ses parents regardaient la télévision au salon. Ce soir, elle porte une robe noire moulante, ornée de sequins, et on dirait que tout son corps lance des clins d'œil à William.

« Sensass », voilà comment Robert a décrit la soirée à William, et il avait raison. Les silhouettes brillantes et gainées des femmes, aux cous, aux poignets et aux doigts scintillants, se détachent de celles des hommes, d'un inébranlable noir et blanc – même si les boutons de manchettes d'Howard miroitent tout autant. Celui-ci adore ce genre d'événements : il aime les festivités. Il a d'ailleurs aidé William à choisir son costume et son nœud papillon, et s'est posté derrière lui pour lui apprendre à le nouer, sa joue généreuse frôlant parfois celle du jeune homme, ce qui les a fait glousser tous les deux.

William admire la hauteur sous plafond de la salle de bal, les décorations rose et blanc qui s'enroulent autour des alcôves. Les larmes de cristal géantes et les pampilles des lustres, d'une pesanteur imperturbable, trônent au-dessus des tables. Il y a sans doute plus de couverts autour de son assiette qu'il n'y en a dans le tiroir de leur cuisine – il doit commencer par les plus éloignés de l'assiette. Le couteau est lourd, la serviette de lin blanc qu'il déplie et pose sur ses genoux, d'une rigidité surprenante.

Il y a un moment que William n'a pas vu une table si magnifiquement dressée et des gens aussi bien habillés. Pas depuis qu'il était choriste à Cambridge et chantait au Formal Hall dans les grandes occasions. Aussitôt il repousse ces souvenirs, mais pas avant d'avoir remarqué une différence. Déjà à dix ans, William comprenait que les personnes assises à ces tables magnifiques n'étaient pas là par hasard, elles avaient toujours été là, et cette opulence n'avait rien d'exceptionnel pour elles. Mais ce soir, l'enthousiasme est palpable, de même que la satisfaction de ces gens des pompes funèbres qui ont bien gagné cette soirée de gala, récompense de leur dévouement envers une tâche importante et difficile : le travail de leurs grands-pères, de leurs pères et, pour certains, de leurs fils.

Après la transplantation ardue et les efforts âpres de l'année écoulée, William est heureux de prendre place dans ce monde où l'on mène une vie de labeur intense mais honorable en donnant le meilleur de soi-même, le plus souvent sans autre récompense que sa satisfaction personnelle. Pourtant, de temps en temps, on se tape dans le dos, et ça c'est sensass.

La soupe de poisson est salée mais délicieuse, dégustée avec un petit pain délicat qu'il a tartiné de volutes de beurre crénelées. Il se sert de sa cuillère parfaitement ronde et relève le bord de son assiette en arrivant au fond. Gloria l'observe, ses yeux verts si pleins de vie dardent sur lui leur chaleur.

« Je suis content que tu sois venue, lui dit-il doucement.

— Je suis contente que tu me l'aies demandé. » Elle sourit et soutient son regard suffisamment longtemps pour que William se sente autorisé à appuyer sa jambe contre la sienne, sous la table.

Le rôti de porc caramélisé, la compote de pomme passent de l'assiette à la bouche et l'estomac de William sans difficulté, et il se réjouit de voir la satisfaction que procure cette soirée à oncle Robert, les yeux brillants. Au moment du gâteau, il remarque David Melling, à la table principale, qui cherche quelque chose dans sa poche poitrine et en sort un petit papier, qu'il déplie et regarde attentivement par-dessus ses lunettes. Le roulé à la confiture gonfle dans la bouche de William. La lourde cuillère lui glisse de la main.

Gloria jette un regard à la table principale, puis à William, et lui adresse un clin d'œil. « Prépare-toi à rougir », murmure-t-elle en se penchant si près de lui qu'il sent son haleine sur son oreille et hume son parfum. Ils ont plaisanté tout à l'heure sur ce que cela signifiait. Gloria a pensé qu'ils chanteraient peut-être « For He's a Jolly Good Fellow », et William, voulant désespérément paraître drôle et nonchalant, a dit qu'il espérait qu'ils l'installeraient sur un piédestal et se prosterneraient devant lui.

Howard prend une cigarette sur le plat où elles sont disposées et l'allume, comme le fait Gloria. William, qui voit toujours dans ses poumons l'organe le plus précieux de son corps, même s'il ne chante plus depuis cinq ans, n'a jamais envisagé de les imiter. Pourtant, il y a quelque chose d'attirant dans les volutes de fumée bleue qui s'entrelacent à travers l'espace de la salle de bal – un souffle commun, une détente. Des cafetières d'argent versent le café, et les gens s'adossent à leur chaise. William voudrait que tout soit déjà terminé. Il voit oncle Robert regarder vers la table d'honneur, puis vers lui, et lui adresser un petit signe de tête.

2

« Mesdames, mesdemoiselles, messieurs, j'espère que vous avez apprécié le dîner de ce soir. » David Melling sourit. « Que vous êtes élégants ! » Il brandit un morceau de papier. « J'ai ici mon carnet de bal, mesdames, vous devriez déjà vous mettre en rang, je vous remercie de votre patience. »

Quand les rires se taisent, Mr. Melling se remet à parler pendant huit minutes et dix secondes d'affilée – William le note – des exigences d'excellence de l'institut, de ses œuvres de charité, de sa réputation qui grandit à l'échelle internationale. William résiste à l'envie d'éponger la sueur dans sa nuque.

« Mais maintenant, dit le président en posant son papier et en croisant les mains devant lui, revenons un peu chez nous. Dans un domaine professionnel largement occupé par des lignées de père en fils, il est désormais mal considéré de faire pression sur la jeune génération. Toutefois, c'est une chose réconfortante lorsque dans les circonstances propices, un jeune homme non seulement décide de reprendre le flambeau, mais le fait en plus avec tous les honneurs. »

Gloria relève les sourcils en regardant William. « Apportez le piédestal », chuchote-t-elle. Oncle Robert lui sourit. William a la gorge nouée. « Notre membre fidèle, Robert Lavery, de chez Lavery et Fils, est je le sais un oncle très fier cette semaine. »

L'idée que tout le monde le regarde est soudain intolérable à William. Il voudrait s'enfuir. Il ne peut pas, à cause d'oncle Robert. Pas cette fois. Il doit se forcer à sourire, calmer ses nerfs. Son cœur cogne de manière si agressive que si jamais il regarde sa chemise, il en est sûr, il le verra tenter de sortir.

« Le jeune William Lavery vient d'être diplômé du Thames College of Embalming cette semaine, ce qui fait non seulement de lui le plus jeune diplômé du pays… »

William regarde par terre. Va-t-il devoir se lever ? Faire un geste ? Saluer ? Dire quelque chose ? David Melling s'est tu. William examine les volutes orange et jaunes qui tourbillonnent en tous sens sur le tapis, la miette de pain hérissée tombée près du talon aiguille de Gloria. Pourquoi ce silence, soudain ? Il se force à redresser la tête. Un serveur a remis à Mr. Melling un papier qu'il est en train de lire.

« Merci », dit-il à l'homme qui repart par la double porte de la salle de bal.

Ce silence est comme un cri. Oncle Robert fronce les sourcils. La moustache de David Melling luit sous le lustre, tandis qu'il contemple la feuille de papier rose.

« Veuillez m'excuser. » Il retient son souffle un instant. « C'est un télégramme de Jimmy Doyle, de la branche nord-irlandaise, et je crains que l'affaire ne requière notre attention immédiate. » Le regard de

William se pose sur oncle Robert qui se trémousse sur sa chaise, contrarié. « Donc, toutes mes félicitations, William Lavery, d'être le premier étudiant à obtenir de si bons résultats à toutes les étapes de son travail, autant pour la pratique que pour la théorie », continue Mr. Melling dans un sursaut de bonne humeur, posant le télégramme contre un petit vase devant lui. « Un tonnerre d'applaudissements pour lui ! » William contemple son verre en cristal, sourit, secoue la tête. La sueur coule sur sa tempe gauche. Gloria lui tapote le genou sous la table. « Nous attendons de grandes choses de vous, William. » Il marque une pause, puis reprend le télégramme. « Hélas, nous avons d'autres affaires urgentes à traiter. C'est en rapport avec l'accident tragique qui a eu lieu à Aberfan hier, dont vous avez sûrement entendu parler. » Il lit à haute voix : « "Merci de partager avec nos membres réunis." » William voit le crâne de David Melling briller sous ses mèches de cheveux bien peignés en arrière et passés à la brillantine. « "Besoin embaumeurs en urgence à Aberfan. Apportez matériel et cercueils. Gendarmerie bloque villages alentour : mot de passe *Summers*." » Il pose le télégramme devant lui et le contemple quelques secondes. Une odeur de crème pâtissière monte aux narines de William depuis le fond de sa coupe. « Messieurs, je propose que ceux qui se sentent capables de répondre à cet appel avalent une bonne tasse de café serré et prennent la route. Le reste d'entre nous tentera de profiter de la soirée en pensant à eux. »

William sait que son oncle attendait davantage de ce moment de gloire, mais lui est soulagé que l'attention ait été brusquement détournée de sa personne, et il sent une ferme résolution naître en lui.

« Je veux y aller », dit-il.

À voir son expression, oncle Robert ne s'attendait pas à ça. « Je crois qu'ils ont besoin d'hommes d'expérience, William. » Il jette un coup d'œil à Howard. « Et même peut-être de gens habitués aux secours d'urgence.

— Ils n'ont pas dit ça », répond William. Gloria le regarde.

« Peut-être que moi, je devrais y aller ? propose Robert.

— Ton dos ne tiendrait pas, l'interrompt immédiatement Howard. Pas de repos, un long trajet, et Dieu sait quoi à l'arrivée. » Howard fait un signe en direction de William sans quitter Robert des yeux. « Ce garçon est un merveilleux embaumeur et il est plus robuste que toi et moi. Laisse-le y aller.

— Avec tout mon respect, je n'ai pas besoin de vous demander la permission. J'y vais », s'entend dire William.

À la table, tout le monde le regarde – oncle Robert, Howard, les Stroud, Gloria –, mais William s'en moque.

« C'est bien, mon garçon. » Mr. Stroud tapote sur la table avec sa main. « Cela en dit plus long sur vous que les résultats aux examens. Allez donc leur montrer ! »

Une demi-heure plus tard, enveloppé dans son manteau d'hiver, William est dehors avec son oncle. Il doit repartir avec deux autres embaumeurs à Birmingham, où ils vont se changer et charger voitures et corbillards de tout le matériel qu'ils peuvent emporter.

« Tu vas voir des choses que tu n'oublieras jamais. » Oncle Robert jette un regard de biais à William, son doux visage gagné par l'inquiétude. Il se retourne, les yeux fixés droit devant lui. « Tu sais que ta mère n'est pas loin d'Aberfan ? » Il glisse un papier dans la poche de William. « Tu pourrais lui rendre une petite visite.

— C'est impossible. Tu le sais. »

La tristesse gagne le visage de son oncle, comme chaque fois qu'ils parlent d'elle. Il respire tranquillement. « Tu sais que je n'ai jamais accepté cette situation et que je ne l'accepterai jamais. »

3

Il est minuit passé quand William quitte Nottingham pour Birmingham avec ses deux passagers, par des routes presque désertes. Roy Perry, embaumeur à Erdington, lit à haute voix les articles glanés dans les journaux que le réceptionniste de l'hôtel leur a remis en partant.

La veille, un peu après neuf heures et quart, le terril numéro sept sur le versant supérieur de la mine de Merthyr Vale, sapé par deux jours de fortes pluies, a subi un glissement de terrain et dévalé le flanc de la colline. L'avalanche d'un demi-million de tonnes de résidus miniers a emporté avec elle les arbres, les rochers et les briques. Là-haut, au sommet de la montagne, il faisait beau, mais en bas, dans le petit village d'Aberfan, le brouillard était dense. Au moment où les mineurs ont vu les masses de résidus commencer à s'effondrer, les villageois n'avaient pas la moindre idée qu'un mur de douze mètres de débris dévalait vers eux à une vitesse de quatre-vingts kilomètres à l'heure. Après avoir dévasté une ligne de chemin de fer, un canal désaffecté et une ferme, l'avalanche est venue s'arrêter sur l'école primaire Pantglas et deux rangées de maisons.

Des parents paniqués se sont mis à creuser avec frénésie à la recherche de leurs enfants, à mains nues. Par miracle, certains ont pu être retrouvés vivants au cours des deux premières heures, mais depuis onze heures du matin, il n'y a plus aucune raison de se réjouir. Plus de cent quarante corps attendent qu'on s'occupe d'eux.

Alors que l'eau et la boue continuaient de ruisseler à flanc de montagne, les mineurs ont cessé le travail et débarqué, armés de leurs bêches. Des bénévoles ont envahi le village, grimpant par-dessus les débris. La gendarmerie commence à s'inquiéter que la présence de personnes bien intentionnées mais dépourvues de formation gêne à présent l'action des équipes de secours.

Les corps des enfants exhumés ont été enveloppés dans des couvertures et emmenés à Bethania Chapel, l'espace public le plus proche de l'école. Les gendarmes ont entrepris de nettoyer le visage des enfants pour pouvoir commencer à les identifier, mais sans électricité, ni eau, ni expérience, la tâche est ardue.

***

Roy termine sa lecture et les trois hommes poursuivent leur trajet en silence. Bientôt les passagers de William dorment profondément sur leur siège, profitant de l'occasion tant qu'ils en ont encore la possibilité. Lui est parfaitement réveillé, le sang bat dans ses veines. Le café noir trop sucré a fait effet. Enfin, le café et Gloria.

Chaque fois qu'il repense à ce qui s'est passé, son corps vibre d'enthousiasme, comme si les choses avaient lieu ici-même, derrière le volant. Quand il a été dûment décidé que William partait pour Aberfan, Gloria s'est levée, l'a pris par la main et, quittant la salle de bal, l'a emmené dans les luxuriants jardins de l'hôtel où elle l'a embrassé par surprise sur la bouche. Après l'année qui vient de s'écouler, alors que sa réticence à s'engager a sonné le glas de tant de moments d'intimité possible avec Gloria, il se demande si c'est cette soudaine volonté de passer à l'action qui lui a donné ainsi envie de l'embrasser.

« Merci », a-t-il dit tandis que son corps se liquéfiait, sentant ses mains entre les siennes sans savoir comment elles étaient arrivées là.

« Je t'en prie. » Elle a éclaté de rire – dans ses yeux, tant d'éclat, de vie, d'espoir ! « Mais que tu es bête.

— On peut recommencer ? » a-t-il demandé en se penchant vers ses lèvres magnifiques, le corps électrisé à l'idée d'un avenir rempli de la présence de Gloria.

***

Il arrive à Merthyr Vale à trois heures trente-cinq du matin, le corbillard Lavery et Fils chargé de cent vingt litres de formaldéhyde, de ses outils et de quatre cercueils d'enfant. Il a déjà franchi des barrières de la gendarmerie avec le mot de passe, *Summers*, du nom des plus grandes pompes funèbres de Cardiff. Malgré l'obscurité, les hautes cheminées qui crachotent, non loin de là dans la campagne, et les routes étroites lui apprennent qu'il est dans une autre région.

Il ne peut nier que tout ça l'excite, même si depuis une heure, chaque clignement de paupière racle ses yeux fatigués. Il se sent noble, héroïque même, de conduire ainsi tout seul dans la nuit, uniquement armé des connaissances qu'il a acquises au cours de l'année passée. Peut-être que l'embaumement d'urgence est son avenir. Peut-être que les vingt-quatre prochaines heures vont décider de son destin. Quand la pensée de sa mère fait irruption dans son esprit – ils n'ont jamais été si proches physiquement depuis cinq ans –, il la chasse d'un revers de main.

Au cours du dernier kilomètre, il descend la vitre pour se maintenir éveillé. Les petites routes tortueuses sont régulièrement inondées de la lumière jaune des phares, alors il doit se ranger pour laisser passer des camions recouverts de grosses bâches luisantes. Un halo de lumière blanche plus crue flotte au-dessus du village tel un astre de mauvais augure. Encore un gendarme drapé dans son manteau de pluie qui lui fait signe.

« Vous êtes embaumeur ? » Il jette un coup d'œil par la fenêtre du corbillard. William a envie de rire malgré lui : le type a exactement la voix de Tom Jones !

« Oui, le mot de passe, c'est *Summers*.

— On vous attend à Bethania Chapel, dit le gendarme en se rapprochant, c'est là qu'on entrepose les corps. » Avec un sursaut de surprise, William s'aperçoit qu'il pleure. Soudain, pris à contre-jour dans les phares d'un camion qui arrive, son imper luisant devient blanc argenté. « Garez-vous là une minute. » William stationne sur le côté, et le gendarme fait signe au camion de passer. « Vous verrez, c'est sur votre droite.

— Merci. » William passe la première, il commence à ressentir l'urgence, la nécessité de se mettre à la tâche pour laquelle il est là.

Aberfan grouille, inondé de lumière. Les hommes fourmillent sur un énorme monticule disgracieux, certains en ligne, se passant des seaux à la chaîne que le dernier vide dans un camion qui attend. D'autres se penchent et se redressent, plongeant leur bêche dans les monceaux de matière sombre sur lesquels ils ont grimpé, visages de granit noir. William aperçoit alors le toit de l'école qui émerge de la masse, incliné de manière erratique, et il jure à voix basse.

Il conduit lentement car il aperçoit un bâtiment ingrat à la façade uniforme devant lequel des femmes patientent, certaines assises sur des chaises métalliques. Un autre gendarme arrive aussitôt vers lui.

« J'ai du matériel d'embaumement et des bouteilles de formaldéhyde à décharger », l'informe-t-il sans attendre. Le gendarme s'écarte d'un pas et lui montre le parvis de l'église où patientent les femmes. William descend aussitôt du véhicule, l'énergie concentrée dans ses membres. Les femmes le dévisagent, paupières lourdes et regard sombre, et en un éclair il comprend qu'il s'agit des mères des petits morts. Il ouvre l'arrière du corbillard et commence à sortir les bouteilles, bien serrées les unes contre les autres. Le gendarme lui donne un coup de main, et un autre homme apparaît, qui s'y met à son tour. Nul ne dit rien.

La porte de l'église s'ouvre et un inconnu en sort. Aux yeux de William, il doit avoir une trentaine d'années, plus vieux que lui mais beaucoup plus jeune que son oncle. Il va droit au corbillard.

« Je suis Jimmy. Jimmy Doyle. » Il ne regarde pas William mais son matériel. « Dieu merci, dit-il doucement en voyant les petits cercueils. On en a apporté un paquet d'Irlande. La compagnie aérienne nous a même octroyé des sièges pour les transporter, mais ça ne suffisait pas. »

William ne sait pas quoi dire, alors il continue à décharger les bouteilles de formaldéhyde qu'il pose par terre.

« Dès que vous aurez fini de tout sortir, j'ai besoin de vous à l'identification. »

4

« Merci d'être venu. » Jimmy pose la main sur l'épaule de William et l'éloigne des femmes rassemblées. Celui-ci a l'impression d'être vissé au sol. « Comment vous vous appelez ?

— William Lavery.

— Vous étiez à la soirée dansante ? » William hoche la tête. « C'est assez rudimentaire, ici. » Jimmy s'exprime avec un fort accent de Belfast. Il parle doucement pour que les femmes ne l'entendent pas. « L'eau et l'électricité ont été coupées par l'avalanche. Les pompiers font de leur mieux, mais pour l'instant, tout ce qu'on a, ce sont des lampes tempête et des seaux d'eau. Des portes installées sur des tréteaux en guise de plans de travail.

« Les corps sont amenés ici, enveloppés dans des couvertures. Quand on est arrivés, les gendarmes les nettoyaient pour les faire identifier par les parents. On a réussi à obtenir la permission du légiste de préparer les corps sans qu'il y ait besoin d'une autopsie, Dieu merci. On s'est installés dans la sacristie, et aussi dans une autre église, un peu plus loin sur la route. On les lave, on les fait identifier, on les prépare et on les met en bière. Ensuite, ils sont emmenés dans l'autre église. » Jimmy a toujours la main posée sur l'épaule de William, mais il parle en fixant un point par terre, à un mètre devant eux. William essaie de se concentrer ; plus tard, il n'y aura pas de temps pour les questions. « Notre plus gros défi, ici, c'est la boue. On dirait du goudron, et tout ce qu'on a, c'est de l'eau froide et du savon. Faites de votre mieux. » Jimmy passe la main dans ses cheveux roux. « À présent écoutez, William – c'est bien William, hein ? » Celui-ci acquiesce à nouveau. « L'aide que nous pouvons apporter à ces gens est simple. Nous n'avons qu'à faire notre travail. Le faire correctement et vite. Après, on s'en va. Nous ne sommes ni des prêtres, ni des amis, ni des membres de la famille. Nous sommes embaumeurs. Gardez la tête baissée et blindez votre cœur. Voilà comment vous ferez votre devoir. » Il serre l'épaule de William. « Compris ?

— Oui, monsieur.

— Encore une chose.

— Monsieur ? » William voudrait s'y mettre tout de suite. S'il ne démarre pas bientôt, le désir de fuir risque de l'engloutir.

« Il y a un risque que d'autres avalanches se produisent. Surtout s'il continue à pleuvoir. Si vous entendez sonner l'alarme, vous foutez le camp. Pigé ?

— Oui, monsieur.

— Très bien, alors allons-y. »

Ils reviennent devant le portail de l'église, sous les regards attentifs des mères qui attendent.

Dans l'obscurité de l'édifice, William distingue seulement des formes semblables à des cocons : sur les bancs, en haut, en bas. Après la majestueuse église ornée de vitraux où il chantait avec le chœur, il lui paraît ridicule que le même mot puisse aussi désigner ce bâtiment. Là-bas, on aurait pu installer autant de plans de travail qu'on voulait, et le chœur aurait pu continuer à se rassembler sans gêner personne.

« Les premiers corps qu'on a trouvés étaient en assez bon état, et la plupart ont été identifiés, embaumés et mis en bière, continue Jimmy. Maintenant, c'est plus dur. Une vague de douze mètres de haut a percuté l'école à grande vitesse, donc ils n'ont pas seulement été ensevelis dessous. Je vous laisse imaginer les conséquences de ce genre d'impact… »

William regarde autour de lui les paquets enveloppés, songeant qu'il doit y en avoir une cinquantaine. « Combien en reste-t-il encore à exhumer ?

— Je ne sais pas au juste. » Jimmy se dirige vers la sacristie, William le suit. « Mais il manque en tout cent seize enfants, plus les adultes. »

Une lampe à huile projette une faible lumière à travers la pièce aux murs blancs écaillés. Là, deux portes posées sur des tréteaux. Le cœur de William bondit en découvrant les corps minuscules juchés dessus. Pendant sa formation, il s'est occupé d'un seul enfant : un garçon de dix ans renversé par une voiture. À l'époque, il a procédé dans le calme. Cette fois, il a l'impression que les embaumeurs travaillent sur des poupées. Deux hommes sont penchés sur un corps, l'un y injecte du formaldéhyde pompé à la main, tandis que l'autre attache une étiquette au gros orteil. Par terre, un seau où s'écoule le sang. Des monceaux de chiffons noirs traînent à leurs pieds.

Un autre embaumeur à la deuxième table de travail lève aussitôt les yeux vers William et écarte les bras en signe de bienvenue et de soulagement.

« Harry, je vous présente William, dit Jimmy, vous allez travailler ensemble pendant les heures qui viennent. Je vous le confie.

— Merci, Jimmy, dit l'homme avant de se tourner vers William. Vous êtes prêt, mon garçon ?

— Je suis prêt, répond William qui n'a pas envie d'entendre à nouveau un discours.

— Allons-y dans ce cas. » Harry prend une paire de ciseaux et les lui tend. « Je l'ai nettoyé du mieux possible. »

Les cheveux bruns du garçon sont bien peignés sur son front. Son visage porte encore des traces grises, mais ses taches de rousseur apparaissent clairement sur son nez, ce qui rappelle soudain à William son ami Martin, lui aussi membre du chœur. Sur ses bras également, des taches de rousseur, et ses culottes courtes sont froissées. C'est alors que William remarque qu'au-delà du genou, les jambes ont été broyées.

« Vous avez vu les parents, en arrivant ? » demande Harry. William acquiesce. « Ils attendent pour voir si on a leur enfant. » Il sent un muscle minuscule pris de spasmes sous son œil gauche. « D'abord, il faut découper la chemise. Aussi proprement que possible.

— D'accord », dit William qui déjà s'approche du corps, remarquant qu'une partie du vêtement est couverte de boue, tandis que l'autre est étrangement propre. Il découpe le long de la couture propre et retire la chemise de l'enfant. Une partie est légère comme une plume entre ses mains, l'autre est lourde et plombée. « Qu'est-ce que j'en fais ? »

Harry secoue la tête. « Vous devez porter ça là-bas. » De la tête, il désigne le portail de l'église. « Vous leur montrez et vous demandez quel garçon est allé à l'école avec ça vendredi matin. Ensuite, vous ramenez les parents. »

5

Vers cinq heures environ, le ciel prend une nuance violacée ; c'est une pauvre lumière fatiguée, on dirait qu'elle hésite à ouvrir cette troisième journée de souffrance à Aberfan. Le bourdonnement des camions qui emportent les débris du terril effondré est constant et William sent le courant d'air lorsqu'un d'entre eux passe en soupirant.

Les parents qui attendent là, surtout des femmes, se montrent attentifs dès qu'il apparaît. Il lutte contre l'instinct qui voudrait lui faire cacher dans son dos cette chemise. Il n'aime pas qu'on le regarde. Et même à l'époque où il était soliste à Cambridge, jamais il ne s'est senti ainsi observé. Mais à cet instant précis, il se passe quelque chose : une étrange sensation de vide, comme si tout ce qui comptait jusqu'ici s'était écoulé à travers la semelle de ses souliers sur la chaussée recouverte de boue. Tout ce qu'il a à faire, aujourd'hui, concerne ces gens, plantés devant lui : cette femme au manteau de tweed et aux bas déchirés, cet homme à la chemise en lambeaux et aux yeux terrifiés, et ce petit garçon sur la table, aux jambes broyées. William est là parce qu'il possède des compétences dont nul n'aime avoir besoin. Pourtant, ses talents sont nécessaires, et il va s'employer à faire au mieux.

Soudain, il a du mal à respirer, à croire que sa gorge s'est rétrécie. Il brandit la petite chemise et, avec toute la maîtrise dont il est capable, il appelle :

« Quel est le petit garçon qui est allé à l'école…

— *Owen !* »

Bruit de chute, craquement : une femme tombe à genoux par terre. Les autres se rassemblent autour d'elle, l'attrapent par le coude, la relèvent. Une goutte de pluie s'abat sur la joue de William. Une femme se retourne et s'écrie : « Allez chercher Evan Thomas ! » Des voix masculines appellent tour à tour, chaîne vocale remontant jusqu'à la colline où pointe le toit de l'école.

La mère émerge de la foule des parents, comme si elle traversait un rideau tiré. Elle s'approche de William, les bras tendus, et il lui faut un moment pour comprendre que ce n'est pas lui qu'elle veut saisir, mais la chemise. Elle applique le tissu sur son visage et de longues secondes passent. Un homme apparaît, le blanc de ses yeux contrastant avec sa peau, manches de chemise retroussées, respiration lourde. Il passe son épais bras crasseux autour des épaules de sa femme. Elle est à présent stoïque. Visage impénétrable. Du sang aux genoux. Ils ne se regardent pas l'un l'autre, mais scrutent l'église, par-delà William. Ils veulent voir leur fils.

« Venez avec moi », dit doucement William quand ils sont assez proches, et il ouvre la porte.

C'est lui. C'est leur garçon.

« Owen Elgar Thomas », répond le père à Harry. La mère, silencieuse, ne pleure pas, elle caresse doucement la main, la tête, la poitrine de son enfant. Harry leur dit qu'ils verront à nouveau leur fils lorsqu'il aura été embaumé et mis en bière.

« Peut-être que vous devriez aller vous reposer à présent », dit William en les raccompagnant à travers la sacristie, puis l'église, longeant les corps enveloppés. Il leur tient la porte. « Je vous promets que nous allons bien nous occuper d'Owen. »

« Beau travail, William », lui dit tranquillement Harry en revenant à la table de travail.

***

À mesure que les heures passent, l'état des corps empire. Enfin, les pompiers ont réussi à rétablir le courant pour pallier l'absence de lumière. Parfois, tout ce que William emporte à l'extérieur de l'église, c'est un morceau de tissu, une chaussure, une barrette. Mais il n'en faut pas beaucoup pour précipiter une mère tout entière vers lui, sauvée et détruite en même temps. Ces mères au regard d'aigle, au cœur en loques sont capables d'identifier leur enfant d'après un simple ongle.

Quand William sort demander quels sont les parents dont la petite fille a des cheveux blonds, trois couples s'approchent. C'est peut-être ça le pire moment, lorsqu'ils viennent voir un corps, remplis d'une telle peur qu'elle en est palpable, pour s'apercevoir que finalement, ce n'est pas leur enfant. Au bout de sept heures passées dans ces conditions, William comprend le réconfort et le soulagement qu'il y a à enfin savoir où est son enfant et qu'il ne peut plus lui arriver aucun mal. Quel est ce monde affreux où les chanceux sont ceux qui réussissent à identifier le cadavre de leur petit ?

À nouveau, il pleut. Les pneus des camions crissent sur la chaussée mouillée. Des gouttes rageuses martèlent le toit de l'église. À dix-neuf ans, frais émoulu du Thames College of Embalming avec d'excellentes notes, en pratique comme aux épreuves écrites, William contemple ce qui reste d'une petite fille prénommée Valerie qu'il vient de découvrir, et il réalise alors que rien de tout cela ne compte s'il n'est pas capable de faire son travail ici et maintenant, c'est-à-dire de préparer le corps en morceaux de cette enfant pour ses parents, qui en cet instant même attendent au-dehors, dans la rue détrempée.

En temps normal, la pièce où il se trouve est une sacristie, mais ces temps ne sont pas ordinaires et William ne remarque pas les détails des lieux, la pile branlante de bibles noires dans un coin, les prie-Dieu en mauvais état empilés près de la porte, l'odeur profonde du bois sombre qui lutte contre la fraîche senteur du formaldéhyde, ni les petits cercueils empilés contre le mur du fond. Indifférent à tout ça, William est soudain ravi par un souvenir indésirable, aussi aigu que le scalpel dans sa main.

Tiré de sa sieste de l'après-midi par les volutes épaisses de pâtisserie au beurre qui emplissent l'appartement, le petit William emporte sa couverture dans la cuisine pour se nicher dans le vieux fauteuil en regardant sa mère. La chaleur enrobe les jambes de l'enfant lorsque celle-ci ouvre le four pour en sortir la vieille plaque un peu tordue qu'elle pose sur la table en Formica. Elle glisse une spatule sous le plus gros biscuit, le fait glisser sur une soucoupe en porcelaine et le coupe en deux. Ensemble, ils regardent un minuscule nuage de vapeur s'élever. « Pour sa Seigneurie. » Elle fait une profonde révérence, tenant la soucoupe à deux mains. Le liseré d'or scintille sur le bord de l'assiette, et le minois ensommeillé de l'enfant se fend d'un sourire en l'attrapant. « Attention de ne pas te brûler la bouche », chuchote sa mère.

C'est alors que William remarque la main gauche parfaite de Valerie. Rien ne manque, rien n'est écrasé, pas de sang, pas de bleus, pas même une égratignure. Qu'importe la jambe tordue, les orteils absents ou le crâne enfoncé. C'est de cette menotte intacte dont ses parents se souviendront quand ils se remémoreront ce moment.

Avec précaution il soulève la carotide à travers l'incision nette pratiquée dans son cou. Il la dépose à plat sur le séparateur en acier et remarque les minuscules capillaires au tracé délicat. Il insère le petit tube dans l'entaille qu'il a réalisée, puis répète le processus avec la jugulaire interne. Après avoir branché la première à la source du liquide, et la seconde à un tube conduisant au seau, par terre, William attrape la pompe manuelle. Presser, relâcher, presser, relâcher, presser, relâcher. Ce battement de cœur artificiel fait couler le formaldéhyde dans les artères de la fillette et en chasse le sang dans le seau. Au bout d'un moment passé à pomper, William a la main douloureuse. Il a mal au dos à force d'être penché sur les petits corps, pourtant, il ne ralentit pas la cadence, ne s'étire ni ne détend ses doigts.

Après que le corps a été aspiré, rempli de fluides, et les incisions suturées, William inspire profondément. Il prend la main gauche entre les siennes et la masse, plie les articulations, aide le liquide à couler jusqu'aux extrémités des phalanges pour qu'elles redeviennent roses.

« Et voilà, Valerie, tu es prête. » Il se moque qu'Harry, à présent à la table voisine, puisse l'entendre. La main de la fillette toujours dans la sienne, il se met à chanter très doucement, à peine plus qu'un murmure.

« *I forget all your words of promise*
You made to someone, my pretty girl,
So give me your hand, my sweet Myfanwy,
For no more but to say "farewell". »

La dernière fois qu'il a chanté cette chanson, il tenait une autre main dans la sienne. Celle de Martin, son meilleur ami à Cambridge, qui la saisissait de manière théâtrale chaque fois qu'ils la chantaient ensemble. « Elle est *galloise*, espèce d'idiot, chuchote-t-il pour lui-même. Chante-la en gallois. » Il jette un œil à Harry, mais il s'occupe d'une suture et ne semble pas prêter attention à cette douce sérénade.

« *Anghofia'r oll o'th addewidion*
A wneist i rywun, 'ngeneth ddel,
A dyro'th law, Myfanwy dirion
I ddim ond dweud y gair "Ffarwél". »

William s'approche de la pile de cercueils. Celui du sommet est blanc, apporté par avion par les embaumeurs irlandais. Il est content. Valerie aurait sûrement préféré le blanc. Il la dépose dedans, tourne sa tête d'un côté, recouvre son corps d'une des couvertures qu'on leur a données et dépose sa main par-dessus.

Il transporte le cercueil dans l'église et l'installe sur un banc, gêné qu'Aberfan ait réussi à ressusciter le souvenir des deux personnes qu'il a fait tant d'efforts pour oublier.

Les abat-jour huilés oscillent et tanguent lorsque la porte s'ouvre. La silhouette mince de Jimmy entre en hâte, transportant un corps enroulé dans une couverture. Encore un. Ensuite, il en viendra un autre. Et plus ils tardent, plus c'est difficile. Plus ils ont macéré dans la boue du terril, plus la décomposition est rapide lorsqu'on les remonte à l'air libre. À présent, les pelleteuses sont à l'œuvre et certains corps sont endommagés pour la seconde fois. Jimmy transporte son paquet à travers la sacristie.

« Je vais vous dire un truc. » L'Irlandais se tient les mains sur les hanches, hors d'haleine, près de la table où travaille Harry. « Je ne suis pas du genre religieux, mais après ça, plus jamais je ne laisserai dire de mal de l'Armée du Salut.

— Ils étaient là vingt-quatre heures avant nous, ajoute Harry en allant chercher un cercueil le long du mur du fond, ils ont servi des centaines de tasses de thé et ils sont toujours aussi vaillants.

— On imagine facilement qu'ils distribuent des sandwiches et du thé, mais vous savez ce qu'ils ont d'autre ?

— Du whisky, répond Harry en opinant du chef.

— Et des cigarettes. » Jimmy secoue la tête.

« C'est bien. » Harry place avec soin le petit corps de sa table de travail dans le cercueil. « Il y a des mineurs qui sont arrivés vendredi matin, juste après leur service, et ils n'ont pas arrêté depuis. Et on en est où, là ? C'est dimanche midi ! »

Soudain William meurt de faim. Il n'a pas dormi et personne n'a évoqué la possibilité de faire une pause, même si Jimmy leur apporte des sandwiches, de temps à autre. D'habitude, lorsqu'il a beaucoup de travail, il lui arrive de s'occuper de trois corps dans la journée. Valerie est la septième. Il y a à présent cinq autres tables de travail où ses collègues font la même chose que lui. L'odeur de formaldéhyde, qu'il apprécie d'habitude, est entêtante, même avec tous les vitraux entrouverts en ce jour glacial.

« Jimmy ? demande-t-il. Je peux aller chercher quelque chose à manger ?

— Naturellement. D'après les derniers calculs, il en reste encore cinq à exhumer. »

En sortant, William jette un coup d'œil à Valerie et aperçoit un grain de terre sous l'ongle de son index. Il sort son couteau suisse de sa poche, déplie la lame la plus petite, et en tenant fermement sa main dans la sienne, il la passe sous l'ongle, essuie la trace noirâtre sur son pantalon et recommence.

Sous le porche, il enfile son manteau et noue son écharpe sur sa poitrine. L'air froid s'engouffre sous la lourde porte, et il entend Jimmy dans la sacristie :

« J'espère que tout ça ne va pas foutre en l'air ce jeune gars définitivement. Il a un don naturel.

— Et il a une très belle voix », ajoute Harry.

Bandant ses forces pour affronter le froid, William se dit que ne pas avoir parlé avec sa mère depuis cinq ans a au moins une conséquence positive. Il n'a pas la plus petite envie de lui raconter tout ça. Elle ne pourrait le supporter. C'est avec soulagement qu'il décide que ça ne serait bon ni pour lui ni pour elle qu'il lui rende visite quand il en aura terminé ici, même s'ils n'ont jamais été aussi proches géographiquement depuis qu'elle est partie.

6

Dehors, l'air est humide et glacial. La lumière, blafarde, et William n'a aucune idée de l'heure qu'il est. Il tente d'imaginer Aberfan tel un village minier ordinaire, avec des enfants bien vivants, des adultes dont le monde est encore intact. Il passe à travers les cordons de gendarmes, de mineurs, de sacs de sable, jusqu'à l'endroit où s'est installée l'Armée du Salut. Ses semelles collent au sol. L'idée de les nettoyer à son retour le révolte.

Balance-les, William, ce n'est rien qu'une vulgaire paire de godasses.

C'est la première fois qu'il pense à Gloria depuis son arrivée, et son estomac se vrille en se rappelant la sensation de ses lèvres pleines et confiantes contre les siennes. Son rouge à lèvres onctueux, le choc léger de ses dents contre les siennes, os contre os au cœur de la douceur de ses lèvres, de sa bouche, de ses gencives. William songe à chercher une cabine téléphonique pour l'appeler, mais il n'en a encore vu aucune, et puis il n'a pas de monnaie. *Arrête*, pense-t-il. *Mange, bois et retourne au travail.*

L'odeur de tanin et la buée qui s'élèvent de la bonbonne en équilibre sur des sacs de jute lui rappellent combien il est physiquement affaibli.

« Vous voulez quelque chose d'un peu plus fort ? » Un homme en uniforme de haute taille lui tend une tasse. « Y en a qui aiment une goutte dans leur thé ?

— Peut-être bien, oui. » William lui tend à nouveau la tasse.

L'homme dévisse le bouchon de la flasque et un liquide ambré en sort. « Soulagez un peu vos pieds. » L'homme lui montre une chaise pliante quelques mètres plus loin.

Une fois assis, William réalise à quel point ses jambes sont fatiguées.

« Vous devez être un des embaumeurs », reprend le gars de l'Armée du Salut en lui tendant un sandwich aux œufs et au cresson.

William acquiesce tout en mastiquant.

« Pardi, vous avez l'air jeune. » Il lui prend sa tasse vide et le ressert.

« J'ai eu mon diplôme cette semaine. » William accepte un deuxième sandwich, le pain blanc alourdi, ployant sous le poids de la garniture. Il a tellement faim qu'il a à peine goûté au premier.

L'homme boit son thé à son tour. « C'est une affaire familiale ? »

Le froid commence à affecter William. Ses jambes tremblent. Il pose le thé sur la pile des sacs et remonte son col. « Ouais. Troisième génération.

— Donc vous avez toujours su ce que vous vouliez faire ? »

Il secoue la tête. « Mon père le souhaitait, mais ma mère était contre. »

Deux mineurs arrivent devant la bonbonne, taiseux. William avale un troisième sandwich pendant qu'on les sert. Ils hochent la tête en guise de remerciement et s'éloignent, avalant la nourriture aussi mécaniquement que William.

« Donc c'est votre papa qui a gagné alors ? » Le type ouvre un paquet de KitKat et lui en tend un.

« Pas exactement, il est mort quand j'avais huit ans.

— Je suis désolé. » Il marque une pause. « Mais votre mère doit être fière de vous maintenant, non ?

— J'en sais rien. » Il se lève, vide sa tasse de thé et la rend. « Je ferais mieux d'y aller. Merci pour les sandwiches. » Il se retourne un instant, prêt à demander à l'homme d'appeler oncle Robert pour lui dire qu'il se débrouille bien, mais il se contente de lever une main et lui adresse un signe de tête.

« Prenez soin de vous, jeune homme, que Dieu vous bénisse.

— Merci. » Il lui fait signe à nouveau puis enfonce les mains dans ses poches et s'éloigne le plus vite possible à travers les gens, la boue, les camions pour retourner à l'église, en se promettant à chaque pas qu'il ne versera pas une larme, non, pas une larme avant d'avoir quitté cet endroit.

7

Au milieu de l'après-midi, la porte de la sacristie s'ouvre, dans un souffle, tandis que William couche un corps enveloppé sur la table. William, Jimmy et Harry lèvent les yeux de leur besogne. Un gendarme se tient devant eux, la main posée sur l'épaule d'une petite femme replète, vêtue d'une robe rouge avec par-dessus un épais chandail d'homme. Elle respire fort, comme si elle avait couru. Elle les regarde tour à tour, mais c'est sur William que ses yeux s'attardent.

« Je vous présente Betty Jones, dit le gendarme. Elle voudrait…

— J'arrive pas à me poser, l'interrompt-elle en serrant l'épaisse poignée de son sac. Ma maison est ensevelie sous cette boue meurtrière, aussi on a dû aller se réfugier dans la famille. » Elle se retourne vers le gendarme, puis leur fait face de nouveau avec urgence. « S'il vous plaît, messieurs, laissez-moi vous aider. Je ferai n'importe quoi, *n'importe quoi* ! Je peux pas rester une minute de plus chez ma belle-sœur à me tourner les pouces comme ça ! »

Ses cheveux forment de belles boucles brunes. La bande de tissu rouge de la robe qui dépasse sous la laine verte du pull est de bonne qualité, le genre de chose que porterait la mère de William, mais avec ce gros chandail par-dessus et ses bottes en caoutchouc, elle a l'air d'une gamine. Elle déborde d'énergie sur ses petites jambes solides. « Je vous en prie, poursuit-elle avant que Jimmy ait pu répondre, laissez-moi vous aider. » Des rides profondes apparaissent sur son visage.

« Merci, Betty, dit enfin Jimmy. Tout ce que nous faisons ici est extrêmement pénible. Surtout si vous avez connu certains des défunts.

— Je les connais tous ! répond-elle aussitôt. Ainsi que leurs parents. Si c'était arrivé y a vingt ans, c'est les deux miens qui seraient là. » Sa voix se brise. « Je veux faire quelque chose pour leurs pauvres parents.

— William ? » Jimmy le désigne du menton. « Betty va vous aider à les préparer pour l'identification. »

Elle dépose son sac dans un coin, près des cercueils, puis en sort des gants de caoutchouc jaune.

« Je suis venue équipée. » Elle se place en face de William et lui adresse un courageux sourire professionnel. « Alors, mon chou, dites-moi ce que je dois faire. »

Betty n'a rien à voir avec sa mère : elle est plus âgée, plus petite, il n'y a ni fluidité ni élégance dans ses mouvements, mais il reconnaît en elle une qualité particulière. Elle a beau être terrifiée, traumatisée, elle est aussi courageuse que déterminée.

« Ça va être difficile », dit-il en saisissant la couverture grise et en se demandant combien de temps il doit attendre avant de la soulever. Il n'a pas de mal à regarder Betty dans les yeux. « D'abord, il y a la boue, et maintenant on s'occupe des derniers qui ont été retrouvés. Ils sont en mauvais état. » Les lèvres rouges de Betty forment une ligne droite, son regard ne flanche pas. Elle hoche la tête une fois, déglutit, et William perçoit un battement dans sa gorge. Il doit lui montrer qu'il sait ce qu'il fait, afin qu'elle ait confiance en lui. « On va lui retirer ses vêtements. Je vais vérifier l'état du corps. Ensuite on le nettoiera. Ensemble. » Les yeux de Betty se mettent soudain à briller : deux saphirs. « Je vais vous montrer. » Elle hoche à nouveau la tête. « Voilà. »

Il retire la couverture d'un geste à la fois doux et décidé, pour la faire retomber à l'autre bout de la table. La silhouette compacte de Betty sursaute ; William feint de n'avoir rien vu. Ensemble, ils contemplent l'enfant. Ensemble, ils hument l'odeur du sang, de la boue, de ce qui ressemble à un début de décomposition.

Dans la lumière jaunâtre, Betty grogne et pose la main sur la partie du visage de la fillette encore intacte. « Tout va bien, Helen, murmure-t-elle, Betty est là. »

Calme et silence règnent dans la pièce ; William sait que ses collègues les regardent. Betty se redresse, inspire profondément, et la croix qu'elle porte autour du cou scintille dans la lumière. « Allez ma chérie, dit-elle d'un ton plus fort, plus ferme, ses doigts gainés de caoutchouc posés sur le bras de la fillette, ta maman et ton papa vont venir te voir, alors moi et ce charmant jeune homme, on va te préparer. Tout est fini, maintenant, mon trésor. »

Quand le visage ovale de Betty, à la fois plein de résolution et de sidération, se tourne enfin vers William, celui-ci doit lutter pour rester impassible, si puissante est l'atmosphère d'intimité qu'elle a fait entrer dans les lieux.

« Découpez les vêtements, dit-il en lui tendant les ciseaux, je vais les lui retirer. »

D'un geste sûr, Betty tranche la taille en coton de la jupe, puis elle coupe le chemisier en diagonale. Bientôt, seuls des éclats de jaune brillent à travers la boue noire qui recouvre ses mains gantées. En une fraction du temps que cela lui prenait auparavant, William lâche le tissu sur la pile au bout de la table. Il craint que le pied gauche ne se détache du corps en le nettoyant.

Il prend le dernier seau d'eau apporté par les bénévoles et y plonge son éponge. « Au moins, maintenant, on a de l'eau chaude. » Il commence par le bras gauche, qu'il frotte avec de grands gestes fermes, retirant la fange, essorant l'éponge, encore et encore. Betty l'observe.

« Occupez-vous des bras, je me charge des jambes. » Il lui tend l'éponge et aussitôt, elle la trempe dans l'eau. William n'a jamais vu personne d'aussi concentré que Betty, ainsi penchée sur ce membre grêle. Après les quelques mots adressés à Helen, elle est désormais silencieuse, concentrée exclusivement sur ces quelques centimètres de chair sous le rectangle sale de l'éponge.

Soudain, il éprouve l'envie de rompre ce silence. « Comment était-elle ? » demande-t-il en se positionnant près des jambes broyées.

Elle s'arrête, le regarde. « Je préfère éviter. » Elle se remet à frotter.

« Oh, pardonnez-moi, je comprends », répond-il, plein d'embarras, retenant le pied broyé tout en commençant à nettoyer la jambe.

Un courant d'air froid et un camion qui klaxonne soudain lui font lever la tête. Il découvre le manteau bleu marine et la haute silhouette du bénévole de l'Armée du Salut qui l'a servi tout à l'heure et qui entre avec une boîte noire entre les mains.

« J'ai pensé que ça vous ferait plaisir d'écouter quelque chose, dit-il. Les piles sont neuves et j'en ai d'autres si elles s'usent.

— C'est très gentil. » Jimmy s'arrête et désigne un rebord de fenêtre derrière William. « Vous pouvez le poser là-bas et nous mettre un programme ? Ce serait épatant.

— Je vous en prie. » L'homme s'avance, tenant le poste de radio devant lui. « Voilà. »

Sa voix de basse et sa manière de prononcer les voyelles rappellent une fois encore à William la voix de Tom Jones, et au moment où les grésillements de la radio deviennent distincts, qu'on tourne le bouton et que des voix surgissent, de plus en plus claires, il escompterait presque entendre « What's New Pussycat ? » ou « It's Not Unusual ».

« J'imagine qu'un peu de musique, ce serait bien », dit l'homme en cherchant la fréquence.

De la musique classique résonne, d'un son plus fort et plus pur que William ne s'y serait attendu avec un petit transistor.

« Splendide, merci, dit Jimmy.

— Tout ce que vous voudrez, si ça peut vous aider. Tout ce que vous voudrez », répond le bénévole en ressortant.

Ils terminent de nettoyer le corps deux fois plus vite que William seul. Quand les parents d'Helen entrent et que la mère, serrant dans sa main le morceau de tissu de la jupe, voit sa fille, Betty est là, avec ses bras puissants. Au cours des deux heures et demie qui suivent, ils nettoient encore les corps de deux autres fillettes et d'un petit garçon.

8

« Vous deux, allez vous chercher quelque chose à manger et une bonne tasse de thé bien méritée », dit Harry lorsque William revient après avoir raccompagné un couple de parents à l'extérieur. « Je m'occupe de celui-là. »

William et Betty enfilent leur manteau et partent dans la nuit en direction du stand de l'Armée du Salut, au bout de la rue. Il ne pleut plus mais l'air est saturé d'humidité. Aberfan est noir, blanc ou gris. Sur les lieux de la catastrophe, les lumières sont crues, aveuglantes, elles mettent en relief les maçonneries blanches, pareilles à des dents, autour des fenêtres des maisons voisines. Un trou béant apparaît dans la rangée, juste en face de l'école.

Betty s'arrête, lui prend le bras et contemple les débris luisants.

« C'était ma maison. On y a vécu pendant vingt-cinq ans.

— Je suis désolé », dit William.

Elle le tire par le bras pour le faire avancer. « On n'était pas à l'intérieur, c'est déjà pas mal. »

En longeant les maisons, il aperçoit des ombres noires par les fenêtres : des montagnes de débris miniatures dans les salons. De l'une d'entre elles dépasse un talon aiguille. Ils laissent l'école sur leur gauche, mais un hurlement aigu leur fait tourner la tête : un homme se courbe en deux en découvrant ce qu'on retire des débris. William suppose que c'est la mère derrière lui, une main sur la bouche, et puis il y a Jimmy, qui déjà soulève le corps pour l'emporter à l'église avant qu'il commence à se décomposer.

« Si j'avais une maison, je vous aurais invité à boire le thé, dit Betty en lui serrant le bras plus fort, mais chez ma belle-sœur, c'est déjà plein à craquer. » Elle lève sa petite jambe pour lui montrer ses bottes : « C'est les siennes, deux pointures trop grandes.

— Ça va, on ne peut pas s'absenter trop longtemps de toute façon. »

Les camions poursuivent leur ballet incessant. Les sauveteurs, moins nombreux qu'à son arrivée, continuent leur besogne. Le bruit des bêches qui creusent les débris est plus lent, plus tranquille, mais continu. William et Betty demeurent à la lisière pendant un moment. Il imagine le sursaut d'adrénaline initial qui a dû leur insuffler des trésors d'ardeur, injectant l'énergie dans leurs muscles, mais qui au bout de deux jours a dû certainement faiblir. Il n'y a plus d'espoir de retrouver de victimes en vie, pourtant ils ne peuvent s'arrêter. Le linge qui aurait dû être ramassé il y a deux jours est toujours pendu sur les fils, derrière les maisons, des draps se déploient tels des fantômes sous le vent. Chemises et chandails, jupes et pantalons, désormais inutiles.

« Merci Betty », dit William. Ils sont appuyés contre les sacs de jute, leur thé et leur sandwich à la main. « Votre présence est très utile. »

Ils sirotent leur thé au whisky, amer et onctueux. Betty souffle sur le sien, mais William se laisse brûler la gorge.

« C'était une sacrée coquine. » Au début, William ne sait pas de quoi parle Betty. Elle se retourne, et appuie sa hanche contre les sacs pour être face à lui. « Helen. Elle a eu des ennuis la semaine dernière parce qu'elle avait volé un paquet de bonbons chez le marchand de journaux, et à Noël dernier, en faisant la crèche, elle a tiré la chaise sur laquelle Marie allait s'asseoir, et elle a fait une sacrée chute ! Elle avait le coccyx tout endolori. » Il ne reste du rouge à lèvres de Betty qu'un vague contour des lèvres. « Et qu'est-ce qu'elle rigolait, cette petite ! » Les yeux de Betty ont retrouvé leur éclat. « Il n'y a rien de pire au monde que de perdre un enfant. » Elle baisse les yeux, puis inspire profondément et regarde à nouveau William. « Quel âge vous avez ?

— Dix-neuf ans.

— Eh bien, j'espère que vos parents savent quel bon garçon ils ont. »

William secoue la tête et détourne le regard. Mon Dieu, qu'il est fatigué ! « Il faut que j'y retourne. » Il pose le gobelet en carton sur les sacs. « Prenez votre temps, mais moi, je dois y aller.

— J'ai dit quelque chose qu'il ne fallait pas, William ? » Elle se redresse elle aussi.

« Non, répond-il par-dessus son épaule. Venez quand vous serez prête. »

9

« Dernière ligne droite, dit Jimmy quand William revient à l'église, j'imagine que vous voulez rentrer ce soir ?

— Sauf si on a encore besoin de moi. » Il se dirige vers sa table de travail. En passant près de la radio, il entend des voix qui murmurent. Le tas de vêtements en lambeaux lui arrive à présent à la taille.

« Il n'y en a plus que trois à retrouver, continue Jimmy en lavant son plan de travail avec une vigueur qui ne laisse en rien transparaître son épuisement. Harry peut rester pour la nuit et moi je suis là jusqu'à ce que tout soit terminé.

— Vous êtes sûr ? » William se sent vaciller de soulagement. Bientôt il va s'en aller, retourner à l'établissement de son oncle, retourner vers une vie avec Gloria. Gloria, qui l'a embrassé.

« J'en suis sûr. Il reste un corps dans l'église. Occupez-vous-en, faites un petit somme dans la voiture, et prenez la route. » Il se retourne vers Harry. « À votre tour de faire une pause.

— C’est pas de refus. » Harry se dirige vers la porte. « William, qu’est-ce que vous avez fait de Betty ? »

La porte s’ouvre à l’instant, le heurtant presque.

« Oups ! » Betty sourit à Harry qui lui tient la porte puis sort. Elle se plante devant William. Il a le sentiment qu’il devrait lui présenter des excuses, mais son regard calme lui fait comprendre qu’elle n’attend rien de lui.

« Il ne nous en reste plus qu’un, annonce-t-il. Vous pouvez préparer les seaux et les éponges ?

— Oui. » Elle se retourne vers le mur où attendent les seaux.

À présent, des cercueils jonchent les bancs à la place des corps enveloppés de tissus ; certains sont sales, tachés de boue, bien qu’ils aient fait de leur mieux pour l’éviter. Il faut un moment à William pour repérer le dernier paquet brun. En sentant la chair molle, la pliure d’une jambe, il se demande ce qui l’attend à l’intérieur, redoute de ne pas avoir la force de s’y remettre encore une fois, s’émerveille devant l’énergie de Jimmy et Harry. Au moins, avec Betty, il a une bonne raison de s’obliger à rester calme et il s’intime d’aller jusqu’au bout de sa tâche.

Deux seaux et deux éponges sont prêts. Betty se tient d’un côté du plan de travail.

« Merci, dit-il.

— Je vous en prie. »

Il leur laisse à tous deux une minute de répit, le temps de reprendre plusieurs fois son souffle.

« Il y a une chance sur trois, dit simplement Betty, j’ai vu les parents qui restent dehors. »

William retire la couverture pour la dernière fois. Ils contemplent l'enfant. William regarde Betty. Elle secoue la tête, lèvres pincées. « Je ne suis pas sûre. »

Presque en même temps, ils plongent leur éponge dans l'eau et se mettent au travail. William sent la paix l'envahir à l'idée d'avoir presque terminé. Betty et lui travaillent bien ensemble, sachant intuitivement de quelle partie du corps elle peut s'occuper, et où l'expertise du professionnel est requise.

À côté d'eux, Jimmy injecte du formaldéhyde dans un corps. Pendant quelques secondes, les seuls sons dont William a conscience sont les bruits de succion et d'expulsion de la pompe et des éclaboussures de l'eau sale lorsqu'ils essorent leur éponge. Et puis, une voix suave derrière lui : « … le chœur de l'église de Cambridge, interprétant le "Miserere" d'Allegri. »

William fait volte-face et fonce sur le transistor, ses doigts gantés triturant les boutons jusqu'à ce que l'engin se taise. Il se retourne, le poste de radio entre les mains. Jimmy et Betty le regardent tous les deux.

« Excusez-moi. » Il souffle, imitant un rire. « Je supporte pas ce vieux truc. » Il repose la radio à sa place. « Je peux vous mettre un autre morceau ? »

Jimmy désigne le plan de travail d'un signe de tête. « Remettez-vous plutôt au travail. Les parents attendent. »

***

Les soyeux cheveux noirs de l'enfant semblent avoir été peignés il y a peu, mais son visage est un désastre. Betty frotte son avant-bras gauche de son éponge douce et fatiguée. William lui sait gré de ne pas parler. Elle retire un gant pour gratter un grumeau de terre qui ne veut pas partir. Il lève régulièrement les yeux vers elle, mais elle reste concentrée.

Quand Harry revient de sa pause thé, les lieux s'emplissent un instant du grondement familier d'un camion sur le départ. Jimmy, Betty et William sont absorbés par la tâche et ne font pas attention à Harry lorsqu'il remet en marche la radio. Soudain, une voix de ténor simple retentit. « *Amplius lava me ab iniquitate mea : et a peccato meo munda me.* » *Délivre-moi de tout mal. Enlève-moi mes péchés*. Betty n'observe pas le changement qui s'opère en William. Ni Jimmy, qui masse un poignet pour faire circuler le formaldéhyde. Bien qu'ils travaillent tout près les uns des autres, nul ne remarque l'éponge qui choit à terre car William doit s'agripper au rebord de la table. Toutefois, Betty lève les yeux juste à temps pour le voir mettre les mains sur ses oreilles, fermer très fort les yeux. Il fait un pas en arrière. Sa tête heurte le mur, ses genoux cèdent sous lui, et il se laisse glisser jusqu'à tomber accroupi par terre.

10

« Excusez-vous encore une fois, William, dit Betty en s'accroupissant à côté de lui, et je vous fracasse cette radio sur la tête. »

Il sent le mur froid dans son dos, le sol contre ses fesses osseuses. Il serre les jambes contre lui, son corps n'est plus qu'un étroit paquet sous les yeux de Jimmy et Harry. Il remarque alors combien ses chaussures sont dégoûtantes.

Betty s'assoit à côté de lui, jambes étendues, elle attrape une de ses mains et la prend entre les siennes.

« Pour être honnête, dit-elle, je ressens la même chose quand j'entends les Beatles. Je ne les supporte pas ! » Elle se tourne vers lui, un air malicieux dans les yeux. « Je ferais ça la prochaine fois que mon mari se met à danser comme un cornichon sur “Yellow Submarine”. »

Harry et Jimmy gloussent. Harry se penche vers William : « Désolé, vieux, je l'ai juste rallumé. J'avais pas compris.

— Vous ne saviez pas », répond William en se levant, lâchant la main de Betty, plein de gratitude et d'embarras. « Ça va, maintenant. » À nouveau, il baisse les yeux, il ne veut ni voir ni être vu. « C'est cette musique... »

***

Oncle Robert surgit dans l'allée avant que William ait coupé le moteur. Il est vingt-deux heures passées et il se demande s'il aura la force de sortir du véhicule. Il se laisse aller à l'étreinte de Robert, sent sa main qui lui tapote le dos, tendresse déguisée sous l'apparente fermeté qui caractérise sa manière de veiller sur William depuis cinq ans. L'odeur de son after-shave, sa cravate serrée et son chandail de laine lui font venir les larmes aux yeux.

« Tu as faim ? » Il prend William par le bras. « Il y a un hachis parmentier exprès pour toi.

— Je meurs de faim », dit-il en entrant dans la maison. Il retire aussitôt les chaussures qu'il mettra demain à la poubelle et les laisse près de la porte.

Howard est à la cuisine, maniques aux mains pour sortir le plat du four.

William verse du Ketchup sur le bord de son assiette près de la viande hachée cuisinée qui s'étale sous la purée de pommes de terre. Howard et Robert sont assis à table avec lui, et il leur sait gré de ne poser aucune question. Il a beau être affamé, il a du mal à parler et à manger. Il finit son assiette mais refuse les pêches au sirop et le lait concentré qu'Howard a sortis du réfrigérateur.

« Je ferais mieux d'aller me coucher. Je n'ai pas dormi.

— Gloria a téléphoné, l'informe Robert au moment où il se lève. Elle t'embrasse et elle espère que tu vas bien. »

William s'arrête. Oncle Robert l'observe. Oh, qu'il aimerait que cela sonne à ses oreilles comme une bonne nouvelle ! Qu'il aimerait ressentir ce délicieux sursaut d'amour, de désir et de certitude qu'il éprouvait sur la route en se rendant à Aberfan, s'enflammant à la seule pensée de celle qui représentait alors son avenir. Mais tout ce qu'il lui reste à présent, sous le regard de Robert, c'est le désespoir. Il sait exactement ce que Gloria attendra de lui un jour : il a passé l'année écoulée à imaginer précisément cela. Seulement après ce qu'il vient de vivre, il doute d'être jamais capable de le lui donner.

« D'accord – il adresse un signe de tête à Robert –, je l'appellerai quand j'aurai dormi.

— Bonne nuit, William, repose-toi. Tu es à la maison maintenant.

— Oui, tu es chez toi », renchérit Howard.

Soulagé d'être à nouveau seul, William se déshabille et se met au lit. Dans le couloir, l'horloge sonne vingt-trois heures. Il s'attendait à tomber de sommeil, mais avec le tic-tac insistant de l'horloge et les sonneries tous les quarts d'heure, qu'il n'entend pas d'habitude, le quart, la demie, moins le quart, il s'aperçoit qu'il n'est pas seul en fin de compte. Des corps en morceaux, des visages de parents entrant dans la chapelle mortuaire, leurs gémissements, leurs pleurs de douleur. Aberfan, comprend-il en contemplant l'abat-jour à glands blancs, s'est ancré en lui : Aberfan est derrière ses yeux, dans ses oreilles, son nez, sur ses mains, dans son sang.

À une heure et quart passée, il se lève pour aller aux toilettes. Il ouvre la porte et s'attend à trouver l'obscurité, mais le palier est baigné d'une douce lueur de beurre qui filtre sous la porte de Robert. Il regarde à gauche et découvre que celle de la chambre d'Howard est ouverte et son lit vide. Il se fige au son de leurs voix assourdies.

« … elle pourrait l'aider.

— Si tu veux mon avis, on ferait mieux de miser sur Gloria que sur sa mère. »

William se racle la gorge et d'un pas lourd va jusqu'à la salle de bains. Quand il ressort, le couloir est noyé d'ombre et la porte d'Howard est fermée.

11

Noir et argent, pare-chocs contre pare-chocs sur le pont, miroitant dans la lumière d'hiver grise : on dirait que tous les corbillards du sud du pays de Galles se sont rassemblés là. Depuis l'étroit trottoir, il pourrait toucher les carrosseries impeccables qui défilent et il sent son empreinte laissée sur les cercueils.

Les bords des rues sont bondés de gens vêtus de noir qui sortent par chaque porte. *Gardez la tête baissée et blindez votre cœur. Voilà comment vous ferez votre devoir.* Un peu plus tôt, en contemplant l'aube violette à travers le pare-brise, William s'est imaginé buvant une tasse de thé avec Betty, elle lui raconterait sa vie chez sa belle-sœur. À présent, il se dit qu'il vaut mieux ne pas y penser : il faut laisser ces gens tranquilles, serrés les uns contre les autres dans les replis de leur communauté.

Il se détourne du cortège funèbre et embrasse du regard la marée humaine qui se déploie vers le cimetière à flanc de montagne : manteaux et chapeaux noirs, yeux baissés, bras chargés de fleurs. William prend l'allée sur la gauche du cimetière, marche entre les touffes d'herbe et les plaques de mousse qui se mêlent au bitume. Il ne sait pas très bien pourquoi, quatre jours plus tard, il est revenu à Aberfan, et c'est sans doute pour ça qu'il n'a rien dit à personne. Ni à oncle Robert ni à Gloria, à qui il n'a parlé qu'une fois depuis son retour.

Elle était si heureuse quand il l'a appelée le lendemain, son enthousiasme et son anxiété si palpables qu'elle aurait pu être présente à ses côtés. Et tout en répondant à ses questions par de laconiques « oui », « non », « terrible », « insupportable », il savait déjà qu'il édifiait une barricade entre eux. Lorsqu'elle a dit qu'elle espérait le voir bientôt, son « peut-être » s'est avéré aussi clair pour elle que pour lui.

William aime Gloria. Il l'aime depuis qu'il l'a rencontrée chez ses parents, chez lesquels il a logé durant tout son apprentissage. Jamais cet amour n'a varié malgré tout ce qui s'est passé – des choses qui auraient fait fuir d'autres garçons. Et enfin, au bout de toutes ces péripéties, lors de ce dîner dansant, ce baiser, qui l'a autorisé à croire qu'ils avaient un avenir. Mais Aberfan lui a arraché ses entrailles, l'a broyé et expédié dans une dimension insondable. Peut-être est-ce pour ça qu'il est ici : pour essayer de se retrouver.

Le chemin vire vers la droite, au-dessus du cimetière, vers la crête des collines. William grimpe vite, le cœur battant. Les arbres-squelettes de l'automne montent la garde tous les soixante centimètres, les branches basses tendues vers lui, à croire qu'elles veulent le protéger de ce qui va suivre. Ces membres entrelacés lui conviennent car ils le dissimulent également. De l'autre côté de la vallée, sur le coteau, des centaines, peut-être des milliers de gens rassemblés, pétrifiés de solidarité.

Le monde a les yeux fixés sur Aberfan, et la croix florale qui domine le versant au-dessus des tombes montre qu'il a également envoyé des fleurs. Les endeuillés occupent le flanc de la colline. Certains ajoutent leurs propres bouquets à la croix avant de se diriger vers la fosse béante où les cercueils ont été déposés. De là-haut, on dirait des touches de piano beiges, parfois blanches – ceux que Jimmy a apportés d'Irlande. Sur deux ou trois rangées, les familles se penchent sur la terre ouverte. Certaines personnes laissent choir une fleur, d'autres se contentent de toucher la terre, comme pour bénir ou être béni. *Quelle insondable capacité à souffrir on exige de créatures si minuscules et fragiles*, pense William.

Un rouge-gorge se pose sur une branche à sa gauche, à hauteur des yeux, ses pattes fines semblables à des brindilles paraissent trop délicates pour supporter son corps rebondi couvert de plumes. L'oiseau le regarde en inclinant la tête, puis s'envole. Jimmy s'est à moitié trompé, William n'est certes pas l'un des leurs, mais ce n'est pas non plus un simple observateur. Il aimerait que l'Irlandais soit là, afin de pouvoir lui dire combien il a peur qu'une partie de lui-même demeure enterrée avec ces enfants et que la dévastation du village se soit propagée jusqu'à lui.

Violent déchirement dans le ciel suivi d'un *paf-paf-paf* d'air déplacé, si bruyant et si proche que William tombe à genoux sur le sentier boueux. Il lève les yeux et voit des photographes à la fenêtre d'un hélicoptère, leurs téléobjectifs noirs braqués sur la colline.

Cette intrusion l'indigne, et en même temps ce fracas fait sourdre en lui une sensation de libération.

Il imagine les corps dans les cercueils, il fut le dernier à toucher certains d'entre eux. Il se souvient de la main de cette petite fille dans la sienne, et quelque chose en lui s'ouvre. Il s'éclaircit la gorge, inspire une grande goulée d'air froid dans ses poumons, et son corps se prépare à donner le meilleur de lui-même pour ces familles brisées.

« *Paham mae dicter, O myfanwy,*
Yn llenwi'th lygaid duon di ?
A'th ruddiau tirion, O Myfanwy,
Heb wrido wrth fy ngweled i ? »

Le souvenir de la belle voix de Martin lui revient, si claire, si parfaite, à croire qu'il est là, avec lui sur le versant, à chanter leur duo préféré, une fois encore. Sa voix est chaude et souple, ses mains se détachent et conduisent la musique en gestes déliés et généreux. William chante ainsi qu'il n'a pas chanté depuis des années. Ça n'a pas d'importance que personne ne l'entende. Ce qui compte, c'est qu'il chante.

« *Anghofia'r oll o'th addewidion*
A wneist i rywun, 'ngeneth ddel,
A dyro'th law, Mafanwy dirion
I ddim ond dweud y gair "Ffarwél". »

Par miracle, au dernier vers, l'hélicoptère pirouette et s'éloigne en bourdonnant à travers le paysage, chargé de son butin. L'odeur des fougères piétinées et gorgées d'eau se mêle à un sentiment de détachement, comme s'il flottait au milieu des montagnes.

Le doux cliquètement des griffes d'un chien sur le chemin s'arrête à l'instant précis où William l'entend. Il se retourne. Oreilles dressées, tête inclinée, un jack russell le regarde, puis il repart en trottinant, flaire la terre, lève la patte. William s'essuie le visage d'un revers de manche. Il est temps de remettre son armure avant que l'écume et les débris de sa propre vie soient jetés sur le rivage par la lame de fond du deuil d'Aberfan : la mort de son père, la fin abrupte de sa carrière de choriste, l'abîme qui s'est ouvert entre lui et sa mère, entre lui et Martin. Et maintenant Gloria. Le froid se fait plus vif autour de lui et le ventre du ciel blanc semble peser sur la vallée. À entendre leurs voix monter et descendre, il sait que les gens du village chantent « Jesu, Lover of My Soul ».

Ensuite, ils redescendent le versant et reprennent la route pour rentrer chez eux. William observe, les mains plongées dans les poches, l'ongle de son pouce s'accrochant dans la doublure déchirée.

Les touffes d'herbe vert vif au milieu du sentier sont d'un ton si éclatant qu'elles semblent chanter pour lui, leurs brins pointus intenses et distincts. La cabine téléphonique, plus rouge que rouge, l'interpelle au tournant. Il sort un peu de monnaie de sa poche.

Il fait plus froid à l'intérieur de la cabine qu'à l'extérieur ; l'air y est tellement humide qu'il en est palpable. *Clic-clic-clic-clic* du cadran qui revient en position de départ, lointaine sonnerie – tout cela résonne de manière accrue dans cet espace clos. En entendant la tonalité aiguë, William remet une pièce dans la fente.

« William ? C'est toi ? Tout va bien ? »

William sent l'odeur de son haleine rance que lui renvoie le lourd combiné de Bakélite. « Ça va.

— Nous étions fous d'inquiétude, dit Robert, où es-tu ?

— À Aberfan. »

Silence. « Aux obsèques.

— Ouais.

— Tu es sûr que ça va ?

— Je crois. »

Silence. William sait qu'il s'agit là de la manière prudente de son oncle de le conseiller plutôt que d'outrepasser son rôle en jouant les pères.

« J'ai chanté pour eux, reprend-il.

— Qu'est-ce que tu leur as chanté ? » Tonalité aiguë, à nouveau, qui coupe la conversation, et William cherche au fond de sa poche une autre pièce qu'il fourre dans la fente de ses doigts gourds. « Allô ? dit Robert.

— Je suis là.

— Qu'est-ce que tu leur as chanté ?

— "Myfanwy". » Cette fois le silence se prolonge et c'est William qui le rompt. « Oncle Robert ?

— Ils en ont de la chance, finit-il par répondre. Je parie qu'ils ont trouvé ça magnifique.

— Personne ne m'a entendu, mais ça n'a pas d'importance. »

Robert rie doucement. « Allez mon garçon, rentre maintenant.

— Oncle Robert ?

— Oui ?

— Merci.

— Mais pourquoi ?

— Pour avoir fait de moi un embaumeur.

— C'est toi qui as tout fait, William.

— Je rentrerai tard. Je vais à Swansea.

— Oh ! s'exclame Robert. Épatant ! On sera là. À ton retour. »

***

William file vers l'ouest, sur le tableau de bord, le papier froissé avec l'adresse écrite de la main de Robert. En arrivant à Mumbles, il s'arrête pour demander son chemin à un marchand de journaux. Il n'est plus très loin de Plunch Lane. Au bout de cinq minutes, il s'arrête en face d'une espèce de chalet, perché à mi-pente d'une colline escarpée.

Il éteint les phares et contemple la façade éclairée de la maison de sa mère, les lampes qui brillent à travers les rideaux des fenêtres du rez-de-chaussée. Il a du mal à croire que sa vie est contenue entre les murs de ce cottage propret, où il ne lui a jamais rendu visite, avec son allée de gravillon beige et sa haie de troènes. Il s'imagine assis avec elle, lui racontant ce qu'il a vu, ce qu'il a fait à Aberfan. Il se remémore cette sensation d'être le centre du monde, le cœur de son attention, de son amour intense.

Épuisé, affamé, il sait que c'est la manifestation de l'amour des parents à la chapelle ardente qui l'a poussé à venir ici. Le ressentiment et la rancune tenace qui l'ont porté pendant si longtemps ont commencé à faiblir à Aberfan. Le moteur coupé, la voiture refroidit rapidement, et la force de l'habitude reprend ses droits. Après tout, elle l'a quitté pour venir ici. Il n'y est pour rien. Sa tête cogne contre le volant, le froid s'immisce dans ses muscles. Il laisse la rengaine familière jouer à nouveau dans sa tête : elle est partie en lui faisant signe mais sans se retourner – le coup ressenti dans la poitrine, la dévastation en la voyant s'en aller.

Robert lui a proposé de l'inviter à sa remise de diplôme, il lui a confié qu'Evelyn et lui s'étaient écrits au cours des mois passés, une correspondance amicale, ouverte. « Peut-être que nous pourrions mettre tout ça derrière nous », a-t-il suggéré. William se raidit à la pensée de cette querelle récente avec oncle Robert – la seule qu'ils ont jamais eue.

« Elle ne voulait même pas que je sois embaumeur ! Tu rigoles ou quoi ? »

Howard est apparu à la porte : « Qu'est-ce qui se passe ici ?

— Le petit prince, ici présent, n'apprécie pas que sa mère et moi, on ait enfin repris contact. »

Le petit prince ! William s'est senti piqué au vif. De toute sa vie, Robert ne lui a jamais dit que des choses gentilles.

« Peut-être qu'il lui faut du temps pour s'habituer à l'idée, Robert.

— Elle vous a insultés ! » William n'a pas écouté Howard. « Elle nous a humiliés. » Sa colère était plus forte que tout, et il a fondu en larmes : « Elle m'a abandonné ! »

Par deux fois il retire la clé, par deux fois il la remet. Au bout du compte, il donne un coup sur le tableau de bord et enclenche le contact.

« Non, maman. »

***

Il s'arrête devant la première cabine téléphonique qu'il rencontre, cherche de la monnaie dans la boîte à gants et sort de la voiture. Les pièces en pile sur le téléphone, il appuie le front contre la bordure rouge de la fenêtre un moment avant de composer le numéro.

« Mr. Finch ?

— William !

— J'appelle d'une cabine. Est-ce que Gloria est là, s'il vous plaît ?

— Oui ! Ne quittez pas ! » Les phares d'un véhicule un instant lui blanchissent les jambes.

« Salut, toi ! » La voix de Gloria est sonore et pleine de soulagement. « Robert a appelé, il est fou d'inquiétude.

— Ne t'en fais pas, dit-il doucement, je l'ai appelé aussi.

— Où es-tu ?

— Au pays de Galles.

— Ah mon Dieu, les obsèques.

— Oui.

— Et ça va ?

— Oui. Non. À peu près. Il faut que je te dise quelque chose, Gloria.

— Vas-y.

— Promets-moi de ne pas m'interrompre avant que j'aie fini.

— OK..., répond-elle d'un ton prudent.

— Je t'aime, Gloria. Je t'aime depuis le jour où je t'ai rencontrée. » Il se tait. Silence absolu. « Après ce dîner dansant, je suis parti pour Aberfan en me disant : quand je rentre à la maison, je demande Gloria en mariage. » Quel soulagement de prononcer ces mots à haute voix, mais il doit poursuivre pour éviter tout malentendu. « Mais après ça, je ne peux plus. Tu veux avoir des enfants. Tu devrais en avoir. » Il ferme très fort les yeux en revoyant le sang dans l'escalier des Finch, Gloria qu'on transporte à l'hôpital. « Tu seras merveilleuse, seulement moi je ne suis pas fait pour la vie de famille. Il faudra que tu trouves quelqu'un d'autre. » Silence absolu. Il attend, ne serait-ce que pour l'entendre respirer, mais il n'y a rien. « Au revoir, Gloria. »

Deuxième partie

LE CHŒUR
DE CAMBRIDGE

12

SEPTEMBRE 1957

Le ciel est d'un bleu meurtri, l'air presque doré de promesses de pluie. Dans ses culottes courtes grises et son blazer vert, il a froid.

Sa mère, Evelyn, s'est agenouillée malgré le gravier et ses bas neufs. Son visage est si près du sien qu'il voit une trace de maquillage sur sa joue droite, là où elle ne l'a pas suffisamment bien étalé. Les yeux d'Evelyn se mettent à briller. Il espère qu'ils ne vont pas déborder. William regarde par-dessus l'épaule de sa mère et il voit un père de haute taille taper dans le dos de son fils en lui adressant un grand sourire. Le maquillage de la mère est plus raffiné et plus généreux que celui d'Evelyn, elle porte un joli foulard noué sous le menton et des lunettes de soleil effilées, même s'il n'y a pas de soleil. Elle sourit également, mais avec ses yeux cachés derrière les verres noirs, son visage paraît inexpressif. Elle tient un mouchoir dans sa main. William aimerait que son papa soit là pour lui taper dans le dos et les faire tous sourire – ainsi sa maman ne se retrouverait pas seule en repartant dans cinq minutes.

« Je suis tellement fière de toi », dit Evelyn, le barrage de ses paupières toujours près de déborder. « Ton père le serait aussi. Tu le sais, hein ?

— Oui. » Il pose la main sur son épaule car il ne supporte pas de la voir triste. Elle se relève si vite que la main de William retombe sur ses culottes de flanelle grise toutes neuves.

« Ne commence pas à te montrer trop gentil avec moi, William Lavery, sinon je vais craquer. » Elle lui sourit, clignant des yeux pour chasser les larmes. « Je suis autorisée à venir voir comment ça se passe dans six semaines. On y sera avant même de s'en rendre compte. Alors tu auras dans la tête toutes sortes de belles musiques et tu pourras me les chanter au déjeuner.

— Oui maman. » Il se force à être courageux, à faire le grand. « Oui, je ferai comme ça. » Il déploie les mains de manière théâtrale : « Laaaaaaaaaaa. » Il ne veut pas qu'elle parte, mais il sait qu'il le faut pourtant, et il ne veut pas rendre les choses plus dures pour elle.

« Et peut-être qu'un jour, dit-elle tout bas les yeux toujours étincelants d'eau, je viendrai t'entendre chanter le "Miserere". »

Le garçon qu'il aperçoit derrière sa mère se retourne et se retrouve propulsé en avant par une nouvelle tape dans le dos de son père, l'air démentiellement heureux, qui lui crie : « Au revoir, Charles », d'une voix riche telle que William n'en a entendu qu'à la radio. La mère et le père se donnent négligemment la main et s'en vont vers une voiture grise à l'extrémité de laquelle est plantée une statuette de femme avec des ailes. Un homme portant une casquette est assis derrière le volant.

« Et tu seras au premier rang, dit-il en imaginant sa mère rayonnante et forte, et je te ferai un clin d'œil. »

William jette un regard à Charles qui se dirige vers l'école – cet endroit qui va devenir leur foyer – et il remarque que ses lèvres rouges sont soudain toutes tendues à travers son visage, bouche ouverte.

« Au revoir, maman », murmure-t-il en déposant un baiser sur ses doigts, où il sent le frais contact de son alliance. « Je vais l'accompagner, il a l'air triste. »

Evelyn prend son menton dans sa main, lui ébouriffe les cheveux et s'en va. William sait qu'elle ne se retournera pas, qu'elle pleure déjà et ne veut pas qu'il la voie. Il lui sait gré de s'être retenue jusque-là. Parmi les quatre nouveaux choristes – les apprentis, comme on les appelle – qui arrivent en cette rentrée, William, dix ans, est le plus âgé. Les autres ont sept ans, l'âge requis pour débuter. Ce serait horrible d'être le plus vieux et de faire le bébé qui pleure après sa maman. Sa mère le sait. Cette compréhension mutuelle est à la fois une source de tourment et de réconfort qu'ils se renvoient mutuellement.

William et sa mère ont seulement compris combien sa voix était extraordinaire l'année passée, lorsqu'il a rejoint la chorale locale. Le maître de chœur a dit qu'il n'avait jamais rien entendu de tel et a suggéré à sa mère de demander une bourse pour qu'il puisse suivre l'enseignement des chorales universitaires. Ce qu'elle a fait. Et voilà, à présent il doit la quitter.

William se glisse derrière Charles dans le vestibule lambrissé et fait ce qu'il imagine que tout le monde fait en voyant une autre personne dans la détresse : il lui prend la main. D'un seul coup, le visage déformé de Charles se rapproche du sien, effrayé et furieux, et il retire sa main d'un coup.

« Lâche-moi ! »

Craquement d'articulations, mais William n'est pas certain de savoir lesquelles. La mâchoire du garçon est soudain de pierre, et il entre au pas de charge dans la salle où des hommes en blouse noire attendent avec des listes en main.

William reste sur le seuil, espérant qu'Evelyn n'ait rien vu, déterminé à ne pas se retourner, jusqu'à ce qu'un garçon beaucoup plus grand le bouscule au passage, le forçant à entrer.

13

Quand William se réveille, les trois autres apprentis, dont Charles, sont regroupés dans un coin. Serrant les rangs pour mieux l'exclure, ils le regardent se lever pour la première fois de son fin matelas. Prendre la main de Charles a vraiment été une grosse erreur.

La veille au soir, recroquevillé en boule, alors qu'il se demandait comment il pourrait s'endormir sans la voix de sa mère, il s'est aperçu qu'il pouvait l'entendre même en son absence.

Ma fonction sur terre, William, c'est de t'aimer comme personne d'autre, et je dois dire que je me débrouille plutôt pas mal... Tu as un don, c'est ce que dit le maître de chœur. Tu seras soliste en moins de temps qu'il ne faut pour le dire.

C'est à croire qu'il peut littéralement l'entendre, sentir son souffle sur son visage, voir les arêtes de ses dents blanches. Mais maintenant, tandis que les trois garçons quittent le dortoir ensemble, Evelyn lui paraît si loin qu'elle pourrait aussi bien ne pas exister.

Il sursaute en sentant une large main se refermer sur son bras. « Viens. On va se mouiller et après je t'emmène prendre le petit déj.

— Se mouiller ? répète William qui se laisse emmener à travers un couloir par un grand garçon corpulent aux courts cheveux roux, séparés par une raie irrégulière. Ça veut dire quoi ?

— Tu vas voir, répond le garçon en le lâchant. Tu vas t'y faire. On finit par se faire à tout.

— Ça fait combien de temps que tu es là ? » William court pour le suivre.

« Trois ans. » Le garçon a un large visage plat semé de taches de rousseur et il a les dents du bonheur. « Moi, c'est Martin, Martin Mussey. » Il continue de l'avant sur ses jambes solides. « J'ai une bonne voix mais je me conduis mal. Je ne serai jamais premier choriste, mais je suis très souvent soliste.

— Heureux de faire ta connaissance. » Les bonnes manières ne coûtent rien, lui a appris Evelyn, mais elles font merveille. « Moi c'est William Lavery. Merci d'être venu me chercher. »

Martin se met à rire et s'arrête, attendant que William arrive à sa hauteur. « Peut-être que tu n'auras plus envie de me remercier dans une minute. Mais la Surgé n'est pas si terrible. »

Une odeur puissante flotte dans les sanitaires. Tout y est bleu pâle et blanc. La lumière crue fait cligner William. Imitant Martin, il retire son haut de pyjama et le laisse choir derrière lui. Ils se tiennent à côté d'un autre garçon devant les lavabos et un quatrième vient se poster à gauche de William. Martin est le seul à montrer un peu d'embonpoint. Il a même des renflements au niveau de la poitrine.

Une femme habillée en infirmière tient un broc de métal, ce doit être la Surgé. Les muscles de son bras se tendent à travers sa chair molle lorsqu'elle le soulève.

« Baissez-vous ! »

Le garçon se penche et appuie les mains par terre. Sa colonne vertébrale s'incurve, formant un alignement de petites bosses. Quand la Surgé lui verse l'eau par-dessus la tête et sur le corps, il souffle comme s'il avait pris un coup de poing dans le ventre. Quelques gouttes éclaboussent William. Il se crispe. C'est glacial.

Le garçon se redresse, file vers une rangée de patères et attrape une fine serviette. La Surgé remplit le broc dans le lavabo derrière elle. Martin avance d'un pas et prend la place laissée vacante. Son ventre tremblote quand il pose les mains à plat sur le sol, et son visage à l'envers prend une tout autre allure.

« Dépêchez-vous ! » fait-elle sèchement à William lorsque Martin s'est relevé et a commencé de s'essuyer, souriant de soulagement, ou peut-être en guise d'encouragement. Mais William ne bouge pas. Il attend bien trop longtemps pour la Surgé, qui finit par relever la tête. Lorsque enfin leurs regards se croisent, William lui adresse un sourire poli et secoue la tête.

« Pas pour moi, merci, madame. C'est trop froid. »

Le garçon à sa gauche ricane, puis étouffe un rire. Le visage de la Surgé montre d'abord une certaine douceur liée à la surprise, puis elle l'attrape par le bras et le tire vers elle.

« Je crains que votre Seigneurie n'ait pas le choix. »

Il entend à nouveau s'esclaffer le garçon sur sa gauche. Puis on lui pousse la tête vers le bas et une cascade d'eau froide s'abat à l'intérieur de son nez, dans ses yeux, ses oreilles, et des doigts glacés enserrent son ventre. Le lino clair étincelle d'eau. William pousse un glapissement.

Il se redresse, l'eau lui brouille la vue, et il détale. Il enfouit son visage dans une serviette quelques secondes avant de s'essuyer partout.

***

« Si tu dois te faire corriger, planque un mouchoir ici. » À présent habillés, ils quittent le dortoir pour descendre prendre leur petit déjeuner, et Martin, revigoré, lui montre une énorme armoire sur le palier où voler les mouchoirs. « Mr. Atkinson le saura si tu fourres une serviette dans ton froc, mais un mouchoir, tu peux le glisser discrètement dans ton caleçon.

— Se faire corriger ? » William n'a rencontré le directeur que deux fois, mais il ne lui a pas semblé violent. « Mais pourquoi ça arrive ? » Il ressent encore la morsure de l'eau froide.

« La dernière fois, c'était pour avoir sauté sur les lits.

— Sauté sur les lits ? » Le pas de William résonne doucement dans l'escalier derrière le *clac-clac* plus sonore et rapide de Martin.

« Deux minutes avant que la Surgé vienne vérifier l'extinction des feux, tu dois sauter de lit en lit jusqu'à ce que tu sois revenu au tien. » Ils dépassent Charles et les autres apprentis dans le couloir. William se concentre sur Martin en arrivant à la cantine.

« Y a combien de lits ?

— Dix.

— C'est rude.

— Et tu fais ça à poil.

— Pardon ?

— Tu dois sauter de lit en lit à poil. »

William n'a jamais vu un corps nu en dehors du sien et il n'arrive pas à croire qu'on puisse faire une chose pareille.

« J'ai reçu plus de corrections que n'importe qui d'autre l'année dernière. » Martin l'emmène jusqu'à une espèce de passe-plat. Une grosse femme au tablier bleu tendu sur son ample poitrine soulève une louche d'un pot en fer-blanc et verse du porridge dans des bols verts. Martin en prend un sans lui adresser la parole. « Si je ne chantais pas bien, j'aurais été viré. »

Une odeur de lait vient titiller les narines de William et, le temps que la femme remplisse son bol, il se rend compte qu'il a faim. Elle lui jette un bref regard. Le bord de la louche heurte le bol et une goutte de porridge tombe sur le comptoir.

« Merci beaucoup », dit-il.

Elle ne répond pas mais lui adresse un petit signe de tête, et une boucle brune monte et descend.

Il suit Martin jusqu'à une table déserte où il tire une chaise dont les pieds crissent sur le parquet. Les mots et les gestes de Martin dégagent une énergie qui redonne à William le moral et un peu de courage. Depuis la mort de son père, deux ans plus tôt, il a dû s'endurcir et n'a pas ménagé ses efforts pour essayer de rendre sa mère heureuse. Depuis quelque temps il semble qu'elle se réveille d'humeur plus légère, qu'elle retrouve sa gaieté d'antan, mais c'est pour lui un soulagement de sentir l'insouciance de Martin l'envelopper.

« Pas pour moi, merci, madame », dit Martin avec ce que William suppose être l'accent des Midlands. Mais lorsqu'il sent sa main se poser, lourde et chaleureuse, sur son épaule, il ne peut lui en vouloir.

« Ma mère m'appelle votre Seigneurie. » William touille avec sa cuillère la bouillie grumeleuse qui sent le sel. « Mais quand elle le dit, elle, ça sonne pas pareil. »

Le rire de Martin résonne du plus profond de ses poumons. « Lavery, tu es un drôle de zèbre. »

William découvre la cantine, son odeur de bois ciré, ses hautes fenêtres et ses tables très ordinaires, et il se sent soulagé de constater qu'apparemment, tout ce qu'il a à faire pour plaire à Martin, c'est être lui-même.

14

Après le petit déjeuner, les garçons se rassemblent dans le vestibule, ils se plient en deux pour mettre leurs chaussures, et, pour la première fois depuis son arrivée, William se sent tout excité ; il s'affaire avec ses souliers et se blinde contre les autres qui le heurtent au passage, le poussent. Il n'est pas très doué pour nouer ses lacets, aussi doit-il se concentrer. C'est seulement en se redressant qu'il s'aperçoit que les choristes revêtent une robe noire et un drôle de chapeau carré. Il ne possède ni l'une ni l'autre. Il demeure là, avec Charles, Edward et Anthony, les revêches petits de sept ans, vêtus de leur blazer, et ils sentent tout le poids de la différence.

C'est en mars dernier, il y a six mois, que William est venu ici passer une audition. Depuis, il ne regardait plus que d'un œil la vie qu'il menait, passant la plupart de son temps à se représenter l'avenir. Il s'est imaginé entrer dans l'église, franchir les brillantes dalles noires et blanches, aveuglantes quand la lumière est braquée dessus. Il s'est imaginé la beauté éclatante des vitraux, tels des diamants colorés qui transforment la lumière ordinaire en quelque chose de si incroyable que c'en est presque douloureux à contempler. Il s'est imaginé lever les yeux vers les saints amicaux aux bras levés pour l'accueillir. Il s'est imaginé vêtu de robes blanche et pourpre, gonflant d'air ses poumons. Il s'est imaginé ouvrant grand la bouche pour laisser sa voix s'échapper. Il s'est imaginé que ce serait comme voler.

Ce qu'il ignorait complètement, c'est qu'il commencerait en tant qu'apprenti, au lieu de choriste. Il n'aura pas l'uniforme complet et ne pourra même pas chanter aux vêpres, par conséquent, aucune chance d'être soliste. Il ne sait pas très bien combien de temps dure la période d'apprentissage. Lors de son audition, Phillip, le maître de chœur, s'est montré peu précis à ce sujet.

« Normalement, l'apprentissage dure un an, a-t-il dit en lui expliquant comment se déroulait la vie des choristes, mais puisque vous êtes nettement plus âgé… nous verrons. »

« Viens avec moi, William », dit Martin, gai et plein d'entrain, lorsque les garçons se rangent en file.

Après avoir franchi le portail pour entrer sur les terrains de sport, Martin pointe du doigt :

« Tu vois le trou dans la fenêtre du pavillon de cricket ? C'est moi qui l'ai fait l'an dernier avec une batte, et personne ne l'a encore réparé. J'ai eu droit à une correction pour ça.

— Oh. » William garde les yeux braqués sur le trou, ainsi Martin sait qu'il prend l'affaire très au sérieux.

« Tu vois cet arbre ? dit Martin en pointant vers la gauche. J'y ai grimpé la première année, je suis tombé et je me suis cassé le petit doigt. Regarde ! » Il agite sa grosse main devant le visage de William : « Il est resté tordu. »

William songe que la mère de Martin doit être très différente d'Evelyn. Il imagine son horreur s'il devait lui dire qu'il a été corrigé par le directeur pour avoir sauté sur les lits des garçons sans caleçon. Les autres choristes plus âgés ont l'air assez amicaux envers Martin, mais celui-ci paraît libre de toute allégeance – contrairement à Charles, Edward et Anthony qui se sont fondus en une seule et même personne hostile.

Une fois franchies les hautes grilles du collège, leurs pieds écrasent le gravier rouillé, *crac-crac-crac*. William aperçoit la flèche de l'église. À côté de ces épais murs de pierre, lui et les autres garçons paraissent si fragiles, si insignifiants, même Martin. À mesure qu'il se rapproche, il sent son cœur battre de plus en plus vite. Ils sont certes petits, mais ils sont extraordinaires. Ses poumons sont forts et vigoureux. Il imagine que l'église entend leurs pas et leur bavardage, et qu'elle a hâte que les chants démarrent. Mais à la dernière minute, le cortège s'éloigne de l'entrée de l'édifice et prend sur la gauche.

« On va où ?

— À la salle de chant, répond Martin.

— On ne va pas à l'église ?

— Les choristes y vont pour les répétitions du soir et pour les vêpres, mais là, c'est le matin. » La salle est petite, très ordinaire, avec des murs crème et des rangées de bancs. « Les apprentis s'assoient là. » Martin désigne le coin opposé et le pousse doucement.

Même si William sait qu'il finira par devenir choriste, un galet de déception sombre tout au fond de lui. Il s'assoit à droite de Charles, regrettant une fois encore d'avoir essayé de le consoler la veille. À les voir l'éviter, chuchoter et rire entre eux, sans lui, on dirait qu'il a essayé de leur prendre la main à tous, voire qu'il les a embrassés sur la bouche. *Tout va bien pour eux*, songe-t-il, *ils en ont pour sept ans ici*. À dix ans, nouveau venu tardif, son temps d'apprentissage sera beaucoup plus court.

C'est avec soulagement qu'il voit Phillip Lewis, le maître de chœur, enfin entrer dans la salle. Il n'a plus besoin de faire semblant de s'intéresser à l'organiste assis au piano qui range ses partitions. Il décide de ne plus prêter attention à ces garçons désagréables au cours de l'heure qui vient ; il ne veut plus penser qu'à cet homme qui a dit à sa mère que son fils avait un don. Il va l'écouter expliquer tout ce qu'il a à leur apprendre au sujet de la musique et de la manière de chanter, et il fera de son mieux.

« Bienvenue à tous. Et en particulier aux nouveaux. » Tout en classant ses feuilles, Phillip Lewis adresse un signe de tête aux apprentis sans regarder quiconque en particulier. William reconnaît le doux accent gallois car il a passé les vacances d'été à Port Madoc. Grand, aussi fin qu'une brindille, la voix douce, le maître de chœur est à moitié chauve, hormis une bande de cheveux qui descend presque sur son col. « Si nous commencions par quelques arpèges ? »

« Bien. » Les échauffements effectués, Phillip fouille parmi ses partitions et en sort une feuille. « Si on revenait un peu sur le "Te Deum". Vous vous souvenez… » Son regard se pose tour à tour sur chacun des garçons. « Écoutez. Je veux entendre un seul son, une voix, pas quinze. » Il a l'air détendu, son visage n'est pas crispé d'excitation tel celui du maître de chœur que William a connu chez lui, pourtant il contrôle parfaitement la situation. « Donc, on va commencer par le Tallis. » Il baisse la tête et ses grandes mains osseuses se posent enfin sur les pages voulues, qu'il étale devant lui. « Mussey ? Vous démarrez. »

Au début, William tente de distinguer les voix individuelles parmi l'ensemble. Il regarde Martin de dos, sa grosse tête rousse qui oscille et descend au gré de la musique avec une liberté que nul autre ne manifeste, mais puisque William ne peut voir sa bouche, il ne réussit pas à identifier son timbre avant le solo.

Quand le moment escompté enfin se produit, William sourit. Il sent presque la voix de Martin vibrer sous son crâne. Il prend garde à maîtriser sa propre voix, mais il sait qu'il pourrait transpercer les autres comme un couteau dans du beurre. De même que Martin. Peut-être mieux encore. Mais il est heureux de découvrir que son ami est si doué, et lorsqu'à la fin du morceau, celui-ci se retourne pour le regarder, ils s'échangent un sourire, et William se sent reconnu.

15

« Qu'est-ce qui se passe, Lavery ? » Charles sourit, et William comprend aussitôt qu'ils ont fait quelque chose à son pyjama. Il a regardé sous son oreiller, sous les couvertures, sous son lit. Le silence résonne des rires réprimés. Il est épuisé. Les choristes dînent après les vêpres, aussi William est-il seul avec les apprentis.

Craignant que sa voix se lézarde, il s'assoit sur son lit dans l'espoir que l'un d'eux lui dira où est passé son pyjama, mais on dirait qu'il est invisible. Il va se laver les dents en pantalon et maillot de corps, priant pour qu'à son retour, son pyjama soit de nouveau sous son oreiller. Le cas échéant, il sourira, peut-être même qu'il rira, s'il y parvient. En regardant dans la glace, quelque chose attire son attention. Il se retourne. Une jambe de son pyjama dépasse de la cuvette des toilettes ; le reste est au fond. L'eau est indéniablement jaune. Il sent sa gorge se serrer, cligne de manière répétée pour empêcher les larmes de couler. Incapable de se résoudre à toucher son pyjama, ni même à le regarder, il ressort en courant et bouscule Martin.

« Qu'est-ce qu'y a ? »

William ne veut pas pleurer ; il désigne les toilettes et file au dortoir, les yeux vissés au sol, puis il enlève son pantalon et se met au lit en sous-vêtements.

« Bonne nuit », dit-il d'une voix normale. Il leur tourne le dos et essaie de se concentrer sur sa propre respiration pour ne pas entendre les murmures et rires assourdis. Si seulement il pouvait entendre la voix de sa mère lorsqu'il en a envie. Ce soir, il ne trouve aucun réconfort. Il entend les ressorts du lit de Martin mais n'ouvre pas les yeux. Quand la Surgé vient vérifier l'extinction des feux, il remonte la couverture par-dessus son menton.

Une petite tape sur la main quelques minutes plus tard le fait sursauter. Martin est agenouillé au pied de son lit et le fixe intensément.

« Attends dix minutes », fait-il sans un bruit en montrant bien ses dix doigts écartés dans le noir. William le regarde retourner dans son lit.

Il compte par groupes de soixante, mais il doit avoir perdu le fil à un moment car il sent déjà une tape sur son bras. Martin est de nouveau à son chevet, son pyjama blanc rayé luit dans l'ombre. Il roule avec soin sa couverture pour en faire un boudin.

« Vengeance de lit en sous-marin ! » murmure-t-il.

Tel un surfer qui pagaie en mer, Martin se propulse sous le lit de William, son grand corps positionné le long de la couverture roulée, sans un bruit. William se penche au bord du lit et le regarde avancer sous l'un, puis l'autre, avec une grâce surprenante. Dès qu'il ne le voit plus, il se rallonge et attend dans l'épais silence du dortoir.

Une série de petits bruits secs le fait sursauter, suivi d'un grincement de ressorts. Puis une voix bizarre et effrayante lance : « Charles. Charles.

— Qui c'est ? Laissez-moi. » La petite voix perchée de Charles déborde de faux courage.

« Va chercher le pyjama de William. » La voix transformée de Martin se fait plus forte.

« Je peux pas ! On a pissé dessus.

— Va le chercher et enfile-le.

— Non ! »

S'ensuit un mouvement soudain et un cri de douleur. « Aïe ! Je le dirai à la Surgé.

— Si tu ne reviens pas dans ton lit avec le pyjama de William sur toi dans trente secondes, c'est moi qui cafterai auprès de la Surgé ! menace Martin, reprenant sa voix normale.

— Je peux pas ! C'est dégoûtant. »

Nouveau coup assourdi suivi d'un glapissement. « Imagine qu'on te renvoie pour avoir pissé sur le pyjama d'un autre. Tu laisserais une belle trace dans les annales de l'histoire de l'école. Vas-y ! Maintenant ! »

Consterné, William ne bouge plus. Charles bondit du lit et court à travers le dortoir. On entend l'interrupteur dans les toilettes, suivi de quelques sons étouffés, des gouttes qui dégoulinent, le bruit du tissu mouillé sur la peau, un grognement. Le dortoir bourdonne du silence des garçons, en attente. Quand Charles revient en courant, minuscule comme une herbe dans le pyjama trop grand et trempé, William doit résister à l'envie de lui présenter des excuses.

« Et si tu racontes ça à quelqu'un, dit Martin en sortant de sous le lit voisin de William, je reviendrai demain soir, et le soir suivant. »

William compte jusqu'à trente, puis il murmure à Martin : « Dis-lui qu'il peut l'enlever maintenant. Ne l'oblige pas à le porter toute la nuit.

— Il faut qu'il comprenne la leçon, chuchote Martin. Tu veux pas subir ça pendant quatre ans ?

— Mais qu'est-ce qu'elle dira la Surgé demain matin ? Elle croira qu'il a fait pipi au lit.

— Fais-moi confiance, William, après ça, il te laissera tranquille. »

Alors que la respiration de Martin se fait plus profonde, William éprouve la conscience aiguë du petit Charles qui frissonne, six lits plus loin. Il se passe un long moment avant que le sommeil vienne le délivrer de cette énigme : comment son nouvel ami peut-il à la fois se montrer aussi gentil et aussi cruel ?

16

Mon cher William,

Merci pour ta lettre – même si elle m'a fait bondir. Je suis désolé d'apprendre combien ce garçon a été méchant avec toi, et je ne peux que me réjouir de la leçon que lui a infligée ton ami, même si elle était rude. Martin a l'air d'être un sacré personnage – en fait, je suis très content qu'il veille sur toi.

Tu as bien fait de ne rien raconter à ta mère. Et je suis heureux que tu te tournes vers moi quand ça ne va pas. Nous savons qu'après la mort de ton père, ta mère a eu besoin de te garder pour elle toute seule pendant un moment. Nous le comprenons, mais tu nous as manqué. Peut-être que nous ferons un saut à Cambridge pour les vêpres de temps en temps, même si je ne suis pas certain que cela plaise à ta mère.

Bref. Je me suis trituré la cervelle pour trouver un moyen de t'aider à te sentir mieux. J'ai décidé de partir en quête d'un objet qui a appartenu à ton père – un des avantages à vivre toujours dans la maison où nous avons grandi ! J'ai trouvé un vieux marron avec lequel il m'avait battu à un jeu en 1933, mais aujourd'hui, il n'est plus très présentable. Tu es passé très près de te retrouver avec un savon au bout d'une ficelle qu'il m'avait offert lors d'un Noël. Ensuite, je me suis rappelé qu'en dehors des vêtements, une couverture était à peu près le seul objet que tu étais autorisé à posséder. Bingo ! La vieille couverture de ton père attendait dans le coffre du banc, dans sa chambre d'autrefois. Elle a mieux résisté au passage du temps que le marron ou le savon, pour sûr.

Considère que cette couverture est un gros câlin que te fait ton papa (et moi aussi) chaque fois que tu en as besoin.

Ton oncle Robert qui t'aime

PS : Howard te dit bonjour de sa meilleure imitation de Donald Duck.

PPS : C'est gentil à toi d'avoir mis ta ration de friandises sous l'oreiller de Charles ces deux dernières semaines, même si je ne suis pas certain qu'il le mérite, mais je pense que dorénavant, c'est à ton tour d'en profiter.

Le lundi matin, au début de la quatrième semaine, William traverse les terrains de sport tout trempés et luisants des averses nocturnes. À part chanter, cette marche en compagnie de Martin est son moment préféré. Il a toujours du mal à croire que Martin puisse être si grand, doux et amical, et quand ils marchent côte à côte, c'est comme s'il n'avait aucune raison de s'inquiéter. Il est sidéré que Charles n'en veuille pas à Martin et, ainsi que celui-ci l'avait prédit, lui et les autres apprentis le laissent tranquille.

La couverture gris et vert de son père, avec ses coutures d'un rouge de feu et son parfum de camphre, le réconforte depuis près de trois semaines. Toute cette routine ne lui est peut-être pas encore familière, mais elle lui paraît en tout cas moins étrangère. Lever à six heures. Mouillage. Pratique instrumentale (piano pour lui, clarinette pour Martin). Petit déjeuner : œufs aux tomates le lundi, porridge le mardi, œufs aux haricots le mercredi, tartines de tomates le jeudi, harengs le vendredi, variable le week-end. Répétitions du chœur. Cours. Déjeuner. Cours. Goûter pour que les choristes tiennent jusqu'après les vêpres. Devoirs. Dîner.

Les cours sont difficiles. Contrairement à lui, les autres garçons lui paraissent des puits de savoir sans fond, autant en connaissances générales que spécifiques. Seulement il sait qu'un choriste doit exceller en tout, alors il fait des efforts.

Pendant les répétitions, William est vivant et alerte. Les autres apprentis bâillent, s'appuient sur leurs coudes, parfois ils ont du mal à savoir où on en est, ils démarrent trop tôt, ou trop tard, n'écoutent pas, et leurs voix ne se mêlent pas ensemble ainsi que le voudrait Phillip. Il regrette d'être parmi eux, mais dès que le piano se met à jouer, que la main gracieuse de Phillip les invite à chanter, il oublie tout, sauf sa respiration, sa voix et la musique.

« Sapristi, je suis pas bien », dit Martin tout à coup, au moment où une mouche passe devant eux. Il se tient le ventre à deux mains, pourtant il réussit à sourire à William.

« Qu'est-ce qu'il y a ?

— Je me sens mal. »

Tout à coup, Martin se plie en deux et vomit dans l'allée. Derrière, les garçons font des bruits dégoûtés et s'écartent de la flaque fumante en se pinçant le nez. Martin est courbé, les mains sur les genoux, il hoquette.

« Ça va ? demande William.

— Pas fini ! » gargouille-t-il avant de rendre à nouveau dans l'herbe.

Les autres, au grand désespoir de William, ont tous continué leur chemin, et soudain il s'aperçoit qu'il tapote doucement le dos de Martin.

« Ça y est, tu crois ? » William plonge la main dans sa poche.

Martin se redresse et reprend sa respiration avant de se mettre à tousser. « Je crois. » Il se remet en marche. « Viens, on va être en retard.

— Tu ne veux pas rentrer ? » William court derrière lui, un peu barbouillé à présent, mais la brise fraîche le ragaillardit.

« Ça va. Je préfère être dehors ! » dit gaiement Martin en continuant.

Ainsi que de coutume, William est assis auprès de Charles, Edward et Anthony. De temps à autre, l'odeur de vomi lui effleure les narines, sans doute à cause de ses chaussures.

« Bon, les garçons, dit le maître de chœur, nous allons commencer avec le "Magnificat" en *si* bémol. Mussey, vous ferez le solo. »

Mouvement soudain au premier rang et Martin détale, la main sur la bouche. Tous entendent le râle rauque et le liquide qui gicle sur les dalles.

« Oh mon Dieu ! » dit doucement Phillip en regardant la porte par-dessus ses lunettes. Il se tourne vers Ian Mills, le choriste numéro deux.

« Ramenez-le au foyer, Mills, mais passez à la conciergerie et dites-leur qu'il y a du nettoyage à faire, voulez-vous ?

— Oui, monsieur, dit Mills en se hâtant vers la porte.

— Bien, dit Phillip en levant les yeux de ses feuilles. Nous avons besoin d'un soliste. »

Ses yeux se posent sur William, et c'est comme si celui-ci était transpercé par une aiguille. Le maître de chœur regarde souvent par-dessus leurs têtes en leur parlant, mais William s'aperçoit que quand il s'adresse à vous, il est très direct. Il bande ses forces pour ne pas détourner les yeux.

« Bon, Lavery. » Il prononce ces mots si doucement que William se demande si c'est réellement son nom qu'il a entendu après tout. « Voyons voir ce que vous avez à nous proposer, voulez-vous ? »

Charles, à sa droite, laisse échapper un petit ricanement et se retourne vers les autres. William soupçonne que tout ça ne va pas améliorer sa popularité, mais en s'approchant du premier rang et en se mêlant aux choristes, il se sent parfaitement prêt.

Simon Porter, le premier choriste, lui montre sur la partition où il doit démarrer, mais William le sait déjà, car c'est un morceau que sa mère lui joue depuis toujours. Il y a un passage compliqué, mais il le connaît par cœur. C'est le morceau qu'il a chanté lors de son audition, et il est certain que Phillip se le rappelle.

« Prêt, Lavery ? » Il lance un regard à William. « À partir de la mesure 14, tout le monde. »

Porter lui montre à nouveau où démarrer sur la partition et William lui adresse un bref sourire. Le piano commence. Ses joues sont brûlantes, fourmillantes. Six mesures à attendre. La vague des voix des garçons le soulève et il se sent plus léger, c'est comme si le son glissait entre les dalles et les semelles de ses chaussures, le soulevant du sol.

Trois mesures. Poumons qui se remplissent et se vident, les yeux fixés sur Phillip. Une mesure. Coup d'œil à la partition, puis au maître de chœur, qui lui adresse un signe de tête, tandis que William prend déjà le souffle dont il va avoir besoin.

Les commissures des lèvres de Phillip remontent légèrement et sa tête s'incline vers la droite en entendant William chanter son premier solo, d'une voix claire et assurée, un solide battement de joie dans la poitrine.

L'organiste lève la main du clavier. Silence. Porter se racle la gorge. William regarde autour de lui. Tous les yeux sont braqués sur lui. Il baisse la tête, puis regarde Phillip.

« Bon travail, Lavery, dit-il en feuilletant ses partitions à la recherche du prochain morceau, bon travail. Ça ira pour ce soir. Porter ? Veillez à ce qu'il ait la tenue convenable.

— Oui, monsieur. » Porter met ses partitions en ordre.

***

Le liquide gras où flottent des morceaux de légumes ne mérite pas le nom de soupe, mais William a si faim qu'il est déjà certain de l'engloutir jusqu'à la dernière goutte. Il va voir Martin qui, après une journée au lit, est à présent assis dans un coin de la cantine.

« Salut. » William pose son bol près de Martin et grimpe par-dessus le banc. « Tu te sens mieux ?

— Je crois, dit-il en levant les yeux et en avalant une cuillerée. La Surgé dit qu'il faut que j'attende demain matin pour manger, mais qu'elle aille se faire cuire un œuf. Je n'ai rien avalé depuis le petit déjeuner ! On va bien voir ce qui se passe après ça.

— On croise les doigts.

— Alors… » Martin essuie l'intérieur de son bol avec son doigt car il a mangé tout son pain. « … rien à me raconter ? »

William sent ses joues s'enflammer. Il se concentre sur le grumeau vert dans sa cuillère. « Je suis content que tu ailles mieux.

— C'est vrai ? » Martin est encore plus pâle que d'habitude ; éparpillées sur son nez, ses taches de rousseur sont livides. Sa cuillère est suspendue au-dessus de son bol vide.

Quelque chose se durcit en William, une résolution. S'il n'est pas capable de dire ça sans se faire tout petit et présenter des excuses, sa vie ici va être un enfer.

« Je suis vraiment content que tu ailles mieux, et je suis content aussi d'avoir chanté le solo et que ça ait plu à Phillip. Je serais barjot si j'étais pas content, hein ? »

Martin pose sa cuillère et s'affaisse sur le banc. « Porter dit que tu as une voix de soliste puissante. » Leurs regards se croisent et William espère que ses joues perdent de leur rougeur. « Il dit qu'il va falloir qu'on te surveille.

— Je suis seulement apprenti. Tu es tranquille pour un moment, répond William en essayant de sourire. Tu es le meilleur soliste, Martin. Tout le monde le sait. » Sous la table, William croise les doigts. Il sait qu'il est au moins du même niveau que Martin, si ce n'est meilleur, mais selon la définition stricte, il n'est pas encore choriste.

« Heureusement. » Martin sourit et redevient lui-même. « C'est la seule chose que je sais faire. »

William décide de ne pas parler à sa mère de son solo dans sa lettre hebdomadaire : il veut lui réserver la surprise à leurs prochaines retrouvailles, dans deux semaines. Pourtant, il en parle à oncle Robert. Aucun danger qu'il évente le suspense : sa mère ne sait même pas qu'ils s'écrivent – encore une chose qui, d'après son oncle, risquerait de lui déplaire.

17

AUTORISATION DE SORTIE
Nom : Lavery, de 12 h 30 à 16 h 45.
Date : 20 octobre.
Signé A. G. Atkinson.

Depuis qu'il a reçu son autorisation de sortie mercredi, William a rêvé deux fois d'Evelyn. Dans le premier rêve, elle était étendue sur le canapé, chez eux, et jetait des biscuits tièdes à William qui était assis sur le fauteuil d'à côté, détendu et souriant, tandis que les miettes s'égaillaient sur le tapis. Dans le second, elle se trouvait dans le dortoir, vêtue de son imperméable, un fichu sur la tête. Elle avait l'air si heureuse de le voir, il s'est réveillé en sursaut, plein d'embarras, parce que sa présence était douloureusement déplacée et qu'elle s'apprêtait à faire toute une histoire à son propos.

Tout ce qu'il a eu à faire, c'est se rendre au bureau du directeur et recevoir de sa main l'autorisation de sortie. En jetant un coup d'œil autour de lui aux panneaux lambrissés, au vase de roses jaunes sur la table, il a eu du mal à croire que c'était ici même que Martin avait reçu toutes ces corrections. Nulle part n'apparaissait de baguette. Comme il avait été élevé dans un milieu si plein d'amour, une partie de lui refusait de croire qu'on pouvait vraiment battre les gens, qu'une badine de saule pouvait être rangée quelque part dans le simple but de frapper des garçons. La rencontre a été polie et formelle. Son seul défi a consisté à s'empêcher de sauter de joie parce que le petit papier dans sa main lui accordait un après-midi tout entier avec sa mère dans quatre jours.

***

C'est dimanche à présent, et après l'office, il sera libre de partir. Avec elle ! Ils sont rangés en ligne pour entrer dans cette église remplie des parents qui, d'un seul coup, ont disparu de leur vie il y a six semaines, et soudain, tout est différent. Charles, Edward et Anthony sont si occupés à se faire rire les uns les autres qu'ils ne semblent avoir rien remarqué. Mais, pense William, peut-être que faire les idiots ensemble, rigoler, gazouiller, c'est leur manière d'appréhender les choses. Sans doute que Charles ne pleurera pas aujourd'hui en disant au revoir ; il semblerait désormais que ce n'est plus le même garçon qui a quitté sa mère en larmes à la rentrée.

William aime la pierre et l'odeur de bois de la vieille sacristie. Martin inspire et expire à fond, c'est son habitude avant d'entrer. L'orgue commence à jouer, les habits blanc et pourpre se mettent à osciller, et les garçons à avancer. Le plafond est si haut que William doit relever le menton autant qu'il peut pour le voir. Les dalles sont dures et belles sous ses pieds. Son saint préféré le regarde dans les yeux, il lui tend les bras. Après l'office, ceux de sa mère, en chair et en os, se refermeront sur lui.

La voilà. Juste à côté du chœur, sur la gauche. Elle a changé de coiffure et ses cheveux sont plus longs qu'auparavant. Elle se tient droite comme un piquet, serre son livre de messe contre sa poitrine. Elle l'a vu.

À un moment, il passe si près d'elle qu'ils pourraient se toucher, mais William ne peut se résoudre à la regarder. Il sent son sourire le réchauffer, remarque le tissu rouge de sa nouvelle robe, hume L'Air du Temps, mais son regard reste fixé devant lui. Charles, lui, tourne un bref instant la tête, son regard croise celui de sa mère et il esquisse un léger sourire. Avant même d'avoir atteint sa place, William se sent plein de regret et de culpabilité de ne pas l'avoir fait.

« Monsieur Lavery, racontez-moi tout ! »

William est soulagé qu'aucun des autres apprentis n'ait choisi d'aller déjeuner au Copper Kettle, sur King's Parade. Il se demande où ils sont passés. C'est l'unique endroit qu'il connaisse. Martin vient là avec sa famille. Dans son assiette, du jambon, des œufs et des frites : énorme, plantureux et terriblement gras.

Il remarque une trace de rouge à lèvres sur une dent de sa mère et, alors qu'avant il l'aurait lui-même essuyée, il désigne ses propres dents et frotte. Aussitôt, elle prend sa serviette et se nettoie.

Au bout de six semaines passées à encaisser le choc de l'avoir vue partir en le laissant tout seul dans cette école – elle a juste tourné les talons et elle n'était plus là –, il lui paraît à présent tout aussi étrange d'être assis en face d'elle, plein de la responsabilité et du réconfort d'être à nouveau au centre de la vie de quelqu'un.

« Eh bien ? J'attends. » Elle sourit.

Par où commencer ?

« Martin, le soliste de ce matin, c'est mon ami. Il a mon âge, il est là depuis trois ans. Phillip est gentil. Mr. Atkinson aussi – il m'a donné ça. » Il sort l'autorisation de sortie de sa poche et la brandit au-dessus du déjeuner de sa mère. « Je n'aurais pas pu sortir s'il ne me l'avait pas donnée.

— Je lui aurai flanqué des coups de sac à main s'il ne te l'avait pas donnée ! Et le chant ? » Ses sourcils se soulèvent, en attente. William remarque qu'elle les a délicatement colorés.

« Chanter dans l'église, ça rend nos voix extraordinaires !

— Et ? » Elle a cet air excité qu'elle prend avant d'offrir ses cadeaux à William. Une serveuse passe près d'eux, tenant un plateau à la hauteur de son visage replet.

« Tous les matins, on se met en ligne près des douches, commence-t-il animé du soudain désir de la choquer. Je mets les mains par terre, et on me verse de l'eau froide sur le dos. »

Ça marche. La joie retombe. « Mais pourquoi font-ils ça ?

— Pour faire de nous des hommes, répond-il d'un ton qui se veut nonchalant.

— Mais cette eau froide, tu veux dire vraiment froide ou juste pas très chaude ? » L'inquiétude sur son visage le réconforte.

« Glacée ! »

Elle fait tourner son alliance sur son doigt et fronce les sourcils.

« Et Mrs. Potts, la cuisinière, elle fume en cuisinant. » Il ne lui dit pas qu'il aime beaucoup Mrs. Potts, que quand il arrive assez tôt en cuisine, elle le laisse la regarder travailler.

Evelyn s'essuie la bouche avec sa serviette. « Oh mon Dieu », murmure-t-elle, et deux rides se creusent sur son visage.

La serveuse vient remplir la tasse de thé de sa mère. Dans moins de deux heures, il lui dira au revoir jusqu'à Noël. Tout à coup il s'attendrit.

« Mais elle est gentille avec moi, c'est juste qu'elle cuisine pas aussi bien que toi. » Il tend la main et prend la sienne. L'odeur de jaune d'œuf lui donne une sensation de satiété, et s'il ne garde pas l'assiette penchée, il risque de couler sur ses frites.

Evelyn a retrouvé le sourire. « Et puis ? Tu n'as rien d'autre à me raconter ? » Il avale une frite et regarde la couenne du jambon sur son assiette. Donc, elle sait déjà.

« Qui est-ce qui te l'a dit ?

— Oh, personne d'important, rien que le directeur. » Elle se penche vers lui. « J'attends de l'entendre de ta propre voix ! »

Le directeur passe son temps à leur répéter qu'ils sont grands maintenant et qu'ils doivent être autonomes, et pourtant, il parle à sa mère dans son dos depuis le début. Mais son indignation s'arrête là, le bonheur de sa mère est trop puissant, et un sourire fleurit sur le visage de William. Il s'abandonne à la joie d'avoir de bonnes nouvelles à annoncer à une personne qui est tout entière de son côté, dont le bonheur dépend exclusivement du sien. Evelyn pose ses couverts.

« Allez, raconte à ta mère à quel point son fils est merveilleux !

— Tu fais la bête », dit-il en agitant le doigt.

L'éclat des voix, le raclement, le cliquètement des couverts, le ballet des serveuses en uniforme noir et blanc, tout disparaît. Elle et lui, ils sont à nouveau dans leur bulle. Il lui raconte – même si elle le sait déjà : c'est parce que Martin a été malade qu'il a pris la place de soliste, et il s'est si bien débrouillé que Phillip a voulu qu'il intègre le chœur dès la moitié du semestre, avec l'aide de Porter.

« Donc à partir de la semaine prochaine, je serai parmi les choristes, à côté de Martin. »

Evelyn a repris ses couverts, elle a du mal à mâcher à cause du sourire qu'elle ne peut réprimer. William veut la rendre heureuse.

« À la répétition hier, Phillip m'a demandé de chanter tout seul et après il a dit : "Voilà ce que je veux entendre, messieurs ! Chantez comme ça." »

Chose merveilleuse, ces mots, les mêmes qui hier ont débouché sur un silence lourd mais bref parmi le chœur, ces mots poussent sa mère à l'applaudir et à rire : « Je le savais ! Ton oncle Robert peut mettre ça dans sa poche avec son mouchoir par-dessus ! Tu es fait pour les salles de concert, pas pour ces sombres affaires de pompes funèbres ! »

William baisse les yeux vers son assiette et empale une frite sur les quatre dents de sa fourchette avant de la tremper dans le jaune d'œuf avec un peu de Ketchup. C'est froid, mais plein d'arôme, et il prend le temps de la déguster. Il lève les yeux vers Evelyn. Elle lui lance un clin d'œil, la joue gauche remplie de nourriture. Lorsqu'elle est heureuse, elle se tient toujours moins bien à table. Mais sa dureté envers Robert douche la joie de William.

Depuis deux ans que son père est mort, oncle Robert est le lien de chair et de sang qui le rattache à lui. Ses souvenirs en effet ne sont plus aussi précis et fiables que le souhaiterait William. Il se rappelle qu'il le lançait en l'air, le prenait sur ses genoux, et qu'alors William enfouissait son visage dans son pull de laine brune et respirait la riche odeur boisée de la fumée de sa pipe. Il se rappelle quand ils allaient chez le marchand de journaux, le dimanche matin, et attendaient que celui-ci verse cent grammes de caramels au chocolat du plateau de la balance dans un sachet. Il se rappelle que son père pourchassait Evelyn à travers la cuisine avec son masque de gorille en caoutchouc, les bras tendus pour l'attraper, en faisant des bruits de singe, et elle hurlait, riait, surprenant William par sa vélocité.

Dans les moments où il craint d'oublier, la simple idée qu'oncle Robert existe sert à le réconforter. Non seulement parce que Robert et son père étaient frères et meilleurs amis, mais également parce qu'ils étaient jumeaux et se ressemblaient comme deux gouttes d'eau. William comprend combien ce doit être dur pour sa mère de se retrouver face à un homme qui est le portrait vivant de son défunt mari, mais il est triste lorsqu'elle donne l'impression de ne pas aimer Robert. Ni Howard.

Après le déjeuner, ils marchent le long de Trumpington Street et regardent les lions qui ornent l'entrée du

Fitzwilliam Museum. William aperçoit la pâtisserie Fitzbillies de l'autre côté de la rue alors qu'ils retournent à l'école.

« Martin va toujours là-bas avec ses parents pour manger un *Chelsea bun*. Il dit que c'est connu dans le monde entier.

— J'ai apporté des gâteaux pour aujourd'hui, dit Evelyn en lui prenant la main, mais on pourra y aller la prochaine fois. Ouh ! » Elle trébuche, tombe dans le caniveau et se retrouve un genou dans l'eau. La douleur se lit sur son visage, et William n'est pas dupe du sourire et du rire qu'elle réussit à feindre en se relevant. Elle s'est fait mal mais ne veut pas qu'il s'inquiète.

De retour sur King's Parade, ils regardent une feuille de hêtre redressée par le vent qui la pousse : on croirait qu'elle court. La feuille finit son voyage dans le caniveau, et Evelyn va s'asseoir sur le muret, tapotant l'espace situé à sa gauche. William prend place à côté de sa mère et elle sort de son sac un Tupperware qu'elle brandit d'un air joyeux. À travers le plastique, il reconnaît ses sablés préférés. Soudain, ses yeux se mettent à piquer.

Elle pose la boîte sur les genoux de William. La salive jaillit dans sa bouche. Il voudrait retirer le couvercle mais il attend. Evelyn se penche et sort de son sac les deux serviettes en lin marron qui occupent le tiroir près de l'évier. Il hume celle qu'elle lui donne et pense aux cuillères en bois et au batteur manuel sagement rangés à côté. Elle lui fait signe d'ouvrir la boîte, et le sucre qui nappe les biscuits apparaît.

Ils mangent leurs sablés côte à côte, ainsi qu'ils le faisaient à la maison, et soudain il a envie de rentrer chez lui. Ils dégustent un gâteau après l'autre, jusqu'à avoir les lèvres et les doigts couverts de sucre. Lorsqu'ils retournent à l'école, sa nouvelle indépendance s'est envolée et tout ce qu'il veut, c'est rentrer à Sutton Coldfield avec sa maman. Il enroule ses bras autour d'elle, pose la joue contre la robe rouge, il ne veut plus la laisser partir. Son parfum mêlé au goût de beurre dans sa bouche l'écœurent un peu.

« Allez, Monsieur Lavery, vous avez des solos à chanter. » Sa mère le repousse. « Tu ne peux pas continuer de t'accrocher à moi comme ça. »

Il n'arrive plus à parler mais réussit à sourire. Elle lui tapote le dos, énergique et joyeuse, et le pousse doucement vers le portail. Il comprend qu'il n'a pas le choix et qu'il doit y aller. Passé l'entrée, il décide de ne pas se retourner, mais alors il entend sa voix, haut perchée et urgente, qui l'appelle. Il se retourne. Elle est penchée en avant et, bien qu'elle soit loin, il remarque une tache de sang sur son genou.

« William ! Tu veux que j'écrive à propos de cette eau froide ? »

Il lui fait au revoir, secoue la tête et entre.

18

« C'est toujours pire après la première sortie. »

William croyait pleurer en silence. Martin est allongé sur le lit voisin, sa tête posée dans sa main de la taille d'une assiette.

Le souvenir de sa mère, avec son genou blessé, qui l'appelle pour lui demander s'il veut qu'elle écrive à Mr. Atkinson au sujet de l'eau froide lui serre si fort le cœur que son souffle se transforme en petits grognements ; l'urgence dans sa voix, les rides de son visage uniquement concentré sur lui.

« Ne t'inquiète pas, tu es comme moi », murmure Martin qui, même s'il prend beaucoup de place, sait être le plus discret du monde quand il veut. « Dès que tu seras de retour à l'église, tu te sentiras mieux. »

Martin a raison. Dans l'église, il est plus facile pour William d'oublier sa mère. Et avant même qu'il y pense, la voix de Porter le tire de sa léthargie et l'oblige à se mettre au travail, si bien que dès la fin octobre, William ne figure plus parmi les apprentis. Une lourde cape noire pour aller à l'église, un mortier avec un gland de soie qui se balance à la périphérie de son champ de vision et une robe pourpre : enfin son destin s'accomplit. Il est désormais choriste.

La discipline quotidienne est rigide. Les cours sont ennuyeux, ils s'écoulent lentement en comparaison du temps dans l'église, mais il faut s'en accommoder, et les minutes, les heures passent, et revient le moment de chanter. Même la salle de répétition, qui a tant déçu William le premier jour, lui plaît à présent. Petite, ordinaire, c'est l'endroit parfait pour que les choristes fassent connaissance avec la musique. Plus tard dans la journée, juste avant les vêpres, ils se préparent à entrer dans la mystérieuse église où la magie acoustique métamorphose leur chant.

« Bonjour, messieurs », leur dit Phillip ce matin, avec son habituel sourire un peu hésitant.

William aperçoit des partitions toutes neuves sur le classeur du maître de chœur. Un nouveau morceau. Il a remarqué que ce genre de petits événements transforment Phillip, lui donnent une légèreté, un doux esprit d'aventure. À force d'entendre répéter des choses qu'on chante ici depuis deux siècles, William se demande si parfois l'église ne se dit pas : *Ah non, pas encore celui-là !* Et quand ils interprètent un morceau pour la première fois, il imagine que l'église goûte leurs voix, leurs harmonies, leur rythme pour la première fois. Mais ce matin, après avoir passé vingt minutes sur le « Herr Gott, nun schleuss den Himmel auf » de Bach, puis un quart d'heure sur le « Te Deum » de Tallis, William se demande s'ils auront le temps de commencer le nouveau morceau. Enfin Phillip leur sourit.

« À présent, quelque chose d'un peu différent. » Il prend la feuille de papier blanc et lisse, qu'il tient négligemment dans la main au point qu'elle se courbe vers eux. « Vous avez peut-être entendu dire que le professeur Hughes, *Regius Professor* en histoire, est mort la semaine dernière. Une vieille âme merveilleuse. Il y aura une messe *in memoriam* ici même mardi après-midi.

— Excusez-moi, monsieur. » William lève la main et parle avant que Phillip l'y ait invité. « C'est la même chose que des obsèques ? »

La réponse de Phillip se fait attendre si longtemps que William regrette sa question, mais quand enfin il s'exprime, le ton est bienveillant.

« Non, Lavery, pas tout à fait. Il n'y a pas de cercueil lors d'une messe *in memoriam* parce que les obsèques ont déjà eu lieu. Il s'agit davantage d'un moment où l'on choisit de se souvenir du défunt et de le remercier. C'est plus une célébration. Un hommage à sa vie.

— Merci, monsieur. » William hoche la tête et contemple sa partition en fronçant les sourcils.

Il avait huit ans lorsque son père est mort. Sa mère lui a dit que les enfants n'étaient pas admis aux enterrements, seulement un an plus tard, un camarade de classe a manqué un après-midi d'école pour se rendre aux obsèques de sa grand-mère.

« Oh, mon chéri », a dit sa mère en l'attirant contre elle. Il était rentré de l'école en larmes, exigeant de savoir pourquoi elle lui avait menti et pourquoi il n'avait pas été invité aux obsèques de son père. « Nous étions si tristes et c'était si affreux, je ne voulais pas t'infliger ça. »

« Ça ne devrait pas être trop lugubre, poursuit Phillip. Le professeur Hughes avait atteint un âge suffisamment avancé, il y a donc de bonnes raisons d'être reconnaissant. »

Ce qu'il veut dire, pense William, *c'est que si on meurt à un âge pas suffisamment avancé, comme trente-deux ans, on n'a pas de raisons d'être reconnaissant.*

« Donc – Phillip regarde les garçon –, nous allons chanter quelque chose de spécial. Le professeur Hughes était gallois et il adorait ce morceau. Il fait partie de la culture galloise depuis très longtemps. » Il tend à Bishop, le nouveau premier choriste, une liasse de feuilles à distribuer. Quand William reçoit la sienne, il constate, chose inhabituelle, qu'il y a aussi une traduction en anglais.

Ce n'est pas la première fois qu'ils chantent dans la langue maternelle de Phillip. C'est une drôle de langue, et il est impossible de deviner comment les mots se prononcent. Un jour, Martin a demandé ce que les Gallois avaient contre les voyelles. Phillip, de bonne humeur, a répondu que cette langue était si ancienne que les voyelles n'avaient peut-être pas encore été inventées.

« Allez, lisez en vitesse la version anglaise pour vous familiariser », dit-il tout en jetant lui-même un coup d'œil à sa feuille. William survole le texte en gallois avant de sauter à la traduction du dernier couplet.

Myfanwy, may your life entirely be
Beneath the midday sun's bright glow,
And may a blushing rose of health
Dance on your cheek a hundred years.
I forget all your words of promise

You made to someone, my pretty girl,
So give me your hand, my sweet Myfanwy,
For no more but to say "farewell".

« Comme vous le voyez, la chanson s'intitule "Myfanwy", dit Phillip, elle a été composée par Joseph Parry et jouée pour la première fois vers 1875. C'est une triste et noble chanson. La bien-aimée, Myfanwy, n'aime plus le poète, et dans toute sa magnanimité, il lui rend sa liberté. » William voit Charles lever les yeux au ciel à l'adresse de ses amis, mais Martin, qui aime les histoires, est pris par le récit. « Il veut avant tout qu'elle soit heureuse et souhaite lui tenir la main une dernière fois pour lui dire adieu. » Phillip relève les sourcils. « Un peu sentimental, me direz-vous, mais quand c'est bien joué, c'est terriblement efficace. C'est l'une de ces chansons dont la musique reflète parfaitement les sentiments qui sous-tendent les mots et qui par conséquent font naître ces sentiments dans le cœur de celui qui l'écoute.

« Il y a désaccord concernant l'auteur des paroles, mais elles sont sans doute du poète Hywel ab Einion. » William adore cette manière dont Phillip passe d'une prononciation à une autre sans effort. « Nous chanterons en gallois. Il n'y a pas de solo. En général, la chanson est interprétée par un chœur masculin, une gigantesque claque de nostalgie galloise, ce n'est pas mal pour une messe *in memoriam*, mais n'ayez crainte, je ne vais pas vous noyer. » Phillip en général fait de l'humour à froid, et parfois il faut un moment aux garçons, quelques échanges de regards, pour savoir s'ils doivent sourire ou pas. « Il n'y aura pas d'accompagnement, aussi est-il vital que vous sachiez prononcer les mots correctement. Nous allons commencer par là. » Il attend qu'ils soient prêts. « Contentons-nous de prononcer les parolcs. Prêts ? »

Chaque jour, ils chantent en latin, en italien, en allemand, mais avec le gallois, les garçons se sentent obligés de faire des efforts particuliers.

« *Paham mae dicter, O Myfanwy*, prononce Phillip avec une grande précision. Tout le monde ? »

Ils répètent à l'unisson.

« Bon, poursuit Phillip très sérieusement, il est important de prononcer correctement le prénom de cette pauvre fille, vous ne trouvez pas ? Ça se dit *Mouvanewouai.* Compris ? Mouvanewouai. Allez, tous ensemble.

— Mouvanewouai.

— C'est mieux. Très bien. Le vers suivant est un peu compliqué… »

19

« C'est riche ! » Martin fredonne la mélodie en traversant les terrains de sport.

« Quelle couleur ? » William glisse dans la boue et il se rattrape au bras de Martin pour ne pas tomber.

« Prune, bien sûr, *ré* bémol. »

William comprend toujours les choix de Martin – violet pour « Fair is the Heaven », jaune d'œuf pour « God is Gone Up » –, mais il serait incapable de les trouver tout seul.

Martin accroche son manteau à côté de celui de William avant de se diriger avec quatre camarades de l'autre côté de l'école pour le cours de maths. « Quel dommage qu'il n'y ait pas de solo. » Martin se penche pour ramasser un marron au beau milieu du couloir et le glisse dans sa poche. « Est-ce que ça va être dur pour toi de chanter à une messe *in memoriam* ? demande-t-il sans relever la tête. À cause de ton papa ?

— Je ne sais pas trop. »

Martin passe un instant son bras épais autour des épaules de William avant d'entrer en cours.

Il a fallu plusieurs semaines à William pour s'habituer à arriver en retard au premier cours de la journée, mais à présent, il apprécie ces moments où il entre alors que tout le monde a déjà commencé, et où le maître leur consacre quelques instants pour les mettre dans le bain. En passant parmi les pupitres et les têtes penchées, Martin murmure : « Je vais l'apprendre en anglais et je la chanterai à Noël. »

Mr. Shrubs vient à eux et pose devant chacun une feuille d'exercices. Il s'accroupit, son gros index pointe sur la bande violette de la feuille de William. « Division longue. On continue à s'entraîner, même chose qu'hier. »

William sait faire les divisions longues. Il est moins doué avec les fractions et les pourcentages. Tout en parcourant des yeux la feuille, il se demande s'il pourrait lui aussi chanter chez lui à Noël. Les membres de la vaste famille de Martin passent leur temps à se donner en spectacle les uns les autres. Il a raconté à William que pendant les vacances, lui, ses quatre frères et sœurs et leurs neuf (neuf !) cousins et cousines passent toute une journée à écrire et à répéter une pièce : ils fabriquent des décors, dévalisent les garde-robes pour les costumes, puis jouent devant les adultes après le souper. *Imagine ça !* William se voit, lui, avec juste sa mère, oncle Robert et Howard, assis ensemble au salon, silencieux et tendus. Pourtant c'est sûr, ils aimeraient tous l'entendre chanter.

« Martin ? chuchote William après avoir résolu trois divisions. Est-ce qu'on pourrait répéter "Myfanwy" ensemble ? Comme ça, je pourrai la chanter à Noël. »

Lorsque arrive la messe *in memoriam*, quatre jours plus tard, Martin et William ont chanté les versions de « Myfanwy » en anglais et en gallois de si nombreuses fois que trois professeurs, tous leurs camarades de dortoir et même le jardinier en chef ont dû leur demander de se taire. William a même interprété la chanson avec la voix de Donald Duck, ravi d'entendre le rire puissant de Martin. Chaque fois, au dernier vers, « Donne-moi ta main, douce Myfanwy, Pour simplement te dire "Adieu" », Martin saisit la main de William dans la sienne, posant l'autre sur son cœur en un geste mélodramatique.

***

La veuve du professeur Hughes, minuscule, toute menue, évoque à William un petit oiseau, elle pourrait sauter parmi les compositions florales devant l'église et on ne la remarquerait pas parmi les pétales charnus et chamarrés. Il contemple les trois bambins, sans doute les petits-enfants du professeur, qui gigotent entre leurs parents au premier rang. L'armée sombre du personnel en robe, derrière la famille, est trop solennelle pour pareille célébration. Pour William, tout ça n'a pas grand sens. Est-ce que la mort de quelqu'un, ce n'est pas *toujours* triste ? Il commence à imaginer sa mère et son oncle aux obsèques de son père, mais alors vient le moment de chanter.

Ils quittent leur siège pour aller se placer devant l'autel. William voudrait observer la veuve du professeur, mais il est déjà trop professionnel pour ça : il ne perd pas des yeux Phillip, qui attend d'avoir le silence total et l'attention de tous pour lever les mains.

La mélodie est riche et douce, avec une tristesse insistante qui plonge plus profond à chaque vers. Quand s'épanouit puis se fane le velours du dernier vers, Phillip tirant les sentiments de la musique à chaque mouvement fluide de sa main droite, la vague d'émotion que leur envoie l'assemblée stupéfie William.

À l'instant où Phillip met fin à la dernière note, William jette un coup d'œil à Mrs. Hughes juste à temps pour surprendre un regard entre elle et le maître de chœur. Cela dure une fraction de seconde, mais sa gratitude à elle et sa bonté à lui font monter les larmes aux yeux de William. Il les chasse en clignant des yeux, se mord l'intérieur de la bouche, et le retour à leurs places assises le sauve.

Dans son lit, ce soir-là, il ne peut s'empêcher de penser à la messe et à toutes ces anecdotes qu'on a racontées sur le professeur, qui ont rendu tout le monde à la fois triste et heureux. Il se demande quelles histoires on aurait racontées à propos de son père, tandis que lui serait assis au premier rang avec Evelyn, Robert et Howard, l'odeur des lys, puissante et poudrée, colorant l'air.

Quelqu'un, sans doute un prêtre, aurait certainement dit à quel point il était drôle. Que quand il s'approchait, William sentait son corps se raidir, se préparant à être enlevé et jeté dans les airs, chatouillé et câliné. Que son père s'asseyait toujours au milieu du canapé pour regarder la télévision, afin de passer les bras autour d'eux et dire qu'il avait tout pour être heureux ici, enveloppé dans leurs bras. Mais, s'interroge William, un prêtre saurait-il cela ? Seuls lui et sa mère le savaient. Le prêtre dirait sans doute combien son père était fier de travailler dans les pompes funèbres et de faire perdurer l'entreprise familiale avec son frère, et ça lui vrille le ventre, car ça donnerait à sa mère le sentiment d'être seule, laissée de côté.

Les meilleurs souvenirs, le prêtre ne les connaît pas, et puis William n'est pas certain de savoir ce que c'est qu'un « meilleur souvenir » ; tout est un mélange de bon et de mauvais, de chaud et de froid. Il y a celui où il partage avec son père une blague, juste entre eux, il l'aime tellement que ça vaut la peine d'avoir enduré l'enchaînement des événements pas si drôles qui y ont mené.

Bébé, William dormait mal, aussi le samedi matin, son père sortait avec lui pour laisser dormir Evelyn. Très vite, Howard et Robert se sont joints à eux, et même si à deux ans William dormait ses douze heures sans se réveiller, ce n'était pas une raison pour mettre un terme à une routine si agréable. Les hommes retrouvaient ainsi cette vieille camaraderie datant de l'école, avec l'intéressant bonus que constituait la présence d'un petit enfant obéissant.

William avait quatre ans lorsqu'un jour, à la fin du printemps, une vague de chaleur précoce a donné à Robert l'idée de l'emmener pêcher. Personne n'avait songé à prévenir le petit garçon qui aimait tant les animaux de ce qui allait arriver.

« Stop ! » a crié William quand la créature bleu argent est sortie des flots, accrochée par la gueule, le corps frétillant. « Tu lui fais mal ! a-t-il glapi, consterné par la cruauté sans précédent de son oncle.

— Ouh-ouh ! Alllons, William, essst-ccce que cccc'est pas drôle, çççça ? » C'était Howard, prenant une voix bizarre, censée imiter le poisson. « Laisssse-moi dansssser dans l'herbe avant de me remettre à l'eau. » La voix était gaie, et Howard, tout en parlant, se tortillait à la manière d'un poisson.

William a regardé avec attention Robert amener le poisson sur la rive et doucement retirer l'hameçon.

« Merccci, Robert », a dit la voix de poisson, à l'unisson avec sa queue battante, tandis que l'horreur commençait à refluer en William, qui s'est autorisé à croire à l'innocence de tout cela. Son regard allait du poisson aux pitreries d'Howard, jusqu'à ce que les deux se fondent en une seule chose. Robert, souriant à Howard, a pris le poisson et l'a lancé à l'eau.

« William, viens nager avec moi comme un poissssson... » Celui-ci n'a pas remarqué qu'Howard avait retiré sa chemise et son short avant qu'il ne plonge. « Allez, viens ! l'a encouragé la voix de poisson.

— Papa, je peux ? »

Son père a répondu en retirant à son tour sa chemise et son pantalon tout en aidant William à faire de même.

« Où es-tu, monsieur le poisson ? » a appelé William, imitant la voix de Donald Duck tout en nageant vers Howard à la manière d'un petit chien. S'en est suivie une glorieuse demi-heure où Donald et le poisson n'ont cessé de se raconter l'un à l'autre des bêtises.

En chemin vers la maison, trempés mais réchauffés, fatigués mais heureux, ils se sont arrêtés pour prendre de l'essence et Howard a acheté un gros bouquet de tulipes rouges dans un seau, à l'extérieur. Quand Evelyn est venue ouvrir la porte aux quatre dépenaillés, Howard a fait la révérence et lui a présenté les tulipes de sa voix de poisson : « Madame, de la part des établissssssements Lavery, filsssss et petit-filssss. »

Elle les a acceptées avec un sourire forcé. « Mon Dieu, mais regardez-vous donc ! » Elle a tendu les bras à William. « Mais à quoi pensais-tu, Paul ? », le sourire et les mots en affreuse contradiction.

Un peu plus tard, il a vu les tulipes à l'abandon dans l'évier, tandis qu'Evelyn préparait le thé. « Maman, il faut leur donner de l'eau.

— Fais-le donc. » Elle a haussé les épaules, toujours fâchée. Il les a installées dans une grande chope mais a dû les appuyer contre le mur pour ne pas qu'elles tombent.

Croyant illusoirement que les fleurs avaient été appréciées, Howard a acheté un autre bouquet la semaine suivante. William a regardé son père en se demandant s'il ne fallait pas l'arrêter, mais celui-ci a hoché la tête en lui murmurant : « Il veut juste être gentil. »

Cette fois, après avoir refermé la porte derrière Howard et Robert, Evelyn a poussé un hurlement.

« Lavery, fils et petit-fils ! » Elle a fichu les fleurs à la poubelle et quelques pétales sont tombés par terre, telles d'épaisses gouttes de sang. « Howard ne fait même pas partie de la famille. Moi, je suis madame Lavery ! » Elle s'est arrêtée, au bord des larmes. « Et puis d'ailleurs, pourquoi est-ce que je ne suis jamais invitée ?

— Peut-être que si tu étais moins désagréable avec Howard, a répondu doucement le père de William. Il pense que tu ne l'aimes pas. Il essaie de gagner tes bonnes grâces, c'est tout, et puis de toute façon, le but de la manœuvre, c'est de t'apporter un peu de paix et de tranquillité.

— C'est *mon* fils ! a continué Evelyn comme s'il n'avait rien dit. Est-ce que je n'ai pas mon mot à dire sur ce qu'il fait de sa vie ?

— Bien sûr que si ! » Son époux l'a embrassée sur la tête. « Tu es sa mère et tu es magnifique.

— Une chose est certaine : si William entre dans l'entreprise familiale, c'en est fini. Il fera partie de votre petite bande, et moi je serai définitivement exclue !

— Oh, Evelyn, a-t-il fait en l'attirant contre lui. Il y a assez d'amour pour tout le monde, tu ne crois pas ?

— Si », a-t-elle concédé au bout d'un moment en s'appuyant sur son épaule. Puis elle s'est arrachée à ses bras. « Je ferai un effort, mais laisse-moi te dire une chose : si jamais Howard me colle à nouveau ses tulipes rouges sous le nez, je ne réponds pas de ma réaction ! »

Son père s'est mis à rire, et même si William ne comprenait pas la blague, il était content que tout soit réglé.

Deux semaines plus tard, William racontait à son père que la maîtresse avait grondé un garçon de sa classe. Le garçon avait fait *tss-tss-tss*, ce qui avait décuplé la fureur de l'enseignante. Quand l'enfant avait enfin été autorisé à revenir à sa place, il s'était assis et quelques secondes plus tard, il avait à nouveau fait *tss-tss-tss*.

« Alors ? a demandé le père de William, écarquillant les yeux. Elle a explosé ? »

William a hoché la tête.

« Pareille à un taureau devant un chiffon rouge, a repris le père.

— Quoi ?

— C'est ce qu'on dit en parlant d'une chose dont on est sûr qu'elle va énerver quelqu'un. Si tu agites un chiffon rouge devant un taureau, il charge sur toi. »

William a de nouveau hoché la tête. « Comme les tulipes rouges devant maman. »

Son père a éclaté de rire, et le miracle s'est produit : ils se sont mis à rire tous les deux, à s'en faire mal au ventre, si fort qu'ils parvenaient à peine à respirer.

20

Décembre arrive, humide et gris, les allées et venues se font dans le noir, et William s'amuse. Enfiler sa robe, qui se balance et froufroute gracieusement autour de ses chevilles, le met de bonne humeur, et il a hâte d'être aux répétitions du matin, voire même, mieux encore, aux vêpres. Lui et Martin parlent, rient, chantent côte à côte en se rendant du collège à la salle de chant, les graviers s'écrasant sous leur pas, alors le cœur de William s'ouvre pour laisser place à son nouveau foyer. Les classes, le dortoir austère, la cantine aux lourdes odeurs ne lui sont plus étrangers, ne lui réservent plus de mauvaises surprises, pourtant, c'est dans l'église qu'il s'épanouit. Là, il est si souvent heureux, rempli de joie, il doit frétiller des orteils et des doigts pour éviter de rire, de sautiller sur place ou de crier de joie.

« Je sais bien que c'est juste un bâtiment, mais j'ai l'impression que c'est beaucoup plus que ça, essaie-t-il d'expliquer un jour à Martin.

— Mon père ne s'intéresse pas trop aux églises, mais il dit que quand il nous écoute chanter, on croirait que Dieu vous serre dans ses bras, ajoute Martin. C'est ça ?

— Un peu, mais pour moi, l'église a sa propre personnalité, ce n'est pas Dieu. Elle est plus grande et plus vieille que nous, mais elle nous laisse participer à ce grand jeu auquel elle joue depuis des centaines d'années. »

Martin secoue la tête et se met à rire, mais comme toujours, cela réconforte William, qui ne se sent pas gêné d'avoir dit ça.

« Ne le raconte à personne, mais lorsque je chante, j'ai l'impression que l'église me sourit.

— C'est Phillip, pas l'église ! Il sourit tout le temps à ta voix, même s'il essaie de s'en empêcher, il n'est pas censé avoir des chouchous. »

Le fait de rater le début du cours chaque matin pousse William à se dépasser. Cela lui est bénéfique. Les professeurs reconnaissent qu'il travaille dur et ils sont impressionnés par le fait que même s'il semble être devenu le frère siamois de Mussey, jamais il ne s'attire d'ennuis. Il faut supporter les cours, accomplir la corvée des devoirs. Heureusement, William est endurant, il est à la fois capable de faire ses devoirs et de persuader son turbulent ami de finir les siens.

***

La musique de la saison jaillit par tous ses pores lorsqu'il suit Martin et deux autres choristes à travers les couloirs jusqu'à la classe d'histoire. C'est un mercredi matin, trois semaines avant Noël, à la fin du premier semestre. Avec le froid, ses doigts sont couleur lilas et il a le nez qui coule. William aime cette classe, elle est certes plus petite que les autres, mais il y fait deux fois plus chaud. Martin tient la porte ouverte, il s'incline et avec de grands gestes extravagants leur fait signe d'entrer.

D'abord, il sent la chaleur épaisse des corps, puis enregistre le ronronnement du radiateur. Il s'aperçoit que ses camarades écoutent un morceau de musique avant de le reconnaître – il s'arrête alors de manière si abrupte que Martin le percute.

À côté du bureau de Mr. Hawthorn est posé un cube de bois clair avec au centre une grille de métal en forme de cercle. William connaît bien la musique qui en sort, la simplicité brusque du plain-chant du ténor qui s'apprête à fleurir, les soudaines harmonies et ornementations, le *do* pas tout à fait humain de ce solo très aigu. Martin donne un coup de coude à William et désigne de la tête deux pupitres vides. William ne bouge pas, pétrifié, à croire qu'il sert de contenant à la merveille qui vient de se produire et dans l'attente de celle qui va éclore.

Le « Miserere » d'Allegri.

Il a cinq ans et il est assis sur les genoux de son père, les yeux fixés sur le tourne-disque dans sa boîte en cuir rouge et noir, le diamant suivant la rainure gravée dans le vinyle brillant qui tourne, tourne, tourne.

« Mais pourquoi pleures-tu ? » Evelyn se met à rire en lui ébouriffant les cheveux. Il se glisse par terre, s'agenouille près du tourne-disque, si proche qu'il sent l'odeur de la chaleur et du plastique, voit les ondulations légères du disque à mesure qu'il tourne, le flocon de poussière amassé à la pointe du diamant.

« Encore. Maman, remets-le ! »

Evelyn lui explique que ce son magnifique, merveilleux est produit par un garçon comme lui, juste un peu plus vieux, et le monde s'ouvre devant lui. Si un garçon comme lui est capable de chanter ainsi, jusqu'où la magie peut-elle aller ?

« Bientôt, ce sera toi, murmure Martin en le tirant par la manche pour qu'il s'assoie.

— Mmm », répond William. Il ouvre sa trousse et se met à tailler son crayon à papier si fort que la mine affleure le bois, mais il est trop brusque et la pointe casse, se coince entre les lames du taille-crayon. Au cours des nombreuses heures qu'ils ont passées ensemble, William a raconté à Martin toutes sortes de choses. Celui-ci est en effet doué d'une écoute exceptionnelle, surtout parce qu'il aime les histoires, comprend William. Donc, à la fin de ce premier semestre, Martin sait déjà que le temps que William passe avec son oncle l'aide à maintenir en vie le souvenir de son père. Il a vu la photo d'Howard entouré des jumeaux. Il sait que la présence de Robert et Howard embarrasse Evelyn plutôt qu'elle ne la réconforte, et qu'elle est déterminée à ce que son fils n'entre pas dans l'entreprise familiale pour pouvoir exploiter son talent musical. Il sait que William éprouve la sensation de voler lorsqu'il chante et qu'une partie de son crâne se met à vibrer sur le devant en atteignant les aigus. Il a l'impression d'avoir dit à Martin l'essentiel, sauf – à sa grande surprise – ça : qu'il est venu ici précisément pour chanter le solo du « Miserere » d'Allegri.

« Bien sûr, vous connaissez tous ce morceau », dit Mr. Hawthorn en faisant les cent pas devant le tableau noir, lançant et rattrapant un petit morceau de craie. « Mais qui parmi vous connaît son histoire ? »

La main de William fuse en l'air. Martin se retourne vers lui, surpris.

« Lavery, vous voulez venir là pour la raconter à tout le monde ? »

William est debout avant même qu'il ait fini : « Oui, monsieur.

— Comment avez-vous découvert cette histoire, Lavery ?

— C'est mon père. Il me la racontait tous les jours quand j'avais cinq ans. » Il regarde par terre, soudain un peu gêné et déstabilisé. « Il avait fait des recherches pour moi.

— Comme toutes les bonnes histoires, reprend Mr. Hawthorn, celle-ci est contestée et il en existe différentes versions. Voyons laquelle vous a racontée votre père. » William jette un coup d'œil à Martin qui lui sourit.

« Autrefois, le "Miserere" était seulement chanté à la chapelle Sixtine, à Rome. Le pape n'acceptait pas qu'il soit chanté ailleurs. Il n'autorisait même pas que la musique soit écrite. Aussi, toutes les ornementations – les *abbellimenti* – se transmettaient d'un soliste à l'autre. Tous ceux qui tentaient de le copier ou de le chanter ailleurs étaient excommuniés de l'Église catholique. » Il jette un coup d'œil à Mr. Hawthorn en se demandant s'il a raconté la bonne version. Celui-ci lui fait signe de continuer. « À l'époque, les gens voyageaient à travers l'Europe pendant des mois et des mois pour visiter les grandes villes.

— Cela s'appelait le Grand Tour, l'interrompt Mr. Hawthorn, c'était une pratique très en vogue au XVIIIe siècle. C'est même la raison pour laquelle nous abordons le sujet aujourd'hui. Continuez, Lavery.

— Les gens se rendaient à Rome pendant le carême pour entendre le "Miserere", et Mozart est venu l'écouter à l'âge de quatorze ans. Il est ensuite rentré à son hôtel et a tout écrit de mémoire. Pour être certain qu'il ne s'était pas trompé, il y est retourné le jour du vendredi saint avec la partition roulée sous son chapeau.

— Est-ce qu'il a été pris ? s'écrie Martin en oubliant de lever la main. Est-ce qu'ils l'ont jeté dehors ? »

William regarde à nouveau Mr. Hawthorn, au cas où il voudrait lui-même leur livrer la chute, mais il sourit et fait signe à William de poursuivre.

« Il a été pris, mais ils ne l'ont pas jeté dehors. Le pape l'a félicité et l'a fait chevalier !

— Très bien, Lavery, dit Mr. Hawthorn en s'assoyant avec un livre. Avez-vous vu la traduction de la lettre que le père de Mozart a écrite à sa femme depuis Rome ?

— Non, monsieur, fait William tout excité.

— Alors asseyez-vous, c'est très bien. Je prends le relai à partir d'ici. »

Mr. Hawthorn pose le livre sur ses genoux et lit : « "Vous avez souvent entendu parler du célèbre "Miserere" de Rome, si hautement considéré que les choristes ont interdiction sous peine d'être excommuniés d'en changer le contenu, de le copier ou de le transmettre à qui que ce soit. *Mais nous l'avons !* Wolfgang l'a couché sur le papier et nous vous l'aurions envoyé à Salzbourg, avec cette lettre, si nous ne devions point le garder ici pour le représenter. Il se trouve que la façon de l'interpréter compte autant que la composition elle-même. De plus, puisqu'il s'agit d'un des secrets de Rome, nous ne voudrions pas qu'il tombât entre d'autres mains… »

William termine d'écrire le paragraphe au sujet du Grand Tour, au XVIIIe siècle. La grosse tête de Martin est appuyée sur sa main. William lui fait un appel du pied.

« Réveille-toi, je vais poser une question. »

Martin se trémousse sur sa chaise et se met à écrire lentement.

« Monsieur, j'ai fini. Je peux lire la lettre ? » demande William.

Mr. Hawthorn lui tend le livre. Soudain, comme s'il avait lui aussi été réveillé par William, il se lève.

« Encore six minutes, messieurs. Je dois aller chercher vos feuilles de devoirs au bureau. Travaillez tranquillement. Et restez à vos places. »

Le livre est lourd et les pages épaisses. William le pose à plat sur son bureau. Il relit la lettre, imprimée dans une police qui ressemble à une écriture manuscrite, puis à nouveau le passage qui lui donne la chair de poule : *Il se trouve que la façon de l'interpréter compte autant que la composition elle-même.* Il reprend son crayon et rapidement recopie en l'imitant l'écriture penchée dans son cahier, avec ce sentiment d'urgence qui l'envahit parfois. Il ne lui reste pas beaucoup de temps. Les choristes s'en vont à quatorze ans pour laisser la place à des voix plus jeunes, plus pures. Arrivé seulement à l'âge de dix ans, il craint de ne pas avoir le temps de tout apprendre si rapidement. Le « Miserere » est le morceau qu'il veut chanter par-dessus tout.

Il sursaute quand la main de Martin s'abat sur la page.

« Comment tu fais ça ? »

Les murmures des élèves enflent à mesure qu'ils s'habituent à l'absence de Mr. Hawthorn.

« Quoi donc ?

— L'écriture !

— Ben quoi ?

— Elle est identique ! Comment tu as fait ?

— Je l'ai recopiée. » Il continue d'écrire tout en parlant. « Maman m'a appris à écrire avant que je commence l'école, alors j'écrivais comme elle. Ensuite, mon maître m'a dit que je devais écrire comme lui, c'est ce que j'ai fait. C'est facile.

— Copie mon écriture. » Martin passe à William son propre cahier de brouillon.

William recopie la dernière ligne de l'écriture de Martin. Son sourire est contagieux.

« Tu ne comprends pas, hein ? dit Martin en posant la main sur l'épaule de William.

— Quoi ?

— À quel point c'est utile. » Il prend le cahier de brouillon de William et l'ouvre sur une page vierge. « Est-ce que tu peux imiter l'écriture de ta mère sans avoir un modèle à recopier ?

— Évidemment. »

Martin pose une main sur le sommet de son crâne, aux anges. « Écris ça, murmure-t-il. Cher Mr. Atkinson, veuillez dispenser William de devoirs ce semestre. Il est épuisé et au bord de l'effondrement. Bien cordialement, Mrs. Lavery. »

William éclate de rire.

« Ou… » Martin contemple le coin du plafond, ses larges dents pinçant sa lèvre inférieure. « Cher Mr. Atkinson, William a été malade à Noël. Le docteur pense qu'il est allergique au poisson et a défendu qu'il mange des harengs. »

William imagine un instant le soulagement de ne plus avoir à avaler les petites arêtes souples le vendredi, mais il secoue la tête. « Tu imagines les problèmes que j'aurais s'il découvrait le pot aux roses ?

— Tu pourrais faire une lettre de mes parents à moi. » Une nouvelle vague d'inspiration secoue Martin. « Ou de n'importe qui d'autre !

— Pourquoi je ferais ça ?

— Tu te ferais payer. En bonbons. » Il se redresse et se tourne vers William. « On pourrait faire équipe ! Je trouve les clients, tu écris les lettres. » Ses yeux fusent à travers la pièce. « Tu pourrais les écrire avant les vacances de Noël, après, ils les rapporteraient chez eux pour les poster de là-bas, et il y aurait le bon cachet de la poste !

— Il faudrait aussi que j'écrive les adresses sur les enveloppes. » William se surprend lui-même à s'exprimer ainsi, comme s'il allait le faire.

Lorsque Mr. Hawthorn revient avec les feuilles des devoirs, Martin a déjà toute une liste de garçons à contacter, et William un écheveau de nœuds dans le ventre.

Mark Nettles est le premier, un minuscule garçon une année au-dessus d'eux. Ils sont au dortoir, dîner dans dix minutes. Martin fait un signe en direction de la poche de Mark.

« Tu as tout ? L'exemple d'écriture ? Le papier ? L'enveloppe ? »

Mark hoche la tête, son visage pointu est très sérieux lorsqu'il sort l'enveloppe.

« Il y a une lettre de ma mère, dedans. » Il s'adresse à Martin mais la tend à William.

Celui-ci sent l'épaisseur de la lettre pliée en soufflet dans l'enveloppe. Il l'en retire et la met à plat sur le lit. L'écriture est nette, penchée vers la droite, elle lui rappelle celle de son maître en deuxième année.

« Et j'ai noté ce que je veux que tu écrives au dos de l'enveloppe. » Mark lui montre.

William retourne la lettre.

Cher Mr. Atkinson,

Mark se sent faible pendant les vêpres le mercredi après l'entraînement de rugby. Notre médecin de famille pense qu'il vaudrait mieux le dispenser de rugby, ainsi il ne se sentirait plus faible et chanterait mieux.

Bien cordialement,

Mrs. Nettles

William s'agenouille près du lit, pose la feuille vierge sur la bible du dortoir. « Dis-moi si tu penses que je me trompe.

— Ne t'inquiète pas, Mark, ça n'arrivera pas. » Martin a l'air sûr de lui. William espère ne faire de tort à personne.

Il ne lui faut pas longtemps, et dès qu'il a fini, le visage du garçon se radoucit et son regard s'éclaire.

« Incroyable ! » Il se lève, la lettre en main.

« Attends, il faut que j'écrive l'adresse sur l'enveloppe pour que tu la postes de chez toi.

— Impressionnant. » Mark lui rend la feuille.

« Dépêche-toi, il faut qu'on aille manger, dit Martin.

— Vous vous rendez compte ! s'exclame Mark en riant quand ils quittent le dortoir. Plus d'entraînements de rugby !

— Et la moitié de ta ration de bonbons pendant la moitié du prochain semestre plus cette semaine. » Martin lui tape dans le dos.

Ils entrent dans la cantine et la cuisinière lève légèrement les yeux en voyant William, qui comprend alors qu'il vient de franchir un seuil.

Au cours de la dernière semaine, il rédige trois autres lettres : une pour que Charles échappe au seau d'eau froide le matin en raison d'une faiblesse aux bronches ; une pour Anthony, réclamant qu'on lui attribue de plus grosses portions au déjeuner car le docteur dit qu'il est trop maigre ; et enfin pour Martin (malgré la mise en garde de William), dont la maman demande que le magasin de bonbons propose des fils de réglisse.

Le premier semestre de William se termine dans une orgie de sucre, Martin et lui passant leur temps à mâcher des Black Jack, des Fruit Salad et des chewing-gums Bazooka. Souvent, en glissant ses mains dans ses poches, il tombe sur des emballages collants. En souriant, il suce ses doigts et se met à courir pour rattraper Martin, toujours quelques pas devant lui.

21

Il se réveille en entendant « Ding Dong Merrily on High ». Leur appartement est petit et le bruit dans une pièce envahit toutes les autres aussi promptement que les odeurs de la cuisine. Aujourd'hui, c'est bacon, plus la riche fragrance du café préparé dans la cafetière italienne. Dénichée au fond du placard pour préparer ce nectar noir et sirupeux dont il adore l'odeur, la cafetière ne sert que dans les grandes occasions. La porte de sa chambre s'ouvre, la musique et les arômes s'intensifient, et Evelyn entre en dansant avec un plateau, en chemise de nuit, coiffée d'un bonnet de Père Noël, une guirlande verte scintillant à son cou en guise de collier.

« Joyeux Noël, votre Seigneurie. » Elle s'approche de son lit, ses hanches oscillant d'un côté, le plateau de l'autre.

« Joyeux Noël, maman. » Il sourit, s'assoit et cale son oreiller derrière son dos. Elle pose le plateau sur ses genoux : une tasse de chocolat avec une volute de lait concentré sur le dessus, une assiette garnie de bacon, d'œufs et de pain grillé.

« Je reviens », dit-elle, et elle sort de la pièce en dansant. La musique se fait plus forte, et quelques secondes plus tard elle revient avec son propre plateau, identique à celui de William, le café à la place du chocolat. William trempe sa tartine dans le jaune d'œuf. Ils se concentrent tous les deux sur leur assiette, hochant la tête au rythme de la musique, souriant chaque fois que leurs regards se croisent.

William, qui au bout d'un semestre en pension a pris l'habitude de manger vite, pose son plateau à terre et attrape le paquet sous son lit.

« Tu sais, dit Evelyn en prenant la dernière bouchée, quel que soit le cadeau que tu vas m'offrir, ce sera une déception. Tu n'aurais pas dû te donner la peine. »

William sourit, pose le cadeau sur le lit, ôte doucement le plateau des genoux de sa mère et le pose par terre, à côté du sien.

« Oui, oui, je sais bien, tout ce que tu veux pour Noël…

— … c'est toi ! termine-t-elle ainsi qu'elle le fait invariablement depuis des temps immémoriaux. Mais ça n'a jamais été aussi vrai que cette année ! Bon allez, trêve de bavardage ! » Elle retire l'emballage de papier, feignant la lassitude. Celui-ci se déchire, révélant le coin d'un cadre. Dès qu'elle a arraché le papier, le masque tombe, comme le veut leur rituel, et elle observe la photo, passant en revue les seize garçons habillés de blanc et de pourpre. Il sait à quel moment elle le repère, debout à côté de Martin, tenant sa partition inclinée juste ainsi qu'il convient.

« Allez, vas-y. » Il se penche contre elle, lui donne un petit coup de coude. « Dis-le. »

Toujours absorbée par la photo, elle se penche à son tour contre lui. « J'adore ! Je retire tout ce que j'ai dit auparavant. C'est beaucoup mieux que ta présence, quel que soit le jour ! »

Le cadeau de William est un vélo neuf, qui l'attend dans l'abri commun, près du jardin partagé. L'ancien est toujours là, ridiculement petit. Il va faire un tour de parc, au bout de la rue, pendant qu'Evelyn prépare le déjeuner. Il touche à peine le sol, ce qui le rend un peu nerveux, mais il pense qu'à Pâques, il aura atteint la taille requise.

Les premiers jours, William s'est réveillé à six heures, à croire que la Surgé traversait le dortoir en faisant sonner la cloche. Il éprouve un plaisir particulier à rester allongé là sans être obligé de se lever, à contempler sa chambre, la haute bibliothèque un peu frêle, les dos jaune et rouge de *The Boys' Book of Heroes*, *Les Frères Hardy*, *Le Club des Cinq* et deux bibles, une noire et une rouge. Son regard s'attarde plus longuement sur les cowboys et les Indiens qui s'affrontent sur ses rideaux. Il avait neuf ans quand ce fabuleux tissu a pris la place du vieux coton jaune qu'il connaissait depuis sa naissance. C'est un album géant qui pend devant sa fenêtre, avec le shérif dégingandé qui sort de l'hôtel, et à gauche, deux Indiens qui s'en vont dans la montagne, l'un portant des vêtements de cuir avec des franges tout le long de ses bras tendus, l'autre tenant une lance en équilibre sur son épaule. Au-dessus d'eux, un cowboy à l'air amical, armé d'un revolver, se tient près d'une diligence, des tornades blanches s'élevant sur les côtés. La dernière image montre trois cowboys galopant vers William avec leurs armes.

Il n'a pas oublié la joie intense que lui ont procurée ces rideaux. Ils ont marqué un tournant : le moment où sa mère a cessé d'avoir l'air tout le temps aussi triste. La nuit, il était toujours réveillé par ses pleurs, c'était si affreux qu'il avait peur qu'elle s'étouffe et meure à son tour. Mais au moins, le matin, elle était souriante et faisait des choses comme lui acheter des rideaux avec des cowboys et des Indiens.

« Le modèle s'appelle Hiiiigh Nooooon ! » a-t-elle dit en prononçant ces mots avec l'accent américain lorsqu'elle a tiré les rideaux la première fois. Ils aimaient bien aller voir des westerns au cinéma, ils avaient vu Gary Cooper dans le film dont les images s'inspiraient. Les cowboys qui galopaient sur les rideaux s'en allaient probablement dans les montagnes tuer des Indiens, pourtant tout avait l'air joyeux et amical.

Paresser au lit, s'imprégner de son environnement familier est agréable. De même que ne plus avoir à subir un seau d'eau froide chaque matin, ni à s'entraîner au piano avant le petit déjeuner. William se sent anesthésié par le sucre, la chaleur et le confort. Il a vite abandonné ses habitudes de choriste et s'est réinstallé dans son ancien mode de vie, mangeant autant qu'il veut, se prélassant avec sa mère sur le canapé en lisant un album, même s'il est trop grand pour ça. Le simple fait de savoir combien tout cela la rend heureuse, le simple fait qu'il respire le même air et soit près d'elle l'enveloppe à nouveau telle une cape épaisse et chaude. Par moments, toutefois, dans leur petit appartement douillet, il se sent un peu piégé. Le regard plein d'amour de sa mère devient excessif. Trop affectueux. Trop intense. Par moments, la discipline rigide de sa vie à Cambridge lui manque ; la liberté de ne penser qu'à lui, le fait de n'avoir pas une minute à soi, de n'avoir pas à glander, à se demander ce qu'on va faire ensuite. Tard, quand l'après-midi se transforme en nuit, son corps repu se languit parfois de l'effort qu'il faut pour traverser au pas de charge les terrains de sport afin d'accéder à la magnifique église.

22

Il a dû s'assoupir. Fred Astaire et Ginger Rogers ont disparu. Quelque chose d'autre les a remplacés, mais il ne parvient pas à comprendre de quoi il s'agit. Evelyn est à la cuisine. Sans bouger, il le sait.

C'est le lendemain de Noël, et comme toujours oncle Robert et Howard viennent prendre le thé, ce qui met nécessairement sa mère de mauvaise humeur. Pour le savoir, il suffit à William d'entendre le cliquetis des couverts sur la céramique, le jet d'eau dans le saladier, le crissement de la grille qu'on retire du four.

William n'a jamais faim lorsque sa mère a des invités pour le thé car il passe son temps à la cuisine : il *l'aide*. C'est une vieille blague entre eux. « William, tu peux m'aider à faire la vaisselle ? » dit Evelyn en lui tendant un saladier, un fouet ou une cuillère, couverts d'une pâte molle et sucrée.

Assis sur le canapé, ses pieds nus sur le tapis, il se sent coupable. S'il voulait, il aurait vraiment pu l'aider cette année, beurrer les plats, tartiner les pâtés de poisson, enfiler les cubes de fromage et d'ananas sur les cure-dents, saupoudrer le gâteau. Sauf qu'il n'avait pas envie d'être à la cuisine car il sait l'effet que le lendemain de Noël a sur sa mère. Il est fatigué, irritable, se dit combien ce serait chouette si seulement elle consentait à faire un effort pour qu'oncle Robert et Howard se sentent bien accueillis. Au lieu d'essayer de l'amadouer en faisant des blagues et en se rendant utile, William entre dans la cuisine, déjà sur la défensive.

« Maman ?

— Oui ? » Elle nettoie dans l'évier le plateau du four où elle a fait brûler quelque chose et ne se retourne pas.

William s'assoit sur le tabouret, dans le coin. « Est-ce qu'il y a eu une messe *in memoriam* pour papa ?

— Une quoi ?

— Une messe *in memoriam.*

— Non. » Elle continue de frotter, tout son corps vibre.

« On a chanté lors d'une messe *in memoriam* à l'église de Cambridge pour célébrer la vie d'un professeur.

— Ce genre de choses, ce n'est pas pour les gens comme nous, William.

— Dommage.

— Pourquoi ?

— Tu m'aurais peut-être laissé y aller. »

Evelyn se retourne, son regard d'acier confirme qu'il ne reste plus aucune douceur chez sa mère, qu'il n'y en aura pas tant que cette journée ne sera pas terminée.

« Le jour où on m'expliquera quel intérêt il y a à célébrer le fait de perdre son mari et de devoir élever seule son enfant, alors on fera une messe *in memoriam.* » Elle se retourne vers l'évier et vide un carton de crème. « Quand les poules auront des dents.

— En tout cas ne t'en prends pas à oncle Robert et à Howard pour ça.

— Et toi ne fais pas ce truc que tu fais avec eux.

— Quel truc ?

— Vous trois. Ensemble. Je pourrais aussi bien disparaître.

— Mais c'est pas ce qu'on veut, nous. »

Pendant un moment, Evelyn reste immobile, puis elle se remet à frotter son plateau. William décide de la laisser seule jusqu'à ce qu'ils arrivent.

Dans le salon, il regarde la vieille photo sur le bureau. Evelyn le tient contre elle, bébé ; les bras de son père sont passés autour de ses épaules. Howard et Robert sont un peu en retrait sur la gauche. Tout le monde rit en regardant Howard qui vient sûrement de dire quelque chose de drôle, mains en l'air, sourcils relevés. De temps à autre, Evelyn range la photo dans un tiroir, mais chaque fois William la ressort pour la remettre à sa place.

À l'époque où ses parents se sont rencontrés, Robert, Howard et son père formaient un trio inséparable depuis déjà dix ans. À leur entrée dans le secondaire, Robert et Paul avaient été inscrits dans des écoles différentes pour leur donner une chance de construire leur propre personnalité. Ni l'un ni l'autre n'en ressentaient le besoin, mais ils avaient respecté le souhait de leurs parents. Paul avait fait la connaissance d'Howard le premier jour, et il n'avait plus jamais été chercher l'amitié ailleurs. Il avait invité Howard à la maison un après-midi dès la première semaine, l'avait présenté à Robert, et à partir de cet instant, en dehors de l'école, ces trois-là ne s'étaient jamais quittés. Les Trois Mousquetaires, comme les appelaient les grands-parents de William. Celui-ci se plaît à les imaginer sous les traits de garçons de son âge, se prenant pour des héros de films de cape et d'épée, avec pour terrain de jeu l'entreprise de pompes funèbres. Il ne sait pas très bien comment Howard est entré dans l'entreprise familiale, ni quand il a emménagé dans la maison. C'est lié au fait que ses parents se sont mariés et qu'ils ont acheté un appartement non loin de là.

Ils arrivent dans une bouffée d'air froid, leur écharpe de laine croisée par-dessus leur cravate, leur chandail à col en V et leur chemise blanche. Tous deux tiennent de gros paquets, deux pour Evelyn, deux pour lui. Sous le modeste sapin, un seul cadeau pour tous les deux, un petit paquet rectangulaire. William ne leur offrira pas une boîte de mouchoirs cette année. Il laisse ça à sa mère. À la place, il entoure Robert de ses bras, appuie la tête contre son doux pull en laine bleue. Robert se met à rire et tape en rythme dans le dos de William.

« Joyeux Noël, enfant prodige ! »

Howard lui ébouriffe les cheveux. « Ça fait plaisir de te voir, William. Tu as grandi !

— On ne devrait pas être surpris, mais c'est pourtant vrai ! » Robert prend le visage de William entre ses mains un instant, puis se retourne vers sa mère.

« Joyeux Noël, Evelyn. C'est bon qu'il soit de retour, hein ?

— Qu'est-ce que tu crois ? répond-elle d'un ton ironique. Asseyez-vous, j'ai encore à faire à la cuisine. Sherry ? Thé ?

— Sherry », répondent-ils en chœur.

Howard s'assoit sur le canapé, oncle Robert dans le fauteuil en face. William s'installe par terre, entre eux, près de la table basse.

« Tiens, William. » Robert pose deux paquets devant lui.

« Merci, oncle Robert. Merci, Howard. »

Tout en déballant son puzzle de deux cent cinquante pièces et un trente-trois-tours – la bande-son de *West Side Story*, de Leonard Bernstein –, il leur raconte son premier semestre. Il garde un œil sur oncle Robert, ses épais cheveux bruns, son nez droit, sa fossette au menton, et ce qu'il préfère : les trois petites rides en étoile qui partent des commissures de ses yeux lorsqu'il sourit, c'est-à-dire à peu près tout le temps, tandis que William se détend en avançant dans la conversation. Il se montre plus ouvert et extraverti avec Howard et Robert qu'avec quiconque. C'est une conséquence de tout ce temps qu'ils ont passé ensemble avec son père, à l'époque où il était au centre de l'attention.

Evelyn revient avec des verres de sherry et des noix dans un bol en bois, et les trois autres hoquètent de rire en silence.

« Qu'est-ce qu'il y a de drôle ? » dit-elle en souriant, tout en déposant le plateau sur la table.

Imitant à la perfection la voix de Donald Duck, William répond : « J'ai chanté le "Te Deum". »

Nouvelle vague d'hilarité générale.

Evelyn lisse la nappe et s'assoit devant la table. « J'ai toujours peur que tu t'abîmes la voix en faisant ça », dit-elle, puis elle mord dans un petit sandwich au crabe.

Plus tard, Howard est assis en tailleur avec William devant la table basse et ils commencent le puzzle représentant un paquebot Cunard. Howard dégage une odeur propre et boisée. Ils se demandent si la pièce que William tient dans sa main s'insère dans le ciel gris ou la coque de métal du bateau. Ils abandonnent pour se consacrer aux cheminées rouges. Oncle Robert et Evelyn discutent de choses sans importance. Il lui propose de repeindre les cadres de ses fenêtres, ça ne le dérangerait pas de s'en charger. Elle répond non, merci quand même. Au bout d'un moment, il demande s'ils peuvent passer le disque qu'ils ont offert à William.

Celui-ci s'écrie aussitôt : « Oh oui ! », avant que sa mère ait eu le temps de faire une réponse désagréable.

William continue son puzzle avec Howard ; oncle Robert et Evelyn écoutent la musique, les yeux clos. Finalement, ils vont à la cuisine faire la vaisselle.

Howard se détend, lance les pièces du puzzle en l'air au rythme de la musique. Bientôt, toute recherche d'une pièce dans la boîte, toute tentative pour la mettre en place deviennent un morceau de chorégraphie exécuté dans l'hilarité.

William se demande soudain si Martin a chanté son « Myfanwy » à sa famille. « J'ai quelque chose à vous chanter. »

Howard pose la pièce en souriant. « Ce serait *épatant* ! Qu'est-ce que c'est ?

— "Myfanwy", je peux le chanter en gallois, si vous voulez. »

« Je n'y peux rien, William ! » Evelyn soupire et se laisse choir sur le canapé deux heures plus tard. « Ton papa me manque. Surtout à Noël. Tu peux bien comprendre ça, non ? » Elle ramasse le torchon posé à côté d'elle.

Il hausse les épaules, se rassoit devant son puzzle, passe un doigt sur les cheminées qui sont terminées. Il jette un coup d'œil à sa mère. Elle tortille le torchon dans sa main. Il observe les morceaux qui restent et découvre soudain celui qui relie les deux cheminées, avec de la fumée. Howard et lui l'ont cherché pendant un temps fou. Il l'insère à sa place.

« Mais moi, j'*aime* être avec lui. » Il garde les yeux fixés sur la boîte. « C'est la deuxième meilleure chose après le fait d'être avec papa, dit-il en se forçant enfin à la regarder.

— Pas pour moi. Ça me rend triste.

— Eh ben j'aimerais que la tristesse ne te rende pas méchante ! Je voulais chanter une chanson pour vous trois, mais tu avais l'air si fâchée quand tu es revenue, après avoir fait la vaisselle, que je n'ai pas pu. »

Elle le dévisage, le torchon étendu sur sa jupe rouge mouchetée, puis elle s'assoit au bord du canapé. « Eh bien, peut-être que l'année prochaine je resterai à la cuisine, comme ça vous vous amuserez mieux sans moi. » Elle s'enfonce dans le canapé, puis se redresse encore une fois. « Et je te demanderai de ne pas dire que je suis méchante, William.

— Il leur manque à eux aussi, tu sais. »

Elle se dirige vers la table et abat le torchon dessus. « Ça ne me dérangerait pas si pour une fois Robert venait tout seul ! Pourquoi faut-il *toujours* qu'ils soient ensemble, alors que moi, je n'ai plus personne ! » Elle sort en claquant la porte.

William passe à nouveau le doigt sur son puzzle, il essaie de ne penser à rien d'autre qu'à ce morceau de valise marron qui manque.

Des heures plus tard, le puzzle achevé sur la table basse est la seule preuve du passage de Robert et Howard. Il reste autre chose, mais cette chose est cachée sous l'oreiller de William. Il est certain qu'Howard n'aurait pas fait ça s'il avait su qu'il les regardait par la fenêtre. En partant, nul doute qu'Howard était en colère. En arrivant devant la poubelle, il a arraché le paquet de mouchoirs coincé sous le bras de Robert, a soulevé le couvercle et y a tout laissé choir. William a vu Robert se retourner vers Howard, mais ils étaient trop loin pour qu'il discerne son expression. Pendant qu'Evelyn prenait son bain, il est sorti en douce pour aller récupérer les mouchoirs. Il ignorait pourquoi, mais ça lui paraissait important.

William est au lit à présent, à demi-sommeillant, quand sa mère entre dans sa chambre et s'assoit sur son lit.

« Je suis désolée, William, murmure-t-elle, je ferai mieux l'année prochaine. Je te le promets. »

William fait exprès de respirer fort en gardant les yeux clos. Comment peut-elle se sentir aussi seule alors qu'elle l'a, lui ? Il lui pardonnera sûrement demain matin, mais ce soir il veut entretenir sa colère. Pleinement réveillé à présent, il se rappelle un autre Noël, et comme les images de son père lui reviennent si claires et intenses, il les laisse s'épanouir, même s'il sait qu'après ça, il se sentira désolé pour sa mère.

Il y avait un jeu auquel son père et Robert jouaient avec lui, qui l'amenait à la fois au paroxysme de la peur et de l'excitation. Les jumeaux se tenaient côte à côte dans leur tenue de travail, l'un d'eux portant un masque de gorille, et disant d'une voix sinistre :

« Lequel est ton père, lequel est ton oncle ?
Le singe explose si tu te trompes ! »

En dehors des heures de travail, il était facile de les différencier. Le papa de William portait des chandails informes et des pantalons de velours côtelé. Robert était plus élégant : pantalons à pinces, pulls à col en V, cravates. Au travail, ils arboraient des badges, et il n'y avait d'autre choix que de leur faire confiance pour qu'ils ne trompent pas délibérément leur monde. Ils auraient très bien pu le faire, après une enfance passée à jouer des tours à leurs amis et à leurs professeurs. Même leur mère, myope, devait s'approcher de tout près pour les différencier.

Quand William devinait correctement, le jumeau non masqué le hissait sur ses épaules et le faisait parader à travers la pièce. William avait toujours à moitié envie de se tromper pour le plaisir d'être pourchassé, mis à terre et chatouillé sans pitié par le singe. Pourtant, il essayait toujours de ne pas se tromper, pour montrer qu'il était capable de faire la différence. Sourcils, narines, dents, lèvres, oreilles, ligne des cheveux, il étudiait tout avec soin de ses prunelles attentives. Mais non. Il était incapable de les distinguer.

C'était le jour de la fermeture avant Noël, William avait six ans, lorsqu'ils ont demandé à Evelyn de se livrer à son tour à ce jeu. Le bureau des pompes funèbres était rempli de monde, employés, membres du clergé. Il y faisait bon, des verres occupaient toutes les surfaces, parsemées des miettes des tourtes que sa mère avait apportées, à peine sorties du four. William se roulait par terre, chatouillé par son père qui portait le masque de singe. Tout le monde paraissait heureux. Une guirlande rouge et vert était enroulée autour du miroir accroché au mur et un sapin de Noël artificiel illuminait l'entrée de ses petites lumières colorées.

« Evelyn, à votre tour d'essayer ! a lancé le prêtre de St. Chads, ses joues rebondies rubicondes après un ou deux verres de sherry.

— Non, merci ! a-t-elle répondu en souriant et en levant son verre.

— Allez, Mrs. Lavery ! » a insisté un des employés. Il était évident, à entendre les murmures et les rires, que tout le monde voulait qu'elle tente sa chance.

« Bon, d'accord. » Elle a levé les yeux au ciel. William se sentait nerveux pour elle. Il a vu Howard s'asseoir dans un coin. Son père et son oncle ont quitté la pièce et sont aussitôt revenus, l'un portant le masque. Les yeux d'Evelyn sautaient de l'un à l'autre. Le visage non masqué était impassible, le regard fixé droit devant lui.

Evelyn a posé les mains sur ses tempes. « Si je pouvais voir vos visages à tous les deux en même temps, j'y arriverais sans problème. » Une lueur de panique s'est allumée dans ses yeux. La pièce était silencieuse.

Les jumeaux demeuraient immobiles. William a glissé sa petite main dans celle de sa mère.

« Howard, tu peux l'aider ? a proposé un employé.

— Non ! s'est exclamée Evelyn sèchement. Je n'ai pas besoin de lui ! » Elle a regardé encore une seconde. « Je pense que Robert porte le masque. » Elle essayait de sourire, de faire comme si elle s'amusait, mais sa mâchoire serrée, les murmures autour d'elle... William a senti son estomac se nouer.

Le jumeau masqué a bondi sur une chaise en faisant des bruits et des gestes de singe, puis il est tombé à terre et s'est mis à la pourchasser.

« Paul, c'est toi ? a-t-elle hurlé en courant à travers le bureau. C'est bien toi ? » Le singe se rapprochait et l'a soulevée dans ses bras.

« C'est bien toi ? hurlait-elle en lui frappant la poitrine. Dis-le moi !

— Oui, a répondu le jumeau masqué en la reposant à terre. C'est moi. » Le père de William a retiré le masque et l'a posé sur le bureau. Les gens ont ri et applaudi tandis qu'il serrait Evelyn contre lui. Elle était si rouge que William a eu peur qu'elle ne prenne feu.

Alors que William allait chercher un chocolat dans la grande boîte, Howard lui a dit doucement : « Tu veux savoir comment faire la différence ? »

C'était invraisemblable qu'Howard le sache, et pas sa mère. William a hoché la tête.

« Robert a une *minuscule* veine bleue sur la tempe, ici. » Howard a touché William à cet endroit. « Dis-le à ta mère, mais ne raconte pas que c'est moi qui te l'ai appris. »

Un peu plus tard, sa mère, en larmes sur le canapé, son père essayant de la consoler. « Evelyn, ça va...

— Tu m'as humiliée !

— William, a dit son père, tu peux nous laisser un moment, ta maman et moi ? »

Il a couru à la cuisine prendre un biscuit dans le bocal en forme de chat, puis s'est assis contre la porte pour écouter.

« C'était juste pour s'amuser.

— Je déteste que vous vous liguiez tous les trois contre moi. Je *déteste* ça !

— Mais on ne se ligue pas tous les trois contre toi. » Le ton de son père était bas et tranquille : il avait l'air amusé, pas fâché, William le savait car il sentait la tendresse dans sa voix.

« Howard sait vous différencier ! » Pas de tendresse dans la voix de sa mère. « Comment tu crois que je me sens, après ça ? Tout le monde se moque de moi parce que je ne sais pas différencier mon propre mari de son frère homosexuel ! »

William a cessé de mâcher, au cas où ils l'entendent dans le profond silence qui a suivi. Il ne comprenait pas ce mot, mais il a senti l'onde de choc se propager. Il ne parvenait pas à imaginer le visage de son père. Du bout de la langue, il a rattrapé une miette sur sa lèvre, puis l'a laissée fondre. Tout ce qu'il entendait, c'était le doux passage de l'air à travers son nez.

« Et tu voudrais que je reste là sans rien dire pendant que tous les trois vous essayez de prendre William dans vos griffes ? a-t-elle ajouté. Pour qu'il finisse par croire que ce maudit endroit est son seul avenir ?

— Nos griffes ? a répété son père, abasourdi. C'est comme ça que tu vois les choses ?

— Il y a un vaste monde au-dehors, je veux qu'il soit libre de choisir son avenir.

— Mais bien sûr, Evelyn ! Tu pourrais au moins me laisser le bénéfice du doute ! »

Sa mère a soupiré bruyamment. « Robert et Howard… ils sont toujours là ! Et si William entre dans l'entreprise familiale… Je sais que c'est minable, Paul, mais parfois j'ai l'impression que William les aime autant qu'il nous aime, toi et moi. »

C'est alors que William a bondi, ouvert la porte, s'est précipité pour grimper sur ses genoux, puis a pris le visage de sa mère entre ses mains : « Je vous aime plus qu'eux ! Je le jure !

— Coucou, monsieur Oreilles d'Éléphant ! » Son père s'est mis à rire. « Evelyn, tu sais que c'est toi que j'aime le plus, moi aussi ?

— À quel point ? » a-t-elle dit en se radoucissant.

Il a regardé par la fenêtre. « Assez pour jeter le masque de singe. »

Elle s'est penchée vers lui, et tous trois se sont enlacés, formant un joyeux mélange de genoux, de bras et de joues. « Ça me ferait très plaisir. » William a songé que le jeu du masque de singe lui manquerait, mais il ne voulait plus revoir sa maman si seule et apeurée.

« Maman, a-t-il dit au bout d'un moment, oncle Robert a une minuscule veine bleue, juste là. » Il lui a touché la tempe à l'endroit en question.

« C'est vrai ? a relevé son père. Bien vu, William.

— C'est Howard qui te l'a dit, n'est-ce pas ? » a demandé sa mère.

William a secoué la tête, se rappelant sa promesse à Howard.

« Mais si, a-t-elle renchéri en lui tapotant le dos. Tu n'as pas à mentir. »

Il a levé les yeux vers elle ; elle était encore tout attendrie par le câlin, mais il y avait des larmes au bord de ses paupières.

***

Triste et fatigué par ce souvenir, comme il l'avait prévu, William repousse les couvertures et se lève. Il la trouve devant la télévision, avec pour seul éclairage la faible lueur de la guirlande du sapin, et il s'assoit à côté d'elle sur le canapé.

« Coucou, William. » Elle lève un bras et il se niche contre elle.

« Coucou, maman. »

Elle l'embrasse sur la tête et ils regardent ensemble l'émission de Noël de Billy Cotton et Vera Lynn.

« C'est toi que j'aime le plus, maman », dit-il à un moment. Elle le serre un peu plus fort contre elle et l'embrasse à nouveau.

23

Malgré les lourds radiateurs en fonte, il règne un froid sévère dans la grande salle. Les épaules de Mr. Atkinson semblent roidies sous sa robe, et il ne regarde personne pendant qu'ils chantent « When a Knight Won His Spurs ».

Une fois qu'ils sont assis et que le directeur commence son discours, William éprouve aussitôt le besoin d'aller aux toilettes.

« Je suis fort déçu de devoir entamer ce semestre avec des problèmes disciplinaires. » Il ne leur a même pas souhaité un bon retour ou une bonne année. Martin désigne du menton la jambe de William qui tressaute et fronce les sourcils. William essaie de se tenir tranquille. « Mais j'ai reçu des courriers, qu'on ne peut que qualifier de ridicules, censés émaner de parents qui demandent des faveurs auxquelles seuls pourraient penser des écoliers. Je ne suis pas né de la dernière pluie, et je ne laisserai pas une poignée de galopins écervelés me faire passer pour un idiot. Tous ceux qui sont concernés – et vous savez très bien qui vous êtes – sont priés de venir me voir à mon bureau juste après cette assemblée. »

Mark Nettles, assis un peu plus loin dans le même rang que William, incline légèrement la tête sur la droite mais ne le regarde pas. De là où il est, il ne voit pas Charles et Anthony, les plus jeunes. Il sent son pouls battre dans son talon droit en sueur. Il se souvient de Charles, pleurnichant dans la nuit après avoir enfilé son pyjama plein de pisse en septembre, et il imagine combien il doit avoir peur à présent. Le visage de Martin est aussi innocent et calme que d'habitude, il entonne les cantiques comme s'il croyait vraiment aux mots qu'il prononce, ferme les yeux pour les prières, écoute le discours. William lutte pour rester assis. Le tweed vert foncé du pantalon de Mr. Atkinson, ses chaussures brillantes que William admirait lui paraissent à présent lourds de menaces.

« Les garçons qui doivent venir me voir sont priés de m'attendre à l'extérieur de mon bureau, dit-il après le dernier cantique tout en rassemblant ses papiers. Je n'en ai pas pour longtemps. »

« Je vais être malade », dit William dans le couloir où il avance à côté de Martin. Mark, Charles et Anthony sont encore parmi la foule qui sort de la grande salle.

« Ils auraient dû demander des trucs plus malins, dit Martin en grimpant le grand escalier. C'est leur faute, pas la nôtre.

— Par exemple, des fils de réglisse ? » lui rappelle William.

Martin incline la tête d'un côté, fait la moue : « Ouais, t'as pas tort », dit-il en arrivant devant le bureau de

Mr. Atkinson. William est effaré de distinguer l'ombre d'un sourire sur le visage de Martin, adossé au mur.

Les autres arrivent. Mark a beau avoir quatre ans de plus, il est à peine plus grand que Charles et Anthony.

« Mon père va être fou de rage s'il apprend ça. » Mark regarde les deux plus jeunes. « C'est pas nous qui avons écrit ces lettres ! Pourquoi est-ce qu'on devrait être punis pour quelque chose qu'on n'a pas fait ?

— C'est vrai ! » s'exclame Anthony d'une voix pleine de résolution en contradiction avec ses yeux effrayés.

William serre les fesses en imaginant les coups qu'il va prendre pour avoir écrit les quatre lettres.

Mark plante le doigt sur sa poitrine : « C'est toi qui l'as fait ! À toi de prendre tes responsabilités.

— N'importe quoi ! fait Martin. Vous nous auriez remerciés si ça avait marché.

— Ouais, mais ça n'a pas marché ! » Le visage de Mark est de plus en plus rouge. « C'est ça, le problème ! »

Martin ne fait pas attention et se retourne vers William. « Retourne en classe, vite, avant que Mr. Atkinson arrive. » Il le pousse. « Tu n'as rien à faire là.

— Quoi ? s'exclame Mark, deux rides profondes se creusant entre ses sourcils délicats. C'est le seul qui devrait être ici. C'est lui qui a écrit les lettres !

— Ces lettres sont censées être de vos parents à vous, elles demandent des faveurs pour vous. » Martin est calme et résolu. « Allez, file, William, vite.

— Mais je l'ai fait ! répond celui-ci.

— Non, tu n'as rien fait. » Martin secoue la tête. « C'est moi. » Il se retourne vers les autres, toujours aussi détendu. « Et si jamais l'un d'entre vous raconte autre chose, je vous rendrai la vie si impossible que vous regretterez que Mr. Atkinson ne vous ait pas flanqué une correction tous les jours pendant une semaine plutôt que d'avoir affaire à moi. »

Charles serre les lèvres très fort pour ne pas pleurer.

« Non, dit William, ce n'est pas juste.

— File ! » Martin le pousse si fort qu'il manque tomber à la renverse.

Il regarde les autres. Ils sont résignés ; pas question de discuter. Avant d'avoir eu le temps de réfléchir davantage, il s'éloigne le plus vite possible, rouge de honte, le regrettant déjà, mais sachant bien qu'il ne fera pas demi-tour.

24

FÉVRIER 1959

C'est un numéro d'équilibriste, ce solo, pareil à un funambule au-dessus d'un canyon. Monter tout là-haut n'est pas le problème : William peut atteindre le *fa*, alors le *do*, c'est facile. Non, la difficulté, c'est de tenir le *sol* parfaitement, sans trembler, sans varier ni diminuer, tandis que tout le reste, au-dessous, change. Le « Miserere » d'Allegri. La manière dont son souffle, sa voix remplissent l'église, s'élevant jusqu'au plafond, transperçant le silence et les autres voix, le plonge toujours dans l'extase. Lorsqu'il chante en soliste, il est émoustillé à l'idée que les voix des autres sont là pour encadrer et magnifier la sienne. C'est de la magie pure.

Il trouve qu'il s'est bien débrouillé ; poussé par la sensation intense que son être tout entier s'envole, pas seulement sa voix.

Phillip a le regard dans le vague, à croire que la voix de William est perdue tout là-haut. William ne le quitte pas des yeux.

« Pas mal, finit-il par dire à propos de ce qu'il vient d'entendre. Rappelez-vous, ce qui compte, ce n'est pas d'atteindre la note la plus élevée, mais de garder le contrôle sur ce qu'il y a autour. » Enfin, il jette un bref regard à William. « Vous ne devez pas fuser, dit-il d'un ton détaché comme s'il parlait de beurrer une tartine, car ensuite, évidemment, le risque est trop grand d'écraser l'ornementation des croches en redescendant. » Petit sourire. « Mais on va y arriver. Aucun doute là-dessus. Allez, continuons… »

« On dirait Narnia », dit Martin en approchant du hêtre glacé. Un moineau est posé dans l'herbe, à gauche du sentier, il incline la tête en les voyant passer, nullement effrayé par la procession bruyante des garçons.

« Imagine la Surgé sur un traîneau. Notre Sorcière Blanche à nous. » Selon l'habitude, quand Martin éclate de rire, William est ravi de voir les autres garçons tourner la tête pour voir ce qu'ils ont raté.

C'est le deuxième semestre de la deuxième année de William en tant que choriste. Il est désormais presque aussi grand que Martin, mais plus frêle. Le crissement des graviers sous ses pieds le satisfait toujours autant, et les grands platanes plantés de chaque côté du chemin continuent de le saluer ainsi qu'à son arrivée. En fait, il ressent toutes ces choses de manière encore plus intense à présent, car il sait que ça ne durera pas toujours. Bien qu'il soit devenu choriste sur le tard, à dix ans, désormais tout ça est oublié. Les jeunes garçons qui ont commencé en septembre voient en William un soliste, dont le meilleur ami, Martin, est l'autre soliste principal.

« Ta mère va être folle de joie », dit Martin. L'herbe ressemble à des anémones de mer amidonnées, et les arbres à de sombres squelettes sur le ciel vif. De petits nuages de fumée jaillissent des seize bouches.

À présent c'est fini, mais même les plus agités des novices l'ont ressenti. Parfois, il se passe quelque chose, et cette bande de garnements qui pètent, rotent et se curent le nez savent alors que ce qu'ils font ensemble est plus prodigieux que leurs petites personnes. Ensuite, ils vont sauter dans les flaques, raconter des blagues, et la sensation disparaît. Mais ils ne l'oublient jamais.

« Comment tu l'as enfoncé, ce *do* ! » Martin saute par-dessus une lame d'argent gelée.

La brise robuste joue dans les cheveux touffus de Martin, gifle gentiment William, lui fouette les chevilles. Mais chanter la musique du carême donne à l'atmosphère un air de printemps.

« Merci. » Il sourit. « J'aimerais juste que ça dure plus longtemps. »

Martin éclate de rire. « Plus de douze minutes ?

— Ma maman dit qu'elle pourrait l'écouter toute la journée, se coucher, s'endormir et continuer de l'écouter.

— Elle ne va pas en dormir d'ici le mercredi des Cendres lorsqu'elle saura. »

William éclate de rire. « Quand j'ai été pris ici, pendant une semaine, elle pleurait chaque fois qu'elle me regardait.

— Elle est comme une bonne fée marraine, dit Martin en arrivant à l'école.

— Pourquoi tu dis ça ? » demande William en s'asseyant dans le vestibule pour changer de chaussures.

Martin enfonce son pied dans son soulier. « Elle est belle, elle est forte. Elle ferait n'importe quoi pour te rendre heureux !

— Ta maman aussi, non ?

— C'est différent. Tu es tout seul. Tout tourne autour de toi. Nous, on est si nombreux, ce n'est jamais uniquement moi le centre de l'attention. »

Martin craque pour la mère de William depuis qu'il l'a vue courir sur King's Parade avec son fils sur le dos. Un peu en retard en fin d'après-midi, un jour de sortie, William s'est plaint qu'il ne pouvait pas à la fois manger un *Chelsea bun* et se presser, alors Evelyn lui a dit de monter sur son dos pour manger sa pâtisserie et qu'elle se hâterait pour tous les deux. Martin a tout vu de l'autre côté de la rue, où il se trouvait avec sa mère à lui. Ce qu'il a surtout apprécié, ce n'est pas tant de voir Evelyn courir avec un garçon de onze ans sur le dos, mais qu'elle le fasse en riant !

« Elle peut être pénible, tu sais, dit William en se rendant en cours d'histoire. Je suis sûr et certain qu'elle ne voudra pas qu'oncle Robert et Howard viennent entendre le "Miserere". » Quand Martin a eu droit à un long solo au semestre précédent, ses parents, son grand-père, ses frères et ses sœurs jumelles sont tous venus. Ils étaient si nombreux, rien que pour lui, que cela a rendu William triste.

« Mais bien sûr qu'elle voudra qu'ils viennent ?

— Elle dira un truc comme : "La vie est déjà assez dure pour ne pas avoir à s'asseoir sur le même banc que Robert et Howard devant tout le monde." Franchement, qu'est-ce que ça veut dire ? Je *déteste* ça, Martin, je déteste ça. » William s'aperçoit que les joues de Martin ont rosi.

« Si ton papa était encore en vie, est-ce que Robert et Howard viendraient t'écouter ?

— Ça dépend de qui gagnerait. Maman voudrait que Robert vienne tout seul, et papa dirait que ce n'est pas juste.

— Tu vas lui dire que tu veux qu'ils viennent aussi ? » Martin pousse la porte de la classe.

« Oui, dans ma prochaine lettre. » William tire sur sa cravate lorsqu'ils entrent. Il a beaucoup trop chaud et il a la sensation que quelque chose va exploser en lui.

« Elle essaie seulement de te protéger », dit Martin en se rendant jusqu'aux pupitres vides, au fond de la classe.

William trouve ça tellement étrange et surprenant qu'il ne répond pas.

La portion de purée s'abat sèchement dans son assiette. D'habitude il est mort de faim au petit déjeuner, sans parler du déjeuner, mais aujourd'hui il n'a aucun appétit.

« Merci. » William sourit à la cuisinière, dont le regard s'attendrit en le voyant. Il ne se glisse plus de bon matin dans les cuisines comme il le faisait naguère pour la voir préparer le petit déjeuner, sa poitrine corsetée le bousculant parfois, mais il est toujours gentil.

« William, tu t'assois avec moi ? propose Nigel Wynne, un garçon mince et gracieux qui est à présent premier choriste. Où est Martin ? demande-t-il en regardant autour de lui.

— Chez le directeur.

— Et c'est pour quoi cette fois ?

— Pour avoir répondu. »

Nigel sourit. « Raconte.

— Il était dissipé ce matin en cours d'histoire. Hawthorn lui a dit que faire le clown, ce n'était pas drôle. Alors Martin lui a répondu : “Avec tout votre respect, monsieur, si, c'est drôle, car c'est la raison d'être des clowns.” »

Depuis que William a laissé les autres endosser le blâme pour les lettres qu'il a écrites l'an dernier, il a toujours refusé de prendre part aux blagues potaches de Martin : voler des lunettes de soleil chez Woolworths, introduire un canard dans la chambre de la Surgé ou verser un flacon de carmin de cochenille dans le porridge. Martin trouve toujours quelqu'un à embarquer avec lui dans ses histoires et ne met jamais la pression à William. Celui-ci a compris qu'il existe une sorte de consensus entre les pensionnaires pour s'accorder sur le fait que William est sous la protection de Martin. Les histoires du pyjama trempé de pisse et des fausses lettres font partie du folklore de l'école. William se sent parfois un peu coupé des autres à cause de ça, parce qu'il n'arrive pas vraiment à avoir de vraies relations avec eux. Aussi sait-il gré à Nigel de lui proposer de s'asseoir avec lui.

« S'il se prend une correction, on va avoir droit à contempler les bleus sur ses fesses ce soir, dit Nigel en riant.

— Et chaque soir de la semaine pour assister aux changements de couleur.

— Des fois, je me dis qu'il aime ça. » Le sourire de Nigel vire au froncement de sourcils. « Ça va ? Tu as l'air bizarre.

— Je crois que j'ai un peu de fièvre, dit William en touchant son front humide.

— Tu n'as pas le droit d'être malade. Pas avant le mercredi des Cendres. »

Dans la salle de chant, le lendemain, William retire sa robe, qui lui arrive à présent au-dessus des chevilles et ne froufroute plus par terre depuis longtemps, se gorgeant de la boue et de l'eau des flaques. Il est content de s'asseoir après le trajet depuis l'école et n'a même plus l'énergie nécessaire pour rire de l'imitation que fait Martin de l'organiste qui louche. Il aimerait avoir un peu plus d'énergie. Phillip arrive et leur demande de faire des gammes pour s'échauffer, alors William inspire bien à fond, mais c'est par une violente quinte de toux qu'il expire.

Pendant deux jours, il refuse d'admettre qu'il est malade, il ne supporte pas l'idée qu'il risque de ne pas pouvoir chanter le « Miserere », seulement à mi-séance, Phillip l'envoie chez la Surgé, et il manque s'évanouir en chemin.

***

C'est la grippe. Une grippe agressive, vicieuse, qui se prolonge. William reste au lit pendant dix jours. La fièvre, les courbatures dans les bras et les jambes, son nez bouché, rouge et douloureux signifient qu'il ne pense à rien, tout simplement. Il a l'impression d'être tout dur et desséché à l'intérieur, mais surtout, il est en colère. Le mercredi des Cendres arrive. La Surgé lui dit que c'est Nigel qui a chanté le solo, tandis qu'elle s'affaire autour de son lit, remplit son verre de café d'orge citronné, remplace sur sa table de nuit ses deux mouchoirs en bouchon par deux autres, propres et repassés. William contemple le plafond et se pince la cuisse gauche jusqu'à ce que ça soit plus douloureux que d'imaginer Nigel chanter son solo à sa place. Il continue ainsi tout le reste de la journée ; le soir, il doit passer à la cuisse droite.

Au bout de quelques jours, Martin est autorisé à lui rendre visite pendant un quart d'heure l'après-midi. La fenêtre est orientée vers le sud et la pièce est baignée d'un beau soleil printanier. William sent toujours un marteau cogner dans sa tête et il a l'impression que ses membres sont de plomb.

« C'est pas de veine, mais ce sera ton tour l'année prochaine, dit Martin en s'asseyant lourdement au bout du lit.

— T'en sais rien, je pourrais muer, ou un des petits pourrait être désigné. Charles est assez bon pour ça.

— Mais non. C'est toi, le meilleur. »

Allongé dans son lit à l'infirmerie, il a les yeux secs, mais la solide présence de Martin, son amitié, lui font venir les larmes aux yeux.

« Comment était Nigel ?

— Pas mal, disons. » Martin le regarde dans les yeux. « Rien d'extraordinaire. »

William ne le croit pas, mais il apprécie sa loyauté.

« Au moins comme ça, on a le temps pour réfléchir à la manière de faire venir ton oncle et Howard l'an prochain. »

William regarde la couture bleue de la couverture. Il y a deux jours, il a entendu la Surgé dire à l'infirmière qu'un des maîtres avait été renvoyé.

« J'ai entendu des choses à son sujet. » La voix de l'infirmière portait davantage qu'elle ne devait l'imaginer. « Il passe ses vacances en Italie, avec un homme !

— Alors il devait s'en aller. Ne serait-ce qu'un soupçon de dégénérescence autour des garçons, c'est intolérable. »

Le problème, lorsqu'on est alité, c'est qu'on n'a rien d'autre à faire que penser. Aussi, lorsque William n'est pas physiquement malade de déception et de jalousie, il pense à Robert et Howard, qui sont des « dégénérés ». William est tiraillé par l'envie d'en parler maintenant. Il vérifie que la Surgé est bien toujours dans son petit bureau, au fond de la pièce. Elle téléphone.

« Martin ?

— Ouais ?

— Oncle Robert et Howard, tu crois que… ce sont… » Il essaie mais n'arrive pas à le dire. « Tu sais. »

Martin incline la tête, puis il acquiesce. « Sans doute.

— Donc, quand tu as dit que maman me protégeait, tu voulais dire d'eux ? »

Martin fait la grimace, comme s'il avait mal. « Certaines personnes pensent qu'il ne faut pas les laisser seuls avec les enfants, mais je suis certain que mes parents ne croient pas ça. » Il regarde par terre un moment, puis se tourne à nouveau vers William. « Je parie que jamais ton oncle ne te ferait de mal. »

Il entend la Surgé dire au revoir, puis le lourd bruit du combiné qu'on raccroche sur son support. « Je crois que tu devrais y aller », dit William, gêné que Martin paraisse en savoir davantage que lui sur sa propre famille, même s'il est aussi soulagé d'apprendre que

Mr. et Mrs. Mussey seraient bien disposés envers son oncle. « Je me sens un peu vaseux. »

William n'est pas fâché de passer encore quelques jours au lit, ainsi, il n'a besoin de parler à personne.

25

JANVIER 1961

Richard, le frère aîné de Martin, les attend à la gare de Pulborough, adossé à sa Ford Anglia bleue, une cigarette au bec. En dernière année à Oxford, c'est une version plus grande et plus mince de Martin.

« Salut Minus. » Il lui flanque une bourrade dans le dos, puis lui serre la main. « Salut William, moi, c'est Richard. Grimpe derrière, je vais mettre ta valise dans le coffre.

— Où est maman ? demande Martin en s'asseyant à côté de son frère.

— Elle prépare le dîner avec Flo. Tout le monde est réquisitionné. »

William est invité à passer une partie des vacances de Noël dans la famille de Martin chaque année, mais il n'a jamais pu se résoudre à demander la permission à Evelyn, aussi n'est-il jamais venu. C'est sa dernière année en tant que choriste, sa dernière année avec Martin, dont les histoires de famille turbulentes et bohêmes le divertissent et le fascinent. Evelyn a dit d'accord, il s'était promis de lui demander dans les cinq premières minutes de sa visite, en décembre. Elle a été déçue ; son sourire est venu trop vite, il était trop appuyé, et elle a épousseté les miettes de gâteau trop brutalement. Néanmoins, il a décidé de la prendre au mot.

Les premiers jours suivant le retour à Cambridge, après les vacances de fin d'année, ont toujours été illuminés par les dîners où Martin lui racontait le spectacle monté par les jeunes Mussey, le lendemain de Noël. Qui s'est disputé avec qui, quels accessoires ont été utilisés pour les costumes et le décor, est-ce qu'ils ont tenu jusqu'au bout, quels garçons ont joué des rôles de filles, et quelles filles ont joué des rôles de garçons – l'inversion des sexes étant bien entendu de rigueur. C'est une manière de s'amuser si généreuse : passer une journée à écrire, désigner qui interprète quel rôle, préparer le décor, les costumes, et naturellement jouer la pièce. Plus les jeunes Mussey grandissent, plus leurs spectacles deviennent élaborés, et plus ils se produisent tard. L'année dernière, ils ne sont pas montés sur scène avant vingt-trois heures trente, car en milieu d'après-midi, Richard avait insisté pour réécrire le script en vers, avec des rimes.

Excité, nerveux, sa valise prête pour le nouveau semestre qui commence dans trois jours, à treize ans, William n'a jamais pris le train tout seul, aussi était-il prévu que Martin le retrouve à Paddington et qu'ils finiraient ensemble le trajet jusqu'à Storrington.

« Qu'est-ce qu'on mange ? demande Martin.

— Du poulet.

— Un des nôtres ?

— Deux, en fait. En ton honneur, William, dit Richard en tournant la tête, deux poulets pour le dîner ! » Il passe la première et ils quittent la gare. « En parlant de nourriture, est-ce que Martin t'a fait goûter aux *Chelsea bun* de chez Fitzbillies ?

— Évidemment ! répond Martin. On a le droit de sortir parfois le samedi après-midi.

— Martin en prend deux, raconte William désireux de participer, et il les a finis avant que j'aie eu le temps de déballer le mien. » Le rire franc de Richard vient le récompenser.

« Combien de solos tu as chanté au dernier semestre, Minus ? »

C'est une question de routine, William le sent bien. Martin incline la tête pour réfléchir. « Au moins sept, mais pour être honnête, j'ai perdu le fil.

— C'est nul », marmonne Richard.

Martin se retourne en souriant vers William. « J'ai déjà battu son record !

— Et toi, William ? » demande Richard en jetant par la fenêtre son mégot, le coude appuyé sur le rebord.

Il en a chanté treize – cinq de plus que Martin. « Je ne suis pas sûr, autour de dix ?

— Je dirais plus, ajoute Martin, il est vachement bon. Je suis sûr qu'il va chanter le "Miserere" cette année. »

C'est Flo qui les accueille lorsqu'ils entrent par la porte vitrée dans la vaste cuisine pleine de monde, avec ses lunettes épaisses qui lui agrandissent un peu les yeux. Elle prend le visage de Martin entre ses mains et l'embrasse bruyamment sur les deux joues. Elle a l'air vieille, peut-être plus de soixante-dix ans, songe William, avec des cheveux frisés gris, coupés courts.

« Tu dois être William. » Elle s'empare de sa main.

« Bienvenue, William », l'interpelle une voix depuis l'autre bout de la pièce. Il lui faut une seconde pour localiser Mrs. Mussey, qui s'approche de la table en souriant, chargée d'une pile d'assiettes. Mesurant un bon mètre quatre-vingts, Mrs. Mussey est la mère la plus grande que William ait jamais rencontrée.

« Salut William ! » Un concert de voix à l'unisson vient le frapper.

« Salut. » Un instant, il se sent complètement dépassé et n'ose regarder personne.

Tout le monde s'agite, on apporte des choses sur la table, on en sort d'autres du placard, on remplit la carafe d'eau ; adultes et adolescents forment une bruyante mêlée de mouvements dans une cuisine où son appartement tout entier pourrait tenir. Mr. Mussey le pousse vers la table, un meuble énorme au décor hachuré, logé dans l'alcôve d'un vaste bow-window. Martin est déjà installé sur le banc qui longe la fenêtre, garni de coussins rectangulaires, et il fait signe à William de le rejoindre.

Comme de la limaille de fer attirée par un aimant, toutes les personnes présentes convergent vers la table, s'assoient, et le remue-ménage devient un faisceau d'énergie concentrée sur les assiettes. En face de lui, assises sur des chaises à hauts dossiers, Imogen et Isobel, les sœurs jumelles terriblement belles de Martin, ainsi que Richard. Mr. et Mrs. Mussey sont chacun à un bout de la table, et de l'autre côté de Martin, ce doit être son second frère, Edward.

« Merci à Henrietta et Mabel de nous offrir ce repas ce soir. Que Dieu ait leur âme », s'écrie Mr. Mussey, ses cheveux roux débordant sur son front, alors qu'il entreprend de découper les carcasses rôties d'Henrietta et de Mabel, avec cet enthousiasme et cette énergie latente que William apprécie tant chez Martin.

« Flo, vous êtes sûre que vous ne voulez pas de poulet ? » demande Mrs. Mussey par-dessus son épaule.

William se demande où Flo va s'asseoir, mais elle a déjà enfilé son manteau et leur tourne le dos, tandis qu'elle recouvre une assiette de papier alu.

« Ça ira pour ce soir, je vous remercie. » Flo sourit depuis la porte du fond, l'assiette posée en équilibre sur sa main. « Bonsoir.

— Bonsoir, Flo », répond en chœur toute la famille, certains se tournant vers elle, d'autres se concentrant sur leur assiette.

« Elle ne mange pas de viande quand on prépare une bête qu'elle connaît depuis qu'elle est sortie de l'œuf », explique Richard à William au moment où Flo referme derrière elle, laissant entrer un courant d'air. « C'est la cuisinière la plus délicate du Sussex. »

William a pris Flo pour l'une des nombreuses tantes, marraines ou amies de la famille dont Martin lui a parlé. Il ne savait pas qu'une famille individuelle pouvait avoir une cuisinière. Martin ne lui en a jamais dit un mot !

Richard et Martin se penchent sur la table et plantent leur fourchette dans la viande dès que les morceaux se trouvent détachés de la carcasse, la peau croustillante se séparant toute seule de la chair. À la maison, Evelyn lui apporte son assiette à table, déjà garnie. Doit-il se servir seul, lui aussi ? Ou attendre ? Martin lui épargne la réflexion en mettant dans son assiette un morceau et continue ainsi à prendre deux portions de chaque plat, une pour lui, une pour William : pommes de terre rôties, purée, gratin de chou-fleur, petits pois, carottes et sauce – le genre de repas que William aurait cru réservé à Noël, ou tout au moins à un dimanche de fête.

« Quel gentil garçon, dit Mr. Mussey à Martin en se frottant la tête. Tu as vu ça, chérie ? Il pense à quelqu'un d'autre que lui-même !

— C'est très bien. » Mrs. Mussey empile les carottes dans son assiette. « Si tu ne te dépêches pas de manger, mon cher William, cette bande-là aura englouti tout ce qu'il y a sur la table avant que tu aies trouvé tes couverts. »

Ses cheveux blonds veinés d'argent lui tombent au-dessous des épaules, emmêlés et pleins de nœuds, comme si elle y abritait des oiseaux exotiques. Elle souffle pour chasser les mèches devant ses yeux. Son corps a l'air ferme sous sa robe à fleurs, elle a un ventre parfaitement plat. Elle se lève d'un bond pour aller chercher du poivre, et il voit les muscles de ses mollets saillir – il ne serait pas surpris qu'elle bondisse par-dessus la table.

Après quelques bouchées, William ose regarder Isobel et Imogen. Elles ont hérité la blondeur de leur mère, mais leurs cheveux sont lisses et raides, et leurs membres longs et dorés. William a du mal à détacher son regard, d'une part, parce qu'elles sont d'une beauté fracassante et qu'il n'a pas souvent l'occasion de voir des filles, d'autre part, parce que c'est la première fois qu'il rencontre de vraies jumelles en dehors de son père et son oncle. Une fois sorti de table, il ne sera plus capable de les différencier. Il sait qu'Imogen est assise en face de Martin, et Isobel en face de lui, et tout le temps où Richard et Martin s'insultent mutuellement, le regard d'Isobel croise le sien et elle lui sourit sans retenue, alors qu'Imogen semble l'éviter – ce qu'il ferait si un inconnu le dévisageait ainsi. Isobel semble plus intéressée par la conversation et y participe, tandis qu'Imogen passe de longs moments concentrée sur son assiette, repoussant le rideau de soie de ses cheveux de temps à autre derrière son épaule. William remarque aussi que les deux sœurs se regardent toujours en même temps, qu'elles relèvent le sourcil exactement de la même manière, mais ce qu'il préfère, c'est voir Imogen rattraper une mèche de cheveux d'Isobel avant qu'elle ne tombe dans la sauce. Celle-ci continue à manger comme si de rien n'était. Il trouve cela très réconfortant.

Il jette un coup d'œil à Mr. Mussey, qui le regarde avec un petit sourire. William se sent rougir et se concentre sur Edward, qui regrette que les poulets n'aient pas quatre pattes. Il sait qu'il devrait participer à la conversation : il n'a pas encore dit un mot. Ils vont croire qu'il est idiot ou impoli. Il se promet qu'au prochain moment de silence, il posera une question. À deux reprises, il a pris une inspiration, mais quelqu'un a été plus rapide que lui, et puis il est rare qu'une seule personne parle à la fois.

Enfin, arrive un moment de pause, et il demande bien trop vite et trop fort : « Comment s'est passée la pièce le lendemain de Noël ? »

Après tous les propos tenus en même temps, toutes les interruptions, les rires, l'attention se concentre sur lui. Tout le monde le regarde, silence total. Il a dit ce qu'il ne fallait pas.

« Martin ne t'a pas prévenu ? » finit par lui demander Imogen.

Il se retourne vers Martin, qui lui sourit, les joues pleines.

« Je voulais lui faire la surprise, répond-il.

— On a reporté, dit Richard en reprenant du poulet. Jusqu'à demain. Pour que tu puisses participer. »

Emmitouflés dans leur manteau et leur écharpe, William et Martin sont assis dans les pommiers, les jambes ballantes au-dessus de l'herbe. L'ombre est adoucie par la lumière de la cuisine. Entouré d'un vieux mur de briques, planté de huit pommiers, de deux cerisiers et d'un poirier, le jardin semble tout droit sorti d'un livre d'images.

« J'ai peur d'être mauvais – dans la pièce. » William passe les doigts sur les fissures de l'écorce. Il ajuste sa position pour desserrer l'étreinte de son pantalon sur son ventre, qui le comprime depuis qu'il a repris une part de tarte aux pommes.

« C'est pas grave, dit Martin en soufflant un nuage de condensation. Ça ne te fait pas plaisir ?

— Oh si ! Mais je suis pétrifié. »

Martin se met à rire. « Les cousins ne seront pas là, donc ce ne sera pas un aussi gros truc.

— Ah bon ?

— Ils sont passés le lendemain de Noël. Ils sont rentrés à Londres maintenant. »

William ne lui dit pas que la présence de Flo l'a surpris, ni combien il trouve ses sœurs jolies ; il ne veut pas discuter de tout ça, il veut juste profiter. Et puis il est tellement touché que cette grande famille sophistiquée ait changé ses plans pour lui : s'il ouvrait la bouche, il se mettrait à pleurer.

Evelyn n'aimerait guère voir les vêtements entassés sur le palier, ou les vieux journaux éparpillés dans le salon, sans parler des traces de dentifrice sur le miroir de la salle de bains, mais l'idée plaît beaucoup à William que le style et l'élégance ne dépendent pas du ménage.

« Ta maison est splendide », dit-il en enlevant son pantalon – aussitôt il a la chair de poule. William s'étonne que personne n'ait tiré les rideaux, mais sans voisins pour les épier, il comprend que ce n'est pas nécessaire. Dans la chambre, il y a quatre lits, mais bien assez d'espace entre chacun.

« Merci, dit Martin en ôtant son maillot de corps qui finit par terre.

— Notre appartement est minuscule en comparaison ! dit William en contemplant son corps maigrichon dans la glace de l'armoire, de l'autre côté de la pièce.

— Je parie qu'il est confortable. Ici, on gèle, à part quand il y a une vague de chaleur. » La voix de Martin est étouffée par le haut de pyjama qu'il est en train d'enfiler. « Et je parie que ta mère est très ordonnée. »

Martin ne supporte pas qu'on dise quoi que ce soit contre Evelyn. *Si élégante, du rouge à lèvres qui fait ressembler sa bouche à une tranche de fruit, et elle fait des sablés au beurre.* Mais ce soir, William se sent attiré par la mère amazone qu'incarne pour lui Mrs. Mussey, avec son approche plus large du ménage et de l'éducation.

« C'est bizarre, hein ? » dit William en s'installant dans le creux, au milieu du matelas, sous un drap lisse et lourd qui sent l'humidité. « Avant Cambridge, on avait des vies complètement différentes. Et puis pendant quatre ans, on a vécu presque exactement les mêmes choses tous les jours, et ensuite, pendant tout le reste de nos vies, on fera à nouveau des choses complètement différentes.

— Tu crois que tu vas choisir la musique ou les pompes funèbres ? »

William a raconté il y a longtemps à Martin que son père et Robert voulaient qu'il entre dans l'entreprise familiale, tandis qu'Evelyn voulait qu'il fasse de la musique. Après la mort de son père, Evelyn a tout fait pour que William rejoigne un chœur prestigieux, et la proposition du maître de chœur de tenter de le faire entrer à Cambridge, bien qu'il ait près de dix ans, n'aurait pu la ravir davantage.

« Si j'ai le niveau, la musique, sans doute.

— Tu as le niveau.

— Et toi ?

— J'ai pas envie d'y penser. » Martin grimpe dans son lit et tire sur la chaînette de sa lampe de chevet. Un petit *clic*, et la lumière s'éteint. « Je ne peux pas imaginer la vie sans toi. »

Dans le noir, souriant, réchauffé par l'amitié de Martin, William se tourne sur le côté et décide de ne pas perdre son temps à s'inquiéter du froid qui l'envahira quand cette amitié aura disparu.

« Au fait, ajoute Martin quelques secondes plus tard tandis que les pensées de William glissent paresseusement d'une idée à l'autre, Maman dit que si tu continues à dévisager les jumelles comme ça à chaque repas, il faudra que je te verse de l'eau froide sur la tête.

— Je ne les dévisageais pas comme ça ! fait-il tout à fait réveillé. C'est parce qu'elles sont jumelles. Promets-moi de lui dire.

— Toi, tu lui diras », répond Martin en roulant à son tour sur le côté pour faire face aux petites branches de cerisier, aux myrtilles et aux pommes bien alignées en diagonales sur le papier peint, qui apparaissent à nouveau maintenant que leurs regards se sont habitués à l'obscurité.

S'il insiste, craint-il, Martin se moquera encore plus de lui, alors William attend. Au moment où il commence à croire qu'il a attendu trop longtemps, il entend un murmure : « Je lui dirai avant le petit déjeuner, t'inquiète pas. »

26

Isobel et Imogen entrent nonchalamment dans la cuisine pour le petit déjeuner avec leur jupe écossaise et leur pull irlandais, magnifiques avec leurs cheveux encore emmêlés de sommeil, et William réalise qu'en l'espace d'une nuit, son intérêt vis-à-vis des jumelles en tant que telles a été supplanté par la fascination pour leur incroyable beauté.

Elles s'assoient en face de lui, paresseuses et languides, leur peau lisse et douce semée de sucre roux, leurs yeux verts encadrés de longs cils noirs, leurs lèvres charnues, pareilles à celles de Martin. Au moment où il commence à imaginer ce que cela ferait de les embrasser, Mrs. Mussey pose au milieu de la table une grosse casserole chaude, et il se force à s'intéresser à la nourriture.

« Tu en veux, William ? » demande Mrs. Mussey, ramenant ses cheveux en queue-de-cheval dans une main, tenant dans l'autre une cuillère au-dessus de la casserole. À la surprise de William, la casserole contient du riz – le genre de chose qu'il n'a jamais mangée au petit déjeuner.

« Oui, s'il vous plaît. Qu'est-ce que c'est ?

— Du *kedgeree*, répond Edward en plongeant sa fourchette dans la casserole et en recevant un coup de cuillère sur les doigts de la part de sa mère. Tu n'as jamais goûté ? Je ne peux imaginer la vie sans *kedgeree*.

— Ça en dit long sur ton imagination, Edward », dit Imogen en beurrant son toast. Martin éclate de rire, et William remarque qu'Isobel sourit.

« C'est du haddock, du riz et des œufs durs, explique Mrs. Mussey en le servant.

— Merci – ma mère n'aime pas le poisson », répond-il, dans l'espoir de sous-entendre qu'autrement, ils en auraient régulièrement à table, de même que les cornflakes et les tartines grillées avec de la marmelade de chez Robertson.

« Richard, demande Mrs. Mussey en se levant de table tout en passant la main dans ses cheveux, pouvez-vous faire en sorte d'être au plus tard à vingt heures sur scène, ce soir ? Il y a une dizaine de personnes qui viennent, dont Mrs. Wickers qui a dormi tout du long la dernière fois. Et ton grand-père doit reprendre la route ensuite, alors ce ne serait pas bien de l'obliger à veiller tard. »

William songe combien ce serait merveilleux si sa mère, oncle Robert et Howard pouvaient être là eux aussi, pour qu'ils voient à quel point il a sa place au sein de cette famille cultivée.

Richard a l'intention de racler la casserole de *kedgeree* jusqu'à la dernière parcelle. Mrs. Mussey revient vers la table.

« Tu m'as entendue, Richard ? Réponds-moi quand je te parle.

— Ouais, c'est bon. »

William espère qu'ils seront sur scène à vingt heures, car autrement, il sait qu'il se sentira anxieux.

Après le petit déjeuner, les jeunes vont s'installer dans le salon autour de la table ovale brillante, débarrassée des numéros du *National Geographic*, de *Punch* et du *New Statesman.* Richard résume pour William leur fonctionnement : jusqu'à onze heures, ils écrivent la pièce, car c'est l'heure où Flo leur apporte les biscuits qu'elle leur a préparés. Entre onze heures et le déjeuner, distribution des rôles et répétition. Après le déjeuner, ils se divisent en deux équipes : une pour les costumes, l'autre pour le décor. Après le goûter, c'est la répétition en costumes. William calcule qu'ils n'auront répété que deux fois avant la représentation.

« Est-ce qu'on garde notre texte avec nous au cas où on oublie, ou est-ce qu'il y a un souffleur ? »

Tout le monde éclate de rire.

« Non. Pas de souffleur. Pas non plus de texte, explique Martin, tu t'en souviens, ou tu inventes. Tout ça, ça fait partie du jeu !

— Et au moins un des garçons montre ses fesses ou son zizi à un moment », ajoute Isobel.

Il regarde Martin : jamais il n'a été question de ça, William en est certain. « OK. » Il essaie de paraître détendu.

« Bon allez, on s'y met fissa. » Richard allume une cigarette puis pose son bloc A4 sur les genoux. Il regarde les autres en souriant. « Scénario ? demande-t-il, stylo suspendu en l'air.

— Bloc opératoire ! » crie Edward.

Richard approuve et l'écrit. « Où et quand ?

— À Rome, en 1945, propose Imogen.

— Pourquoi pas ? note Richard. Ça peut être marrant avec l'accent.

— 1945 ? demande Edward.

— Notre année de naissance, précise Isobel.

— Le thème ? » Richard ne lève pas les yeux de son bloc.

« L'amour non réciproque ! hurle Martin, les yeux écarquillés, les joues rouges sous ses taches de rousseur.

— On l'a fait l'année dernière, rétorque Imogen qui commence à s'ennuyer.

— Non, pas l'année dernière, précise Edward, c'était la vengeance, l'année dernière, j'en suis sûr. Imogen s'est embrouillée avec Richard alors qu'il jouait seulement son rôle.

— Tu étais vraiment méchant, Richard, réplique Imogen.

— Donc, c'est l'amour non réciproque. » Richard regarde sa montre. « Un titre ?

— *Opération à cœur ouvert* ! s'écrie Martin dans une nouvelle explosion d'enthousiasme.

— *L'Amour au bout du bistouri* ? propose Edward.

— Pourquoi pas *Cœur blessé* ? ose William.

— Épatant, William, dit Richard. Donc, *Cœur blessé*. »

Tout le monde applaudit et William a l'impression qu'ils attendaient qu'il dise quelque chose juste pour pouvoir être d'accord avec lui.

À onze heures, quand Flo entre dans le salon, précédée par l'odeur des biscuits, la pièce est écrite et la façon dont William considère l'écriture dramatique a complètement changé. Il joue le rôle d'une infirmière amoureuse d'un beau docteur (Richard), qui est lui-même amoureux d'une autre infirmière (Imogen), elle-même amoureuse d'un patient qui doit être opéré (Edward). Martin joue un patient amoureux de l'infirmière interprétée par William. Seule consolation d'incarner une femme, au moins on ne demandera pas à William de montrer ses fesses ou son zizi.

La journée se passe dans une frénésie d'improvisations, d'essayages de costumes, de querelles humoristiques, ainsi que de meubles et d'objets dérobés. La vieille porte de la grange installée sur des chaises de la salle à manger sert de table d'opération. Une série de gants de toilette pris dans différentes salles de bains font office de masques chirurgicaux. Les instruments de chirurgie proviennent du tiroir de la cuisine, quant au cœur du patient, c'est un morceau de foie de veau tout droit sorti du frigo, donné avec réticence par Flo.

Même s'il est content de ne pas avoir à se déshabiller, William regrette quand même d'être le seul à changer de sexe. S'il avait joué un personnage masculin, il aurait sûrement eu la possibilité d'être amoureux d'une des jumelles, voire mieux : l'une d'elles aurait pu être amoureuse de lui. Au lieu de cela, il doit nourrir Edward de spaghettis et se laisser pincer les fesses par Martin. Au cours de la répétition en costumes, Richard décide qu'à la fin, tout le monde doit embrasser sur la bouche la personne aimée. William aurait préféré en rester aux fesses pincées, mais à présent, il doit attraper le visage de Richard et lui planter un baiser sur la bouche. Puis subir la même chose de Martin.

Au moins, l'idée fait rire Isobel, et ils n'ont à le faire qu'une seule fois. Au cours de la répétition, ils sont autorisés à s'embrasser dans le vide, partant du principe qu'au moment critique, ils ne se défileront pas.

À la fin de l'après-midi, William est pris par l'envie de se retirer un moment seul dans sa chambre. Ils sont tous merveilleux, mais si bruyants, si vivants, si exigeants. Il a mal au visage à force d'exprimer tant de choses à chaque conversation, et il n'arrive toujours pas à se faire à leur nombre. Comme ils ont dû manquer à Martin lorsqu'il est parti pour Cambridge. Que les dortoirs ont dû lui paraître calmes et solitaires comparés à ce joyeux brouhaha.

Au dîner, ils n'ont pas le droit de parler de la pièce, pour ne pas gâcher le plaisir des spectateurs, même s'ils sont en minorité. Il a pourtant dû y avoir des fuites, car Flo leur sert des lasagnes, ce qui permet à William de découvrir qu'il s'agit d'un plat italien. Ces feuilles de pâtes gluantes ne lui inspirent guère confiance, et il commence à se sentir très très nerveux.

27

Imogen se tient terriblement près de lui, à quelques centimètres de son visage, si concentrée qu'elle en tire la langue.

« Le bleu te va bien, William. » Elle agite quelque chose devant son visage, mais il ne distingue qu'un halo. « Maintenant, le mascara. Quoi que tu fasses, ne cligne pas. Fais-moi confiance et garde les yeux ouverts !

— OK », dit-il, brûlant de poser les mains sur ses hanches, juste devant lui. Mais au moment où elle lui passe le mascara, il ferme les yeux.

« Ah, quel cornichon ! » Imogen éclate de rire. « Regarde ! » Elle lui tend un miroir.

Une trace noire lui souligne l'œil jusqu'au nez, mais c'est surtout le fard à paupières bleu qui l'alarme.

« Eh, qu'est-ce que tu fais ?

— J'essaie de te faire ressembler à une femme, qu'est-ce que tu crois ? » Elle semble se délecter de sa consternation et il décide d'en profiter.

« Ma mère aurait une attaque », dit-il, et il le regrette aussitôt. Il ne veut pas qu'Imogen imagine qu'il vienne d'une famille prude, alors il ajoute : « Mais oncle Robert et Howard adoreraient ! » Ce qu'il regrette aussi vite.

« C'est qui, Howard ? »

Il sent le rouge lui monter aux joues. « Il travaille avec lui.

— Et c'est un bon ami de ton oncle ? » Son sourire le met encore plus mal à l'aise.

« Oui. »

Imogen essuie sa paupière inférieure avec un coton trempé d'un produit chimique froid. « Tu sais que ce genre de chose ne nous dérange pas ?

— Oui, bien sûr, dit-il du ton le plus neutre possible.

— Martin t'a raconté que le cabinet de papa a défendu *Lady Chatterley* devant la justice l'an dernier ? » William se souvient qu'un des garçons louait son exemplaire usé à la journée. Martin s'est vanté du fait que sans son père, le livre serait toujours interdit et que par conséquent il n'avait pas à payer pour le lire, merci beaucoup, ils en avaient un exemplaire à la maison. « Sa devise, continue Imogen sans prêter attention aux joues rouges de William, c'est que tout peut passer, si c'est fait avec respect.

— Pour une femme si gentille, maman ne l'est pas toujours avec eux, dit-il désarmé par ce sentiment.

— Lève les yeux, ordonne-t-elle en revenant à la charge avec le mascara, et ne cligne pas. » Elle s'appuie contre son visage à nouveau. « Est-ce qu'elle préférerait qu'Howard ne travaille pas dans l'entreprise familiale ?

— Peut-être, dit-il en songeant qu'il est plus facile de s'adresser au plafond. Elle préférerait que Robert ne lui rappelle pas autant mon père. » Il la regarde, elle est si proche qu'il distingue même le duvet sur sa lèvre supérieure. « C'étaient de vrais jumeaux, eux aussi.

— Ouais, Martin m'a raconté.

— Ah », fait-il, heureux de savoir que Martin a parlé de lui à sa famille. « Peut-être qu'elle a peur qu'ils essaient de m'attirer dans l'entreprise familiale à mon tour.

— Et ça te plairait ? » Elle est toujours concentrée sur ses yeux, accaparée par sa tâche.

« Je veux faire quelque chose de ma voix. Maman le souhaite également.

— Je ne sais pas pourquoi je m'enquiquine avec ce mascara, tu as les cils incroyablement épais. » Imogen recule un instant et sort un petit crayon court de sa trousse de maquillage. « Martin adore ta maman. Il dit qu'elle est élégante, belle, et qu'elle t'aime à la folie ! » Elle fouille dans la trousse et y prend un taille-crayon. « Ça a dû être atroce pour elle, après la mort de ton papa.

— Ouais, vraiment atroce », acquiesce-t-il, stupéfait d'avoir une conversation si intime.

Imogen s'attaque à ses sourcils. « Mais tu sais, ce n'est pas grave de critiquer une personne qu'on aime. » Elle lisse la couleur avec son pouce. « Ça ne signifie pas qu'on l'aime moins, ni que tout est mauvais chez elle. Ouvre la bouche. » William sent glisser le velours du rouge à lèvres. « On apprend ça très vite quand on a une horde de frères et sœur. Vois Robert autant que tu veux, c'est mon avis, mais montre à ta maman à quel point tu l'aimes et que tu ne vas pas te transformer en embaumeur débauché. » Elle lui chatouille à présent les joues avec un large pinceau plumeux. « Sauf si c'est ça que tu veux. » Elle éclate de rire.

« Non », dit-il le plus vite possible, d'un ton toujours nonchalant.

Riant toujours, elle range ses pinceaux dans sa trousse rebondie, puis l'attrape par le menton et fait tourner sa tête pour observer le travail. « Tu fais une très belle fille, même si ça a plus à voir avec tes pommettes et tes grands yeux bleus qu'avec ce que j'ai fait. »

William maudit sa peau claire en se sentant rougir à nouveau, mais leur conversation lui donne la sensation d'être grand, comme s'il venait d'accomplir un rite de passage en discutant non seulement des problèmes de sa famille, mais aussi de sa sexualité – avec Imogen Mussey !

***

Une heure plus tard, William joue Sophia, dont Giovanni, le personnage interprété par Martin, est amoureux. William ne maîtrise pas les enjeux les plus subtils de la pièce, au-delà de qui est amoureux de qui. Dans l'ensemble, le reste se limite à ce que les autres le saluent d'un « *Ciao bella !* », réplique qu'il doit répéter d'une voix censée le plus possible ressembler à celle d'une fille, ce qui n'est pas trop difficile, car il a une belle voix de contralto. Quand le rideau – emprunté à la chambre des garçons – remonte d'un coup sec, tiré par Edward, William juge plus prudent de mettre toute son énergie dans ses « *Ciao bella* » et, du début à la fin, sans l'avoir répété, il s'appuie sur une hanche, une main posée dessus telle une pin-up, l'autre genou légèrement plié, tout en faisant bouffer sa perruque blonde rebondie.

Mrs. Mussey est aussitôt gagnée par l'hilarité, et son rire rauque va crescendo, emportant avec elle non seulement le reste du public mais aussi toute la troupe. Au deuxième acte, lorsqu'on retire à Edward son cœur/foie de veau, dès qu'un des personnages lance à William le fameux « *Ciao bella !* », le public se met à rire d'anticipation, et le reste de la troupe en est réduit à s'esclaffer.

Enivré par son succès, William en fait des tonnes, attendant, main sur la hanche, genou fléchi, que l'hilarité gagne tout le monde ; alors, avec un puissant falsetto et un accent exagéré, il répond : « *Ciao bella !* »

À la scène finale, le public et la troupe nagent dans une mer d'endorphines. William campe son personnage depuis une heure, caché derrière son maquillage, sa perruque et cette voix ridicule. Arrive la scène d'embrassades en cascade, et il participe totalement, échange de gros baisers, mû par l'insatiable désir de déclencher encore les rires. Tout est si grisant, drôle et chaleureux, avec ces odeurs de maquillage et de draps de coton, et les lumières qui rendent la scène si vive et étincelante, qu'il a l'impression d'avoir franchi un seuil pour entrer dans une vie plus excitante, plus vibrante qu'il ne l'aurait jamais cru possible pour lui. Il est touché au-delà de toute mesure quand la troupe salue et que tout le monde l'applaudit, star inattendue du spectacle.

Tandis qu'ils attendent tous à la queue leu leu près de la cuisinière, William inspire l'odeur du chocolat chaud que Flo sert à la louche depuis une grande casserole.

Imogen passe un bras autour de ses épaules, et il s'inquiète que son érection soudaine ne soit visible à travers ses vêtements.

« William ! Tu es en lien avec ta diva intérieure, c'est sûr.

— C'est vrai, hein ! fait Martin, ravi, en éclatant de rire.

— Quelle belle voix il a là-dedans, dit Flo en lui tapotant la poitrine.

— Martin m'a dit que tu vas chanter le "Miserere" cette année ? demande Mr. Mussey. Est-ce que cela te gênerait si nous venions t'écouter ?

— Ce n'est pas certain, dit-il le visage brûlant. Mais oui, bien sûr. Ce serait épatant que vous veniez.

— Vous ne voudriez pas nous chanter un petit quelque chose maintenant, les garçons ? demande Mrs. Mussey qui est assise à table avec son père. Avant que grand-père rentre chez lui ? »

Martin le regarde avec espoir, et William hoche la tête.

« On chante quoi ?

— "Myfanwy" ? » propose William.

Martin fait la grimace. « Ce n'est pas un peu déprimant ? Et ils l'ont déjà entendu il y a trois ans.

— Mais ça parle d'amour non réciproque.

— Oh si Martin, chantez-nous ça ! dit Mrs. Mussey en les regardant tour à tour. Ça ne nous ferait pas de mal de nous calmer un peu.

— On peut chanter en anglais ou en gallois, propose William qui redevient peu à peu conscient du maquillage et de la robe qu'il porte.

— En gallois ! » s'écrient plusieurs voix. Ces gens-là sont prêts à relever tous les défis possibles. William a été surpris de découvrir que pour eux, regarder l'image d'un puzzle avant de l'assembler, c'est tricher.

« Mais il faut d'abord que vous nous racontiez de quoi ça parle, dit Imogen en adressant à William un regard solennel.

— Si nous retournions au salon ? » Mrs. Mussey tend la main à son père pour l'aider à se lever. « Allons nous asseoir et vous nous traduirez avant de chanter. »

William et Martin reviennent à l'emplacement de la scène, chacune des chaises est à nouveau occupée par un adulte, et tout l'espace au sol par les jeunes Mussey.

Martin fait un signe de tête à William : « Explique-leur la chanson. »

William se sent soudain exposé, debout devant ces gens, en costume, au moment où il s'apprête à leur raconter une belle et tendre histoire. C'est comme s'il devait se déshabiller.

« C'est l'histoire d'un garçon qui aime une fille appelée Myfanwy. Ils se sont promis de rester ensemble, mais il sait qu'elle ne l'aime plus, alors, même s'il a le cœur brisé, il la délivre de la promesse qu'elle lui a faite. » À présent, William a beaucoup plus conscience des visages tournés vers lui que pendant la pièce. « Parce que plus que tout, il veut qu'elle soit heureuse. Au dernier vers, il lui demande de lui prendre la main une dernière fois, mais seulement pour lui dire au revoir.

— Oh mon Dieu ! J'ai déjà les larmes aux yeux, dit Mrs. Mussey en sortant un mouchoir de sa manche pour le poser sur ses genoux, prêt à servir.

— Ça a l'air magnifique, les garçons, allez-y », dit le père de Martin qui a l'air fatigué et a peut-être juste envie d'aller au lit.

Leurs cordes vocales déjà échauffées et assouplies, ils commencent, avec un timbre que Martin qualifierait d'aussi juteux qu'une tarte aux prunes. Malgré toute l'excitation, l'adrénaline de la soirée, William relâche son attention visuelle pour se concentrer uniquement sur le son, sans regarder personne. Une fois la chanson terminée s'installe le lourd battement du silence, le fracas muet de l'émotion qui précède l'explosion des applaudissements. Le grand-père de Martin se lève et frappe dans ses mains levées au-dessus de sa tête. Imogen et Isobel sifflent toutes les deux avec les doigts dans leur bouche, tapant de leur main libre dans celle de l'autre. Mrs. Wickers pleure. William et Martin saluent, encore et encore, tant les applaudissements sont forts. William regarde chacun des visages, mais c'est seulement en remarquant que Mr. et Mrs. Mussey se donnent la main qu'il s'aperçoit qu'il donne également la main à Martin, sans savoir comment c'est arrivé. Il se dégage doucement.

Enfin, William se laisse choir sur le matelas mou, un peu après minuit, pour sa dernière nuit avant le retour à l'école. Martin s'est abattu sur le sien il y a seulement quelques secondes, mais déjà son souffle ralentit.

« Martin ?

— Mmm ?

— C'était formidable.

— Mmm.

— Merci de m'avoir invité.

— De rien… *bella.* »

Quelques secondes plus tard, William s'est endormi.

Il n'arrive pas à respirer. L'immense sirène sinueuse se tortille sur lui. Il lutte pour se libérer de sa queue puissante et mouillée qui s'enroule autour de sa taille. Sa bouche se colle sur la sienne, salée, au goût de mer. Il étouffe, tente de s'échapper, il ne comprend pas qu'il puisse avoir une érection, alors que cette femme-poisson juchée sur lui le révulse.

Une seconde. Il n'arrive pas à respirer : c'est bien réel. La sirène s'est évanouie, il est réveillé, mais sa bouche en sent une autre sur elle ; un corps pèse sur le sien. Pris de panique, il le repousse et enfin parvient à respirer, il s'apprête à crier, mais une grosse main l'en empêche.

« Chut, c'est seulement moi. » Le murmure de Martin est plus faible que son souffle. Son visage éclipse la pièce.

« Mais qu'est-ce que tu fais ? » Le cœur de William bat la chamade dans sa poitrine.

« Je croyais que tu en avais envie. » William sent le sexe de Martin durci contre son ventre. Il le repousse à nouveau, écarte son visage du sien.

« Ben *non* ! » Sa gorge est tendue par la force de son murmure. « Fous le camp ! »

Martin regarde William, sourcils froncés, et soudain il s'écarte, se met sur le dos. William jette un coup d'œil vers lui, ses yeux paraissent argentés dans le clair de lune qui traverse la fenêtre nue.

« Nom d'un chien, Martin, chuchote William. Je savais pas.

— Moi non plus. Je voulais juste t'embrasser.

— Désolé, dit-il en s'adressant au plafond, mais pas moi. »

Martin retourne dans son lit, son pyjama éclatant dans le clair de lune.

28

Evelyn porte une robe en tweed bordeaux resserrée à la taille. Un cardigan de la même couleur, posé sur les épaules. Le mercredi des Cendres tombe dans deux semaines, et ainsi que l'avait prédit Martin, William est désigné pour chanter le solo du « Miserere ». Dans sa poche, plié avec son autorisation de sortie, une lettre d'oncle Robert. Il ne sait pas quand il va la sortir, mais il sait qu'il le faudra pourtant, à un moment.

La veille au soir, en rangeant dans son pantalon ce courrier froissé en prévision du lendemain, William a calculé que sa mère et lui avaient déjeuné douze fois au Copper Kettle au cours des trois ans et demi passés. Il y a d'autres cafés, mais ils sont toujours venus là, sur King's Parade, dans cet établissement qui donne sur l'enceinte de King's College, avec sa dentelle de pierre, ses baies gothiques ouvertes et ses fins pinacles surmontés de croix. Evelyn, toujours rayonnante lorsqu'elle le voit, arrive comme de coutume avec des anecdotes amusantes et des petits gâteaux dans une boîte. Invariablement, elle veut connaître les détails de sa vie de choriste : les cours, les bêtises de Martin, les compliments de Phillip lors des répétitions. Parfois, bien sûr, des accès de mécontentement viennent interrompre leur conversation, mais dans l'ensemble, ils apprécient leurs déjeuners, et il a hâte de retrouver sa mère.

« Alors, que devient ce galopin de Martin ? » Evelyn tire son cardigan sur ses épaules, pose les coudes sur la table et se penche vers lui. « Tu n'as rien à me raconter ? »

Une crispation douloureuse vrille son corps. Un mois s'est écoulé depuis son séjour chez les Mussey. Martin et lui s'assoient toujours l'un à côté de l'autre aux répétitions, ils continuent de dormir dans des lits voisins. De l'extérieur, tout paraît identique. Mais en vérité, tout a changé. Martin ne peut plus le regarder dans les yeux. Martin l'audacieux, qui fait des bêtises et n'a peur de rien, n'ose plus croiser son regard. William a essayé d'en parler, il veut lui dire que tout va bien, qu'il est désolé de ne pas ressentir la même chose, mais que tout va bien. Seulement Martin est devenu doué pour l'éviter, et il est rare qu'ils parlent ensemble.

« Pas vraiment. » William hausse les épaules. « Il s'est un peu calmé ce semestre.

— Ce doit être un soulagement pour ses parents. Et donc – Evelyn lui prend le genou sous la table –, comment tu te sens à l'approche du grand jour ? »

Par-dessus l'épaule de sa mère, il voit arriver la serveuse : « Ça va, mais est-ce qu'on peut parler d'oncle Rob… »

Evelyn ferme les yeux et tend les deux mains devant elle pour l'arrêter. « Avant d'en arriver là, j'ai une très bonne nouvelle à t'annoncer. » Ses yeux grands ouverts, son sourire soudain et son petit corps tendu lui apprennent que, quelle que soit cette nouvelle, elle va l'affecter lui aussi. Tout à coup, William se sent nerveux.

La serveuse arrive devant leur table, carnet en main. « Du jambon, des œufs et des frites, deux, s'il vous plaît, lui dit Evelyn. Et deux verres d'eau. »

Elle la regarde repartir, puis reprend sa respiration. « J'ai réfléchi. Tu quittes cet endroit dans quatre mois. Il faut qu'on te trouve une bonne école où tu es sûr de pouvoir continuer à chanter. »

Une pointe d'excitation naît en lui. Il a tout fait pour ne pas penser à l'avenir. La plupart de ses amis, Martin y compris, vont aller dans d'autres pensionnats réputés pour leur pratique musicale, où souvent leurs frères et sœurs aînés sont passés. Il s'est fait à l'idée qu'il retournerait à l'école de Sutton, où ses vieux copains de primaire sont déjà inscrits depuis trois ans. Ce qui l'inquiète à l'idée de retourner là-bas, c'est qu'il risque de redevenir ordinaire.

« Merci. » Il sourit à la serveuse qui leur apporte de l'eau.

« Je pense avoir trouvé un lieu où nous pourrions avoir une maison entièrement à nous. Avec un jardin ! Mais surtout, l'école locale a une réputation extraordinaire en matière de musique, et dans cette région, les jeunes hommes, ainsi que les plus vieux, sont censés chanter. Il existe trois chœurs différents dans un rayon de quinze kilomètres !

— Que veux-tu dire par “dans cette région” ? Où est-ce ? »

Elle serre les mains l'une contre l'autre : « Swansea ! » Ses sourcils se relèvent. « Dans le sud du pays de Galles. »

William lui renvoie son regard. C'est alors seulement qu'il remarque comme les mains d'Evelyn tremblent.

« C'est au bord de la mer ! On pourrait même trouver une maison avec vue sur mer ! Un nouveau départ, juste toi et moi. »

Son enthousiasme est contagieux et il finit par le gagner lui aussi. Vivre au bord de la mer. Chanter. Une maison avec un jardin. Il sourit à nouveau. « Quand est-ce qu'on partirait ?

— Cet été, pour que tu puisses démarrer l'école en septembre, et je chercherai un travail !

— Waouh. » Il se renfonce dans sa chaise.

« Et tu ne devineras jamais.

— Quoi ?

— En partant tout à l'heure, je m'en irai au pays de Galles passer deux semaines pour aviser. Puis je reviendrai directement pour t'entendre chanter le “Miserere” ! » Elle se détend enfin pour la première fois depuis le début. « J'ai un bon pressentiment à propos de tout ça, William. Un très bon pressentiment.

— Où est-ce que tu vas habiter ?

— Dans un B&B – je considère ça comme des petites vacances. Ensuite, si ça me plaît, toi et moi on partira à la recherche d'une maison et on ira visiter les écoles dès la fin du semestre. »

Cette perspective est nettement plus excitante que de passer l'été à Sutton Coldfield. « Tu en as parlé à oncle Robert ? »

Elle secoue la tête. « Pas encore, ce n'est pas nécessaire. »

Leurs assiettes arrivent ; il contemple la sienne un moment.

« On va leur manquer.

— Toi, William, tu vas leur manquer, soyons honnêtes, mais je suis sûre qu'ils s'habitueront. »

Il plonge la main dans sa poche en espérant que sa bonne humeur rendra les choses plus faciles. « Je voulais te parler du mercredi des Cendres. Tu m'as dit dans ta dernière lettre que Robert ne viendrait pas parce qu'il a des problèmes de dos.

— Oui. » Le rouge monte aux joues d'Evelyn. Elle se concentre sur son assiette.

Gêné, triste, il reprend : « En fait, tu lui as dit de ne pas venir. »

Elle avale sa bouchée. Ses lèvres ne forment plus qu'un fil. « De quoi parles-tu ?

— Je lui ai écrit pour lui dire combien j'étais heureux. » William pose la lettre sur la table : « Voilà ce qu'il m'a répondu. »

Evelyn regarde la petite enveloppe marron avec quatre lignes de l'écriture nette, penchée vers la droite de Robert, puis s'essuie la bouche sur sa serviette, laissant une trace de rouge à lèvres.

« Mais quand est-ce que tu lui as écrit ?

— Je lui écris chaque semaine. »

Evelyn lisse sa serviette sur ses genoux. « Tu ne m'en as jamais rien dit.

— Je savais que ça ne te plairait pas.

— Voyons, c'est idiot ! » Elle tente d'en rire.

« Non, répond William en essayant de garder son calme. Tu sais parfaitement que non. »

Pendant un moment, ils se contentent de manger, puis William ramasse l'enveloppe et prend le papier bleu à l'intérieur. « "Bien sûr, lit-il lentement, pour rien au monde je ne manquerais l'occasion de t'entendre chanter le 'Miserere', mais ta mère pense que la pression sera trop forte pour toi si elle est là, ainsi que moi, avec Howard en plus. J'ai envisagé de venir seul, mais je serais trop triste de laisser Howard, alors William, je suis navré, mais nous ne serons pas présents cette fois. J'espère que tu comprendras, je dois respecter le vœu de ta mère." » William lâche la lettre.

« Robert est économe avec la vérité, dit-elle doucement.

— C'est-à-dire ? »

Elle pose ses couverts, même si son assiette est encore à moitié pleine, et met les mains sur ses genoux. « Débarquer chez moi tard le soir en pleurant et en insistant pour qu'Howard puisse venir t'entendre chanter, ce n'est pas exactement "respecter mon vœu".

— Il a fait ça ? » Dans sa bouche, les frites sont soudain très sèches et trop volumineuses.

« Oui, et j'ai eu peur que les voisins appellent la police ! » Son visage est froissé d'irritation. « Oh, Dieu du ciel, William, mais pourquoi as-tu les larmes aux yeux ?

— Tu l'as fait pleurer ! » William essuie ses yeux d'un revers de main. « Comment as-tu pu ? Il devait être tellement triste !

— Moi aussi ! » Evelyn fronce les sourcils. « Et maintenant je découvre que vous vous écrivez depuis des années dans mon dos.

— Ce n'est pas ça. On savait juste que ça ne te plairait pas. »

Evelyn se penche en avant, son corps frôle l'assiette abandonnée.

« Qu'y a-t-il d'autre que j'ignore ? »

Il la toise.

« Hein ? Quoi d'autre ? répète-t-elle d'un ton ferme.

— Au cours de mon premier semestre, j'étais triste et je ne voulais pas que tu le saches. Robert m'a envoyé la vieille couverture de papa. » La bouche d'Evelyn forme une ligne droite, ses yeux sont durs, pleins d'éclat. « Il vient m'écouter aux vêpres une fois par semestre. Il vient exprès pour ça, et il repart après. Après être rentré chez lui, il m'écrit pour m'en parler. » William continue de manger tout en parlant. Evelyn ne touche plus à ses couverts. « Mais il n'a jamais rien dit de mal sur toi. Jamais. »

Elle baisse les yeux un instant. « J'ai été honnête sur le fait que c'est très dur pour moi de voir Robert parfois, mais il n'y a pas que ça. Je suis inquiète qu'il puisse t'entraîner dans l'entreprise familiale. » Elle fronce à nouveau les sourcils. « Tu as du talent. Ce serait du gâchis. » Elle s'arrête et secoue la tête. « Un vrai gâchis.

— Et papa ? dit-il tranquillement. Tu crois qu'il a gâché sa vie ? Tu avais honte de lui ?

— Jamais ! » Soudain, elle a l'air effrayée. « Mais William, tu as un don ! Tu es différent. S'il te plaît, ne gaspille pas ta chance.

— Ne t'inquiète pas, dit-il en plongeant une frite dans une mare de Ketchup. Je veux continuer à faire de la musique. Oncle Robert n'y changera rien. Mais si on déménage au pays de Galles, je resterai quand même toujours en contact avec eux, tu ne pourras pas m'en empêcher. »

Elle soupire. « Bien sûr. » Enfin, elle reprend ses couverts.

« Mais maman ?

— Oui ?

— Pour être honnête, ce n'est pas la seule raison pour laquelle tu ne veux pas qu'Howard vienne s'asseoir sur un banc avec toi et Robert, n'est-ce pas ?

— Je préférerais être toute seule, mais je sais que c'est impossible. Je n'ai pas envie de partager ça avec eux, voilà la vérité.

— Ah ? Vraiment ? » Il est surpris d'éprouver davantage de tristesse que de colère. Le souvenir lui revient du jour où elle a échoué au test du masque de gorille, ce Noël-là, combien son père a été gentil avec elle après, et comment elle a craché ce mot, « homosexuel », comme si c'était du poison. « Tu es sûre que ce n'est pas parce que tu as honte d'eux ?

— Est-ce qu'Howard vient aussi ? Écouter les vêpres ? demande-t-elle, soudain alerte et aux aguets.

— Oui. »

Evelyn fait la grimace.

William se penche en avant et lui prend les mains. « Maman, s'il te plaît, je veux qu'ils viennent tous les deux m'entendre chanter. Je te promets qu'ils ne feront pas de moi un embaumeur ni un homosexuel.

— William !

— Maman ! Je vis dans un pensionnat de garçons, tu crois qu'on n'est pas au courant de ces choses-là ?

— D'accord ! Je l'admets. S'ils viennent tous les deux, d'abord, je ne participerai pas, tu sais comment c'est. Et deuxièmement, oui, je me sentirai gênée. Alors vas-y, tue-moi ! » Elle inspire profondément et se rencogne sur sa chaise. « Je t'en supplie, William, laisse-moi profiter de ce jour-là sans avoir à supporter toutes ces *choses* qui me pèsent tant quand je suis avec eux. Je veux seulement apprécier ce moment. Et n'avoir à penser à rien d'autre qu'au fait d'être la maman la plus fière du monde. »

Inutile de discuter, ils n'iront nulle part. « OK, maman, mais ce n'est pas ça que je veux, moi. Pas du tout. »

Soudain, elle irradie de soulagement. « Si on commandait un dessert, ensuite je prendrai la route pour Swansea ! Nouvelle vie, nous voilà ! »

Il choisit un roulé à la confiture et ils continuent de bavarder, mais il ne peut s'empêcher d'imaginer oncle Robert désespéré, plaidant sa cause auprès de sa mère, tard dans la soirée.

29

Les jours rallongent, mais à dix-neuf heures ce soir-là, il fait encore nuit noire. William et Martin sont assis sur le banc du vestibule après les vêpres, penchés sur leurs chaussures, presque joue contre joue.

« Ça s'est bien passé avec ta maman ? demande tranquillement Martin, fort occupé par ses lacets.

— Oui et non », répond William, lui aussi concentré sur ses souliers. C'est la première fois depuis le début du semestre que Martin engage la conversation. « Elle a dit à Robert qu'elle ne voulait pas qu'il amène Howard le mercredi des Cendres, parce que ça me mettra trop la pression de les avoir tous là, sauf qu'à moi, elle a dit que c'était parce qu'il avait mal au dos qu'il ne pouvait pas faire le voyage et rester assis sur le banc. » Ils demeurent là tandis que les autres commencent à monter. « Alors je l'ai coincée là-dessus.

— Et ? » Martin se redresse et regarde droit devant lui, mais William sent qu'il est attentif.

« Elle s'est excusée, mais elle ne veut toujours pas qu'ils viennent tous les deux. Elle se sent mise de côté. En plus elle est gênée ! » Il s'aperçoit de ce qu'il vient de dire et soudain sent le rouge lui monter aux joues. « Pardon ! » Martin se tourne enfin vers lui.

William se sent soulagé qu'enfin il le regarde. « Martin, je suis tellement désolé… chez toi…

— Chut ! » Martin met les mains sur ses oreilles et ferme les yeux. « Je ne veux pas qu'on en parle.

— OK. » William lui touche le bras. « On n'en parle plus. » Au bout d'un long silence, il décide de reprendre comme si rien ne s'était passé. « Je lui ai dit d'accord, sauf que je ne suis pas d'accord. Je regretterai toujours qu'ils n'aient pas été là, et même s'ils ont très envie de venir, je sais qu'ils ne voudront jamais contrarier maman.

— Non, il faudrait qu'elle les invite elle-même. Allez viens, dit-il en se levant, faut y aller. »

L'idée le transperce telle une flèche. « Martin, tu es un génie ! s'exclame William en courant après lui pour le rattraper dans l'escalier. Je vais leur écrire en me faisant passer pour elle. Elle leur fait des excuses et dit qu'elle veut qu'ils viennent tous les deux ! » Ils sont devant la porte du dortoir, au seuil du chaos qui précède le dîner.

Martin fait la grimace. « La dernière fois qu'on a essayé, ça ne s'est pas bien passé.

— On était des gosses débiles de dix ans. Je vais bientôt quitter cet endroit. Ce solo, c'est la raison principale qui m'a amené ici. J'ai une famille minuscule. Je veux qu'ils soient là ! » Il marque un temps d'arrêt. « C'est ce que voudrait mon père.

— Et après ? Ta mère va les embrasser comme si de rien n'était en entrant ?

— Je m'en fous. Je veux juste qu'ils m'entendent chanter. Peu importe ce qui arrivera après. De toute façon, ce qui sera fait sera fait. Ils ne se verront peut-être même pas avant la fin.

— Mais ils habitent dans la même rue ? Ça ne peut marcher que s'ils ne se croisent pas d'ici le mercredi des Cendres.

— Mais ça n'arrivera pas ! Maman part pour Swansea pendant deux semaines – au fait, je pense qu'on va déménager là-bas cet été – et après elle revient directement ici. »

Martin étudie le visage de William. « Et le cachet de la poste ? »

La solution lui apparaît tout de suite : « Je leur envoie une carte postale d'ici – j'en ai une dans mon casier –, je raconterai qu'elle est passée me dire au revoir pour notre dernière demi-journée de sortie, qu'elle sait que j'ai très envie qu'ils soient là tous les deux, et donc elle a écrit cette carte tout de suite après m'avoir quitté, à Cambridge.

— C'est risqué.

— Depuis quand tu n'aimes plus ce qui est risqué ? »

Martin sourit, hausse les épaules. « Bien vu. »

Au cours du dîner, Martin se jette sur la tourte à la viande, n'ayant visiblement plus rien à dire. William sait qu'Evelyn sera furieuse de voir Howard dans l'église avec Robert, qu'ils seront mortifiés d'être là contre sa volonté. Cette lettre sera une bombe à retardement. Mais il a aussi conscience d'autre chose, et c'est plus grand et plus fort que tout le reste : le « Miserere » n'est pas n'importe quel morceau. Si sa mère, son oncle et

Howard sont là pour l'écouter, lui, le chanter, au bout du compte, tout finira par rentrer dans l'ordre. En outre, c'est pour lui un tel soulagement de parler à nouveau avec Martin, tout finit par se mêler dans le cœur de William, lui indiquant que c'est la bonne chose à faire, la solution à tous ses problèmes.

Tranquille et pensif au dîner, Martin redevient turbulent dès que s'enclenche la routine du soir. William se demande si c'est le soulagement, le fait qu'ils commencent peu à peu à se rapprocher.

Onze garçons, dont William, sont au lit quand Martin se met debout sur le sien, regarde le dortoir, puis frappe dans ses mains et jette un coup d'œil à la pendule.

« Quatre minutes. Qui est partant ? Personne ? »

Martin enlève son pyjama, tremblant un peu sur le lit alors qu'il se tient sur une jambe, puis sur l'autre. L'excitation monte de lit en lit. Martin se frappe la poitrine, son regard balaie la pièce, à la recherche d'un partenaire. La première fois où William l'a vu faire ça, il y a trois ans, son corps était imberbe. À présent, un petit nuage roux a poussé autour de son sexe et sous ses bras.

« Allez ! Qui est partant ? »

Plus d'une fois, Martin a bondi de lit en lit tout seul, incapable de rallier un complice, mais parfois, comme ce soir, il insiste jusqu'à ce que quelqu'un accepte. La plupart ont relevé le défi, sauf William, incapable de s'imaginer prendre pareils risques sans son pantalon. Et puis demeure la possibilité d'être pris sur le fait. La dernière fois, Martin a écopé de cinq coups de baguette, et puisque c'était loin d'être la première fois, on l'a envoyé voir le psy de l'école.

« D'accord », dit William qui grimpe sur son lit, retire son pyjama et se met à sauter à côté de Martin. Peu importe que la situation soit embarrassante, ça vaut le coup, ne serait-ce que pour voir ce sourire fleurir sur le visage de son ami.

« Allez-y, s'exclame quelqu'un, il reste seulement trois minutes !

— Tu vas dans le sens des aiguilles d'une montre, et moi dans l'autre », dit Martin, qui gesticule dans toutes les directions et fait pivoter William, tandis que leurs fesses nues se frôlent.

William sent tous les regards du dortoir braqués sur lui, ce qui à sa grande surprise provoque en lui un sursaut d'adrénaline. Il est prêt. Martin lève trois doigts : « Trois. » Il baisse un doigt. « Deux. » Un autre. « Un ! »

D'abord, William s'alarme de la distance qui sépare les lits, mais il atterrit bien – ses mains tournent, il craint de tomber à la renverse, mais il se rattrape et s'élance vers le lit suivant, rapide et léger. Il entend chaque lit déraper lorsque Martin bondit dessus. Son zizi gigote au-dessus des visages hilares, et William est exalté par le fait qu'il galvanise les autres.

Ils se heurtent l'un l'autre de plein fouet et s'écroulent sur le lit de Martin, la poitrine tressautant de rire. Le souffle de Martin coule à l'oreille de William. Sa cuisse douce est contre la sienne. William ne se sent ni excité ni révulsé. Il a retrouvé son ami.

Le silence s'abat comme un coup de tonnerre, William tourne la tête, mais ce n'est pas nécessaire, car il sait déjà que la Surgé est debout sur le seuil du dortoir.

30

William se tient devant le bureau, il respire la lourde odeur de cire et de poussière, ne sachant que faire de ses mains.

« Cela me fait de la peine de vous voir là en pareilles circonstances, Lavery. » Sur le rebord de la fenêtre, des jonquilles brillent, derrière la tête de Mr. Atkinson, elle aussi illuminée de soleil.

« Vous êtes un excellent choriste. Peut-être le meilleur que nous ayons jamais eu d'après Mr. Lewis. Mais nous ne pouvons pas laisser à un garçon qui se comporte ainsi l'honneur de chanter le solo le plus prestigieux. Vous le comprenez, n'est-ce pas ?

— Non ! » Le visage brûlant, il s'approche du bureau. « Je ferai n'importe quoi, monsieur. » Sa voix haut perchée est ridicule. « Je vous en supplie, monsieur !

— Vous auriez dû réfléchir aux conséquences de vos actes avant de vous laisser entraîner dans les pitreries perverses de Mussey. »

Bourdonnement dans sa tête. En juin, il ne sera plus là, et tout le restant de sa vie, il se souviendra qu'il n'a pas pu chanter le « Miserere ». D'abord à cause de la grippe, maintenant de Martin et de ses jeux stupides. Un mur de larmes est près d'exploser derrière ses yeux, et il se demande ce qui arriverait s'il les laissait éclater. Si pour la première fois en quatre ans il permettait à son corps de s'exprimer. S'il s'effondrait sur le tapis usé en pleurant aux pieds de Mr. Atkinson.

Celui-ci se lève soudain et ouvre le tiroir du bureau. « Le mieux que vous puissiez faire à présent, Lavery, c'est accepter votre punition comme un homme. »

C'est alors seulement que William comprend à quel point il ne veut pas être battu. Le soleil a légèrement bougé vers la gauche et n'éclaire plus les jonquilles mais, à la place, la badine que Mr. Atkinson a doucement sortie du tiroir. Si fine et légère, ça ne peut pas faire si mal, quand même ? Coincés dans son caleçon, deux mouchoirs, un sur chaque fesse, que Martin a chipés dans l'armoire de la lingerie.

« Assure-toi de montrer que tu souffres dès le premier coup, a-t-il dit en glissant les mouchoirs sous l'oreiller de William après le déjeuner. Sinon, il frappera plus fort la deuxième fois.

— Tu m'as toujours dit que tu ne laissais rien paraître.

— Non, mais moi j'y passe souvent, il faut que je garde ma dignité. Toi, c'est rien qu'une fois. »

À présent, William regrette de ne pas avoir demandé à Martin, qui attend son tour à l'extérieur, de lui raconter exactement comment les choses allaient se passer.

Mr. Atkinson est debout près de William, dont le cœur s'affole tel un oiseau en cage. Et maintenant ? Doit-il se pencher ? Attendre qu'on le lui demande ? Jusqu'où doit-il se courber ? Complètement ? À moitié ? Mais pourquoi diable n'a-t-il pas posé la question à Martin ?

« Baissez-vous.

— S'il vous plaît, monsieur, laissez-moi chanter ! ne peut-il s'empêcher de demander.

— Baissez-vous ! »

Il n'a pas anticipé combien ce moment serait intolérable : visage tourné vers le sol, ses fesses offertes. Il n'avait sans doute pas besoin de se pencher autant : il touche ses orteils. Le silence est aussi absurde qu'humiliant.

Quand elle arrive, la douleur est plus fulgurante qu'il ne l'imaginait. Son corps se vrille d'un coup. Il se mord la langue et sent le goût du sang. Ainsi courbé, il voit le pantalon noir bien repassé de Mr. Atkinson, et dès que le pli se tourne vers la gauche, il se blinde. La badine frappe exactement au même endroit, ainsi que la fois suivante, et celle d'après, laissant ses chairs palpitantes.

Mr. Atkinson revient à son bureau, range la baguette dans le tiroir et s'assoit. William se tient droit, poings serrés. Leurs regards se rencontrent et Mr. Atkinson baisse les yeux si rapidement que pendant un instant, William est certain qu'il a honte.

Adossé contre le mur, Martin se redresse, mais William l'ignore. Il se précipite aux toilettes lorsqu'il entend la voix de Mr. Atkinson : « Encore vous. »

Appuyé contre le mur des toilettes, prenant soin que rien ne vienne toucher ses chairs en feu, William essuie ses larmes et regrette de ne pas être plus fort, de ne pouvoir évacuer tout ça en riant et de faire parader ses meurtrissures à la manière de Martin, ainsi que des trophées. Mais il a trop mal et il est trop en colère. C'est la première fois de sa vie qu'on le frappe. C'est l'absence d'émotion qui l'offense le plus. Tant qu'à être battu, un peu de passion, un accès de colère aurait fait sens, au moins. Et comme si la punition n'était pas suffisante, il a perdu le solo, et il n'a rien vu venir. Il hait Mr. Atkinson.

Plus tôt qu'il ne s'y attendait, il entend un pas lourd dans les toilettes.

« Ça y est, c'est fait. » La voix douce de Martin résonne dans la pièce vide.

William ne veut pas avoir besoin de lui à cet instant, mais en entendant sa voix, il n'y tient plus. Ce n'est pas une bonne idée de laisser Martin entrer avec lui dans les toilettes pour pleurer sur sa poitrine, pourtant c'est ainsi.

« Combien tu as pris ? lui demande Martin quand il peut à nouveau parler.

— Quatre. Et toi ?

— Six. Écoute, redonne-moi les mouchoirs. Il faut que je les range avant qu'on oublie. »

William baisse son pantalon, mais par erreur il tire sur son caleçon et crie de douleur.

« Désolé d'être si pitoyable.

— Tu ne l'es pas. Tu es le meilleur de tout ce pensionnat, et dans deux semaines, ça ne fera plus mal, et tu vas chanter le solo de ta vie.

— Non. Hélas.

— Tu rigoles ? »

À nouveau en larmes, William secoue la tête et tout à coup, c'est Martin qu'il hait. Cette idiotie de sauts sur les lits lui a fait tout perdre.

« C'est *ta* faute ! Tout est *ta* faute ! »

Il ne parvient toujours pas à ôter les mouchoirs ; aussi, il se retourne vers la porte et baisse sa braguette. « Merde, Martin ! s'exclame-t-il en essayant à nouveau en vain de les retirer de son caleçon. Tu as dit que ça ne faisait pas si mal que ça !

— Je suis désolé. J'avais oublié le choc de la première fois. » Derrière lui, Martin tire doucement sur l'élastique du caleçon de William. « Laisse-moi faire. » Il plonge la main à l'intérieur. « Retiens ta respiration un moment. Ça ne fera pas mal longtemps, je te le promets. »

Dans la seconde qui précède l'ouverture de la porte, William comprend que quelqu'un est entré dans la pièce, mais il n'a pas le temps de s'arrêter de pleurer. La lumière inonde tout à coup les toilettes, et Charles et Anthony se retrouvent face au visage déformé de William, braguette ouverte, la main de Martin dans son caleçon.

« Lâche-le ! s'écrie Charles, et les deux garçons sortent William de la cabine.

— Ça va, dit William en se détachant d'eux. Foutez le camp !

— Anthony, va prévenir un maître ! » crie Charles. Anthony regarde William et Martin, comme s'il avait besoin de leur permission.

« Non ! s'exclame William en remontant sa braguette. Ça va.

— Mais il t'a fait mal ! poursuit Charles hors d'haleine. On a tout entendu !

— Si ça revient aux oreilles des maîtres, répond William d'une voix étonnante d'autorité, je ferai de votre vie un enfer. Compris ? »

Mal à l'aise, les deux camarades se tournent vers Martin puis William.

« Dis-leur, William, que je ne te faisais pas de mal », dit doucement Martin.

William voit passer un éclair de connivence entre les garçons ; l'excitation à l'idée d'avoir interrompu un acte interdit. Il sait très bien à quelle vitesse la rumeur va se répandre. Qu'il sera facile de croire qu'en réalité leur amitié est basée là-dessus depuis quatre ans. William sait exactement comment vont se dérouler les prochains mois : les rires en cachette, les regards appuyés, le silence quand ils entreront dans une pièce.

Non, il ne pourra pas supporter ça. C'est Martin, la cause de tout cela, pas lui. Il reboutonne son pantalon et se tourne vers lui. « Je leur ai dit de ne pas rapporter aux maîtres, ça ne suffit pas ? »

Un robinet goutte. Les yeux de Martin se remplissent de larmes. C'est la première fois que William voit cela se produire.

« William, reprend Martin, mais dis-leur ! »

Charles et Anthony regardent William, ils attendent. *Ils adorent ça*, songe-t-il en sortant des toilettes. Les deux autres s'écartent pour le laisser passer.

« Ne t'approche plus de moi, compris ? » dit William à Martin en se retournant, et il part au pas de charge dans le couloir, enfonçant les deux mouchoirs dans ses poches.

Une semaine plus tard, William est à nouveau convoqué dans le bureau de Mr. Atkinson. Phillip a insisté en disant que jamais un choriste n'a autant voulu chanter un solo et que jamais une voix telle que celle de

William n'a résonné entre les murs de cette église. Par conséquent, Mr. Atkinson explique à William que, bien qu'il soit très inhabituel de revenir sur une sanction disciplinaire, il chantera le « Miserere » le mercredi des Cendres.

Le directeur aura largement le temps de méditer cette décision et de se dire combien les choses auraient été différentes pour William s'il n'avait pas cédé aux supplications de ce maître de chœur passionné.

Troisième partie

ENTREPRISE FAMILIALE

31

SEPTEMBRE 1965

« Je peux prendre le tien, oncle Robert ? »

Ils sont dans l'entrée et s'apprêtent à partir à la gare. Howard range la grosse valise de William dans le coffre. Elle contient sept slips kangourous neufs, deux pyjamas, deux chemises, deux tee-shirts, un chandail, deux pantalons et un veston. William, dix-huit ans, porte un costume neuf. Dans la valise se trouvent aussi les vêtements dont il aura besoin pour ses cours dans la salle de travail : des bottes de chirurgien blanches, une blouse et un tablier en plastique, deux paires de solides gants de caoutchouc, des manches en plastique et un masque.

Oncle Robert fronce les sourcils en voyant le manuel usé que tient William : « Mais il est trop vieux !

— C'est pour ça que je l'aime. »

Ils regardent tous les deux le livre gris en mauvais état entre les mains de William : *L'Embaumement : théorie et pratique*, d'Edwin Frank Scudamore.

« Tu préfères ce vieux machin décati à la nouvelle édition que je t'ai achetée, avec les lettres dorées ?

— Oui, répond-il avec le sourire en s'accrochant plus fermement encore au manuel. Il était à papa. »

Robert sourit : « Bien sûr que tu peux le prendre. Du moment que moi, je garde le neuf. »

Dix minutes plus tard, ils sont tous les trois sur le quai de la gare. Les chênes commencent à se parer de leurs couleurs d'automne ; des feuilles jaunes apparaissent parmi les vertes. La brise caresse le visage de William lorsqu'il serre Howard dans ses bras. Il a l'impression que tout le monde le regarde avec son costume noir, sa cravate et son manteau chic, mais il fait confiance à son oncle en songeant que cela témoignera de son respect envers la famille qui l'accueille. Chez les Finch, trois générations d'embaumeurs se sont aussi succédé. Ils vivent à Stepney, à une demi-heure du Thames College of Embalming où William va passer une année à étudier.

Un nuage cotonneux efface le soleil, William se retourne vers Robert et soudain il a peur.

« Ça te rappelle quelque chose ? lui demande son oncle.

— Un peu », répond William, habitué à ce que Robert devine ses pensées, et se blindant déjà contre les souvenirs de la première fois où il a quitté la maison.

« Rappelle-toi que tu peux rentrer tous les week-ends si tu veux. Plus besoin de ces fichues autorisations de sortie.

— Je sais, mais je vais essayer de m'habituer à la vie à Londres. Noël sera là avant même qu'on s'en rende compte.

— Tu sais que tu auras toujours un lit qui t'attend, dit Robert en posant la main sur le bras de William.

— Je travaillerai dur, et tu seras fier de moi.

— Je le suis déjà. » Robert regarde Howard, qui arbore un sourire bienveillant avec sa tranquillité habituelle. « Nous le sommes tous les deux. »

Le train entre en gare, William serre Robert dans ses bras et, bien qu'il ne l'ait jamais fait auparavant, l'embrasse sur la joue. Puis il serre à nouveau Howard contre lui, qui l'étreint avec force. Enfin, il prend sa valise, sa mallette, et monte à bord.

« Ne restez pas là à attendre pour me faire au revoir, ça va me rendre triste, dit William qui a soudain envie d'être seul.

— Bonne idée, dit Howard, sinon on va tous se mettre à pleurer comme des Madeleine. » Il glousse et fait doucement pivoter Robert. Le diamant à son petit doigt étincelle dans le soleil et les deux hommes s'éloignent. William les voit échanger un regard – Howard dit quelque chose –, puis, parfaitement à l'unisson, sans se retourner, ils lèvent la main et lui font au revoir.

Assis près de la fenêtre, sur le tissu usé du siège dont un ressort lui pique les fesses, William est soudain envahi par la pensée de sa mère. Pas celle qui est partie vivre à Swansea sans lui et gère à présent le plus grand magasin de musique de tout le pays de Galles, mais celle qui l'a amené à Cambridge, s'est agenouillée sur le gravier malgré ses bas neufs pour lui dire combien elle était fière, tout en luttant pour ne pas pleurer. Il regarde par la fenêtre sans s'essuyer les yeux, jusqu'à ce qu'il sente les larmes couler sur sa main.

Les champs moissonnés se déroulent pareils à des dunes. Seul dans son compartiment, il jette un œil à sa montre à l'instant où le train s'engouffre dans un tunnel, et il doit attendre le retour de la lumière pour savoir quelle heure il est. Encore une bonne heure avant d'arriver à Londres, où l'attend le défi du métro.

Il n'a pas dit à sa mère qu'il partait à Londres commencer sa formation. Oncle Robert le lui a peut-être appris. Il sait qu'ils s'écrivent à présent ; le dégel a commencé il y a environ un an. Cela rend Robert heureux, mais William a un peu de mal. Ces quatre dernières années, depuis qu'il a quitté Cambridge de manière si brutale, n'ont pour lui de sens que s'il continue de rendre sa mère responsable de tout ce qui s'est passé. Un autre train les croise, allant dans le sens inverse, et William se renfonce dans son siège, les yeux fermés. Tout ça ne va pas ; balloté par le train, avec cette lumière dorée de fin d'été qui baigne la campagne, il ne peut supporter le souvenir de leurs au revoir toutes ces années auparavant, avec ce sentiment d'être si pleinement aimé d'elle, d'être le centre de son univers.

Il vit avec Robert et Howard depuis le cauchemar de ce mercredi des Cendres où il a refusé ne serait-ce que de finir son année. Evelyn était revenue de Swansea pour entendre William chanter, bouillante d'excitation et de détermination. En deux petites semaines, elle avait trouvé une maison, un travail et une école ayant l'ambition de participer au festival d'Eisteddfod, trop heureuse d'accueillir un ancien choriste de Cambridge. Elle déménagerait aussitôt que possible afin d'être prête à recevoir William à la fin du semestre, et il la rejoindrait pour y passer l'été. En entrant dans l'église, tels étaient ses brillants projets d'avenir. Moins d'une heure plus tard, tout s'était écroulé.

•

Aucun d'entre eux – ni Phillip, ni Mr. Atkinson, ni sa mère, ni Robert – n'ayant réussi à entamer sa résolution de quitter immédiatement Cambridge, la seule option restante consistait à partir vivre temporairement avec son oncle, tandis qu'Evelyn s'installait à Swansea. Que cet arrangement ait duré quatre ans, jusqu'à son bac, a surpris tout le monde.

Au cours des premières semaines en compagnie de Robert et Howard, William a fait tous ses efforts pour oublier les quatre années passées. Il s'est entraîné à bloquer ses souvenirs dès qu'ils apparaissaient. Il ne voulait plus écouter de chœurs ni même de musique religieuse, refusait de chanter, et sans hésitation mettait à la poubelle sans les ouvrir toutes les lettres de Martin.

En revanche, il jurait qu'il n'oublierait jamais que tout était la faute de sa mère.

William se penche pour ouvrir sa mallette neuve et il y prend le gros volume de Scudamore dans l'espoir que son poids, son odeur de poussière, les petites caractères et les croquis détaillés sauront distiller leur magie. Six mois plus tôt, après avoir été accepté dans cette formation, il a commencé à lire le manuel de son père et y a trouvé un trésor inattendu : un vrai soulagement, comme lorsqu'il travaillait pour ses examens de fin d'année. Il connaissait les veines et les artères, mais la veine rétromandibulaire ? L'artère mésentérique supérieure ? Il était fasciné, a ri à gorge déployée en découvrant que le système circulatoire dans le corps humain était double en réalité, constitué de la circulation systémique et de la circulation pulmonaire. Au cours des semaines passées, il a beaucoup avancé à travers ce dense ouvrage aux illustrations très détaillées, et s'est aperçu qu'il retenait bien les noms les plus bizarres, depuis la veine grande saphène jusqu'à l'artère dorsale du pied. À force de suivre le mouvement des fluides à travers le système cardiovasculaire, William se demande pourquoi diable les gens n'en parlent pas davantage.

Au bout d'un moment, Scudamore réussit à l'entraîner loin du passé, malgré la présence inlassable d'Evelyn, et à le projeter dans son avenir d'embaumeur. Le freinage du train, une heure plus tard, l'arrache enfin au chapitre complexe des désinfectants à base d'hypochlorite. Après avoir rangé son livre et verrouillé sa mallette, il glisse les bras dans les tunnels de soie des manches de son manteau, prend sa valise et descend du train.

32

« William Lavery. De chez Lavery et Fils, à Sutton Coldfield ?

— Oui, monsieur. »

William et trois autres jeunes hommes visitent les salles de préparation dans les sous-sols des pompes funèbres. Ils s'attendaient à trouver des pupitres, mais il n'y en a pas. Le petit groupe est rassemblé entre les deux tables d'embaumement. Sur l'une d'elles est allongé un cadavre recouvert de papier blanc. Arthur Mason, le directeur du Thames College of Embalming, un grand type sympathique mais autoritaire, les accueille individuellement.

« J'ai connu votre père, William. » Arthur est debout, mains derrière le dos, tête légèrement inclinée – l'air de compassion tranquille du professionnel des pompes funèbres, pétri d'expérience. William hoche la tête. Les pompes funèbres sont des entreprises familiales : il serait étonnant – voire embarrassant – que votre famille ne soit pas connue. Mais cela lui fait plaisir à nouveau, en choisissant cet emploi, cette vie-là, de succéder à son père. La plupart du temps, cette pensée le réconforte.

Parfois, cependant, il se demande si son père n'aurait pas préféré qu'il fasse un autre choix et s'aligne sur la carrière de sa mère à la place.

« Votre oncle va bien ?

— Oui, monsieur, merci.

— Parfait. » Arthur se tourne vers le gaillard râblé, au visage rouge, qui se tient à côté de William, plus vieux que lui mais sans doute âgé de moins de trente ans. « Et vous devez être Roger Turner. Comment va Mr. Turner ?

— Pas mal, monsieur, répond Roger avec un sourire spontané et amical, même si je pense qu'il est prêt à passer le témoin. Voilà pourquoi je suis là. »

William s'attendait à être le plus jeune. Il sait que les petites pompes funèbres n'emploient souvent qu'un seul embaumeur qualifié, et il est assez habituel que le fils s'occupe pendant des années de la partie administrative avant de passer à cet aspect particulier du travail. William a voulu démarrer jeune, car l'aspect qui l'intéresse le plus consiste à s'occuper des corps, pas à gérer les relations avec la clientèle. Être seul pour travailler avec les morts, ne pas avoir besoin de s'asseoir en compagnie des endeuillés, ainsi que le fait Howard, pour passer en revue avec eux les innombrables décisions à prendre, auxquelles ils ne sont pas du tout préparés : taille du cercueil, finitions, fleurs, ordre du service, musique. Il a su dès le début de sa collaboration avec Robert qu'une tâche aussi personnelle et importante lui convenait à merveille, car il n'y avait personne pour le regarder, pas même celui ou celle dont il s'occuperait.

La première chose que William remarque chez Simon Drake, le troisième élève, c'est combien ses yeux contrastent avec son costume sombre. William n'a jamais vu quelqu'un de si pâle, comme s'il n'était jamais allé au soleil. Les pompes funèbres Drake sont situées à Worcester. Arthur a fait sa formation avec le père de Simon.

Le quatrième et dernier élève est le plus proche de William en âge, mais depuis qu'ils sont arrivés, il y a une demi-heure, celui-ci garde ses distances.

« Et vous, jeune homme, vous devez être Ray Price ? » dit Arthur.

William n'est pas surpris qu'Arthur ne connaisse ni le père ni le grand-père de Ray. Il éprouve une certaine pitié pour ce jeune homme, qui ne se rend sûrement pas compte à quel point il détonne, combien tout dans son apparence montre son ignorance de l'univers des pompes funèbres. Gêné pour lui et vaguement conscient des préjugés de classe qu'il entretient, William s'est délibérément placé de l'autre côté de la table.

« Oui, monsieur », répond le jeune homme de manière abrupte. Il est petit et sec, les cheveux d'un noir de jais. Son costume est froissé, ses manchettes blanches malpropres.

« Et vous allez travailler chez Lightfoot, à Leeds ?

— Oui, monsieur, si j'obtiens mon diplôme. » Son fort accent du Nord surprend William.

Il a aussi remarqué, comme tout le monde sûrement, que Ray a les ongles sales et mal coupés. Combien de temps faudra-t-il pour qu'il comprenne et s'adapte ? Décorum, propreté, ordre, tout cela fait partie d'un ensemble censé exprimer le respect. Et bien qu'à cet instant, ils se trouvent dans le sous-sol de l'établissement, sans le moindre client en vue, il ne faut jamais oublier au service de qui l'on est.

« Ray, vous ne pouvez pas vous trouver entre de meilleures mains si c'est là votre objectif. » La voix d'Arthur, mains croisées sur son ventre, prend une tonalité plus formelle. « Thames est le plus grand établissement de pompes funèbres du pays et le meilleur institut de formation. Beaucoup de petits établissements n'ont pas les moyens d'avoir un embaumeur à demeure, et puisque nous leur fournissons des services hautement qualifiés à un prix réduit, ils nous envoient régulièrement des cadavres sur lesquels vous pouvez vous entraîner.

» C'est ici, dit-il en désignant la pièce d'un large geste, que vous assisterez aux démonstrations, mais surtout, et de manière plus ordinaire, que vous suivrez votre tuteur, soit moi, soit Norman, mon assistant, et que vous nous regarderez travailler en passant peu à peu à la pratique à votre tour. De temps à autre, vous vous rendrez chez les gens ou dans les hôpitaux avec des embaumeurs, mais l'essentiel de votre travail se déroulera ici. » Il marque un temps d'arrêt et les regarde tour à tour, se délectant de la gravité du moment. « Si vous travaillez assez dur et que vous soyez attentif, ce que vous apprendrez ici fera de vous les meilleurs embaumeurs d'Europe. »

Les yeux de Ray fusent partout à travers la salle. Pour William, Simon et Roger, pas grand-chose de nouveau en revanche ; les tables de travail, les chariots avec les seaux, les plateaux de drainage, le cadavre. Ils ont tous eu accès aux espaces mortuaires et aux chapelles depuis leur plus jeune âge. En fait, William, à quatorze ans, n'a pas été précoce.

Arthur se dirige vers la porte et leur fait signe de le suivre. Dans l'angle le plus éloigné de la pièce suivante, plus petite, se trouvent deux rangées de six brancards et, creusées dans les murs, les chambres froides de stockage.

« En fait, il s'agit d'un ancien abri antiaérien. » Arthur pose la main sur un cadre d'acier basique, avec cinq planches peintes en blanc qui courent sur toute la longueur. De chaque côté, une poignée de métal qui permet de les empiler. « C'est simple, mais efficace. Nous stockons les corps ici, puis on les emmène à côté pour la démonstration. »

William voudrait se montrer plus gentil, plus généreux envers Ray, mais sa présence le met mal à l'aise car elle le ramène en arrière, avant ses semaines d'initiation avec Robert, la première fois où il s'est trouvé en présence d'un cadavre, la main de son oncle sur son épaule. Ce qui le gêne aujourd'hui, la raison qui le pousse à regarder sans cesse Ray, c'est que huit ans plus tôt, il s'est lui-même retrouvé dans cette position de total étranger face à l'inconnu vertigineux. Et qui sait comment ces quatre années à Cambridge se seraient passées s'il n'avait pas été aussitôt pris totalement en charge par Martin avec une telle amitié, ce qui lui a à la fois servi de cocon et de tremplin vers la vie de choriste. Il n'est pas complètement inconscient de la perversité de la situation, mais plutôt que d'offrir son aide à Ray, de faire un effort pour lui faciliter l'entrée dans ce nouveau monde, William en veut au jeune homme de lui tendre ce miroir. Bien entraîné, il chasse aussitôt l'image de Martin de sa tête.

« Vous apprendrez votre métier ici. Observer les meilleures manières de procéder et pratiquer vous-même, voilà le cœur de notre formation. Toutefois, on ne peut éviter la partie théorique. À la fin de chaque journée, on vous soumettra une question écrite, et chaque soir, vous y répondrez du mieux que vous pourrez en vous appuyant sur le Scudamore. Quand votre tuteur aura le temps, vous vérifierez ensemble votre réponse.

« Et maintenant – Arthur frappe dans ses larges mains –, au travail. »

Ils suivent Arthur dans la grande pièce et William jette un coup d'œil aux chaussures de Ray, lesquelles, sans surprise, sont vieilles et usées.

La lueur irréelle qui tombe de l'unique fenêtre translucide, tout en haut du mur, se transforme en éclat aveuglant lorsque Arthur allume la lampe près de la table de travail. Dès qu'ils sont tous rassemblés, munis de leur bloc-notes, il sort la feuille d'identification du corps.

33

« Quel boulot d'esclave. »

Ray et William sont au comptoir, où ils attendent pour commander, tandis que Roger et Simon gardent la table pour leur première pause déjeuner.

« Sottise. » William sent son poil se hérisser chaque fois que ce garçon ouvre la bouche, exposant l'ampleur de son ignorance. « Il faut s'entraîner sur de vrais corps. On ne peut pas essayer des trucs puis tout jeter, donc il vaut mieux qu'on participe à une vraie séance d'embaumement. Quelle autre option aurait-on ?

— Celle d'être *payés*, Einstein !

— Mais ils nous forment ! Tout le monde paie pour être formé, non ?

— Non. »

William songe que Ray feint de ne rien savoir en cours, puisqu'il a l'air de si bien s'y connaître à présent.

« Les apprentis sont payés, reprend-il. Pas beaucoup, mais c'est quand même quelque chose. »

William n'a jamais pensé à ça – il ne sait pas grand-chose de la façon dont le monde fonctionne. Le barman prend son temps pour essuyer son comptoir, à l'autre bout de la salle, tout en discutant avec des habitués. William aimerait qu'il se dépêche et prenne leur commande pour pouvoir revenir vers Roger et Simon. Il ne voudrait pas qu'ils croient que Ray et lui s'entendent juste parce qu'ils sont du même âge.

« On m'a proposé d'être apprenti mécanicien chez moi, explique Ray, j'aurais été payé.

— Tu aurais peut-être dû accepter. »

Ray fait la moue et hausse les épaules. « Mécanicien, c'est mal payé. Les pompes funèbres ont dit que j'aurais un boulot après avoir obtenu mon diplôme ici, et qu'ils me paieraient mon loyer tant que je serais en formation. » Il hausse à nouveau les épaules. « Ça m'a pas paru une si mauvaise idée : une année à Londres, avec un boulot à la clé. »

« Il est tellement *immobile.* » William imite la réaction de Ray quand Arthur a remonté le drap, découvrant le cadavre.

« Eh bien, mon garçon, encore heureux, a répondu Arthur avec un petit sourire, sinon, on aurait vraiment du souci à se faire ! »

Ray a jeté un regard aux autres, qui riaient. « Je m'y habituerai. Vous inquiétez pas. »

À présent, très sérieux, Ray lève la main pour attirer l'attention du barman, qui enfin se décide à venir vers eux. « Vous trouvez que je suis bizarre, hein ? Vous pensez que je ne vaux pas un pet de lapin parce que c'est la première fois que je vois un cadavre ?

— Qu'est-ce que je peux vous servir, messieurs ? » Le barman appuie ses grosses mains sur le comptoir. Il porte des favoris en côtelettes.

« Trois pintes de *bitter* et un panaché pour la demoiselle », lance Ray avec l'aisance d'un garçon qui a déjà commandé beaucoup de verres dans beaucoup de bars.

William se promet de ne plus jamais prendre de panaché en compagnie de Ray. « Je ne pense pas que tu ne vaux pas un pet de lapin, mais je n'ai pas l'impression que tu aies vraiment envie de devenir embaumeur », dit William, tandis que le barman prépare leurs verres.

Ray éclate de rire. À gorge déployée. C'est la première fois que William le voit ainsi changer d'expression, et il remarque à quel point il a les dents blanches et bien alignées.

« Non mais, franchement, dit Ray qui a l'air de s'amuser, tu me trouves bizarre parce que, petit, je n'ai jamais rêvé de farcir des cadavres pour gagner ma croûte ?

— Ça n'a rien de bizarre quand ton père et ton grand-père ont fait ça toute leur vie. » William sait qu'il n'est pas juste. Enfant, il n'a jamais pensé qu'il deviendrait embaumeur. C'est seulement après que le destin dont il avait rêvé est parti en fumée qu'il a compris à quel point cette profession tranquille et solitaire lui convenait. Toutefois, son irritation le pousse à ajouter : « Et on ne farcit pas les cadavres. On prend soin d'eux. »

Il attrape le plateau que lui apporte le barman et laisse l'argent sur le comptoir.

***

La première fois où William s'est retrouvé seul avec un défunt, il s'agissait de Kenneth, le vieux monsieur qui vivait au bout de la rue.

C'était à la fin septembre. Evelyn était à Swansea, et comme la première maison qu'elle avait trouvée lui avait finalement échappé, le temps d'en trouver une autre, il avait dû commencer l'année scolaire à Sutton Coldfield. Il avait pris l'habitude de faire ses devoirs dans le bureau adjacent à la partie où l'on traitait les corps plutôt que dans la cuisine. Robert s'occupait de Kenneth qui était mort cette semaine-là.

« Je peux te regarder travailler ? » a-t-il demandé en arrivant aux côtés de Robert.

Celui-ci s'est immobilisé. « Si tu veux. J'ai presque fini. J'en suis au C.

— C'est-à-dire ?

— C'est un truc mnémotechnique : il Faut Comprendre Comment Va Néanmoins s'Organiser le Lendemain. On s'en sert pour être sûr de n'avoir rien oublié quand on s'occupe d'un corps. Le premier C vaut pour les cheveux, le deuxième pour les cosmétiques, le V pour les vêtements. » Il s'est retourné vers William. « Tu es sûr que tu veux assister à ça ?

— Sûr et certain.

— Très bien. » Il a sorti une trousse de cuir de derrière lui. « On va s'occuper de la coiffure.

— Robert ? a appelé Howard depuis le bureau. Tu peux venir une seconde ? J'ai quelqu'un au téléphone qui voudrait réserver un double enterrement pour la semaine prochaine. Il y a quelques détails logistiques que j'aimerais voir avec toi. »

Les soins étaient presque terminés, aussi Kenneth ressemblait-il beaucoup plus à ce qu'il était de son vivant qu'une heure plus tôt : le teint rose et pas cireux, les lèvres pleines, presque souriantes, les paupières convexes grâce à de petites capsules de verre posées sur les yeux. Lorsque Kenneth était malade, par deux fois William lui avait apporté des plats. Il n'était pas resté longtemps chez lui, mais il lui avait mis la nourriture dans son assiette et l'avait aidé à aller de son fauteuil jusqu'à table. À quatorze ans, William était déjà beaucoup plus grand que le vieillard, et en l'aidant à se déplacer, il avait remarqué à quel point son crâne formait un dôme parfait et il s'était demandé pourquoi il ne coiffait pas ses cheveux par-dessus. Il avait également observé ses sourcils épais, pareils à des antennes.

Oncle Robert et Howard étaient plongés dans leur conversation et, sans y penser, William s'est penché sur la trousse cosmétique et en a sorti le peigne. Il a soigneusement coiffé les cheveux de Kenneth par-dessus son crâne moucheté, puis, avec les petits ciseaux argent, il lui a égalisé les sourcils.

Robert est revenu au moment où William enlevait un poil disgracieux qui sortait de la narine gauche de Kenneth.

« William ! Qu'est-ce que tu as fait !

— Pardon », a-t-il répondu en posant la pince à épiler.

Robert a secoué la tête en souriant : « Mais je ne te gronde pas. Il est magnifique !

— C'est vrai ? » William a de nouveau regardé Kenneth.

« C'est vrai ! Tu lui as taillé les sourcils sans les massacrer. Et la coiffure ! C'est parfait. Il est au mieux de lui-même. » Robert a levé les yeux vers William en fronçant les sourcils. « Il ne t'a pas trop enquiquiné ?

— Non. » William a souri. « Il s'est montré très poli et il a gardé les yeux fermés tout du long. » Ils ont tous les deux éclaté de rire. « Ça m'a plu de faire ça. Sans personne pour regarder. »

Robert lui a tapé dans le dos. « Allons, tu seras bientôt prêt pour une nouvelle audition, a-t-il dit doucement.

— Non.

— C'est ce que tu penses aujourd'hui, la blessure est encore fraîche. Mais sincèrement, ne tire pas un trait définitif sur le chant. Il ne faut jamais dire jamais.

— Jamais. » William a rangé la pince à épiler dans la trousse, et c'est alors que l'idée a germé. « Je veux être embaumeur, comme toi et papa. »

Robert s'est mis à rire. « Tu as quatorze ans ! Je préférerais que tu sortes te faire des amis plutôt que de rester traîner ici avec Howard et moi.

— Je ne veux pas me faire des amis. Je ne suis pas doué pour ça. »

Certains de ses camarades à Bishop Vesey étaient déjà à l'école avec lui en primaire. Heureusement, aucun n'avait montré la moindre curiosité pour ce qu'il avait fait au cours des années où il était parti. Il avait essayé de s'adapter les premières semaines. Il en avait même accompagné quelques-uns sur le parking du cinéma, le samedi soir, pour manger un *fish and chips* et boire du cidre. Le problème, c'est qu'aucun d'eux ne pourrait jamais être son ami ainsi que Martin l'avait été. Et s'il avait rompu avec Martin, à quoi bon essayer de se faire d'autres amis ?

La discipline acquise lors de ses années à Cambridge lui permettait d'être bon élève sans faire vraiment d'effort. Il était aimable et poli, mais ne faisait aucune tentative pour se lier avec quiconque, n'appartenait à aucun club, et lorsqu'on l'invitait après les cours, il déclinait en souriant.

Robert a soupiré. « Si ton travail scolaire n'en souffre pas, tu peux venir ici autant que tu veux, mon garçon – même si ta pauvre mère serait consternée.

— Ça ne la regarde pas.

— Allons, c'est ta mère ! »

William a soupiré. « Comment tu fais pour ne pas la détester ? »

Robert s'est tourné vers William. « Parce que je sais ce qu'est le chagrin, William. Ton père est mort depuis six ans, et je pense toujours à lui chaque jour. Je dois le faire l'esprit léger et la conscience tranquille. Ton père aimait vraiment ta mère. Si j'éprouvais du ressentiment à son égard, je ne pourrais plus penser à lui sans me sentir coupable. Et je ne pourrais pas le supporter. Aussi, quand il se sera écoulé suffisamment de temps, je lui tendrai la main. Et je continuerai à le faire. Peu importe qu'elle refuse cette main tendue, qu'elle la frappe ou même qu'elle la morde. Pour ton père, c'était la lumière de sa vie. Et puis de toute façon tu iras bientôt vivre avec elle. »

William a regardé Kenneth et lui a de nouveau lissé les cheveux.

34

William ne se sent pas tout de suite chez lui dans la maison des Finch : comment le pourrait-il ? Néanmoins, il est bien accueilli. Mr. Finch, avec les deux petites touffes grises de ses sourcils, est formel mais chaleureux. Mrs. Finch est toute petite et elle porte des pantoufles à talons avec un pompon de fourrure à l'extrémité. À son arrivée, il a été touché par la manière dont ils lui ont pris la main. Ils ne l'ont pas simplement serrée mais l'ont gardée entre les leurs longuement. Leur fille, Gloria, en école d'infirmière, n'a pas dîné avec eux le premier soir. Après avoir dégusté une tourte à la viande et des petits pois, il s'est excusé pour monter dans sa chambre faire ses devoirs.

La pièce, au papier peint à rayures, contient deux lits simples. Il sort l'enveloppe vierge, pleine de promesses, et l'ouvre. *Nommez les branches de l'artère carotide et tracez le chemin que suivrait une particule de fluide à travers les veines et les artères pour aller du gros orteil jusqu'à l'oreille gauche.* Roger et Simon ont ouvert leur enveloppe dès l'après-midi, mais William a glissé la sienne dans sa mallette pour plus tard.

Après avoir passé toute la journée avec des inconnus, prendre son bon vieux Scudamore sur l'étagère lui procure un vrai réconfort. Il le feuillette jusqu'au chapitre adéquat, l'odeur de moisi le fait sourire, il a l'impression qu'un peu de l'âme de son père et de son oncle est là, devant lui. Il lit avec soin et compose sa réponse, d'abord au brouillon, puis au propre. Pendant deux heures, il s'oublie bienheureusement lui-même. Quand on frappe à la porte, doucement, il sursaute.

« Chocolat chaud dans dix minutes si tu veux. » La voix est assurée. Londonienne. Féminine. Ce doit être Gloria.

« Merci », répond-il en entendant les pas redescendre les marches.

Doit-il la suivre ? Va-t-elle le lui porter dans sa chambre ? Si elle le fait, doit-il l'inviter à entrer ? S'il descend, doit-il rapporter la tasse dans sa chambre ou s'asseoir en bas avec eux ? Assis à son bureau, il regarde sa montre toutes les cinq secondes.

Au bout de quatre minutes, il est délivré : « C'est prêt, tu peux descendre. »

Elle l'attend dans la cuisine tout en longueur, avec un plateau sur lequel sont posées deux tasses de chocolat et une assiette de biscuits. « Apporte ça à mes parents, on prendra les nôtres ici. Ils regardent *Armchair Theatre* et on n'a pas le droit de parler sinon papa perd le fil. »

William prend le plateau des mains de la belle jeune femme qu'il estime environ du même âge que lui, et son pouce se coince entre ses doigts. La lumière d'argent de la télévision se reflète sur les lunettes de Mr. et Mrs. Finch. William pose doucement le plateau sur la petite table entre leurs fauteuils et repart sans qu'aucun d'eux ait manifesté quoi que ce soit.

« Merci, William ! s'écrie Mr. Finch, ce qui le fait sursauter sur le pas de la porte.

— Oui, merciiii ! fait écho Mrs. Finch.

— Tout le plaisir est pour moi, répond William. Qu'est-ce qu'il y a de drôle ? demande-t-il à Gloria.

— Tu es très poli. » Elle sourit en essuyant une goutte de chocolat sur le comptoir d'un coup d'éponge.

« La politesse ne coûte rien et peut faire des merveilles », dit-il, surpris de constater à quel point les paroles de sa mère reviennent vite dans sa bouche.

Gloria éclate de rire à nouveau, ses yeux étincellent. Elle se hisse sur le plan de travail et William est frappé de constater combien elle est légère et athlétique. Elle mesure dix centimètres de moins que lui. Il remarque également ses jolies courbures ; comme il serait doux de poser la main sur la rondeur de sa hanche à travers sa jolie robe. « Tiens, c'est pour toi. » Elle désigne une tasse verte sur une soucoupe. « Et sers-toi dans la boîte à biscuits. Au fait, moi, c'est Gloria.

— Enchanté, Gloria. » Le chocolat a un arôme puissant avec de petites bulles qui miroitent à la surface. « Et merci.

— Tout le plaisir est pour moi. Qu'est-ce qu'il y avait dans ton enveloppe ce soir ? »

Bien sûr, elle a l'habitude que des étudiants du Thames College habitent chez elle, aussi répond-il sérieusement :

« Je devais nommer les branches de l'artère carotide et dessiner le chemin suivi par une particule partant du gros orteil jusqu'à l'oreille.

— On dirait que tu t'es amusé.

— Oui, c'est vrai. » Il rit de lui-même. Elle rit à son tour – son rire est riche, avec quelque chose d'un peu rugueux.

« Gloria ! s'exclame Mrs. Finch. Ferme la porte, ton père a déjà perdu le fil.

— Pardon ! s'écrie-t-elle en sautant au bas du comptoir pour traverser la cuisine.

— Vous n'êtes pas obligés de vous taire, mais parlez moins fort.

— Mais pourquoi est-ce qu'ils s'embrassent ? » demande Mr. Finch. Gloria garde la main sur la poignée de la porte, tête inclinée, le doigt sur la bouche, et lance un clin d'œil à William. « Je croyais qu'elle était mariée à l'avocat.

— Mais oui ! C'est tout l'intérêt : celui-là, c'est son amant ! Essaie un peu de suivre, espèce de vieille pantoufle ! »

Après avoir doucement fermé la porte, ils se remettent à rire tous les deux en sourdine. Jusqu'au moment où William fait une fausse route, et Gloria doit lui taper dans le dos tandis qu'il tousse au-dessus de l'évier.

Cette nuit-là, allongé dans son lit, il sourit en y repensant. Il se sent à l'aise auprès d'elle. Même lorsqu'il toussait au-dessus de l'évier, avec du chocolat qui lui remontait dans le nez, il était bien. Il éprouve encore la sensation de sa main dans son dos.

Vendredi soir. Il lui paraît très naturel d'être assis en face de Gloria sur le plan de travail de la cuisine à vingt et une heures trente, tandis que Mr. et Mrs. Finch regardent la télévision dans la pièce à côté. Au fil de la semaine, il a découvert qu'elle a un an de plus que lui et qu'elle a une sœur plus âgée vivant dans l'est de Londres qui a deux enfants. Hier, William lui a demandé si son père avait exercé des pressions sur elle pour qu'elle prenne sa suite.

Elle l'a regardé comme s'il était complètement stupide. « Réfléchis. Tu as déjà rencontré une embaumeuse ? Tu as déjà vu une entreprise de pompes funèbres qui affiche Machinchose et Filles ? »

Il a secoué la tête. « C'est vrai, tu as raison.

— Je ne me plains pas. Ça m'a permis d'y échapper – je préfère sauver la vie des gens plutôt que de leur injecter du formol. Cela dit, les employés des pompes funèbres sont des gens merveilleux. Et si jamais j'ai une fille un jour et qu'elle veuille suivre les traces de son grand-père, ça ne me posera aucun problème. »

Ensuite, ils ont parlé des Égyptiens qui retiraient le cerveau en le faisant passer par les narines, mais il s'est aperçu qu'il ne cessait de revenir à l'idée de Gloria avec une petite fille.

« Tu t'es mis du vernis, remarque alors William. Jolie couleur.

— Merci ! dit-elle en souriant face à ses doigts écartés. Je le fais chaque fois que j'ai deux jours de pause devant moi.

— Je m'occupais de la manucure pour les clientes de mon oncle. » Jamais il ne confierait cela à une fille ordinaire, mais il sait qu'elle, elle comprendra. Et son audace paie.

« Moi aussi ! » Elle lui sourit. « Pour mon père. J'adorais ça ! Surtout que quand tu installes leurs mains sur le rebord du cercueil, elles ne bougent pas ! »

Elle éclate de rire. « Je me disais que justement le fait qu'elles ne bougent pas signifiait qu'elles en avaient vraiment envie. Mais bon, j'avais treize ans.

— Moi, quatorze, dit-il et ils éclatent de rire à nouveau. En fait, la cosmétique, c'est la partie que je préfère. » Encouragé par la tendre approbation qu'elle montre à chaque fois qu'il ouvre la bouche, il avoue : « J'adore tout : les cheveux, le maquillage, les ongles.

— Peut-être que tu devrais travailler dans un salon de beauté.

— Non. » Il éclate de rire. « Après avoir fait tout le reste, j'aime pouvoir dire : tout est terminé maintenant, on va juste vous faire beau pour la famille. »

Gloria étire la jambe pour lui donner un petit coup de pied. « Donc tu entres dans la catégorie des parleurs. Papa bavarde tout au long de l'embaumement.

— Comme mon oncle. Il leur parle de la pluie et du beau temps. Moi, je me contente d'expliquer ce que je fais. »

Elle incline la tête et un épais rideau auburn lui voile la moitié du visage. « Quoi, tout ?

— Je chante dans ces moments-là. »

Son rire est clément, et lorsqu'il se couche une heure plus tard, William ne pourrait pas être davantage satisfait de lui-même.

***

Alors que l'automne commençait à s'étendre sur Sutton Coldfield, William avait découvert combien la présence des morts était apaisante, de même que le fait d'observer son oncle s'occuper d'eux avec calme et habileté. Il lui restait cinq semaines avant la mi-semestre et son déménagement à Swansea, mais il s'apercevait que plus il passait de temps auprès des défunts, plus il aimait ça. Il éprouvait une sorte de soulagement à regarder un cadavre ; plus rien ne pouvait lui faire de mal. On ne pouvait plus rien lui dire ni lui infliger. Il n'avait pas encore rencontré de mort qui n'ait cet air apaisé.

C'est avec soulagement qu'il avait aussi découvert que le gros du travail sur les viscères ne le gênait pas non plus, qu'il n'était pas dégoûté de voir un trocart effilé transpercer un cœur, un estomac, des poumons pour les vider de leurs fluides. Il ne détournait pas les yeux quand l'aiguille perforait un palais pour entrer dans une narine afin d'éviter que la bouche ne demeure béante.

Bien sûr, il savait que certains actes étaient intrusifs, voire violents, même pratiqués par son oncle si gentil. Une fois qu'on en avait fini avec le F de fermer (il avait été choqué en découvrant que fermer les orifices consistait en fait à les boucher avec du coton), venait le soulagement des deux C. Il lui était devenu vite naturel de dire, aux côtés de Robert : « Voilà, c'est fini, Stanley », ou June, ou Terrence.

Procéder à ces tâches intimes dans l'atmosphère paisible de la salle de préparation, sans personne autour de lui, était extrêmement attrayant. La simplicité et la solitude de ce travail l'avaient convaincu. Pas de démonstration, pas de public, pas d'humiliation. À mesure que s'éloignait l'époque où il était choriste, des jours, des semaines, des mois, son avenir d'embaumeur servait de plus en plus à l'ancrer dans le présent et lui offrait quelque espoir dans l'avenir.

Il se laissait porter par le quotidien, la routine. Un cours, puis le suivant, jusqu'au déjeuner, en général seul s'il y arrivait, même s'il parvenait à tolérer le bavardage d'une autre personne. Puis, son sac rempli de lourds ouvrages, retour à la maison, où il était accueilli chaleureusement par Robert et Howard, qui vaquaient à leurs occupations autour de lui, lui apportaient du thé et des petits gâteaux, tout en jetant un coup d'œil à ses devoirs. Parfois, en levant les yeux de ses manuels, il imaginait Evelyn au travail dans un environnement très différent, évoluant avec légèreté entre les pianos scintillants, les contrebasses massives, les violoncelles, les trompettes miroitantes, les flûtes. Au cours de cette première période où elle pensait encore qu'il allait venir la rejoindre là-bas, elle lui racontait tout ce qu'elle faisait : commander une partition inconnue pour une cliente, recommander un professeur local à des parents, gérer les stocks. La veille, un homme était venu acheter un kazoo et lui avait demandé l'adresse d'un bon professeur, et le chien-guide du jeune accordeur avait levé la patte sur une batterie. Il était impressionné par sa persistance à vouloir le divertir, mais il était déterminé à se blinder contre elle, à la tenir définitivement pour responsable de tout ce qui s'était passé, à ne jamais oublier. Par conséquent, il ne lui répondait pas, même si de temps à autre il souriait et avait envie de lui écrire, de partager son enthousiasme. Mais il tenait toujours bon. Sa mère était au courant, grâce aux lettres terre à terre et factuelles de Robert, qu'il était en bonne santé, qu'il se couchait à l'heure et qu'il faisait ses devoirs, en revanche, elle ne savait pas du tout que William assistait Robert dans son travail et qu'on lui confiait souvent à lui seul la charge des deux C de « il Faut Comprendre Comment Va Néanmoins s'Organiser le Lendemain ». Pas plus que Robert et Howard, elle n'avait la moindre idée de la résolution profonde qui grandissait en William : il n'irait pas à Swansea à la mi-semestre.

35

« William ! »

Il plie ses vêtements de travail pour les ranger dans son casier lorsqu'il entend Ray l'appeler : son cœur sombre. C'est lundi, semaine deux. Après une journée entière à travailler aux côtés d'Arthur, il a hâte de rentrer chez les Finch. Il se demande quelle sera la question dans l'enveloppe et si Gloria portera ses pantoufles à carreaux ce soir, ou bien si elle sera en chaussettes, avec ses orteils qui se tortillent quand elle s'assoit sur le comptoir, les jambes ballantes. Il espère que l'enveloppe qu'il vient de glisser dans sa mallette leur fournira un sujet de conversation. Elle aime l'anatomie au moins autant que lui.

« Qu'y a-t-il ? dit-il sans lever les yeux de sa blouse en plastique.

— Est-ce que je peux passer chez toi pour qu'on fasse les devoirs ensemble ce soir ?

— C'est un peu compliqué. » William le regarde enfin dans les yeux, tout en continuant à ranger ses affaires. « Je vis chez une famille et je ne connais pas les règles en matière de visiteurs.

— Pas grave, fait-il sans se démonter, tu peux venir chez moi, j'ai des bières. »

William jette un coup d'œil à sa montre. Dix-sept heures cinq. Le dîner est à dix-neuf heures. S'il va chez Ray, en faisant aussi vite que possible, il peut être rentré à l'heure, et le reste de la soirée ne sera pas gâché. Si Ray vient chez les Finch, il ne pourra jamais s'en débarrasser.

« Je peux passer une petite heure, mais c'est tout. On m'attend pour le dîner. »

Ray lui sourit d'un air sincère, rare exhibition de ses dents parfaites. « Merci William. J'ai bien besoin d'un coup de main. »

C'est la vérité. Deux fois dans la semaine, William a entendu le tuteur de Ray lui dire qu'ils devraient passer plus de temps à faire ses devoirs.

« J'habite juste au coin. » Ray fourre sa blouse en boule dans son sac.

« Si tu la plies, elle sera moins froissée quand tu la ressortiras. » Ça le rend malade de regarder son collègue, de l'autre côté de la table mortuaire, vêtu de cette blouse tellement chiffonnée qu'elle ne tombe même pas droit.

« Je m'en occuperai plus tard. » Il sourit, tape dans le dos de William. « Allons nous débarrasser de ces foutus devoirs. »

« C'est pas grand-chose, mais c'est chez moi – c'est comme ça qu'on dit, pas vrai ? »

Il tient la porte à William, hors d'haleine d'avoir monté les trois étages. Il leur a fallu vingt-cinq minutes pour se rendre « au coin », et il est déjà dix-sept heures trente. Les semelles de ses chaussures collent au lino qui rebique devant la porte. Ray jette à travers la chambre son sac qui atterrit sur le lit défait. Dans l'angle, un lavabo minuscule. Contre le mur, à droite, un réchaud de camping posé sur une table, entouré d'assiettes et de plats sales. Sur un portant, une veste sur un cintre, mais les pantalons et les chemises sont posés directement sur le portant. Un voilage jauni pend, accroché à un fil de fer tendu à mi-hauteur de la fenêtre.

Ray retire sa cravate et s'agenouille près du lit métallique, qui rappelle à William le dortoir avec son petit matelas. De dessous, il retire deux bières, les lâche sur la couverture, sort un décapsuleur d'un panier posé sur la petite table en Formica. Il décapsule une bouteille et la passe à William avant que celui-ci ait pu refuser. Il n'aime guère la bière et il n'a pas envie que les Finch sentent l'odeur sur lui à son retour.

« Assieds-toi. » Ray lui montre la chaise en bois branlante près de la table, tandis qu'il prend place sur le rebord du lit et allume une cigarette. Étendant la jambe, il retire de sa poche une enveloppe brune, qui suit à présent la courbure de sa cuisse. Cigarette au bec, il en sort la question, laisse choir l'enveloppe par terre et lit en plissant les yeux à cause de la fumée.

« Je déteste ça.

— Quoi ? demande William en notant qu'il est déjà dix-sept heures quarante-cinq.

— Faire ça. Je croyais que je payais pour ça. Ils veulent qu'on soit prêts le plus vite possible à faire leur sale boulot, mais on doit apprendre les trucs les plus durs tout seuls.

— Si tu penses que l'embaumement, c'est du sale boulot – William prend une gorgée de bière –, je ne sais pas si tu vas tenir longtemps. »

Ray lâche le papier sur le lit à côté de lui et se penche en avant vers William.

« Maintenant que tu es là pour m'aider, je ne peux pas échouer.

— Allez, au travail. Je n'ai pas beaucoup de temps. » William regrette aussitôt son attitude mesquine vis-à-vis de Ray.

« Espèce de sale veinard. » Ray tire sur sa cigarette. « Une famille qui t'attend, un repas chaud. Je parie que ta chambre est mieux que ça, pas vrai ?

— Quelle est la question ? » demande William en désignant le papier posé négligemment sur le lit.

Il la lui lit. C'est la même que William a eue le premier jour.

« Où est ton Scudamore ? »

Ray passe la main sous le lit, jusqu'à ce qu'il tombe sur le livre. Il le sort et chasse la poussière.

William le lui prend, le feuillette et l'ouvre à la bonne page. « Voilà, je vois les artères comme les branches d'un arbre. »

Ray sourit à William.

« Quoi ?

— Ça te vient de manière si naturelle.

— J'ai vu faire mon oncle, voilà pourquoi ça a du sens pour moi, et en plus j'ai eu cette question la semaine dernière. »

Ray écrase son mégot sur une soucoupe près de son lit. « Je sais que tu me prends pour un pas grand-chose.

Tu as sans doute raison, mais ça me tape sur les nerfs de vous voir tous si satisfaits de vous-mêmes.

— Écris ça, il faut que j'y aille. »

Ray recopie le paragraphe que William lui a montré. « Bois ta bière », dit-il en désignant la bouteille posée par terre. William l'avale en quelques gorgées.

Par chance, Ray écrit vite et de manière parfaitement lisible. Il est dix-huit heures cinquante. Ils passent à table dans dix minutes, or il doit avoir une demi-heure de trajet.

« C'est quoi ton problème ? Tu vas être en retard pour le dîner ? Tu as quel âge, dix ans ? Reste, on se boit une autre bière et on ira au *fish and chips*.

— Tu peux te moquer de moi autant que tu voudras, mais je veux vraiment rentrer pour partager le repas de cette gentille famille et, si tu veux savoir, de leur fille. »

Le sourire rusé et complice de Ray fait regretter à William d'avoir parlé.

« Là, je comprends ! » Il finit sa bière. « Allez, mets les bouts, j'ai pigé.

— Merci », dit William, qui se lève et enfile sa veste, l'air penaud. « Inscris bien toutes les artères et les veines importantes : on perd des points à chaque fois qu'on en oublie une. » Ray ne bouge pas pour lui ouvrir la porte ni pour lui dire au revoir. Il se contente de regarder William avec un sourire qui le met mal à l'aise.

« Bonsoir », dit-il en se tournant vers la porte. Ray se contente de lever sa bouteille vide.

Il court le plus vite possible jusqu'à l'école, puis jusque chez les Finch, n'étant pas sûr de suivre le bon chemin pour rentrer directement. Il lui faut trente-cinq minutes, et lorsqu'il arrive dans la salle à manger, hors d'haleine, en sueur, il a la tête qui tourne un peu. Mr. Finch sert la tourte aux pommes. Tous les trois se retournent, surpris. Dans son assiette, une saucisse, de la purée et des petits pois, avec une nuance de blanc là où le gras s'est figé.

« Je suis vraiment désolé ! dit-il en soufflant. J'ai aidé quelqu'un pour ses devoirs. » Incapable de parler, il reprend avec peine sa respiration. « Il habite plus loin que je ne croyais. » Il déboutonne son manteau. « Je suis rentré le plus rapidement possible.

— Bon, vous êtes là, maintenant, dit Mrs. Finch, alors venez manger. Ça va être froid, et j'aimerais mieux ne pas avoir à jeter.

— Oh, il ne faut pas. » William fonce dans l'entrée déposer son manteau. Il sent son pull : il pue le tabac. Il l'enlève aussi et le laisse avec le manteau.

Mrs. Finch hume à grand bruit quand il s'assoit près d'elle. « S'il n'était pas de si bonne heure, je croirais que vous avez fait vos devoirs au pub, William.

— Non ! Nous étions chez Ray. » Il n'a pas le temps d'ajouter autre chose et émet un rot. Il regarde ses hôtes avec gravité, le visage rouge. « Mrs. Finch, Mr. Finch, je vous en prie, n'imaginez pas que je n'ai pas de considération pour les efforts que vous faites en m'accordant votre hospitalité. Ray n'est pas issu d'une famille qui travaille dans les pompes funèbres et il a du mal. Il m'a demandé de l'aider, et je me suis senti obligé de le faire. Il m'a offert une bière. »

Enfin, il jette un coup d'œil à Gloria. Ses lèvres sont scellées, ses yeux brillent.

« Nous acceptons vos excuses, William, répond Mr. Finch, mais à l'avenir, soyez à l'heure pour les repas, à moins que vous ne nous ayez prévenus à l'avance. »

Mrs. Finch lui tapote la main. « Il semblerait que vous ayez voulu bien faire.

— Comment s'appelle ce garçon ? demande Mr. Finch avant de souffler sur sa tourte.

— Ray Price, dit William avant d'enfourner une bouchée de saucisse et de purée froides. Je ne suis pas sûr qu'il y arrivera », dit-il juste avant d'émettre un nouveau rot.

C'en est trop pour Gloria qui explose de rire.

« Désolé », dit à nouveau William. Gloria renverse la tête en arrière. Son abandon est irrésistible et, bientôt, ils rient tous en chœur.

36

William se demande si toute sa vie il pensera à un poulet cru à ce moment-là. La peau flasque, molle, l'absence de sang qui coule tel qu'on s'y attend quand on ouvre la chair. C'est leur première autopsie. Un homme de cinquante-neuf ans.

En trois semaines de formation, ils ont assisté à plusieurs embaumements, aidé à pratiquer des sutures, levé des veines et des artères. Une autopsie, c'est tout à fait autre chose. Le corps a déjà été ouvert par un médecin légiste qui a examiné les organes internes pour déterminer la cause du décès. Il faut défaire leurs coutures grossières, rouvrir le sternum, ressortir les organes. Lorsque le corps et les organes ont été traités, on referme le sternum et on recoud la peau – avec soin, cette fois. Ça dure des heures.

Arthur a une technique différente de celle de Robert en matière de suture – il tient l'aiguille selon un autre angle, et son mouvement est moins fluide –, mais le résultat est le même : une crête perpendiculaire au torse. Le grand corps d'Arthur est courbé tandis qu'il recoud, concentré. Son travail méticuleux ne sera jamais vu par les proches, dissimulé sous la robe, le costume, les vêtements choisis par la famille. Malgré tout, Arthur prend son temps. Cela compte. Cet homme a été aimé, et même s'il n'y a plus personne pour le pleurer, c'est toujours quelqu'un, et les embaumeurs doivent croire que les gens comptent. Sinon pourquoi viendraient-ils tous les jours travailler ?

Au bout de deux heures et demie, Arthur termine ses sutures.

« Ray ? dit-il avec un profond soupir en levant enfin les yeux. Quelle est la phrase mnémotechnique que nous utilisons pour nous rappeler l'ordre des procédures ? »

Oh non. Quand Ray se retrouve ainsi sur la sellette, il est incapable de donner la bonne réponse, même si elle est simple et évidente. Cette fois, cela pourrait être particulièrement douloureux si jamais il fait une tentative au hasard. Au moins, il s'est coupé les ongles et les maintient dans un état de propreté correct. William l'imagine devant son petit lavabo, se brossant les doigts. Ses cheveux sont toujours ébouriffés et pleins de nœuds.

Ray regarde la fenêtre un moment, puis ses sourcils se relèvent : « On doit savoir se préparer pour l'avenir ? »

La mâchoire d'Arthur se raidit, mais son visage reste neutre. « Et que cela signifie-t-il selon vous ? »

Ray croise le regard de William et lui adresse un clin d'œil. William secoue légèrement la tête et baisse les yeux vers le cadavre.

« Je ne m'en souviens plus, monsieur, répond-il d'un ton terriblement jovial.

— William ?

— Il Faut Comprendre Comment Va Néanmoins s'Organiser le Lendemain, dit-il doucement.

— Correct. » Arthur se retourne vers Ray : « Répétez.

— Il Faut Comprendre Comment Va Néanmoins s'Organiser le Lendemain », prononce Ray d'une voix claire et sonore. William sait que ses fanfaronnades ne lui servent qu'à sauver la face et que quand il retourne dans sa petite chambre, c'est une autre histoire, mais il se demande s'il doit lui dire combien ses manières sont agaçantes aux yeux des autres.

« William, veuillez expliquer à vos collègues ce que ça signifie.

— *Faut* vaut pour fermer les orifices. *Comprendre* désigne la coiffure. *Comment*, les cosmétiques, si nécessaire. *Va* pour vêtements, selon les instructions de la famille. *Néanmoins* pour nettoyer les équipements. *Organiser* pour ordre et vérification des stocks. *Lendemain* pour se laver soi-même.

— Merci, William. J'aimerais que vous preniez maintenant en charge la procédure avec Ray comme assistant, et merci de commenter ce que vous faites et d'expliquer pourquoi.

— Oui, monsieur.

— Bien. Ray ?

— Oui, monsieur.

— L'humour est important – les embaumeurs en ont besoin pour ne pas perdre l'esprit. Mais laissez-moi vous dire tout de suite que je ne vous laisserai pas vous en servir pour masquer votre ignorance ! Ça ne m'amusera jamais de constater que vous ne maîtrisez même pas les notions les plus rudimentaires de notre métier. Il faut que ça change. Vous comprenez ? »

Même si William est d'accord avec Arthur, il regrette qu'il ne lui dise pas tout cela en privé. Roger et Simon, qui assistent Norman à la table voisine, entendent chacune de ses paroles, et chaque humiliation publique ne fait qu'accroître le ressentiment de Ray, que William doit ensuite endurer au pub. Dehors, une voiture au pot d'échappement en mauvais état crache une fumée noire qui vient obscurcir la fenêtre, là-haut, sur le mur blanc. Ray regarde Arthur.

« Je comprends, monsieur.

— Bon. Alors allez-y, William, et sollicitez Ray dès que vous en avez besoin. »

William s'approche de la table. Ni Ray ni Arthur ne peuvent deviner combien il est familier de « il Faut Comprendre Comment Va Néanmoins s'Organiser le Lendemain », ni quel soulagement cela lui a procuré à son retour à Sutton Coldfield. En fait, ces dernières années, il s'est même parfois inquiété de prendre trop de plaisir aux deux C.

***

Quand les endeuillés confiaient à Robert combien leur défunt avait l'air apaisé – *il est tellement lui-même* –, celui-ci ne leur avouait pas que c'était grâce au travail de son neveu âgé de quinze ans, mais il transmettait toujours le compliment.

« Cela te revient. Je fais bien mon travail, mais ce n'est pas visible. Le plus important pour eux, c'est la partie dont tu t'occupes. » Et de poser brièvement la main sur l'épaule de William, ou sur sa tête, même si à présent il était plus grand que lui.

Parfois, en passant du premier C au second, William savait d'instinct quelle couleur de fard à paupières utiliser, quelle dose de rouge à joues, quelle teinte de vernis à ongles ; alors il se demandait si en fait il n'était pas une « pédale » lui aussi – c'est comme ça qu'on les appelait, dans sa nouvelle école. Et parfois, il regrettait de ne pas l'être. Ainsi, il aurait été pareil à son oncle et à Howard. Il aurait pu retrouver Martin – il ne l'aurait jamais perdu.

Seulement, c'étaient les filles qui lui plaisaient. Dès que le bus s'arrêtait devant l'école des filles de Sutton Coldfield et qu'elles s'y engouffraient, c'était à leur visage, à leurs jambes et à la courbure de leurs seins sous leur uniforme qu'il pensait. Lorsque la volonté lui faisait défaut, il se rappelait Imogen Mussey et ces journées intenses au sein de sa famille. Mais il se fustigeait toujours pour cette faiblesse qui invariablement le ramenait à Martin. À croire que chaque pensée positive conduisait nécessairement à une pensée négative. L'exaltation de sauter sur les lits, à l'humiliation d'être battu. La gentillesse de Martin, à la lâcheté et à la trahison de William. La beauté du « Miserere », au choc de la colère de sa mère.

Arrête. Oublie tout ça. Tout !

***

« Donc, en premier, il *Faut*, reprend William en jetant un bref regard à Arthur et Ray avant de saisir un morceau de coton avec une pince métallique. Pour : fermer les orifices. » William relève les jambes fines de l'homme, les replie sur son ventre, comme si c'était un bébé géant, puis lui insère le coton dans l'anus.

37

« J'ai une proposition à te faire, William. »

Il est midi et ils s'en vont déjeuner au pub sous un ciel de fin novembre d'un bleu vif et sans mélange. Leurs souffles forment de petits nuages qui restent un instant en suspens dans les airs, tandis qu'ils avancent côte à côte sur le trottoir étroit, les mains plongées dans les poches. Il y a à présent autant de feuilles par terre que dans les arbres. Celles qui tiennent encore sur les branches oscillent dans le vent, leurs contours bien définis ne se perdant plus dans la masse. William éprouve l'envie d'attraper les plus basses et de les arracher, pour hâter leur fin inexorable.

« De quoi s'agit-il ? demande-t-il sans enthousiasme.

— Tu me donnes des cours particuliers, et je te paye en bière, dit-il en souriant. William, ajoute-t-il plus sérieusement, il faut que je décroche ce diplôme. Tu peux m'aider, tu es rudement brillant. » Il regarde au loin devant lui, puis se tourne vers William. « Alors ? Qu'est-ce que tu en penses ?

— Dommage que je n'aime pas la bière. »

Ray a essayé de se rattraper dans la matinée en assistant William avec la plus grande attention jusqu'à la fin de la séance. Il n'a pas fait son malin, a posé les bonnes questions et, à la fin, a félicité William assez fort pour qu'Arthur puisse l'entendre.

« Pas de problème, répond Ray du tac au tac. Il y a aussi l'eau, chaude ou froide, à toi de voir. » Ils éclatent de rire tous les deux et ralentissent car ils arrivent au pub. « Donc, tu en dis quoi ? » Ray pousse la porte et la tient à William, tandis que l'atmosphère viciée s'enfuit pour laisser place à l'air frais.

« On peut essayer. » William pose la main sur le bar. « Mais au bout de deux semaines, si l'un ou l'autre veut arrêter, on arrête. Et je me fiche de ce que tu en penses, mais je ne raterai pas le dîner, donc il faudra qu'on fasse ça après les cours, et ça ne pourra pas durer plus d'une heure.

— On pourrait se voir après, non ? » Ray a l'air tout content. « Après ton dîner ?

— Non, après, je fais mes devoirs. » *Et je bavarde avec Gloria dans la cuisine*, pense-t-il.

— Marché conclu ! » Le visage de Ray se transforme et, une fois de plus, William songe que s'il faisait un peu plus attention à lui, il pourrait être beau. Ray plonge la main dans sa poche alors que le barman lui fait signe. « Une pinte de *bitter*, et toi, William ? C'est pour moi.

— Un demi de cidre, s'il vous plaît, dit-il au barman qui hoche la tête et retourne remplir leur verre.

— Et si en échange je te donnais des conseils, d'homme à homme ? À mon avis, tu ne dois pas être aussi expérimenté en matière de filles, et j'ai comme l'impression qu'elle te plaît, cette Gloria. »

William hausse les épaules, il regarde le bar, corne un sous-bock.

« Elle est jolie ?

— Très. » William ne peut réprimer un sourire.

Leurs verres arrivent, Ray verse un tas de pièces dans la main du barman, qui compte et lui en rend quelques-unes. Ils vont s'installer à leur table habituelle, dans le coin près de la fenêtre. William boit une gorgée. Le cidre lui coule agréablement dans la gorge.

« Tu as fait une tentative ? demande Ray.

— Je ne sais pas très bien ce que ça veut dire, mais on parle beaucoup. Elle me prépare un chocolat chaud tous les soirs.

— Ouh là, attention, ce genre de truc, ça peut t'attirer des ennuis.

— Tu peux te moquer autant que tu veux ! » Il ne peut s'empêcher d'éclater de rire. « J'aime bavarder avec elle et j'aime boire du chocolat chaud.

— Si tu veux pousser les choses un peu plus loin et que tu as besoin d'un conseil, je suis ton homme. Disons seulement que j'ai déjà fermé quelques orifices à ma manière. »

William fait la grimace.

La confiance de Ray semble ébranlée. « Je sais que tu me prends pour un tocard, mais au moins tu pourrais essayer de le dissimuler.

— Ce n'est pas ce que je pense, dit-il en un demi-mensonge qui le remplit de culpabilité. Pardon. »

Ces excuses apaisent Ray. « Qui aurait cru qu'il y avait en ce monde des garçons qui passaient leurs samedis matin à maquiller des macchabées ? » Ray semble se radoucir. « Pas moi, en tout cas, c'est sûr.

— Pas tous les samedis ! précise William en riant. Et pas avant l'âge de quatorze ans.

— Pourquoi quatorze ? demande Ray en fronçant les sourcils. C'est l'âge de l'initiation ?

— C'est à ce moment-là que j'ai emménagé chez mon oncle.

— Pourquoi ?

— C'est compliqué.

— Je ne sais peut-être pas où démarre l'artère carotide ni où elle aboutit, mais je suis sûr de pouvoir suivre tes déménagements. »

William est soulagé en voyant l'heure. Il finit son verre et prend son manteau. « Bon, j'y vais. »

Ray regarde l'horloge sur le mur. « On a encore dix minutes.

— Pas moi. Je fais une intervention avec Arthur.

— Où ça ?

— Visite à domicile, un gros bonnet du conseil. Sa femme veut qu'il soit embaumé chez lui.

— Je vois. » Ray se rembrunit, son sourire s'efface. « Le jeune prodige à la rescousse. »

Arthur n'a jamais invité Ray à participer à un embaumement à domicile, alors que c'est la troisième fois qu'il y convie William. Mais l'étincelle d'empathie que celui-ci éprouvait est aussitôt étouffée par un fort sentiment de supériorité.

« En parlant de conseils, j'en ai un pour toi.

— Qu'est-ce que c'est ? » Ray se lève et enfile son manteau.

« Fais-toi couper les cheveux. Même si tes notes s'améliorent, avec cette allure-là, on ne te proposera jamais de visites à domicile. »

L'après-midi de William se passe bien. Arthur fait l'éloge de son travail et de ses manières professionnelles et attentionnées envers la veuve. Mais tout son plaisir est gâché, car William ne peut oublier le rouge qui a empourpré les joues de Ray avant qu'il ne se force à rire de sa dernière remarque.

***

Si sa mère était venue le chercher plus tôt, avant les vacances d'été, William serait parti avec elle. Mais la première vente avait échoué et la seconde maison n'était pas disponible avant la fin octobre, or Evelyn avait eu une promotion inattendue, car son supérieur avait fait une crise cardiaque, et elle était terriblement occupée, aussi s'étaient-ils mis d'accord pour que William passe la première moitié du semestre à Sutton Coldfield. Avant le mercredi des Cendres, l'idée de partir vivre au pays de Galles lui plaisait, mais après qu'il eut brutalement arrêté le chant en se promettant de ne plus jamais chanter en public, la dernière chose qu'il souhaitait, c'était que sa mère le pousse à entrer dans un chœur masculin. Et puis désormais, William savait ce qu'il voulait. Il ne cessait de répéter à son oncle et à Howard qu'il comptait rester avec eux, mais ni l'un ni l'autre ne semblaient vouloir l'entendre.

Et puis un jour, la mi-semestre est arrivée, et elle était là, toute pimpante et confiante en sortant de sa nouvelle Ford Anglia, assortie à ses chaussures et à ses lèvres carmin – William l'a remarquée depuis la fenêtre de sa chambre.

Robert, Howard et Evelyn étaient dans l'entrée, rassemblés pour la première fois depuis cette terrible soirée du « Miserere ». Encore dans sa chambre, William a rangé au-dessus de son armoire la valise que Robert croyait remplie depuis deux jours, puis il a pris une grande inspiration et il est descendu.

« Te voilà ! » Evelyn l'a regardé avec un sourire radieux. Elle a constaté qu'il avait les mains vides, et son sourire s'est figé. « Nous sommes prêts pour la grande aventure. » Elle a voulu le prendre par la main, mais il s'est écarté, hors d'atteinte.

« Je ne veux pas d'une aventure. »

Evelyn a répondu du tac au tac : « Tu feras connaissance avec des jeunes de ton âge. Absolument tous les garçons là-bas font partie d'un chœur.

— Je ne veux pas chanter. Je veux être embaumeur. Ici.

— Mais comment peux-tu le savoir ? » Son sourire diminuait de plus en plus, le ton se faisait plus sec.

« Parce que je pratique. Tous les jours. » Du coin de l'œil, il a vu Robert et Howard échanger un regard.

« Dieu du ciel, Robert ! » Elle s'est tournée vers lui. « Un garçon de quatorze ans qui passe son temps au sein d'une entreprise de pompes funèbres ? Mais à quoi pensais-tu donc ?

— C'était mon idée à moi, l'a interrompue William. Je suis doué pour ça, n'est-ce pas, oncle Robert ? »

Désarçonné, Robert considérait tour à tour William et Evelyn.

Une nouvelle vague de frustration a balayé son visage lorsqu'elle s'est retournée vers les deux hommes. « Est-ce que vous comprendrez un jour que William est mon fils à moi ? Pas le vôtre ! » Robert et Howard ont soutenu le regard furieux d'Evelyn sans rien dire. « Quel *gâchis* ! » Elle est revenue vers William, se tapotant la cuisse, tandis que son sac glissait de son épaule. « Tu as un don. Je ne te laisserai pas le gâcher.

— Si quelqu'un a tout gâché, c'est toi. »

Evelyn s'est raidie tout entière. À croire que son agitation et sa colère s'étaient cristallisées dans cette immobilité soudaine. Elle examinait le visage de William, comme si Robert et Howard n'étaient plus là. « Tu vas m'en vouloir pour ça jusqu'à la fin de mes jours ? » a-t-elle fait doucement.

William a haussé les épaules, craignant qu'en prenant la parole, sa résolution ne s'évapore.

« Tu sais, William, je crois que tu me manques autant que ton père. Je ne sais pas où il est parti, mais le garçon que j'ai élevé a disparu. »

À ce moment-là, il a vraiment cru qu'il allait fondre en larmes, mais pour une raison obscure, il savait qu'il devait à tout prix l'éviter. Il s'est retourné, a remonté l'escalier, s'est enfermé dans sa chambre et s'est assis sur son lit.

« Evelyn, je n'y suis pour rien. » La voix de Robert a fini par rompre le silence hostile. « Jamais je ne l'ai encouragé dans cette voie et je ne l'ai jamais poussé à croire qu'il pouvait demeurer ici après cette semaine. Sa… résolution vient de lui seul.

— Tu peux dire ce que tu veux – William a reconnu la voix de sa mère, à la fois tremblante et pourtant dure comme fer –, mais depuis sa naissance, tu cherches à mettre la main sur lui. J'ai vu la manière dont tu le regardais, à croire qu'il t'appartient !

— Vraiment, Evelyn ? a dit Howard avec une pointe d'irritation dans la voix. Tu nous ressors encore ce discours-là ? Tu sais quoi ? La tragédie, c'est que Paul t'adorait. Tu n'as jamais eu la moindre raison d'être jalouse.

— Oh que si ! s'est-elle récriée. J'étais jalouse de la manière dont vous veniez traîner chez nous avec de l'amour pour *tout le monde*, tandis que moi, j'en avais juste assez pour Paul et William. J'avais l'impression de ne jamais être capable d'en donner assez. » Silence. « Pourquoi fais-tu la grimace, Robert ?

— Tu veux vraiment que William entende ça ?

— Bien sûr que non ! s'est-elle mise à crier. Mais ce que je veux et ce que j'obtiens correspondent rarement, Robert ! Je *veux* que mon fils revienne vivre avec moi, mais apparemment, lui ne le veut pas.

— Dans ce cas, que fait-on ? On le met de force dans ta voiture ? »

Dans le silence qui a suivi, William s'est inquiété du fait qu'ils ne lui avaient même pas offert une tasse de thé. Il y avait trois heures de route depuis le pays de Galles. Elle devait avoir faim et soif. William a goûté au sel au coin de ses lèvres. Il s'est essuyé le visage.

Puis les pas dans l'escalier, sa porte qui s'ouvre en grand : il sursaute. Elle avait les yeux fous, pourtant elle est restée sur le seuil, très calme, et elle lui a parlé d'un ton posé, tranquille.

« Je ne peux pas te forcer à me suivre, je ne peux pas te forcer à me pardonner, alors je m'en vais. Je t'aime et tu seras toujours chez toi auprès de moi, mais je ne t'écrirai plus de lettres que tu sembles ignorer et je ne t'appellerai plus puisque tu ne veux pas me parler. Quand tu seras prêt, je serai là. »

William a attendu une minute, puis il l'a suivie dans l'escalier.

« Je vous enverrai de l'argent », a-t-elle dit à Robert en sortant de la maison. Celui-ci regardait ses pieds, mâchoire serrée.

« Tu ne veux pas une tasse de thé ? » n'a pu s'empêcher de crier William à mi-chemin dans l'escalier, s'accrochant à la rambarde.

Elle s'est retournée, et pendant un bref instant, ils se sont dévisagés. Rompant le lien, elle a secoué la tête. « Ne t'inquiète pas, je m'arrêterai en route. »

Ils sont restés dans l'allée et l'ont regardée monter en voiture. Elle ne s'est même pas retournée avant de partir.

Il a observé le véhicule qui diminuait jusqu'à atteindre la taille d'un timbre-poste, petit point de douleur aiguë dans sa poitrine.

38

Il lui faut trente-cinq minutes pour aller de la gare jusque chez les Finch. Cheveux bien coupés, vêtu de son nouveau manteau d'hiver acheté à moitié prix, en solde chez Rackham, le lendemain de Noël. Howard, son conseiller vestimentaire depuis qu'il a treize ans, a trouvé que celui-là était particulièrement chic. C'est son cinquième Noël sans sa mère. Il est prêt à commencer son nouveau semestre. Prêt à retrouver Gloria.

L'air frais lui remplit les poumons comme un bonbon à la menthe. Les branches des platanes qui longent la rue sont de longs doigts noirs cherchant à attraper le ciel. Ses chaussures de cuir claquent sur le pavé tandis que sa valise oscille doucement sur le côté. Les attaches de métal de chaque côté de la poignée couinent doucement à chacun de ses pas. Sa main gauche enfoncée dans la doublure de soie de sa poche serre la clé de chez les Finch. Gloria lui a manqué pendant ces vacances, et il est déterminé à se montrer plus direct pour lui exprimer ses sentiments. Il ne fait pas attention aux maisons mitoyennes de style georgien, aux quelques traces de neige sale qui demeurent sur la chaussée. L'avenue n'est qu'un vaste entonnoir qui le mène droit vers elle.

Arrivé à la porte, il imagine un instant qu'il s'agit de sa propre maison et qu'à l'intérieur l'attend son épouse.

« Bonjour ! Je suis rentré. Il y a quelqu'un ? » Il fait bon dans l'entrée. On sent que la maison est habitée.

« À la cuisine, William. Bonne année ! »

Elle est encore plus belle que dans son souvenir, cette voix pleine et un peu rauque, avec ce léger accent cockney. Le sourire aux lèvres, il pose sa valise au pied de l'escalier et pend son manteau sur la boule bleue, à côté de la jaune où, comme toujours, est posé le manteau couleur rouille de Gloria. Il n'y a pas d'autre manteau.

« Bonne année à toi aussi ! Il y a du thé ?

— Pour toi ? Toujours. »

Il lisse ses cheveux et avance sur la moquette brune vers la porte vitrée de la cuisine. Au moment de la pousser, il repense à sa résolution d'être plus direct.

« Bonjour, ma Finch préférée.

— Ouh, mieux vaudrait ne pas dire ça devant mes parents ! » répond-elle en souriant.

Le transistor diffuse du rock and roll et une assiette de tartelettes est posée sur le comptoir. L'atmosphère est chaude et conviviale, et Gloria lui adresse son plus beau sourire. Mais celui de William a disparu, il ne la regarde même plus, pas davantage que les ciseaux et le peigne qu'elle tient entre ses mains. Il contemple cet homme, assis sur une chaise qui en temps normal se trouve dans la salle à manger, avec un torchon blanc attaché autour du cou, parsemé de petites boucles brunes et mouillées.

« Ray ! Mais qu'est-ce que tu fais là ? »

Immobile car Gloria approche les ciseaux de sa tête, l'autre main posée sur sa nuque, Ray répond :

« Ben, ça se voit pas ? Je me fais couper les cheveux. »

Assis sur le comptoir, appréciant presque la brûlure du thé dans sa gorge, William regarde Gloria essuyer avec soin les cheveux dans le cou de Ray.

« Et voilà. Tu vaux autant qu'eux à présent, Ray. Plus personne ne te fera de remarque désobligeante. » Elle regarde William. « Tu devrais leur remonter les bretelles, William. »

La fureur bouillonne dans sa poitrine, mais il reste impavide. « À qui ?

— À ces espèces de misérables, dans ton cours, qui ont dit à Ray d'aller se faire couper les cheveux.

— Peut-être qu'ils voulaient bien faire, répond-il en regardant Ray. Tout le monde cherche à bien faire, tu le sais, Ray.

— Moi, je trouve ça grossier », dit Gloria en prenant le balai dans le placard et en donnant quelques coups décidés sur le lino pour rassembler les mèches coupées en un joli petit tas soyeux à ses pieds.

William descend du comptoir où il s'est hissé et prend la pelle et la brosse sous l'évier. Il s'agenouille devant Gloria et vide tout à la poubelle. Ray se relève d'un bond : « Et moi qui voulais envoyer une boucle à ma mère ! » Il lance un clin d'œil à William.

« Sers-toi, répond-il en désignant la poubelle.

— Alors, William, dit Gloria d'un ton gai et léger, comment s'est passé ton Noël ?

— Très agréable, merci. » Il remonte aussitôt sur le comptoir, déterminé à paraître aussi à l'aise que possible. « J'ai beaucoup travaillé en salle de préparation. »

Ray éclate de rire et William embrasserait Gloria quand elle lui dit : « Bravo, je parie que ton oncle était trop heureux de t'avoir récupéré.

— Et toi, Ray ? » William appuie un doigt sur une miette de pain qui traîne sur le comptoir ; une, deux, trois miettes. « Comment ça s'est passé à Leeds ?

— J'y suis pas allé. » Ray agite le torchon dans l'évier, époussette son col puis se rassoit. « On prévoyait de la neige, et je ne voulais pas risquer d'être coincé là-bas.

— Et tu te rends compte, sa propriétaire est partie deux jours et elle l'a laissé sans chauffage ni eau chaude ! À Noël ! » s'exclame Gloria, les mains sur les hanches.

Le regard de Ray passe de Gloria à William, puis revient sur la jeune femme, la bouche triste, les sourcils relevés.

« Affreux », commente William qui n'en croit pas un mot, et n'y tenant plus, il se lance : « Mais comment as-tu fait pour… »

La porte d'entrée s'ouvre et Mrs. Finch arrive à fond de train dans la cuisine. « Ils sont peut-être à moitié prix mais est-ce que nous voulons vraiment avoir des rideaux psychédéliques dans le salon… William ! » Il saute à bas du comptoir, elle s'approche les bras tendus. « Bienvenue à la maison !

— Bonne année, Mrs. Finch », dit-il en la prenant par la taille. Mr. Finch est derrière elle, dans la ligne de mire de William. « Bonne année, Mr. Finch. »

À présent, la cuisine est pleine. Ray est le seul à être assis sur une chaise, et qui ne devrait pas être là.

« Oh, mais que vous êtes élégant, Ray ! » Mrs. Finch pose la main sur son épaule. « Je vous avais dit que Gloria saurait s'occuper de vous. »

William est plongé dans la confusion. Mr. Finch lui serre la main et dit : « Eh bien, William, nous l'avons fait. Vous êtes content ?

— Pardon ?

— Nous avons suivi votre suggestion.

— Quelle suggestion ?

— Mais combien de suggestions avez-vous donc fait ? » Mr. Finch se met à rire. « De proposer le deuxième lit à votre ami. »

Le 27 décembre, Ray a apporté une lettre à Mr. et Mrs. Finch dans laquelle il se présentait comme étant un ami de William (plutôt un frère, en vérité, après tout ce que William a fait pour l'aider). Il y décrivait son logement insalubre, ses difficultés, ne venant pas d'une famille d'embaumeurs, son désir d'obtenir son diplôme. Que William allait l'aider et qu'il avait mentionné le lit inoccupé dans sa chambre, et que ça ne les dérangerait pas d'avoir un locataire supplémentaire. Il savait bien qu'il se montrait présomptueux, mais après avoir passé un Noël aussi misérable, il n'avait plus rien à perdre. Le pire qu'il pouvait lui arriver, c'était qu'ils lui disent non – ce qu'il comprendrait parfaitement.

Tout cela, William l'a découvert au court du repas insupportable qu'ils viennent de prendre. Il s'en serait mal sorti s'il avait contesté quoi que ce soit. Donc il a hoché la tête, souri et ri aux blagues de Ray, transformé par sa nouvelle coupe de cheveux, ses ongles propres et ses vêtements moins froissés. William s'est senti rapetisser à chaque blague de Ray, à chaque éclat de rire de Gloria. Il n'est pas du genre à entrer en compétition avec les autres, donc il est resté là, de plus en plus silencieux, de plus en plus petit, de plus en plus aigri.

« Tu n'as pas l'air très content de me voir, dit Ray lorsqu'ils se retrouvent seuls pour la première fois dans ce qui est désormais leur chambre commune.

— À quoi tu t'attendais ? murmure-t-il en prenant soin que personne ne puisse les entendre. Pourquoi tu ne m'as pas d'abord demandé à moi ?

— Je ne pensais pas que ça te dérangerait. Je croyais qu'on était amis.

— Et si moi, j'ai pas envie de partager ma chambre, ni avec un ami ni avec personne ? Tu aurais dû me demander, Ray !

— Et tu aurais dit non. » Il tombe le masque. « Je ne supportais plus d'être là-bas. Et même si visiblement ça n'est pas réciproque, moi, je t'aime bien, William. »

Ray ronfle. William est allongé sur le côté, recroquevillé sur lui-même, d'humeur sombre. Ray est un opportuniste rusé. Mais après avoir passé ses sentiments au crible, William s'aperçoit que ce n'est pas très reluisant de son côté non plus. Il est vrai qu'il n'a pas envie de partager sa chambre, mais il n'a pas dit tout ce qu'il avait sur le cœur : qu'il trouve Ray grossier, d'une ignorance embarrassante, que sa présence est pour lui une menace, qu'il est jaloux de la manière dont il arrive si facilement à faire rire Gloria.

Cette nuit-là, il rêve qu'il est de retour à Cambridge. Lui et Martin attendent dans les douches que la Surgé leur balance le seau d'eau.

« Martin, tu as des nichons ! » dit William, et Martin éclate de rire, prend sa poitrine dans ses mains et tend les lèvres en avant. À son réveil, William éprouve ce sentiment de légèreté que lui procurait leur amitié. Que ne donnerait-il pas pour que ce soit Martin dans l'autre lit, à côté de lui.

39

La lumière jaune et épaisse lui laisse entrevoir qu'il est plus tard qu'il ne devrait. Le lit de Ray est vide, et bien sûr il ne l'a pas fait. William se redresse, attrape son réveil de voyage sur le napperon de sa table de chevet. Dix heures. Samedi. Il le pose et replonge sous les draps. Même s'il n'a pas cours aujourd'hui, il devrait déjà être sorti.

À l'époque où il était encore seul dans sa chambre, il commençait par étudier deux bonnes heures, puis il allait déambuler sur Bethnal Green Road, regardant les étals du marché sans rien acheter, ensuite il prenait un journal et s'asseyait dans un petit café au coin, où il s'essayait aux mots croisés. Mais à présent qu'il doit partager sa chambre avec Ray, il n'aime plus y étudier. Il se sent presque gêné d'aimer autant travailler sur son vieux Scudamore et de trouver tant de réconfort dans la compréhension du fonctionnement interne du corps humain. Jamais il ne confierait à Ray combien, en marchant dans la rue, il se sent privilégié de savoir ce qui se passe à l'intérieur du corps des autres, univers véritablement miraculeux de mouvement et d'efficacité.

C'est comme si on lui avait confié le secret intime des gens. Lorsqu'il regarde quelqu'un, il se sent heureux du simple fait d'être capable de dire où est sa carotide interne, externe, et de pouvoir nommer tous les os de son crâne. Hier, Arthur lui a demandé s'il avait jamais songé à la médecine. Il s'est senti flatté par l'aspect implicite de cette suggestion, mais il est certain d'avoir déjà trouvé sa vocation. Il aimerait partager l'exaltation que lui procurent ces connaissances, mais pas avec Ray. Il sent qu'il se referme peu à peu sur lui-même.

Il est poli avec lui quand ils s'assoient, serrés l'un contre l'autre, à leur petit bureau branlant qui grince s'ils s'appuient dessus. William termine souvent sa demi-heure de tutorat avec des maux de tête. Ensuite, il doit détendre sa mâchoire et respirer à fond. Parfois, il détecte sur les vêtements de Ray la trace du parfum de Gloria et il doit se retenir pour ne pas le pousser de sa chaise.

Avec l'aide de William, la qualité des devoirs de Ray s'est améliorée, et sa présentation ne pose plus problème. Ses cheveux bruns sont peignés, une raie les sépare, ses ongles sont propres et coupés avec soin. Pourtant, il continue de montrer peu d'aptitudes au travail, ce qui exaspère William au plus haut point. Parfois, lorsqu'ils s'occupent ensemble d'un corps, il fait tout le travail, prenant les instruments des mains de Ray et menant la tâche à bien. Ce dernier s'en plaint rarement, mais hier, lorsque William lui a arraché le crochet à veines, il a murmuré : « Je sais que je ne sers à rien, mais pourquoi est-ce que ça te met dans une telle colère ? »

William a séparé les tissus du cou pour trouver la veine que Ray avait manquée sans répondre.

En vérité, William ne lui pardonnera jamais d'avoir menti pour s'introduire chez les Finch. Il se sent spolié, et l'injustice se poursuit jour après jour. Il ne finit plus la soirée avec une tasse de chocolat chaud en bavardant avec Gloria. Elle le sollicite, mais elle invite également Ray. Comme s'il ne passait pas déjà assez de temps avec lui.

Dans la semaine, William se réfugie auprès de son Scudamore, mais il comprend très vite qu'il a besoin d'autre chose le week-end ; pour se sortir de la maison, littéralement. C'est après avoir vu une affiche pour une exposition de John Everett Millais qu'il s'est rendu à la Tate Gallery la première fois.

Immenses, belles, gratuites : la Tate, la National Portrait Gallery et le Victoria and Albert Museum l'invitent à venir s'asseoir et à laisser son esprit errer aussi longtemps qu'il le désire. Les tableaux deviennent bientôt pour lui de vieux amis auxquels il rend visite, et qu'importe le temps qu'il passe à arpenter les salles, il découvre toujours quelque chose de nouveau qui lui ravit le cœur.

Normalement, un samedi, à dix heures, il devrait être dans le bus. Mais ce matin, en sortant sur le palier, l'atmosphère est froide et immobile, à croire qu'il est seul dans la maison. Il fait sa toilette, s'habille, puis descend l'escalier, léger, goûtant cette solitude bienvenue. Il sort une tranche de pain du sachet et la place sur le grill, la retournant juste au bon moment. Mrs. Finch a acheté un nouveau bocal de marmelade de citron vert, ainsi qu'elle le fait de temps à autre parce qu'elle sait qu'il aime ça.

Il verse deux cuillerées de thé dans la théière en terre sombre, allume la radio et prend sa tartine : parfaitement dorée et croustillante de chaque côté. Il a beau être pieds nus, il a chaud et se sent bien. Tony Bennett chante « I Left My Heart in San Francisco » et la margarine fond tranquillement sur la tartine. Il boit une petite gorgée de thé et essuie les miettes sur le comptoir avant de mordre dans le pain. Appuyé au comptoir, il fredonne, puis se met à chanter doucement, sa voix se mêlant à celle de Tony, si accoutumé à ne plus chanter que l'acte est une sorte de transgression. Sa voix prend son élan, c'est bon de sentir cette vibration dans sa poitrine, dans sa gorge.

Il monte en puissance et prend son assiette pour aller à la salle à manger.

Gloria est dans l'entrée, enveloppée dans son manteau, les joues rougies par le froid de l'extérieur, son joli visage apparemment ravi. « Mon Dieu, William !

— Pardon ! Je ne t'avais pas entendue rentrer ! Je n'aurais pas fait autant de bruit si j'avais su que je n'étais pas seul.

— Du bruit ? Mais c'était magnifique ! »

Il sourit en regardant par terre. Elle s'approche et lui prend la main, cherchant à croiser son regard en plongeant vers son visage.

« Pourquoi caches-tu un trésor pareil ? » Elle pose son sac par terre, déboutonne son manteau et, virevoltante, l'enlève pour aller l'accrocher à la patère dans l'entrée sans jamais cesser de parler. « Mais pourquoi diable ne fais-tu pas partie d'un chœur ? »

Dans la main, il tient sa tartine à moitié mangée, à présent imbibée de marmelade et toute ramollie. « C'était le cas. » Gloria réapparaît et s'assoit sur le plan de travail. « J'ai été choriste pendant quatre ans à Cambridge. » Il lâche la tartine dans la poubelle et rince son assiette sous le robinet. « Tu veux du thé ? » dit-il en désignant la théière.

Gloria agite les jambes, les mains agrippées au rebord du comptoir. « Je croyais que tu ne me le proposerais jamais. » Elle lui sourit, comme si elle voulait reprendre leurs discussions, en souvenir du bon vieux temps. « Pourquoi est-ce que tu ne m'en as jamais parlé ? »

Par-dessus sa tête, il attrape dans le placard une tasse de porcelaine fine. Il y verse le thé, en relevant le filtre par-dessus le bord, et il sent la vapeur monter vers sa figure. Il hausse les épaules.

« Ça n'est jamais venu dans la conversation. De même que tes talents pour couper les cheveux. » Il constate qu'elle est surprise, à croire qu'il l'a giflée sans prévenir.

« Je te couperai les cheveux la prochaine fois, William. » Elle est sur la défensive. « Je pensais juste que tu n'avais pas besoin de mes services. »

Le silence qui suit est trop lourd et trop chargé pour que l'une ou l'autre prétende qu'ils ne sont pas en terrain délicat et que tout est normal. La porte de la maison s'ouvre ; suivie d'un courant froid, que William ressent sur ses pieds nus. On s'agite dans l'entrée, la lumière est assombrie.

« Je respecte le fait que tu ne veuilles pas en parler, dit Gloria, mais quoi qu'il arrive, tu peux toujours venir me trouver.

— De quoi s'agit-il ? » Ray s'appuie contre le chambranle de la porte.

« Ça ne te concerne pas, monsieur. » Soudain, la voix de Gloria prend un ton léger et joyeux, et même si William sait qu'elle fait ça pour le protéger, il est agacé que Ray mette fin à leur conversation.

« D'accord, je m'occupe de mes affaires, répond Ray que cette rebuffade ne gêne guère. Donc, toujours partante pour aller danser ce soir ? » demande-t-il en souriant et en se frottant les mains.

William se souvient qu'il a été question d'aller danser, seulement il ne sait pas danser et ne peut concurrencer l'offensive de charme constante de Ray, alors il a dit non.

« Tu parles ! dit Gloria en ramassant son sac par terre. Tu viens, William ?

— Non, pas ce soir. » Il se retourne pour rincer sa tasse sous le robinet.

« C'est dommage, j'avais acheté une nouvelle paire de chaussures exprès. »

40

Cette conversation inachevée remonte à deux semaines, de même que cette soirée où Gloria et Ray sont allés danser. Il a plu toute la journée et dans l'obscurité une branche nue tape contre la fenêtre de la chambre à chaque bourrasque. Ray est au cinéma avec un cousin venu passer deux jours à Londres et Gloria regarde la télévision avec ses parents en bas. William est en paix. Quand Gloria et Ray sortent ensemble, il n'est jamais tranquille. Il essaie de se perdre dans l'étude, et parfois ça marche, mais dès que la porte s'ouvre et qu'ils rentrent enfin, il s'aperçoit qu'il était suspendu dans l'attente de ce bruit. Ensuite, il doit supporter le retour de Ray, mais au moins, une fois qu'il est dans la chambre avec lui, il n'est plus avec Gloria.

La branche cogne contre la vitre au moment même où il entend frapper. Un instant, il est déconcerté.

« Coucou ? »

La porte s'ouvre lentement, rasant la moquette. « Je peux entrer ?

— Bien sûr. » Il essaie de prendre un air détaché, même si jamais auparavant Gloria n'a pénétré dans sa chambre.

Elle s'adosse à la porte qu'elle a refermée doucement derrière elle. Son chandail rouge en laine tricotée est tendu, laissant tout le loisir à William d'imaginer les courbes cachées de son corps.

« Ça va ? demande-t-elle d'un ton éteint, mal à l'aise, elle qui d'habitude montre une telle assurance.

— Oui, merci.

— Nos conversations me manquent.

— À moi aussi. » Il met un temps infini à ranger ses stylos et sa règle dans le pot à confiture sur son bureau, concentrant toute son attention sur ses mains. « Ils nous assomment de travail.

— Tu pourrais faire une demi-heure de pause, non ? » Elle attrape ses cheveux dans une main et les enroule autour de ses doigts. « Histoire de bavarder un peu en buvant un chocolat, je ne te demande pas toute la soirée.

— Je suis sûr que Ray serait ravi de te tenir compagnie. » La réplique fuse sans qu'il réussisse à la retenir.

« Certes, William », répond-elle, piquée au vif, cessant de s'appuyer contre la porte. « Mais c'est à toi que je le propose, pas à Ray. Et puis d'ailleurs, pourquoi est-ce qu'on ne pourrait pas être tous les trois dans la même pièce ? ajoute-t-elle d'un ton où transparaît sa frustration.

— Il grogne quand je garde la lumière allumée pour travailler, donc il faut que je termine avant qu'il aille se coucher. » Il déteste le ton qu'il emploie, il déteste les sourcils froncés de Gloria, mais il ne peut plus s'arrêter. « Et puis franchement, je passe mes journées avec lui. Pourquoi est-ce que je voudrais encore passer avec lui mes soirées dans la cuisine ?

— Parce que je suis là moi aussi, par exemple ? » Sa voix à elle se durcit à son tour, imitant la sienne. Elle croise les bras sur sa poitrine. William est choqué de voir combien elle est en colère. « Je suis venue te dire deux choses. » Elle parle si fort à présent que William craint que Mr. et Mrs. Finch ne l'entendent. « D'abord que nos conversations me manquent, mais visiblement tu as tes raisons pour te tenir à l'écart. Ensuite parce que Ray m'a demandé si je voulais sortir avec lui. » Elle le toise, le regard noir. Il ne cesse de baisser les yeux mais se force malgré tout à la regarder. « Pour être claire, je voulais savoir si tu avais quelque chose à dire à ce propos. »

Que peut-il répondre ? Il la dévisage. *Que peut-il répondre ?* Ils se regardent en chiens de faïence, et une coulée de glace cascade dans ses entrailles, lui rappelant l'époque où la Surgé leur déversait un seau d'eau gelée sur le râble. Mais alors, par miracle, il hausse les épaules, à croire qu'elles ont décidé de ce mouvement toutes seules, de leur propre chef.

« Je croyais que c'était déjà le cas. Fais ce que tu veux, Gloria. »

Sa mâchoire se serre, mais en dehors de ça, elle demeure immobile, son regard vert braqué sur lui. Lorsqu'elle reprend la parole, sa voix est entièrement différente : douce et tranquille, pas du tout comme d'habitude.

« Bien, au moins maintenant nous savons tous les deux à quoi nous en tenir. » Elle ouvre la porte. « Bonne nuit, William. » Puis elle la referme d'un geste lent et calculé. Il fixe des yeux sa robe de chambre, pendue à la patère de la porte, molle et morne.

Le printemps est gâché. Le blanc et le vert des perce-neige, les jonquilles lumineuses de soleil, les fières tulipes écarlates se font l'écho des terribles moments où il voit Ray et Gloria ensemble.

Au dîner, Ray se comporte tel un malotru, il glisse la main dans le dos de Gloria, sous son pull, remonte un peu sous sa jupe quand leurs genoux se touchent sous la table en teck. La nuit, pendant qu'ils dorment tous les deux dans la même chambre, il se demande jusqu'où Gloria et Ray sont allés, ce qui lui vrille les entrailles. Il devine à quoi pense son compagnon de chambre lorsque celui-ci, après s'être couché, se retourne dans son lit dans tous les sens pendant une demi-heure. Parfois, William se réveille car les ressorts du lit grincent en rythme, alors il éprouve une vague de dégoût. Mais le pire de ses tourments vient de lui-même. Sa haine la plus profonde se retourne contre lui. Elle lui a demandé – demandé ! – si cela le dérangeait qu'elle sorte avec Ray. S'il savait pourquoi il n'a pas répondu ce qu'il pensait à ce moment-là, peut-être qu'il trouverait un semblant de paix, un moyen de se supporter.

Dans la lumière pure de mai, le jardin des Finch est une explosion de rhododendrons, de pavots, de delphiniums. William et ses camarades ont effectué les trois quarts de leur formation. Les nuits sont longues et douces. William brille toujours, tandis que Ray continue d'accumuler les mauvais résultats, mais il ne cesse de faire des blagues à ses propres dépens, et sa générosité au pub, à midi, a conquis Simon et Roger, aussi fait-il malgré tout partie du groupe.

Au dîner, Gloria gourmande Ray et lui dit qu'il ne doit pas perdre courage. Celui-ci répond qu'il est certain que lorsqu'il travaillera dans un établissement de pompes funèbres, tout se passera à merveille. Quand il dit ce genre de choses, Mr. Finch garde le silence, et Mrs. Finch conclut par des phrases telles que : « Eh bien, on verra. »

Avec encore quatre mois de formation devant lui, William jette un coup d'œil aux *Chambres à louer* accrochées à une ficelle dans le coin des petites annonces chez le marchand de journaux. Il se dit toujours qu'il reviendra seul, sans Ray, pour les regarder de plus près, mais il ne l'a pas encore fait.

41

William arrive à la maison à temps pour le rôti du dimanche de Mrs. Finch, et aussitôt il comprend que quelque chose ne va pas. Ils sont déjà assis à table, ce qui n'est pas inhabituel – en général, William rentre à la dernière minute et va se glisser à sa place. Avec le plus grand soin il débarrasse, fait la vaisselle, il est poli, serviable, mais ne laisse rien paraître. Quand il est seul avec Mr. et Mrs. Finch, il se détend un peu, mais il est toujours sur ses gardes, de crainte de leur dire que leur fille mérite mieux que Ray Price.

Il a passé la matinée à la Tate Gallery avec les pointillistes. La semaine dernière, il est resté en admiration devant l'*Ophélie* de John Everett Millais pendant une demi-heure, croyant que cinq minutes s'étaient écoulées. Tout oublier en dehors de l'élégance épaisse et dense de Van Gogh ou, comme aujourd'hui, de la précision miraculeuse de Seurat lui offre un moment de répit. Les galeries d'art et les musées n'ont jamais fait partie de sa petite enfance, mais l'église de Cambridge lui a appris que les œuvres d'art véritables sont assez puissantes pour captiver les mêmes yeux encore et encore.

En entrant dans la salle à manger aujourd'hui, l'animosité silencieuse qui règne lui paraît aussi tangible que la table. Nul ne lève les yeux. Le visage de Mrs. Finch ne s'éclaire pas d'un sourire, pas de : « Ah, vous voilà, William. » Elle empile la purée dans l'assiette de son mari et la cuillère de métal retentit sur la porcelaine. Les yeux de Mr. Finch ne quittent pas son set de table, sur lequel il a les mains posées. Plus dérangeant encore, la main de Gloria, déformée par la poigne intense de Ray.

« Bonjour, se sent-il obligé de dire.

— William, répond Mr. Finch en bougeant à peine la tête.

— Salut, William, dit tranquillement Gloria.

— Tout va bien ? demande-t-il en les regardant tour à tour les unes les autres.

— Vous nous avez surpris dans un moment délicat, dit Mrs. Finch.

— Voulez-vous que je m'en aille ? Je peux sortir manger dehors.

— Reste-là, fait Gloria d'un ton austère.

— Veux-tu s'il te plaît découper ce maudit poulet, Reg ! » lance sèchement Mrs. Finch.

Son mari se penche et commence à trancher les morceaux. William a faim, et en voyant la viande blanche basculer et tomber dans le plat, il a envie de tendre la main pour attraper un morceau de peau croustillante.

Mr. Finch jette un regard à William, le corps frémissant de l'écho de ses gestes rapides. « Hélas, nous venons d'apprendre une mauvaise nouvelle, William. »

Gloria baisse la tête. Ray lui étreint à nouveau la main. Elle la retire et la pose sur ses genoux.

« Je ne suis pas certain que ça me plaise beaucoup de vous entendre qualifier cette nouvelle de *mauvaise* », dit Ray, et William voit Gloria fermer un instant les yeux.

Mrs. Finch, à moitié levée pour tendre les assiettes à son mari puis les reposer à leur place, se rassoit et appuie la tête sur sa main en se cachant les yeux.

« William, je suis enceinte, dit Gloria. J'ai un polichinelle dans le tiroir, ou appelle ça comme tu voudras. »

Mrs. Finch se met à pleurer sans bruit.

« Oh ! » William a soudain très chaud.

« Donc, on va se marier ! dit Ray un rictus aux lèvres. En fait, on voudrait que tu sois notre témoin, pas vrai, Gloria ?

— Oh ! » répète-t-il.

Mr. Finch regarde sa femme, prend le saladier de pommes de terre et les distribue sans cérémonie dans chaque assiette.

William comprend soudain qu'il ne peut pas rester une seconde de plus. « Je crois qu'il vaut mieux que je vous laisse. » Il se lève. « Merci, Mrs. Finch, ça a l'air délicieux, mais… » Les mots ne peuvent rien pour lui, et le simple fait de se retenir de partir en courant absorbe déjà toute son énergie.

« Nom d'un chien, William, lui dit Ray ce soir-là, mais qu'est-ce qui t'a pris au déjeuner ?

— Tais-toi, répond-il en se tournant vers le mur. Ferme-la !

— Je ne comprends pas pourquoi tu te mets dans des états pareils. C'est moi qui suis piégé, c'est moi qui vais devoir travailler pour son fichu père, alors que j'espérais profiter encore un peu de la vie. »

Sans réfléchir William bondit hors de son lit : « Et c'est moi qui suis amoureux d'elle ! »

Ray le dévisage, assis au bord de son lit en maillot de corps et pantalon de pyjama. « Parce que tu crois que ce n'est pas mon cas ?

— Si j'étais à ta place, je ne m'en plaindrais pas !

— Oui, mais il y a une différence, William. Tu n'es pas à ma place parce que c'est toi qui m'as laissé te la chiper, juste sous ton nez, et que tu n'as pas levé le petit doigt pour m'en empêcher. » Il secoue la tête. « Je pensais que tu aurais au moins essayé de te battre – il se met à rire –, et le plus bête, tu sais, c'est que tu n'aurais pas eu à lutter beaucoup pour que je m'efface. Tu sais quoi, quand je lui ai demandé de sortir avec moi, elle a dit qu'elle voulait d'abord régler un truc, et je me suis dit, zut, elle va lui poser la question : lui donner une chance ultime de lui déclarer sa flamme ou autre niaiserie du genre. Mais j'ai dû me tromper, parce que même toi, tu n'aurais pas été assez bête pour laisser passer ça. »

William fait un pas vers Ray, le souffle court, il sent que la seule conclusion possible, ce serait de lui mettre son poing dans la figure.

« Oh, mon Dieu, dit doucement Ray en regardant William avec une intensité nouvelle. Elle l'a fait, c'est ça ? »

William est muet.

« Quel imbécile. »

William s'éclaircit la gorge pour essayer de mettre fin à cette sensation étrange de battement intérieur.

« Quel foutu crétin tu es. » Ray se met au lit.

William se rassoit sur le sien, il se hait lui-même beaucoup plus qu'il ne hait Ray. Que se serait-il passé s'il lui avait dit que oui, ça l'ennuyait qu'elle sorte avec Ray ? Il savait jusque dans chacun de ses muscles, de ses os, dans chaque goutte de son sang qu'il pourrait la rendre heureuse. Mais à présent, le bébé de Ray est niché au chaud dans ses entrailles.

« Tout ce qui compte, dit-il épuisé, c'est que tu veilles sur Gloria.

— Je sais, je sais, répond tranquillement Ray, je ne suis pas un salaud. »

William se met au lit. « Ne me demande plus d'être votre témoin.

— Allez, je n'ai pas d'autre ami à Londres.

— Demande à Roger ou Simon. »

Gloria et Ray doivent se marier dans trois semaines, le 23 juillet, devant l'état civil. Ils espèrent que la grossesse de Gloria ne sera pas trop visible. William, lui, voit déjà les transformations. Il connaît trop bien son corps, la courbure de son ventre, le galbe de ses seins. C'est une torture.

Six jours après qu'il a quitté en trombe la table du déjeuner, il se retrouve seul à la maison avec elle. Ce qui arrive rarement. Mrs. Finch est chez sa sœur, Ray accompagne Mr. Finch chez un client. À présent qu'il doit le prendre avec lui, Mr. Finch s'intéresse à la formation de Ray. Ses devoirs terminés, William descend se préparer une tasse de thé dans la cuisine. Quand la bouilloire cesse de siffler, que la porte du réfrigérateur est refermée et que sa cuillère est rincée, William n'a plus d'excuse pour ignorer le bruit qui vient du salon.

Entendre les sanglots de Gloria ranime en lui une angoisse profonde qu'il ne comprend pas. Elle doit pourtant savoir qu'il est là, à portée d'oreille. Il lutte contre le sentiment qu'il ne faut pas entrer, pas s'en mêler, il prépare une seconde tasse de thé et les emporte au salon.

« Tu veux du thé ? » Il tient la tasse devant elle, attendant qu'elle ait rangé son mouchoir dans sa manche.

« Merci », dit-elle en reniflant. Il s'assoit à côté de Gloria mais elle ne le regarde pas.

« Ça va ? dit-il au bout d'un moment.

— Ça va être affreux.

— Quoi ? » *Sa vie ? Son couple ?*

« Ce mariage. Il n'y aura presque personne. » Elle est près de se remettre à pleurer. William lève un bras pour le passer autour de ses épaules, puis il le baisse. « Ray dit que sa famille est catholique et qu'ils réprouveraient ce mariage, maman a trop honte pour inviter ses proches, donc il n'y aura que ma sœur et les siens, et puis le frère de papa et sa famille – et je les déteste ! »

Elle le regarde pour la première fois. « Oh, William ! Ce n'est pas ce genre de mariage que j'imaginais !

— Et ce n'est pas ça que tu mérites, murmure-t-il.

— Et toi qui ne veux pas être notre témoin ! » Elle fronce les sourcils. « Ça rendrait la journée supportable que tu sois là, une présence calme et bienveillante. » Il sent son cœur fondre à ces mots. « Mais tu es trop bien pour nous maintenant que je suis enceinte !

— Non. Non ! » Il est consterné qu'elle puisse penser une chose pareille. « Ce n'est pas du tout ça.

— Alors pourquoi ? »

Le met-elle au défi ? Comment pourrait-il lui dire ? Il n'est pas seulement assis à côté de Gloria, mais aussi à côté de son enfant à naître, à elle et à Ray.

« Évidemment que je serai votre témoin, dit-il doucement, je serai le témoin le plus gentil et le plus calme qui ait jamais mis les pieds à la mairie de Stepney. »

Elle pose sa tête lourde sur son épaule. « Merci, William. » Il n'ose pas bouger tant qu'elle ne s'est pas relevée.

Plus tard, dans sa chambre, il se souvient des nuits passées à écouter sa mère pleurer après la mort de son père. Il se sent plombé par la même tristesse, la même impuissance.

Le soleil vaporise le miroitement de la pluie nocturne sur la chaussée, une douce épaisseur de brume enveloppe Ray et William, tandis qu'ils se rendent à leurs cours en silence.

« Je lui ai dit que je serai votre témoin », finit par annoncer William à l'instant où un gazouillement guilleret retentit dans la haie qui s'agite. Ray s'arrête net, ses chaussures dérapent.

« Dieu merci. Dommage que tu ne l'aies pas dit il y a une semaine, ça aurait épargné à Gloria bien des tourments.

— Elle a dit que personne de ta famille ne viendrait, fait William qui continue à marcher.

— Les mariages hâtifs, ce n'est pas trop leur genre.

— Mais au bout du compte, ils voudront quand même voir leur petit-enfant, non ? »

Ils arrivent devant le bâtiment gris de l'école. Ray regarde sa montre, puis il s'adosse au mur.

William l'imite. « Leur *petit-enfant* est le fruit de notre péché. Mais ne t'inquiète pas, il ne rate pas grand-chose.

— C'est rude.

— C'est le cadet de mes soucis. Pour l'instant, je dois juste me marier, réussir mes examens et devenir père. C'est déjà pas mal. »

En suivant Ray dans l'escalier, William songe – et ce n'est pas la première fois – que s'il devait passer le restant de sa vie avec Gloria et que son corps magnifique abritait leur enfant, il lui pousserait des ailes chaque matin pour se rendre en cours et qu'il ne cesserait jamais de sourire.

42

Il est avec elle quand ça se produit.

« Allez toi, viens boire un dernier chocolat avec moi comme au bon vieux temps, dit-elle lorsqu'ils se retrouvent dans la cuisine. Tu seras parti dans deux jours ! » Elle incline la tête sur le côté et lui sourit avec chaleur. « Qu'en dis-tu ? »

William a trouvé une chambre à deux pas de ses cours. La propriétaire est âgée mais pas désagréable. Il ne restera que deux mois, puis il rentrera à Sutton Coldfield avec oncle Robert et Howard. Il s'est habitué à porter cette douleur dans son cœur, et pour faciliter la vie à Gloria, il fait semblant d'être gai, à croire que tout est normal, et ils en sont presque revenus à leur intimité d'avant l'arrivée de Ray. Mr. et Mrs. Finch regardent *Armchair Theatre* au salon, exactement comme le soir où il est arrivé en septembre. Ray est en haut.

« D'accord. » Il sourit, s'assoit sur le comptoir à côté de la bouilloire. Ça vaut la peine de cacher ses sentiments pour la voir sourire ainsi. Elle se retourne et se penche pour prendre la bouteille de lait dans le réfrigérateur. Le cœur de William se met à battre plus fort et il sent le rouge lui monter aux joues. Une énorme tache sombre est en train de fleurir derrière la jupe de Gloria.

« Gloria ! crie-t-il instinctivement. Tu saignes ! »

La bouteille de lait tombe dans l'évier et Gloria se retourne d'un coup. « Oh mon Dieu ! » Puis elle le regarde, les yeux agrandis d'effroi, perdue.

Mrs. Finch est déjà là et la prend par les bras. « Je t'amène aux toilettes. Reg ! Prépare la voiture, on va à l'hôpital ! »

Ils sont tous partis, sauf William. Ray a redescendu Gloria dans ses bras, torse nu, aussi William a ôté sa chemise et l'a donnée à Mrs. Finch pour lui.

Le silence soudain tonitrue à travers l'entrée quand Mrs. Finch referme la porte derrière eux, alors qu'il s'apprêtait à le faire pour elle. Il se retourne et voit les grosses gouttes de sang épais sur les marches de l'escalier. Il va dans la cuisine, remplit une bassine d'eau froide, prend un couteau dans le tiroir, un Tupperware dans le placard. Il racle le plus gros avec le couteau. L'odeur ne le dérange pas – il est habitué à pire. Il utilise sa propre brosse à ongles et, avec du sel et de l'eau froide, frotte chaque tache. Tant qu'il se concentre sur la tâche, ça va. *Nettoie la moquette avant qu'ils reviennent.* C'est tout. Il ne connaît rien aux fausses couches, mais il espère qu'en arrivant assez vite à l'hôpital, tout ira bien pour Gloria.

Ainsi concentré sur les petites taches sur les marches, il ne prête pas attention à la lumière qui décline avant d'arriver sur le palier. Il allume l'électricité : plus de traces dans l'escalier. Il met en boule le papier toilette qu'il a utilisé pour absorber l'eau et s'apprête à aller le jeter, heureux d'avoir au moins épargné ça aux Finch. Hélas, il reste du sang sur le palier, et il se reproche de n'y avoir pas pensé. Enfin, après avoir encore gratté, mouillé, frotté, épongé, c'est fini. Les épaules raidies, pris par un début de mal de tête, il regrette qu'aucun d'eux ne l'ait appelé de l'hôpital pour lui donner des nouvelles. Les mains pleines de papier toilette humide et taché, il pousse la porte des W-C.

Un petit cri s'échappe de ses lèvres. En dépit de son ignorance, il est à peu près certain en découvrant l'état des toilettes que Gloria et Ray n'ont plus de bébé. Il contemple les grumeaux écarlates pendant quelques instants, ses bras nus se hérissent, puis il attrape la poignée de Bakélite et tire la chasse.

43

« Tu ne trouves pas qu'elle est magnifique ? » demande William.

Gloria lui donne toujours le bras, bien qu'ils ne bougent plus.

« Mmm », répond-elle en inclinant la tête vers *Ophélie*, ses mains offertes, sa bouche ouverte.

« Je crois que je n'ai jamais rien vu d'aussi beau, dit William en souriant, tandis que ses yeux se posent alternativement sur Gloria et sur le tableau. Regarde cet arbre ! On pourrait presque le toucher... Et ces fleurs dans l'eau... Et comme ses mains ont l'air réelles !

— Mmm.

— Tu n'as pas l'air très impressionnée.

— Je le suis. Mais quel dommage qu'elle soit morte !

— Ah, moi, j'ai l'habitude, pas vrai ? »

Son bras se détache de celui de William et elle lui tape sur l'épaule. « Tu es fou ! » dit-elle, et elle éclate de rire. Un couple plus âgé vient se poster près d'eux. Ils se retournent vers Gloria qui continue de rire, on les entend faire *tss-tss* lorsqu'ils reviennent au tableau.

Gloria regarde William et elle écarquille les yeux. Elle est prise d'un vrai fou rire.

William se moque des autres. Il se fiche complètement du gardien qui pourtant les tient à l'œil. Il voudrait courir jusqu'à la première cabine téléphonique pour appeler Mr. et Mrs. Finch : *Je l'ai fait rire – elle rit à gorge déployée !*

« Qu'allez-vous faire ce matin, William ? lui a poliment demandé Mrs. Finch quand il les a rejoints pour le petit déjeuner.

— Je vais à la Tate. » Il a jeté un coup d'œil au papier que Gloria tenait à la main, et la vision de cette écriture légèrement oblique lui a soudain flanqué un coup au cœur. « Tout va bien ? »

Elle a soupiré et acquiescé. « Au moins, maintenant que j'ai eu de ses nouvelles, je peux vraiment commencer à l'oublier.

— Le plus tôt sera le mieux », dit tranquillement Mrs. Finch.

Gloria a ouvert la lettre d'un petit geste sec, puis l'a parcourue des yeux. « "… mieux vaut que je disparaisse. Je ne pense pas que toi ni personne d'autre n'ait envie de me voir traîner dans le coin…" », a-t-elle lu d'une voix dure. Mr. Finch a baissé la tête pour mieux observer son toast. « Il a raison, non ? » Gloria les a tous toisés de son regard plein de bravoure.

William a surpris Mrs. Finch les yeux posés sur lui. Mr. Finch examinait toujours son toast. Gloria a déchiré la lettre, posé les morceaux près de son assiette et pris une gorgée de thé.

« Donc, William, la Tate. Tu adores y aller, hein ? » Elle est encore pâle, elle n'a pas bouclé ses cheveux, aussi ont-ils l'air plus longs et plus fins que de coutume, et sa tête paraît plus petite. Tout ce dont William a envie depuis qu'elle est de retour de l'hôpital, c'est de la prendre dans ses bras. Parfois, c'est si fort qu'il serre ses propres bras autour de lui. Il n'imagine rien de plus. Il veut juste l'envelopper pour qu'elle se sente en sécurité.

« Oui, c'est vrai. J'aime les lieux autant que les œuvres. Et au bout du bâtiment, il y a une cafétéria où on peut boire un thé et manger un gâteau pour deux shillings – c'est un peu cher, mais ça vaut la peine. » Il parlait trop, mais il ne voulait pas perdre son attention. Encouragé par un très léger sourire, il lui a demandé : « Tu veux venir avec moi ? C'est tout près de l'arrêt de bus.

— Pourquoi pas ? a-t-elle dit en jetant un regard à sa mère, puis au jardin en ce tiède matin de juillet. C'est une belle journée, hein ? Il est temps que je me remette à sortir. »

Mr. Finch a posé la main dans le dos de sa fille qu'il a frotté gentiment. « Bonne idée. » Il a fouillé dans sa poche et en a sorti un billet d'une livre. « Le thé et les petits gâteaux sont pour moi. »

Mrs. Finch a souri et lancé un clin d'œil à William.

« On va boire ce thé ? propose William à Gloria en la prenant par le bras pour l'arracher à *Ophélie*.

— Je ne suis jamais allée dans un musée auparavant, dit Gloria dont les talons claquent sur le plancher.

— Moi non plus. Il y avait beaucoup d'œuvres d'art à Cambridge, mais elles faisaient littéralement partie des meubles, aussi, je n'y prêtais pas vraiment attention. » Ils tournent à gauche dans la salle suivante, longent des portraits de messieurs très sérieux, l'or d'un énorme cadre qui accroche la lumière, entourant un paysage sombre et omineux.

« Qu'est-ce qui t'a poussé à venir ici la première fois ? » Gloria tourne la tête dans tous les sens pour voir tout ce qu'il y a dans la salle.

« Au départ, c'était pour passer le temps, et j'avais l'impression de vraiment profiter de Londres en allant découvrir tous ses trésors.

— Et maintenant ? dit-elle en se retournant vers lui.

— C'est difficile à expliquer. » Il désigne la gauche en sortant de la salle. « Je ne connais pas grand-chose à l'art, mais quand je viens là, je me sens mieux, plus grand à l'intérieur. Voilà, on y est. Trouve-nous une table, je vais chercher le thé et j'arrête de raconter des bêtises. »

Elle s'immobilise sur le seuil de la cafétéria. « Ce ne sont pas des bêtises. C'est très joli, ce que tu dis. »

Il fait la queue pour commander le thé et les petits gâteaux, observe le beurre qui fond sur le biscuit lorsque la serveuse lui prend son argent. En revenant vers Gloria, qui lui tourne le dos, il songe qu'il va lui parler de cette dame qui a fait *tss-tss* tout à l'heure, pour en rire à nouveau. Il doit se concentrer sur son plateau car le pot à lait est trop plein, mais Gloria se retourne et il sent sa gaieté s'envoler. Il pose avec soin le plateau sur la table en Formica et se penche pour lui tapoter le bras. Ses sanglots sont à peine audibles, mais tout le monde dans la cafétéria a dû comprendre qu'elle pleurait.

« Pardon », dit-elle en essuyant la commissure de ses paupières du bout des doigts. William remarque que les deux femmes à la table voisine n'ont plus que des miettes dans leur assiette et il espère qu'elles vont bientôt s'en aller. Il se rassoit.

« Ça va aller à nouveau pour moi, hein, William ?

— Bien sûr que oui, dit-il en se penchant vers elle, ça fait seulement trois semaines.

— Je sais que je n'en étais qu'au début de ma grossesse, dit-elle la gorge serrée, ça ne se voyait même pas.

— Si. » Elle le regarde, il ferait sans doute mieux de se taire, mais elle a l'air si curieuse qu'il continue. « Tout en toi était différent. »

Gloria le considère un moment, puis se mouche dans une serviette en papier. « C'est la culpabilité. » Elle redevient plus terre à terre. « Quand j'ai su que j'étais enceinte, j'ai pleuré toute une matinée. » Elle se penche à son tour vers lui, leurs têtes se touchent presque. « Et si le bébé avait deviné que je ne voulais pas de lui ? murmure-t-elle. Et si c'était pour ça que je l'avais perdu ? »

Il prend ses mains entre les siennes ; elle en retire une pour essuyer une larme sur son menton, puis la remet à sa place. William est bousculé par sa voisine sur le départ au moment où elle essaie de ranger sa chaise sous la table.

« Mais voyons, ce n'est pas possible.

— Je me sentais vraiment mère, et ça, ça comptait plus que tout le reste : la honte, ce mariage minable.

— Tu aurais été merveilleuse ! » Les mots sont lourds et définitifs. « Et tu seras merveilleuse ! » ajoute-t-il.

Elle regarde la table. « Et si c'était ma seule chance ? Je ne suis plus que du deuxième choix maintenant, non ?

— Ne dis jamais ça ! En plus, personne ne savait que tu étais enceinte. À part moi bien sûr, mais c'est différent.

— Pourquoi ? » Elle attend sa réponse. À nouveau. Une serveuse apparaît. « On ferme dans dix minutes.

— Merci », répond William en regardant la jolie jeune fille. Un bref instant, il s'imagine libre de flirter avec elle, de démarrer quelque chose de nouveau, sans passé, sans les obstacles qui le séparent de Gloria, ces échecs, ces opportunités ratées qui le plombent. La serveuse débarrasse leur table et s'éloigne, ses semelles plates collant au sol. C'est un fantasme. Son cœur n'est pas disponible, alors pourquoi imaginer qu'il l'est ?

« Peut-être que je ne tomberai plus jamais enceinte. Ou que je continuerai à faire des fausses couches ?

— Je ne suis pas un expert, dit-il en proie à un sentiment d'imposture, mais je suis sûr que plein de femmes font des fausses couches et ensuite ont des bébés en bonne santé. » Il se lève, enfile sa veste, puis retire son manteau de la chaise et le lui passe sur les épaules. « Je pense que tu devrais essayer de ne pas voir tout en noir, pour ton propre bien.

— C'est plus facile à dire qu'à faire. » Gloria se lève. « Encore un petit tour dans les salles avant de rentrer ? Si on repart dans la direction opposée, on fait une boucle et on peut jeter à nouveau un dernier coup d'œil à *Ophélie* avant de partir.

— C'est ce que tu fais d'habitude ? » Petit sourire sur son visage.

« Oui. » Il lui renvoie son sourire.

Même s'il est à cran, il sent qu'un poids s'envole de ses épaules, que quelque chose s'allège face aux nuances et aux textures délicates de John Everett Millais, l'apparent miracle de la transparence, cette eau sans couleur si parfaitement rendue. Grâce à la peinture ! C'est un vrai soulagement d'être debout devant le tableau sans avoir besoin de parler. Enfin, Gloria finit par dire, doucement mais d'une voix distincte : « Je ne l'ai jamais aimé. »

Reconnaissant qu'elle continue de fixer la toile et pas lui, reconnaissant de pouvoir s'adresser à *Ophélie* et pas à Gloria, il demande : « Alors pourquoi es-tu sortie avec lui ?

— Il était drôle. Il avait du charme. On rigolait bien ensemble. » Elle se tait et se retourne vers lui, qui continue d'observer le tableau. « Et lui, il me l'a proposé. »

Au bout de quelques minutes sans qu'aucun d'eux ne bouge, elle finit par dire tranquillement : « Je ne suis pas mécontente que Ray ait foutu le camp. Par contre, je regrette d'avoir perdu mon bébé. »

Et cela suffit. Il est attendri, et trouve assez de courage pour lui prendre le bras. « Oncle Robert m'a dit hier soir au téléphone qu'ils vont prendre leurs places pour le dîner dansant des dames, à Nottingham. C'est la soirée de gala des embaumeurs du territoire des Midlands, ne me demande pas pourquoi ça s'appelle comme ça. » Il parle de plus en plus vite, désirant désespérément qu'elle dise oui. « C'est le 22 octobre, le lendemain de la remise des diplômes. Tu veux venir ? Ça nous fera quelque chose à attendre avec impatience.

— Oui. » Elle incline la tête et lui sourit. « Pourquoi pas ? »

44

NOVEMBRE 1970, SUTTON COLDFIELD

La pile de petits cercueils s'élève jusqu'au plafond. Il doit grimper sur la chaise. Ses mains sales glissent sur le bois ; il n'a pas assez de force pour le descendre. Debout sur la pointe des pieds, il réussit à passer un doigt par-dessus le couvercle du cercueil. Sa cheville vacille lorsqu'il le tire vers lui. Le cercueil blanc penche, bascule, l'entraîne en arrière, et un corps d'enfant atterri sur lui. Il est par terre, un crâne défoncé niché sous son menton, des cheveux maculés de sang séché frottent contre sa gorge. Une femme s'agenouille, regarde le cadavre qui gît sur lui et se met à hurler. Il se redresse.

Les cris continuent ; il sent l'air chaud entrer et sortir de ses poumons, la main de Gloria dans son dos.

« Tout va bien », murmure-t-elle, assise elle aussi, un bras passé autour de lui, la tête posée sur son épaule. « Chut. Je suis là. »

C'est lui qui crie.

« Pardon. » Il sent la sueur perler sur son front.

Elle se rallonge et l'attire contre elle, pose sa tête sur sa poitrine. « Essaie de dormir. » La respiration de Gloria se fait plus profonde et il essaie de se concentrer sur ce mouvement. Mais évidemment, il ne parvient pas à se rendormir. Il déteste troubler si souvent ses nuits – il en va ainsi depuis le début de leur mariage.

Il a seulement vingt-trois ans et il est marié depuis déjà trois ans. Il s'émerveille toujours du fait qu'elle puisse l'aimer. Quand il y pense, sa joie est telle qu'il a envie de danser. Lorsqu'il est seul en salle de préparation, il se surprend à sourire rien qu'en pensant à elle, il se rappelle quelque chose de drôle qu'elle a dit au petit déjeuner, une petite attention qu'elle lui a témoignée, ou à Robert, ou Howard. Mais par des nuits telles que celle-là, c'est de la culpabilité qu'il ressent, et avant qu'il ait pu l'en empêcher, son esprit le ramène à cette cabine téléphonique froide et humide, à ce crépuscule sans joie qui a suivi les obsèques collectives d'Aberfan. Il lui a dit au revoir, déterminé à renoncer à son propre bonheur pour préserver celui de Gloria. Souvent, il essaie de chasser ce souvenir, de sortir de cette cabine téléphonique et d'effacer la conversation qui a suivi. Mais il est si puissant qu'en général, il retient William en otage, ainsi que ce soir, jusqu'à ce qu'il l'ait revécu tout entier.

« Tu as fini ? a-t-elle dit ce jour-là.

— Oui. » Et il avait en effet le sentiment que tout était fini, son souffle brumeux suspendu au-dessus du lourd combiné.

« Donc, pour être sûre que je ne me méprends pas – Gloria parlait un peu plus fort à présent, comme pour existier à nouveau –, tu dis que tu ne veux pas d'enfants à cause de ce qui est arrivé à ceux d'Aberfan ?

— Tu n'étais pas là, Gloria. La douleur est trop insupportable. Je ne pourrais pas. Non, je ne peux pas. »

Il entendait sa respiration, imaginait son frais parfum de fleurs. Elle paraissait toute proche, à croire que s'il plongeait le doigt dans le combiné, il pourrait sentir ses lèvres douces et audacieuses.

« William – l'assurance revenait dans sa voix –, moi aussi, je t'aime. Si tu ne le sais pas à présent, c'est que tu es un idiot de première classe. » Il n'a pu s'empêcher de sourire. « J'ai une suggestion à te faire. Je peux ?

— Ça ne changera rien.

— Est-ce que, après tout ce qui s'est passé, on ne pourrait pas se contenter d'être amoureux ? Sans avoir à faire semblant de ne pas l'être ? Tu ne crois pas qu'on mérite un peu de bonheur ? On est jeunes. On se préoccupera des enfants plus tard.

— Non ! » Il a ravalé la bulle de joie qui montait dans sa gorge. « Tu ne peux pas m'épouser en croyant que je vais changer : je ne changerai pas. Et toi, tu veux des enfants.

— Non, William ! a-t-elle lancé avec colère. C'est *toi* que je veux. Toi ! »

Dans le silence qui a suivi, tandis que le froid du ciment s'infiltrait à travers ses semelles, il a osé croire qu'elle avait peut-être raison et il s'est abandonné à son amour magnifique et naïf.

Ils se sont mariés six mois plus tard.

***

Gloria fouille dans le panier à vernis, le lendemain matin, après le cauchemar, et le bruit familier des flacons qui s'entrechoquent fait sourire William.

« Celui-là, il est bien ? dit-elle en lui montrant un rose nacré.

— Ouais. Fais de ton mieux, elle était esthéticienne. C'est la première chose que sa fille va regarder.

— Comment s'appelle-t-elle, déjà ?

— Barbara.

— Allons, Barbara. » Gloria prend sa main gauche. « Vous allez être magnifique. »

Le samedi matin est le moment préféré de William. Pendant que Robert et Howard vont jouer au golf, Gloria et lui ont la maison pour eux seuls. Ils prennent leur temps autour d'un bon petit déjeuner. Gloria lui raconte des histoires de l'hôpital où elle travaille maintenant en tant qu'infirmière psychiatrique, donnant souvent aux événements une tournure humoristique qu'ils n'avaient sûrement pas quand ils se sont produits. Leurs meilleurs moments se sont toujours déroulés dans une cuisine, à bavarder en partageant une boisson chaude et une nourriture réconfortantes.

De temps en temps, après le petit déjeuner, il doit s'occuper d'un embaumement. Il va préparer le corps et, lorsqu'elle a fini de ranger la cuisine, Gloria vient lui prêter main-forte pour la partie cosmétique.

« Je me demande ce qui va arriver à son salon. » Gloria caresse la main de Barbara avant de lui vernir les ongles.

« Sa fille travaillait avec elle. » William asperge la table mortuaire de désinfectant. « Elles vivaient toutes les deux au-dessus de la boutique. J'imagine qu'elle va continuer.

— C'est un peu la même configuration que nous. » Gloria souffle la poussière après lui avoir limé les ongles et accroche la main sur le bord du cercueil.

Adossé au mur, William l'observe. Elle n'est pas encore maquillée, son visage est joliment pâle et austère. *Ma femme*, pense-t-il.

« Ça t'ennuie qu'on vive ici ? » demande-t-il.

Elle prend le flacon et le regarde. « Un jour, j'aimerais qu'on ait notre foyer à nous, bien sûr, mais en vivant ici, chaque mois on économise un loyer et ça fait grossir notre bas de laine. Il n'y a pas d'urgence, Robert et Howard sont adorables. » Gloria agite le vernis et on entend un minuscule *tic-tic-tic*. Elle éclate de rire. « Tu te rappelles, après notre mariage, le jour où j'ai demandé à Howard comment il était tombé amoureux de Robert ?

— Il est devenu de la même couleur que le Ketchup. »

Elle éclate de ce rire riche et rauque que William voudrait enregistrer tellement il aime l'écouter. « Et Robert a bondi et il s'est mis à faire la vaisselle, alors qu'on n'avait même pas terminé le repas. »

Enfant, longtemps avant qu'il comprenne leur relation, même en l'absence de manifestations physiques, William savait déjà que Robert et Howard étaient ensemble. Lorsque ce dernier imitait une de ces voix de dessin animé – Donald Duck, Popeye, Bugs Bunny –, William lisait le changement dans les yeux de Robert, attendri. Quand ils sont seuls, Gloria et lui rient en pensant qu'Howard possède une maison à quelques rues de là, où il reçoit toujours son courrier et dort deux nuits par semaine. Mais cela attriste William, parfois, qu'ils se croient obligés de tant se cacher.

« Mets la radio, William », demande Gloria.

Il termine d'essuyer la table, jette les serviettes en papier dans la poubelle, va allumer le transistor sur le rebord de la fenêtre. Ce sont les Jackson Fives, « I'll Be There », et Gloria se met aussitôt à chanter. William attend un peu et à son tour reprend la chanson en harmonie. La salle de préparation est le seul endroit où il accepte de chanter. Contrairement à lui, Gloria est capable de bouger la tête en rythme sans que cela affecte le pinceau soigneux qui étale le vernis. Les commentaires du présentateur se déversent sur eux pendant quelques minutes.

« Nous sommes invités à un baptême, dit Gloria, c'est Paula, de l'hôpital. J'aimerais y aller, cette fois.

— Tu es sûre ? » Il se retourne, serrant le désinfectant contre lui.

« J'aime bien Paula. » Gloria est penchée, le visage près de la main, et puis elle se redresse, le pinceau au-dessus du flacon. « C'est ce que font les gens de notre âge, non ? Faire la fête lorsque leurs amis ont un bébé. »

William s'agenouille pour ranger le récipient dans le placard. Alors qu'il lui tourne le dos, il sent ses traits s'affaisser. Gloria ne rate rien : elle connaît chacune des manifestations physiques de son univers intérieur. Elle visse le bouchon, remet le flacon dans le panier, s'approche de lui et se penche pour l'embrasser sur le front.

« J'irai à celui-là, et si tu n'as pas envie, pas de problème. Mais n'essaie pas de m'en empêcher. » Elle lui ébouriffe les cheveux. « À tout à l'heure, quand tu auras fini. » Ses pantoufles claquent contre ses pieds lorsqu'elle sort. William demeure accroupi devant le placard, un lourd mélange de culpabilité et de frustration dans ses entrailles.

Elle l'a persuadé que son refus d'être père ne devait pas les empêcher de se marier, mais il n'a jamais réussi à se départir de son anxiété. Deux mois avant leur mariage, Gloria lui a dit que s'il lui parlait encore d'une clause de retrait, elle sortait dans la rue et se mettait à crier. Il l'a crue et il a arrêté.

William se lève, revient vers le cercueil, dispose les mains manucurées de Barbara. Il hume la fraîche odeur chimique du vernis.

« C'est pour son bien à elle que nous ferions mieux de ne pas y aller, Barbara, pas pour moi. »

45

Fait étrange, ils ne se sont jamais vraiment querellés sur la question des enfants. Au cours des préparatifs du mariage, ils ont eu une discussion explosive à cause d'Evelyn, il a même eu peur de ne pas s'en remettre. Gloria lui a clairement dit qu'elle voulait tout savoir de cette petite famille compliquée. Ça a été dur de lui raconter le peu dont il se souvenait au sujet de la mort rapide et terriblement choquante de son père, emporté par un cancer, de la relation extrêmement proche que celui-ci entretenait avec oncle Robert et Howard, des insécurités de sa mère, tandis que lui était coincé au beau milieu de tout ça. Gloria est la seule personne au monde à qui il ait parlé de ses années à Cambridge, de Martin et du cauchemar du mercredi des Cendres. Elle n'a rien dit quand il lui a tout raconté, elle a juste ouvert les bras et l'a serré longuement. Il lui est tellement reconnaissant de cela, de ce sentiment que, quoi qu'il arrive, elle est toujours de son côté.

Mais les choses ne se sont pas passées de la même manière quelques semaines plus tard, lorsqu'il lui a confié que ce serait trop douloureux d'inviter sa mère au mariage, que ça créerait un malaise. C'était elle, la méchante, dans toute cette histoire. Elle avait écourté son expérience à Cambridge. Divisé sa famille. Elle l'avait abandonné pour partir à Swansea. Tout était sa faute, à elle.

Gloria s'est montrée horrifiée. Il n'oubliera jamais son regard, à ce moment-là.

« Tu m'as raconté qu'elle t'avait demandé de l'accompagner à Swansea.

— Mais elle n'était pas obligée de partir ! Elle aurait pu rester à Sutton Coldfield. » Soudain, il était tout rouge et très en colère. « Si tu m'aimes, Gloria – sa voix tremblait –, n'évoque plus ce sujet et ne me demande plus jamais de lui pardonner.

— Je ne peux pas te le promettre, a-t-elle répondu d'un ton de colère contenue. Mais je prie Dieu pour qu'un jour tu grandisses et que tu affrontes les choses comme un homme. »

Il est parti en trombe et n'est pas revenu avant le soir, tard. À son retour, elle l'attendait, à croire qu'il s'était écoulé non pas des heures mais des secondes. Elle lui a dit que s'il voulait l'épouser, alors non seulement sa mère serait invitée au mariage, mais qu'elle le présiderait.

C'est donc ce qui s'est passé. Après qu'il eut dicté ses propres conditions, il a compris qu'elle le tenait.

Le jour de la noce, Evelyn était assise à côté de William, mais ils se sont à peine parlé. Il a remarqué qu'elle souriait et discutait avec Robert et Howard, à croire qu'ils poursuivaient une conversation qu'ils avaient commencée dans son dos. Gloria se tenait en retrait pour son bien à lui, il le savait. C'est la dernière fois qu'il a vu sa mère.

***

Lundi matin, toute la journée devant lui et trois corps à traiter. C'est lui qui se charge à présent de la plupart des embaumements. Oncle Robert et Howard gèrent les relations avec la clientèle et la partie administrative, le laissant à la solitude qu'il affectionne – seul sans être seul. Après de gros investissements l'an passé, la salle de préparation, même si elle est petite, est désormais l'une des plus modernes de Grande-Bretagne – une table mortuaire rotative et des canaux en porcelaine, un extracteur d'air de haut niveau et un double support Gravity. Tout a sa place dans les hauts placards profonds qui s'alignent contre les murs. Ils ont fait leurs recherches et monté leur budget tous les trois, mais c'est William qui en a pris la direction car il savait exactement ce qu'il voulait. Robert et Howard étaient heureux de le voir en paix au moins pendant un moment.

Ce matin, il vérifie les papiers ; le décès a été enregistré, une crémation demandée, et les deux médecins ont signé l'autorisation. Il place la table au centre de la pièce et retire le drap.

« Bonjour, Margery. » Il prend la main d'un jaune cireux puis met en marche la radio derrière lui. L'acoustique de la salle est lamentable, on dirait une salle de bains caverneuse, mais il l'adore. La radio diffuse « All Kinds of Everything » de Dana ; cette mélodie simple possède une espèce de pureté qui convient à une vieille dame sans alliance.

Tout en travaillant, il espère que l'image de Margery viendra remplacer celle du crâne fracassé de cet enfant venant se nicher sous son menton. « Build Me Up Buttercup », maintenant. La procédure est si naturelle pour William que parfois, à la fin, il ne se souvient plus d'avoir accompli certaines choses, pourtant, son matériel et l'état du corps lui montrent qu'il l'a bel et bien fait. Il ferme ses orifices en chantant à pleine voix, puis dépose doucement la morte dans son cercueil, l'habille, coupe, vernit et nettoie ses ongles, coiffe ses cheveux, peigne ses sourcils.

C'est du bon travail. Pourtant, ce n'est pas un bon jour. Ce corps est pour lui un tourment. Trop grand, trop vieux, trop propre, trop intègre. Un jour tel que celui-ci, il préférerait un cadavre passé entre les mains du légiste ; un corps déjà découpé, démembré et recousu grossièrement. Et, Dieu lui pardonne, les mauvais jours, il pense qu'avoir à s'occuper d'un enfant serait pour lui une manière d'exorciser ceux qui peuplent ses rêves.

Plus tard, au déjeuner, il y aura cet échange muet entre Howard et Robert, parce qu'il est *dans cet état*. Et quand Gloria rentrera ce soir à la maison, il entendra Robert lui parler à voix basse. Il ne les blâme pas. Il fait s'écouler les fluides du corps de Margery dans les canaux, regrettant de ne pouvoir le faire avec ce qui engorge sa mémoire.

46

MARS 1972

Samedi 18 mars, au matin de ses vingt-cinq ans, William est réveillé par Gloria qui l'embrasse sur les joues, l'une, puis l'autre, en alternance, vingt-cinq fois, en tenant son visage dans ses mains, ainsi qu'elle le fait chaque année depuis qu'ils sont mariés.

Après qu'oncle Robert, Howard et Gloria lui ont chanté « Joyeux anniversaire » et qu'il a ouvert ses cadeaux, ils restent en tête à tête. Elle s'assoit sur ses genoux et lui propose d'aller passer la journée à Cambridge.

« Je n'en ai pas envie. » Il se niche contre elle. « C'est mon anniversaire, et tu veux que je sois heureux le jour de mon anniversaire, non ? » Il espérait qu'ils retournent au lit.

Gloria prend sa tasse de thé sur la table encombrée par les cartes d'anniversaire, les emballages des cadeaux, l'après-rasage offert par Robert et Howard, et le portefeuille qu'elle lui a donné. Elle boit une gorgée, pose la tasse et passe les doigts dans les cheveux de William. « Je pense que ça te ferait du bien.

— Ça suffit. » Il la repousse gentiment, se lève, prend sa tasse à son tour et s'appuie contre l'évier, sentant aussitôt son dos se couvrir de sueur. C'est le troisième week-end de suite qu'elle propose de prendre le train pour aller écouter les vêpres. « Pourquoi me rappeler des choses que je voudrais oublier ? »

Elle se rassoit sur la chaise vide. « Parfois, j'ai l'impression que tu passes ton temps à ne *pas* te souvenir. Ça doit être épuisant. » Elle attrape la carte d'Evelyn, qu'il n'a toujours pas ouverte, et l'adosse à la théière. Plus tard, elle la posera sur la cheminée, à côté de la sienne ; un des petits gestes déterminés qu'elle accomplit pour lui montrer que sa mère existe encore.

À force de regarder son mari, le visage de Gloria s'adoucit. « Je ne te demanderais pas d'aller à Aberfan, mais aux vêpres ? À Cambridge ? C'est magnifique ! Et si, en fait, ça te plaisait ? »

La tasse qu'il tient est si légère, si fragile, sa main est si crispée : la seule chose qu'il peut faire, c'est la lancer contre le mur.

William déteste l'émission *World of Sport*, mais quand il la regarde, Gloria le laisse seul, aussi, après avoir ramassé les morceaux de la tasse brisée et les avoir jetés à la poubelle, il se retrouve au salon à écouter Brian Moore parler d'équipes de foot auxquelles il ne s'intéresse pas.

Les suées nocturnes, les cauchemars et les flash-back éveillés font partie de leur couple depuis le premier jour de leur mariage, juste six mois après Aberfan, mais Gloria semble essayer de les résoudre, à la manière dont elle tente de faire fléchir sa détermination à ne pas avoir d'enfants. Cela fait presque six ans depuis Aberfan. Six ans ! Il espérait qu'avec le temps, son cerveau se calmerait, que la décharge électrique causée par les membres arrachés, les os brisés et surtout les visages déchirés des parents commencerait à s'estomper. Apparemment, c'est plutôt le contraire.

Il pense parfois aux deux autres embaumeurs de Birmingham qui sont également allés à Aberfan. Est-ce qu'ils souffrent comme lui ? Gloria trouverait ça bien qu'il essaie de les contacter. Ce n'est pas dans les usages de la profession, conclut-il invariablement. Parfois, c'est difficile, mais William a toujours pensé qu'on attendait de lui qu'il porte le poids de son destin avec calme et dignité.

Il n'arrive toutefois pas à se départir de l'idée que, depuis qu'elle est infirmière psychiatrique, Gloria veut le guérir. Il était heureux que contrairement à beaucoup de ses amies, elle n'ait jamais envisagé d'arrêter de travailler après s'être mariée. Mais quand elle lui dit qu'il utilise son énergie à mauvais escient et ne fait pas face, il a l'impression d'être vu à travers les yeux du Dr Kavannagh. D'après elle, certains psychiatres jugent que le discours de Kavannagh est un salmigondis de hippie – alors pourquoi pense-t-elle que tout ce qui sort de sa bouche est parole d'Évangile ?

Chaque fois qu'elle suggère d'aller à Cambridge pour qu'il puisse *affronter* les choses, il est inquiet à l'idée qu'en réalité, ce qu'elle veut, c'est le transformer pour qu'il change d'avis au sujet des enfants. Il a beau être déterminé, il sait que cet éléphant dans la pièce ne disparaîtra jamais. Même lorsqu'elle sera trop âgée pour devenir mère, leur absence la rendra triste et elle lui en voudra. Les choses ne se règleront jamais. Jamais.

Il éteint la télévision, quitte la maison en douce et, dix minutes plus tard, se retrouve à la gare, humant les senteurs terrestres du printemps qui arrive.

« Gloria ? crie-t-il dans l'escalier en rentrant.

— Oui ? » répond-elle depuis leur chambre, et il retrouve avec une pointe de tendresse cet espoir inextinguible dans sa voix, toujours dans l'anticipation qu'il dise quelque chose qui lui fera plaisir.

Il monte l'escalier, mais elle vient à sa rencontre et ils se retrouvent à mi-chemin. « J'ai fait quelque chose de bien. » Il sourit.

« Qu'est-ce que c'est ? » Une marche plus haut que lui, elle pose les mains sur les hanches de William, nonchalante, le titillant du regard.

Il tient deux petits morceaux de papier. « Des billets pour Cambridge. Pour aujourd'hui. »

Le sourire qui fleurit lentement sur le visage de Gloria pourrait réchauffer la maison tout entière. Les bras passés autour de son cou, elle l'attire contre elle.

« Et, reprend-il plein de sa douceur, j'ai réservé une chambre dans un B&B près de la gare. »

Elle resserre son étreinte et pousse un cri sauvage qui le fait rire.

« Ça fait si longtemps que j'attends ça. » Elle lui relève la tête pour le regarder dans les yeux. « Merci, William.

— Tout le plaisir est pour moi, dit-il en la prenant dans ses bras pour remonter l'escalier. On a deux heures devant nous. » Une de ses pantoufles glisse et dégringole jusqu'au bas des marches.

47

« Dieu merci, j'ai pris un parapluie. » Gloria scrute la pluie vif-argent qui s'écoule en diagonale sur la fenêtre alors que le train ralentit à l'approche de Cambridge.

« L'hiver, on dirait que la pluie ne s'arrête jamais. » William pose la main sur son genou. « Mon manteau est si lourd que j'en ai mal aux épaules. »

Gloria incline la tête et lui sourit : « Pauvre petit William. »

Il lui serre le genou et elle glapit. Ils descendent sur le quai en riant, main dans la main, et William s'autorise à espérer qu'ils passeront un bon week-end.

Ils vont déposer leurs affaires au B&B. C'était un peu hasardeux, mais il a cherché les coordonnées d'une chambre d'hôte sur Tenison Road où Mr. et Mrs. Mussey avaient leurs habitudes, préférant toujours s'attarder à Cambridge même s'ils ne pouvaient voir Martin que deux heures le dimanche. Gloria s'assoit et rebondit sur le lit, elle passe les doigts sur le couvre-lit lilas et William se demande si les Mussey ont déjà dormi dans cette chambre. Il essaie de ne pas penser à Martin.

Il fait froid pour un mois de mars. Le petit chauffage dans le coin revient à la vie en crépitant, tandis qu'ils mangent leurs sandwiches, assis sur le lit. Puis il enroule son bras autour de ses épaules et pose le menton sur sa tête, respirant l'odeur de ses cheveux. « On a tout le temps avant les vêpres, dit-il en la couchant à côté de lui.

— Pas assez pour ce que tu veux. » Elle se met à rire et ils restent allongés, enlacés, pendant quelques minutes. Puis elle se redresse, sort un peigne de son sac et le passe dans sa luxuriante chevelure, tandis que William la regarde, les mains derrière la tête, en souriant. Très vite, elle range son savon près du lavabo, et les sandwiches qu'elle a préparés pour le soir sur la cheminée.

« Allez, viens. Allons visiter tes anciens repaires. » Elle jette un coup d'œil au réveil de voyage qu'elle a installé sur la table de chevet aux pieds grêles. « Combien de temps avant les vêpres ?

— Beaucoup. »

La pluie s'est arrêtée. Le soleil verse une lumière d'argent sur la chaussée, les trottoirs et les arbres à mesure qu'ils avancent. En évitant les flaques, ils arrivent sur Station Road, longent d'énormes maisons aux allées généreuses flanquées de chênes. Au lieu de continuer dans Hills Road, vers le centre, William prend la main de Gloria.

« On a le temps de faire un tour au jardin botanique.

— Tu y allais souvent ? demande Gloria en traversant à son tour.

— Oui. »

Il regrette de devoir mentir, parce qu'en avançant dans les allées de gravier qui parcourent le parc, en s'arrêtant devant la fontaine, le séquoia géant, la pièce d'eau, Gloria ne va cesser de l'imaginer à dix ans. En vérité, il n'y est jamais venu, mais beaucoup de garçons fréquentaient le parc avec leurs parents. Il l'a amenée là justement parce qu'il n'y a aucun souvenir. Malgré tout, le bruit de leurs pas qui écrasent le gravier orange vif menace de l'attirer là où il ne veut pas aller.

Lorsqu'ils ressortent par l'entrée de Bateman Street et repartent dans Trumpington Street, il a la tête qui tourne et l'estomac qui chavire. Le caniveau en creux, tel un mini-canal de chaque côté de la rue, intrigue Gloria, et elle saute plusieurs fois par-dessus avant de revenir vers William et de lui donner la main.

Il doit bien y avoir de nouveaux bâtiments en ville, d'autres magasins et cafés, seulement son Cambridge à lui était très restreint : Trumpington Street, les lions assis du musée Fitzwilliam, King's Parade, Trinity Street, les jardins derrière King's College.

« C'est la pâtisserie qui est célèbre pour ses *Chelsea buns.* » Il doit faire de ce voyage ce que Gloria attend. « Tu en veux un ? »

Elle sourit devant chez Fitzbillies. Le soleil est faiblard, liquide, pourtant, les caractères en italique sur la façade en bois brillent d'un éclat doré. « Allons-y alors, on les mangera plus tard. »

William pousse la porte. La sensation contre son épaule est la même qu'autrefois, comme le tintement de la clochette, et la douce odeur de levure.

Deux Chelsea buns, *s'il vous plaît*, dit-il contaminé par l'excitation de Martin face au choc sirupeux contre la boîte blanche rigide. *Donnez-nous en un troisième, en fait*, dit Martin à la dernière minute.

« Martin en prenait toujours deux, dit-il à Gloria en repartant, et il avait fini le premier avant même qu'on ait traversé la rue. »

Gloria manque de marcher dans le caniveau. « Ouh là ! dit-elle en se rattrapant au bras de William. J'ai failli tomber !

— Tu ne serais pas la première », dit-il en le regrettant aussitôt, parce que maintenant, voilà Evelyn qui se tord le pied et chute, un genou dans l'eau. Elle le regarde, sa souffrance est visible, puis elle se met à rire, pour ne pas qu'il s'inquiète.

Avec effroi, il s'aperçoit que la chaussée sur laquelle ils se trouvent est aussi fragile qu'une coquille d'œuf. À tout moment, un souvenir peut en percer la surface et l'engloutir tout entier.

« On a vu souvent des élèves tomber à bicyclette. » Il feint de rire.

« Ça ne me surprend pas. » Elle lui serre le bras.

William se tait, mais une fois que Trumpington Street laisse place à King's Parade, puis – *Oh mon Dieu !* – au Copper Kettle, la présence de Gloria se fait moins rassurante, moins réelle, alors qu'une autre femme réapparaît, avec son sillage parfumé, le faisceau de son attention solaire braquée sur lui, et son Tupperware rempli de sablés au beurre.

« Quoi ? Qu'y a-t-il ? » Gloria se retourne en voyant son visage se transformer.

« Rien. » Il se hâte de dissimuler son trouble.

« Je comprends. C'est ici que tout est parti en fumée. Oui, je comprends. »

Il reste silencieux, avise Senate House et son éclat crayeux. Il regarde par terre, ses pieds qui avancent sans relâche, et il se concentre sur la main de Gloria, serrée autour de la sienne.

« Je veux juste profiter du chant. Et être fière de toi. »

Et il imagine cela un instant : écouter en compagnie de Gloria ce qui fut lui, naguère. Mais quand la chaussée laisse la place aux pavés de la grande cour, à ces pierres irrégulières, brunes, rouges et grises sous ses semelles, il s'arrête net.

« Gloria, je ne peux pas. » Il fixe le sol. « Je ne peux pas y aller.

— Mais bien sûr que si, dit-elle d'un ton léger en le tirant doucement.

— Non ! » Il n'avait pas l'intention de crier. Un couple qui passe les dévisage. « Vas-y, souffle-t-il, je te retrouve dans quarante-cinq minutes. »

Elle s'approche pour l'obliger à la regarder. « On a fait tout ce chemin. S'il te plaît. Fais-le pour moi. »

Il secoue la tête. « Je ne peux pas. »

Il fait deux fois le tour de Jesus Green, puis suit l'avenue de platanes jusqu'à la rivière. Il s'arrête pour regarder un cygne dessiner un V de velours dans l'eau avant de passer sous le pont. Petit à petit, il prend conscience du bruit répétitif d'une balle de tennis : deux élèves jouent à sa droite. La surface du court scintille après l'averse récente. Il regarde la vieille balle qui s'envole, fatiguée, entre les deux garçons. Si seulement il parvenait à faire ces choses qui ne semblent poser aucun problème aux autres : penser à son passé, le balancer à la manière de cette balle usée, comme si les souvenirs pouvaient être évoqués, taquinés, sans qu'ils lui explosent à la figure pour le détruire.

Il s'assoit sur un banc près du court de tennis et se demande comment il va se rattraper auprès de Gloria. Peut-être qu'ils pourraient laisser tomber les sandwiches et aller au restaurant ? William consulte sa montre, se lève et retourne vers l'église.

De loin, il voit le parvis semé de gens, et même de là, il reconnaît le manteau orange de Gloria. Peut-être discute-t-elle avec quelqu'un, mais il est trop loin pour en être certain. En s'approchant, il s'étonne de la présence d'un groupe d'hommes. Il presse le pas en se demandant de quelle humeur est sa femme, et s'ils auront l'énergie suffisante pour sauver ce qui peut l'être encore de ce week-end, pour faire semblant qu'il va bien.

48

Il ne s'est pas trompé. Des hommes se pressent autour de Gloria, on dirait des clochards. Sa voix à elle porte comme la brise printanière. Une voix de Londonienne pleine d'assurance. Elle parle à un grand type, vêtu de manière plus conventionnelle, qui tourne le dos à William. Il est assez près maintenant pour sentir l'odeur âcre et piquante des vagabonds. Gloria l'aperçoit : soulagement de la voir sourire.

« Il m'amène à Cambridge pour entendre les vêpres et à la dernière minute, il met les bouts – il sait qu'elle fait ça pour son bien à lui – et fiche le camp.

— Nonobstant l'abandon, répond une voix de stentor cultivée émanant du grand type qui le sépare de Gloria, ça vous a plu ?

— C'était très beau, dit-elle en regardant William par-dessus l'épaule de l'inconnu. Je n'ai pas besoin de mon idiot de mari pour savoir ça. » Une bourrasque balaie les cheveux de Gloria devant son visage. Elle les repousse en riant.

Elle regarde William, mais soudain il ne songe plus à lui dire combien il est désolé. Il ne pense plus à ces hommes aux manteaux crasseux et aux chaussures usées. Il lève la main et la pose sur le tweed impeccable qui recouvre ces larges épaules. L'homme se retourne et un sourire fend en deux le visage de William.

L'autre est stupéfait. Il regarde à nouveau Gloria, puis William, et il reste bouche bée. Soudain il éclate de rire et ouvre grand ses bras.

« William ! »

Emporté par une puissante étreinte, William se met à rire à son tour. « Martin ! »

William et Gloria sont assis à une table dans un coin de l'Eagle : le pub est plein.

« Je n'arrive pas à y croire ! » Gloria boit une gorgée de son panaché, les yeux brillants, pleine d'excitation, comme si c'était elle qui venait de retrouver son ami le plus cher, depuis longtemps perdu. Elle a posé son sac sur la troisième chaise et William a commandé une pinte de *bitter* pour Martin, qui l'attend sur la table. Elle se penche vers lui. « J'étais décidée à ne plus t'adresser la parole, mais si tu t'étais vu lorsque tu as compris que c'était lui ! » Elle boit une autre gorgée, repose son verre et lui prend les mains.

Il hausse les épaules. « Quand j'ai réalisé que c'était lui, c'était… de la joie pure ! Mais maintenant, je n'arrête pas de penser à ce que je lui ai fait. » *Dis-leur, William.* Ses yeux emplis de larmes.

« Je ne pense pas que ce soit la première chose qui lui ait traversé l'esprit.

— Sans doute que non.

— Pour combien de temps a-t-il dit qu'il en avait ?

— Il a juste dit qu'il nous retrouverait ici après avoir salué les gars. Il ne doit pas en avoir pour longtemps, sinon il ne nous aurait pas demandé de lui commander une bière. » Il prend une gorgée de whisky. « Tu les avais remarqués dans l'église ?

— J'étais juste devant eux, mais j'ai repéré sa voix à lui, il avait une façon différente de s'exprimer, et j'ai compris qu'il veillait sur eux. Je respirais par la bouche, comme ça je ne les sentais pas et je n'ai pas été incommodée.

— À mon époque, on ne les aurait pas acceptés. Oh, le voilà ! »

Martin se fraie un chemin parmi les gens, naviguant entre eux avec une telle aisance qu'il le ferait les yeux fermés.

« William Lavery ! » Martin s'assoit et flanque ses deux mains sur la table en bois sombre. « C'est absolument splendide que tu sois là. » Sourire rayonnant, il regarde tour à tour William et Gloria. « Et vous aussi, Mrs. Lavery. Absolument splendide ! » Il avale une grande gorgée de bière, puis s'essuie la bouche du revers de la main avec ces gestes amples et exagérés si familiers à William que ça lui fait mal. « Alors, qu'est-ce qui t'amène à Cambridge ?

— Gloria a toujours voulu voir les lieux de mes turpitudes passées.

— Et à présent, je rencontre la personne qui a participé à ces turpitudes ! »

Le couple à la table voisine se retourne quand Martin éclate de rire – ah, ce rire ! « Votre bien-aimé, lui dit Martin de sa voix riche et profonde, fut le meilleur choriste qui ait jamais honoré cette église de sa voix.

— C'est un peu exagéré, objecte William qui retrouve là toute la chaleureuse générosité de Martin.

— Mais non, Gloria, demandez à Phillip Lewis. Il vous dira la même chose.

— Tu le vois toujours ? » William se redresse. « Est-ce que… tu vis ici ?

— Oui, et oui. » Martin hoche la tête et se carre sur sa chaise, son ventre tend sa chemise à carreaux. « Après l'université – j'ai abandonné, d'ailleurs –, je suis parti trois ans en Côte d'Ivoire dans les rangs des volontaires du VSO. Tous les profs et tuteurs que j'ai rencontrés m'ont dit combien j'étais égoïste et paresseux, alors j'ai décidé de leur prouver qu'ils se trompaient. J'adorais les gens, j'adorais le climat, j'aurais pu rester là-bas, pour être honnête, mais ma mère est tombée malade, aussi je suis revenu m'occuper d'elle les six derniers mois. »

William essaie d'imaginer la solide Mrs. Mussey sur son lit de mort. « Je suis navré. »

Martin baisse la tête. « Ça remonte à trois ans. Papa l'a suivie un an plus tard. La vie n'avait plus aucun intérêt pour lui, sans elle. »

William est triste et il a honte. Dans une autre vie, il se serait rendu à leur enterrement.

« Enfin, bref. » Martin continue, son large visage compte désormais quelques rides légères, et des taches de rousseur parsèment encore son nez et ses joues. « J'ai hérité d'un joli petit pactole et j'ai un peu perdu les pédales en jouant les enfants prodigues. J'ai abusé de choses qui n'étaient pas bonnes pour moi, je n'ai pas assez pratiqué celles qui l'étaient. J'ai habité un moment à San Francisco, puis à Londres. Ensuite, j'ai vécu une rupture particulièrement douloureuse, et quand je m'en suis sorti, il a fallu que je décide de ce que j'allais faire du reste de ma vie.

— Et vous êtes revenu ici ? » L'accent de l'Est londonien de Gloria ressort toujours lorsqu'elle se concentre.

« D'abord, c'était juste pour des vacances, pour reprendre contact avec mes racines musicales. J'avais décidé que la musique comptait parmi les choses qui étaient bonnes pour moi. Ma première nuit ici, après avoir bu un verre, en retournant à mon B&B, je suis tombé sur deux ivrognes assis sur le trottoir qui chantaient. Je me suis assis aussi et je me suis mis à chanter avec eux. » William rit, il imagine la scène sans problème. « Ils étaient étonnamment bons, alors je leur ai enseigné quelques harmonies. C'était trop drôle. Ensuite, je leur ai appris "Bird on the Wire".

— Quoi ? demande William.

— Leonard Cohen ? »

William et Gloria secouent la tête.

« Mais où est-ce que vous vivez ?

— À Sutton Coldfield, répondent-ils en chœur, ce qui fait rire Martin à nouveau.

— Il faut que vous l'écoutiez. Ce type est un génie, écoutez cette chanson. C'est ça qui m'a donné l'idée et le nom.

— Quelle idée ? Quel nom ? demande Gloria telle une enfant à qui on raconte une histoire.

— Le Chœur de Minuit. On se retrouve chaque semaine dans une salle paroissiale sur Hills Road, et une fois par semestre, je les amène ici. Il faut que je prévienne Phillip pour qu'il dise expressément au gardien de ne pas nous interdire l'accès.

— C'est fantastique, dit William. Ils sont combien ?

— Les bons soirs ? » Martin regarde au plafond en comptant. « Quinze.

— C'est votre profession ? demande Gloria.

— J'aimerais bien. Je travaille dans la salle de lecture des livres rares à la bibliothèque St. John. Je chuchote toute la journée. Vous y croyez ? Moi, chuchoter !

— Qu'est-ce que vous chantez ? » Gloria étale ses coudes sur la table, face à Martin.

« De la pop, des chansons d'antan, des cantiques. Ils adorent entonner un bon cantique.

— Je suis content que tu chantes toujours, dit William.

— Ne me dis pas que tu as arrêté ? » Martin fronce les sourcils en regardant William, puis Gloria. Silence.

« Oh, il chante tous les jours. » Gloria se rapproche de Martin et lui murmure : « Mais seulement pour les morts. Même répertoire que vous : de la pop, des chansons d'antan – mais pas de cantiques. »

William voit cette petite lueur dans les yeux de Martin, celui-ci prend la mesure de Gloria, son humour le touche. Puis il se tourne vers William en inclinant la tête.

« Mais tu ne fais pas partie d'un chœur ? »

William secoue la tête. « L'époque où je me produisais en public est révolue. Sauf, comme dit Gloria, si le public est mort.

— Donc, finalement, tu as repris l'affaire familiale. »

William hoche la tête.

« Ne fais pas ton modeste, William », lui dit Gloria.

Il fait la grimace.

L'air contrariée, elle se retourne vers Martin : « C'est le meilleur embaumeur du pays.

— Tu exagères ! dit William en lui donnant un petit coup de coude.

— Avec oncle Robert ? demande Martin en souriant.

— Ouais.

— Comment va-t-il ?

— Ça va, merci. Il commence à être un peu fatigué, mais il n'a pas de gros problèmes de santé.

— Et Howard ?

— Ouais, il est en forme.

— Nous vivons avec eux. » Gloria se penche sous la table, fouille dans son sac et en sort la boîte de chez Fitzbillies. « Ça vous dit ?

— Si vous n'étiez pas déjà mariée, je vous ferai ma demande sur-le-champ. » Martin se sert et, d'une seule bouchée, emporte la moitié d'une pâtisserie. « Et donc, William, dit-il les lèvres constellées de sucre, comment va la charmante Evelyn ? »

Gloria regarde son mari, mais celui-ci comprend qu'elle ne parlera pas à sa place.

« Bien. D'après ce que j'en sais. On ne se parle plus. Elle vit à Swansea. »

Martin se recule d'un coup. « Mais vous étiez si proches !

— Tu sais ce qui s'est passé. » William éprouve un sursaut d'irritation. « Tu étais là.

— Mais ça arrive, dans les familles, des drames se produisent, on se fait du mal les uns aux autres, on se fait la tête, et après on se rabiboche. » Martin a l'air perplexe. « Je n'ai jamais imaginé que vous puissiez rester fâchés après ça. Vous vous adoriez l'une l'autre !

— Vous le saviez, rien qu'en les voyant ensemble ? demande Gloria, soudain extrêmement concentrée.

— Absolument. J'étais jaloux comme un pou ! Je fais partie d'une fratrie de cinq, et ça crevait les yeux lorsque je les voyais marcher sur King's Parade ou sortir du Copper Kettle : ils adoraient être ensemble !

— Et c'est terminé. » William doit mettre fin à cette conversation aussi.

« Désolé de m'être avancé sur ce territoire miné. » Martin lève les mains et s'ensuit un temps de silence. « C'est à cause de ça que tu n'as pas assisté aux vêpres aujourd'hui ? »

William hoche la tête. Ils regardent tous les trois la table pendant un moment, puis Martin se redresse : « Oh, fait-il en retrouvant sa gaieté, j'ai pensé à toi au dernier semestre. On a chanté "Myfanwy". Ils ont adoré. Tu te souviens ? Quand on l'a chanté pour ma famille ?

— Évidemment. » William continue de fixer les nœuds sombres de la table en chêne.

« Le problème avec cette chanson – cette fois, Gloria vient à son secours – c'est qu'elle rappelle des souvenirs douloureux à William. » Un groupe de personnes quitte le bar et soudain le lieu se fait plus vide et beaucoup plus calme. « Vous vous rappelez cette catastrophe il y a six ans ? À Aberfan, tous ces enfants qui sont morts le jour où un terril s'est effondré ?

— Bien sûr, enterrés vivants par le National Coal Board. Jamais je ne l'oublierai.

— En fait, s'éclaircit-elle la gorge, William y est allé en tant que bénévole, juste après avoir obtenu son diplôme, et il a chanté "Myfanwy" aux enfants pendant qu'il s'occupait d'eux, vous voyez. Et maintenant, ça lui fait bizarre. »

William s'oblige à regarder son vieil ami. « Je suis vraiment un cas. Beaucoup de choses me font un effet bizarre, comme le chant choral, et en particulier, ça ne te surprendra pas, le "Miserere". Je ne vois plus ma mère, je ne te parle plus, à toi, mon meilleur ami, depuis que je suis parti d'ici, et je ne veux pas avoir d'enfants. Certains jours, ça va, d'autres non. J'ai des palpitations, des visions en tunnel, des flash-back ; que je sois endormi ou réveillé, peu importe. »

Martin ne bouge plus, les mains sur les genoux. William ressent le calme tangible qui émane de lui et se souvient qu'il en a toujours été ainsi : énergie, bêtises, mais toujours ce calme, cette écoute intense.

« Que soit bénie ton âme délicate », murmure Martin alors que la porte s'ouvre, laissant passer un groupe de garçons étudiants. Ils demeurent silencieux pendant un moment.

« Et vous, Martin ? demande Gloria. Vous avez quelqu'un dans votre vie ? Ça ne doit pas être facile de travailler avec ces jeunes gars.

— Pas pour l'instant, répond-il en souriant.

— Oh, mais c'est une honte, dit-elle en se levant soudain, parce que je vous trouve adorable ! » Elle regarde autour d'elle. « Où sont les toilettes ? » Martin lui montre, derrière elle. « Je vais commander une nouvelle tournée au bar. La même chose ? » Tous deux hochent la tête et la regardent s'éloigner.

« Comment vont tes frères ? Et les jumelles ?

— Très bien. » Martin termine sa bière. « Richard est banquier à Kemsing, Edward dirige un pensionnat près de Brighton, et les jumelles vivent à Worthing. Ils sont tous mariés, avec enfants. J'ai sept nièces et trois neveux. »

William contemple son verre, puis il lève les yeux. « Martin, je regrette de ne pas avoir répondu à tes lettres.

— Oublie ça, dit-il en haussant les épaules. Je ne disais sûrement que des bêtises.

— Je ne les ai même pas lues. » Il soutient le regard de Martin. « C'était au-dessus de mes forces.

— Je comprends, dit-il en faisant la grimace.

— Non, je ne pouvais pas les lire tellement je me sentais coupable. » Il regarde à nouveau Martin puis baisse les yeux. « Tu m'as *tellement* manqué.

— Si tu avais lu ces maudites lettres, tu aurais su que c'était réciproque. » La grosse main de Martin s'abat sur celle de William.

Celui-ci secoue la tête. « Tu es mieux sans moi. » Soudain, il a peur de fondre en larmes. Il n'a pas envie qu'en revenant, Gloria le trouve dans tous ses états. Elle qui s'amusait enfin.

Martin se penche vers lui. « William, j'ai choisi de passer mon temps libre avec des hommes qui ont tout perdu. Ils ne sont pas franchement faciles, mais ça les rend d'autant plus intéressants. Ils sont bien réels. »

William s'aperçoit que Gloria bavarde avec le barman, qui éclate de rire.

« OK. » William regarde Martin. « Considère qu'on s'est retrouvés. »

Gloria revient avec un plateau. « Je ne me suis pas trompée ?

— Merci, Gloria. » Martin prend son verre et passe le sien à William. « Je ne t'aurais pas imaginé amateur de whisky.

— Et tu m'aurais vu boire quoi ? »

Martin réfléchit : « Il me semble que tu avais un penchant pour la *ginger beer*, mais bon, tu avais dix ans. » Martin et Gloria éclatent de rire, remplissant le pub et le cœur de William.

« Allons, Martin, dit Gloria en se frottant les mains. Racontez-moi tout à propos de mon bien-aimé du temps où il était choriste.

— Donc, Gloria... » Martin baisse d'un ton : « Vous avez combien de temps devant vous ? »

« Il t'adore, cet homme. » Il est plus de vingt et une heure et ils ont désespérément envie de retrouver les sandwiches qui les attendent sur la cheminée du B&B. Un cycliste roule dans une flaque près d'eux et ses roues soulèvent des gerbes d'eau. Gloria soupire et se penche pour tirer sur le Nylon de son collant.

« Je sais. » Ils prennent la petite allée jusqu'à la maison. Il introduit la clé, la triture dans la serrure et ouvre. « Moi aussi, je l'adore.

— Très bien. » Elle lui tapote le dos en le suivant dans l'escalier étroit. « Parce qu'en ce bas monde, on a grand besoin de l'amour de toutes les personnes qui en éprouvent pour nous, tu ne crois pas ?

— Oui.

— Promets-moi que tu resteras en contact avec lui. Que tu reviendras le voir ? Que tu l'inviteras chez nous, peut-être ?

— Promis. »

49

DEUX ANS PLUS TARD

William est assis dans un coin du salon chez Ruth depuis une bonne heure, tandis que Gloria discute avec ses amis. Il n'aime pas cet endroit : la vitrine remplie de photos de mariage et de bébés le déprime, et la soupe que diffuse la chaîne stéréo lui rappelle le crissement de la craie sur le tableau noir. Ruth est la meilleure amie de Gloria parmi ses collègues, et c'est la dernière, en dehors d'eux, à avoir fondé une famille. En cet instant, il ne l'aime pas beaucoup et il déteste absolument les baptêmes.

Il y a quelques mois, il est rentré tôt du travail et a trouvé Gloria par terre dans la cuisine, les genoux repliés contre sa poitrine, telle une boule de tristesse. Il a surpris sur son visage un air de détresse, qu'elle a aussitôt voulu dissimuler. Elle a tenté d'attraper la lettre froissée qui gisait par terre à côté d'elle, mais il l'a eue le premier. Elle venait de sa sœur.

« Je m'en remettrai, a-t-elle dit en essuyant son visage de ses deux mains. Mais ça fait beaucoup. Elle en a déjà trois. Je ne suis pas sûre qu'un quatrième me fasse grand-chose. »

Il s'est assis par terre à son tour, a passé les bras autour d'elle, embrassé sa tête chaude. Elle s'est blottie contre lui, son corps s'est détendu, et il s'est senti stupéfait de pouvoir la réconforter alors même qu'il est la source de son tourment.

Gloria n'imagine pas un instant que, de temps à autre, il s'autorise à imaginer avoir un enfant : le bonheur de sa joie à elle, un bébé en route – toujours une fille –, la tendre chair de ces petits doigts qui se referment sur les siens. Elle ne sait rien non plus des images qui surgissent dans sa tête, ni de l'horreur si réelle de ses flash-back. Images d'attaques terribles contre le corps fragile de leur bébé. L'angoisse insoutenable d'avoir à embaumer son propre enfant. Car comment laisser une tierce personne s'en occuper ? Tout cela, il le garde pour lui.

Lors de sa dernière visite à Cambridge, il espérait en discuter avec Martin, car sa présence a sur lui un effet quasi magique. Mais une fois sur place, il s'est replié en lui-même et a laissé Martin le volubile faire la conversation pour deux. Il a dû venir le voir une dizaine de fois au cours des deux années passées. Parfois avec Gloria, parfois seul. C'est mieux quand elle vient, car Martin prépare un repas élaboré, avec du vin et de la musique, des fleurs sur la table, mais la plupart du temps, il s'y rend seul pour permettre à sa femme de respirer.

Gloria s'approche de lui, elle tient dans ses bras le bébé dans sa ridicule robe de satin, suivie de Ruth qui lui sourit et lui dit : « Tu veux lui faire un câlin, oncle William ? »

Il secoue la tête. « Non, merci. »

Ruth fait semblant de se fâcher, regarde Gloria.

« Allez, William. » Gloria sourit, mais son ton sonne tel un avertissement. « Il est adorable. » Elle lui tend le bébé avec détermination.

Ce n'est rien, pense-t-il, *tends les bras, prends l'enfant, et un délicieux sourire fleurira sur le visage de Gloria.*

« Allez, mon petit. » Il se lève avec une assurance feinte. Ses mains se referment sur le bébé, il sent sa minuscule cage thoracique sous le satin glissant. Les deux femmes lui sourient. Il installe le bébé au creux de son bras.

« Regarde comme il a l'air bien ! dit Gloria.

— Assieds-toi, le presse Ruth, il pourrait tomber. » William se rassoit en faisant attention, il sent le poids de ce corps miniature qui se détend entre ses bras, voit les paupières de plus en plus lourdes à chaque battement. Tous les autres sont debout et lui sourient. Il se concentre sur l'enfant, les adultes restent à la lisière de son attention.

Une seule sommation : une étincelle à la périphérie de sa vision du côté gauche, et quelques secondes plus tard il se met à trembler car il est certain que le bébé est mort. Il fait tous ses efforts pour se relever, tient l'enfant entre ses deux mains. Il crie et le bébé se réveille. Mais comment est-ce possible ? Il est mort, et tous ces gens, tous ces parents attendent qu'il agisse. Il doit faire vite avant qu'il commence à se décomposer ! Il tente de courir à travers la foule. Cri de peur. Un homme en colère lui arrache le bébé des mains. Le père veut récupérer le corps, mais William ne doit pas céder ! Son étreinte se renforce sur le bébé qui vagit. Il doit se mettre au travail !

« William ! William ! Lâche ce bébé ! »

Gloria. Ses bras l'entourent. Des sanglots retentissent. Où est le bébé ? Une file de parents le toisent.

« Ça va mieux ? » lui demande-t-elle en cherchant son regard.

Une sueur froide perle sur son front. L'impasse est pleine de voitures qui stationnent. Ils s'appuient sur le capot de la leur. L'air frais l'aide à recouvrer ses esprits, à reconnaître son environnement. Sa main sur son épaule est douce, comme sa voix, pourtant, il sent qu'elle est en colère.

« Monte côté passager. C'est moi qui conduis, mais pas tout de suite, dit Gloria d'un ton doux mais ferme en cherchant les clés dans la poche de William. J'ai des choses à te dire et tu dois les entendre. »

Dans la voiture, il regarde fixement à travers le pare-brise, épuisé. Un flot d'air s'échappe par le conduit du chauffage.

« Ils doivent me détester.

— Non.

— Bien sûr que si. Au moins, maintenant, ils comprendront pourquoi je ne veux pas d'enfants. »

Elle fait aussitôt volte-face et se tourne vers lui. Son regard est féroce, plein de détermination. Ils se dévisagent un moment et il se prépare à accueillir l'avalanche. Elle inspire, expire, puis se détourne pour faire face au pare-brise. « Jamais je n'ai raconté à quiconque pourquoi nous n'avons pas d'enfants. » Elle parle doucement à présent. « Mais tu sais ce qui me met vraiment en rage ? Pas le fait que tu ne veuilles pas d'enfants, ni que tu te réveilles la nuit en criant. Penses-tu que je pourrais aimer quelqu'un autant que je t'aime sans être touchée par les horreurs dont tu as été témoin ?

— Qu'est-ce que c'est, alors ? demande-t-il, désirant seulement rentrer chez lui et dormir.

— Tu n'as pas à souffrir ainsi. C'est une chose quand ça se produit chez nous, dans notre chambre, mais William, aujourd'hui tu m'as fait peur. Tu aurais pu faire du mal à ce bébé. » Sa voix tremble. « Il y a des gens qui peuvent t'aider !

— Cela ne se reproduira plus. Il est évident qu'on ne peut pas me confier un enfant.

— C'est ça, persuade-toi de ça. »

Ce ton sarcastique, si peu familier chez elle, attire l'attention de William. « Qu'est-ce que tu veux dire ?

— Tu as peur de te faire aider à cause de ce que tu risques de découvrir. Il ne s'agit pas seulement d'Aberfan.

— Et nous voilà repartis. »

Gloria secoue la tête, pousse un rire ironique. Il ouvre la fenêtre.

« Ce qui me rend dingue, dit-elle, c'est que tu ne supportes pas que les choses puissent être davantage qu'une histoire. Tu as pourri notre couple en disant que tu ne pourrais pas supporter de souffrir comme ces pauvres parents d'Aberfan. Et tu sais quoi ? Tu n'es qu'un sale hypocrite. »

Il ne s'attendait pas à une attaque frontale. D'habitude elle est si gentille avec lui lorsqu'il fait une crise. Un chat avance sur la chaussée et se couche par terre dans une flaque de soleil. Physiquement à bout de force, William se contente de le regarder.

« Tu fais souffrir chaque jour ta propre mère depuis des années ! » Elle secoue la tête. « Tu peux choisir de ne pas être père, mais tu ne peux pas décider de ne plus être fils, et jamais elle ne pourra cesser d'être ta mère. » Un couple quitte le baptême. Ils jettent un coup d'œil à la voiture, puis s'en vont vite vers leur Morris Minor, tête baissée, main dans la main. « Tu crois que ton cœur est brisé, qu'il saigne, mais en réalité, tu es un tyran qui blesse tous ceux qui s'approchent de lui. » Elle attend. « Alors ? lance-t-elle d'une voix tranchante. Tu n'as vraiment rien à dire ?

— Tu as raison, finit-il par répondre sans quitter des yeux le chat qui maintenant lèche ses flancs tigrés. Je suis un tyran qui blesse tous ceux qui s'approchent de lui.

— Et donc ? » Il la voit relever le menton. « Que comptes-tu faire ?

— C'est très simple », dit-il en se tournant enfin vers le visage bien-aimé et bouleversé de Gloria.

Quatrième partie

LE CHŒUR DE MINUIT

50

Il est allé à la gare comme un somnambule. Il n'a aucun souvenir d'avoir pris le train de Birmingham pour Cambridge plus tard dans la journée. Il regarde les étendues des champs, les bourgeons sur les arbres. Le soleil sur sa gauche le brûle à travers la vitre et arrache aux sièges poussiéreux une odeur de pain grillé. Il n'a pas emporté ses lunettes de soleil, on n'est qu'en mars. Un bout de chemise dépasse de sa valise. Il doute qu'il puisse porter celle-ci jusque chez Martin sans que la poignée casse, mais il n'a pas de monnaie pour prendre un taxi.

Le trajet jusqu'à Jesus Lane l'épuise, le soleil pervers lui perce les tempes. Il frappe à la porte et appuie la tête contre la peinture bleue en attendant que Martin descende lui ouvrir.

Il se redresse en entendant le cliquetis et le bruit de la chaîne à l'intérieur. « Bonjour ? Vous désirez ? »

William voit des boucles blondes et des épaules larges. Les rayures noires et blanches d'un maillot de rugby lui blessent les yeux.

« Est-ce que Martin est là ? »

L'autre le considère, puis il se retourne et crie dans l'escalier : « Martin ! C'est pour toi ! »

William songe à se présenter, mais il n'en a pas la force.

« Vous devriez le laisser tranquille, dit tranquillement l'homme en se penchant vers lui. Il a aussi sa vie. »

William acquiesce, puis il entend le pas tonitruant de Martin dans l'escalier.

« William ! J'ai oublié quelque chose ? Je n'ai pas consulté mon agenda depuis des jours !

— Non, répond-il en essayant de sourire. Je ne suis pas censé être là. »

Martin pose la main sur son épaule et le fait entrer. « Steve, voici William, mon plus vieil ami. »

Steve sourit d'un air gêné. « Désolé, William, j'ai cru que vous… Vous devez penser que je suis complètement con.

— Non, pas du tout. » William tend la main pour serrer celle de Steve, mais avec maladresse, il lui heurte le ventre.

Steve se retourne vers Martin. « Désolé, je l'ai pris pour… »

Martin fait la grimace. « C'est vrai que tu as une mine horrible, William. Allez, viens. » Il lui fait signe de monter. « Steve, tu mets la bouilloire à chauffer, s'il te plaît ?

— Bien sûr. » Et Steve de bondir dans l'escalier tel un fauve.

« Je m'occupe de ça, dit Martin en prenant la valise de William. Monte. » Et tout en gravissant les marches, celui-ci sent la main de son ami dans son dos, qui le pousse.

Le bow-window du salon est rempli de feuilles de magnolia printanières. Sur le parquet se dessine le motif changeant de leurs ombres qui dansent. Sur la table, un flacon de sauce, deux mugs et deux assiettes aux décorations chinoises, dans lesquelles traînent encore des sandwiches au bacon à demi mangés.

Steve sort de la petite cuisine : « Thé ou café ?

— Café. Noir. Merci. » William se laisse tomber sur le canapé et se penche, la tête dans ses mains. Il sent l'assise bouger lorsque Martin s'installe à côté de lui.

« J'imagine qu'on a un problème ? »

William sent sa gorge se nouer en entendant ce « on ». « On a un problème », répond-il, reconnaissant envers son ami qui ne le laisse jamais tomber.

Steve pose le café sur la petite table d'ébène en forme d'éléphant. « J'ai des trucs à faire, à plus tard.

— Merci, Steve », répond Martin.

Bruit de pas légers dans l'escalier, la porte s'ouvre, se referme, silence.

« Qui est-ce ? demande William. J'espère que je ne vous ai pas interrompus. »

Martin hausse les épaules. « C'est juste un ami, ne t'inquiète pas. » Il se tourne pour être face à William. « Alors, qu'y a-t-il ? Que s'est-il passé ? »

Poids sur la poitrine. Il inspire, boit une gorgée de café serré, repose sa tasse. Il contemple une plante en pot dont les feuilles bicolores se détachent sur l'ébène.

« William ? »

Il est au bord des larmes. « Je l'ai quittée. »

« Tu peux rester mais à deux conditions. »

Martin est entré dans la chambre et a ouvert les rideaux. William se couvre les yeux quand le soleil envahit son oreiller. Visiblement, il a dormi toute la nuit, mais lorsqu'il se souvient où il est et pourquoi, il se sent fatigué jusqu'à la moelle.

« Merci. De quoi s'agit-il ?

— Tu vas m'aider avec le chœur. » Martin entrouvre la fenêtre à guillotine et s'y appuie, les bras croisés.

« Désolé, Martin. » Il secoue la tête. « Tout ce que tu veux mais pas ça.

— Ça ferait du bien d'avoir un peu d'aide, et il n'y a rien d'autre à faire. » Sur son visage, la trace d'un sourire.

William ne peut s'empêcher de sourire à son tour. « Je n'ai pas trop le choix, hein ? »

Martin s'approche du lit et tapote la jambe de William. « Formidable ! Bon, je file au travail. Ta tâche du jour consiste à taper les paroles d'une nouvelle chanson sur laquelle on va travailler cette semaine. Tu trouveras la partition à côté de la machine à écrire. Ensuite, rends-toi au département reprographie de l'université – un bon truc, de travailler en bibliothèque –, tu dis que c'est moi qui t'envoie, et tu nous tires vingt copies.

— Je pourrai faire ça demain ?

— J'ai d'autres tâches à te confier demain. »

William ferme à nouveau les yeux.

« Il y a un problème ? »

Les yeux toujours fermés, il répond : « J'espérais juste pouvoir me reposer un moment.

— Je suis revenu à Cambridge dans le même état, mais au moins, j'avais le bon sens de savoir de quoi j'avais besoin : d'être remis sur pied. »

William ouvre les yeux et voit Martin retourner à la fenêtre.

« D'accord, je vais essayer.

— Je ne peux pas te demander plus, hein ? » Martin ouvre encore davantage la fenêtre. Un courant d'air frais emplit la pièce alors qu'il s'en va. « Oh ! dit-il en passant la tête par la porte. La seconde condition.

— Oui ?

— Quand je rentrerai ce soir, tu me raconteras ce qui s'est passé. Tu n'étais pas en état de parler hier, mais si tu dois rester, je mérite une explication. » Il disparaît avant même que William ait eu le temps de lui répondre.

« Martin ?

— Oui ? répond-il depuis le palier.

— Est-ce que Steve habite ici ?

— Non. » La porte s'ouvre et la tête de Martin réapparaît. « Et la troisième condition : pas de jugement.

— Évidemment », répond-il, déçu que Martin se soit senti obligé d'ajouter cette précision.

La porte d'entrée claque et le silence qui s'abat lui paraît soudain hostile. William tire la couette par-dessus sa tête, mais au bout de quelques secondes, il sait qu'il ne parviendra pas à se rendormir. Il la repousse et contemple la fenêtre ouverte. *Que se passe-t-il à la maison en ce moment ? Que fait Gloria ? Quelle conversation a-t-elle avec Robert et Howard ?*

Pour bien se rappeler pourquoi il fait tout ça, il imagine Gloria entourée d'une famille avec laquelle il n'a rien à voir. Son estomac le propulse jusqu'aux toilettes, juste à temps pour vomir la tourte au poulet de la veille au soir sur la faïence craquelée.

51

Il fait nuit quand William finit de lui raconter son histoire. Les fenêtres et les rideaux sont toujours ouverts. Le marronnier bourgeonnant de Jesus Green est nimbé d'un halo d'or cuivré sous la lumière du lampadaire.

Martin incline la théière au-dessus de son mug pour récupérer les dernières gouttes brunes qu'il avale d'un trait avant de se lever. « Tu as fait les copies des paroles ? »

William désigne le piano contre le mur. « Elles sont là-bas, dans le dossier.

— Bien. On a besoin de trois reliures supplémentaires, tu peux aller les acheter demain chez Smith ? » De sa poche arrière, il sort deux billets d'une livre qu'il pose sur la table. « J'irai directement du travail à la répétition demain, donc il faudra que tu te débrouilles pour manger et que tu me retrouves là-bas. » Il referme la fenêtre, tire les rideaux, emporte les mugs à la cuisine puis revient au salon. « Bonne nuit, William.

— C'est tout ? »

Martin s'arrête à la porte et lui lance un regard étonnamment dur. « Oui, c'est tout », finit-il par dire avant de le laisser.

William ne bouge pas. Le bruit des pas de Martin sur le parquet s'arrête au bout de quelques minutes. Il voudrait que Gloria soit là, il la voit qui l'attend dans leur lit, sa chemise de nuit en coton douce et belle sur sa peau, ses cheveux auburn bien brossés se détachant sur l'oreiller blanc. Il ferme les yeux. À quoi ressemblerait la paix ? s'interroge-t-il. Est-ce qu'il l'a jamais su ?

Oui. Et le revoilà dans la cuisine de sa mère, après une sieste, il la regarde sortir des biscuits du four.

***

« Bonsoir messieurs. »

Le regard de Martin fuse de l'un à l'autre, serein, responsable. Une des copies de la chanson faites la veille par William est posée sur ses genoux. « J'espère que la semaine a été bonne pour vous ». Les chaises sont disposées en cercle. En comptant William et Martin, ils sont quinze. Quatre chaises restent vides. Les hommes sourient ou hochent la tête ; l'un d'eux agite son bras à la manche usée. « Voici William, un vieil ami du temps où j'étais choriste. Il va nous aider pendant quelques semaines. »

Celui-ci acquiesce avec un petit sourire sans regarder personne en particulier. Il se sent très mal à l'aise, en partie à cause de la nature du groupe, mais également parce qu'il a tant œuvré durant son adolescence et sa vie d'adulte pour oublier ce passé commun avec Martin. Être présenté de manière aussi simple lui paraît honteux, comme une violation.

« Donc. » Martin pose les feuilles sous sa chaise. « Commençons par nous échauffer un peu. » Il regarde l'horloge carrée accrochée au mur. « Jenny devrait être là dans une minute, mais nous pouvons démarrer sans elle. Tout le monde debout. » Martin se lève, s'ensuit un concert de grondements et crissements.

Les fenêtres étroites qui se succèdent en haut des murs de la salle paroissiale sont entrebâillées, pourtant, l'odeur des corps est puissante, mélange d'amer et de moisi. William décide de ne pas chercher à en identifier les composantes. Tous portent des manteaux, certains ont des vêtements en lambeaux si usés qu'il est impossible de dire de quoi il s'agissait à l'origine. Martin, à son habitude, a un pantalon de velours côtelé trop long et une chemise au col ouvert.

« Rappelez-vous, respirez à partir d'ici », dit celui-ci en mettant la main sur son ventre. Certains ajustent leur posture, d'autres demeurent immobiles. Il donne le ton en *ré*.

C'est la première fois que William entend la voix adulte de Martin. À l'époque où ils étaient choristes, ils en avaient tous conscience : leurs voix avaient beau être magnifiques, ils n'avaient aucune garantie qu'elles le resteraient, mais Phillip disait toujours que la discipline et l'entraînement leur permettraient de donner le meilleur d'eux-mêmes plus tard. William n'est guère surpris que la voix de Martin se soit métamorphosée en une basse puissante et riche.

Celui-ci leur fait monter et descendre les gammes et les arpèges. William est impressionné. L'ambiance sonore générale est agréable, même si ça râpe un peu. Il se livre à son ancienne manie de différencier les voix et, grâce à ce subterfuge, prête attention aux visages, ce qui permet de briser cette sensation qu'ils forment une masse désordonnée. Il remarque les traits délicats du ténor en face de lui, ses cheveux comme de la paille de fer, vaguement brossés, séparés par une raie. Il voit la bouche ouverte de l'homme à sa gauche, auquel il manque une dent de devant.

« William, tu peux distribuer les dossiers, s'il te plaît ? » Martin montre une table de guingois dans le coin, avec une pile de livrets reliés. Sur le dos, il est écrit « Chœur de Minuit ». Ils glissent entre ses bras lorsqu'il fait le tour du cercle. Les hommes les prennent à deux mains, les pieds à plat sur le sol, et ils se tiennent bien droits.

« Numéro trois, pour terminer les échauffements. William, il va falloir que tu nous accompagnes au piano. Ça t'ennuie ? Je ne sais pas ce qui est arrivé à Jenny. »

Il n'a pas touché à un piano depuis qu'il a quitté Cambridge. En traversant la salle, il regrette que Martin ne l'ait pas prévenu qu'il devrait peut-être jouer, mais alors, la porte s'ouvre et une femme d'une quarantaine d'années s'engouffre dans la salle en courant.

« Désolée, Martin, j'ai crevé. » Elle se hâte vers le piano, retire son manteau et poursuit : « Il a fallu que je rentre à la maison et que j'emprunte le vélo de mon mari, et avec le sien, je ne vais pas très vite. Bonsoir, messieurs. » Elle adresse un signe au groupe, qui en retour lance : « Bonsoir, Jenny. » Ils l'apprécient, songe William.

« Ne t'inquiète pas, dit Martin, on termine juste les échauffements avec "Danny Boy". Jenny, je te présente William, un vieil ami qui est venu nous donner un coup de main.

— Bonsoir, William. » Elle sourit, pose son manteau sur le piano et soulève le couvercle.

Martin lui laisse une minute pour trouver ses marques, puis il lève les mains et lui adresse un signe. Elle commence à jouer les mesures de l'introduction, le dos et la tête suivant la musique. La manière dont les hommes tiennent leur dossier est frappante. Dos bien droit, tête relevée. Martin a reproduit la manière de faire de Phillip.

C'est inégal, évidemment, mais il y a là une richesse à laquelle William ne s'attendait pas. Ils chantent vraiment. Et parmi eux, il y a même une ou deux bonnes voix.

Sur sa gauche, un homme maigre et dégingandé, d'un âge impossible à définir, les cheveux longs et la barbe peu fournie, essentiellement gris. Il est nerveux, ses yeux se posent souvent sur William mais ne s'attardent jamais assez longtemps pour que celui-ci ait le temps de lui sourire. Il n'est pas à la bonne page, il ne chante pas, mais William hésite à lui venir en aide. Il se méfie d'eux. Pourtant, au deuxième couplet, il n'y tient plus. Il se penche, met à la bonne page et lui montre où ils en sont de la chanson.

« *Tu reviendras quand l'été fleurira les prés,*
Quand la vallée blanchira sous la neige. »

L'homme hoche la tête, le regarde un instant, mais il ne chante toujours pas et, au bout de quelques secondes, se remet à tourner les pages.

« David ne sait pas lire », dit à William l'homme sur sa droite. William se sent gêné par sa bévue et acquiesce à peine. « Il est sourd, ajoute l'autre.

— Oh ! » souffle William.

Il chante tout doucement, ne veut pas qu'on l'entende.

« Bon. Passons aux choses sérieuses, voulez-vous ? » Martin a les yeux qui brillent ; il a l'air encore plus grand et costaud que d'habitude. Il scrute les hommes, l'un après l'autre, puis tend la main. « Allez, mettez-y du cœur. » Son poing se referme. « Mettez-y du cœur ! » Il regarde un instant les paroles, pose la main sur son propre cœur, puis, à nouveau, va débusquer leurs regards. « "J'entendrai ton pas léger au-dessus de moi." » Son regard alerte balaie la salle. « "Ma sépulture en sera plus douce et chaude." Allez, messieurs, faites en sorte que j'y croie ! "Tu te pencheras et tu me diras que tu m'aimes." » Il marque une pause, puis ajoute doucement : « "Je serai en paix jusqu'à ce que tu me reviennes." »

Sincèrement, Martin ? songe William. Ces hommes ici présents savent-ils ce que c'est d'être aimé ? *Sincèrement ?* Peuvent-ils connaître la paix ? Mais tous ont le regard braqué sur Martin. Ils sont captivés.

« On recommence, à partir de "J'entendrai", et n'oubliez pas : je ne veux sentir aucune hésitation. » Il se tourne vers le piano. « Merci Jenny. »

Ils redémarrent du début, et la différence est époustouflante. Une vague d'énergie déferle à travers la salle, tendre et puissante.

« Bravo ! » Martin rayonne, son torse se plie et oscille selon la musique, et William prend conscience de certains muscles de son visage. Il y a longtemps qu'il n'a pas souri ainsi. Enfin, le refrain final, il se laisse aller à chanter comme cela ne lui est pas arrivé depuis bien des années.

« C'est mieux ! lance Martin, triomphant, à William, et il hoche la tête.

— Nom d'un chien », dit son voisin en regardant William. Tous les yeux sont braqués sur lui, et ils sourient tous, sauf David, qui contemple les fenêtres.

Martin glousse. « Elle est magnifique, hein, cette voix ? Profitez-en tant que vous pouvez. » Souriant toujours, il baisse la tête et cherche dans son cahier. « Voilà ! Numéro six, maintenant. "What a Wonderful World". Prêts ? » Il lève les yeux, attends que les hommes soient à la bonne page, puis il fait signe à Jenny. « On. Y. Va ! »

« Certains d'entre nous avaient un bon travail », lui dit l'homme qui lui a appris que David est sourd, tandis que les autres vont se rassembler dans le coin, autour du thé et des biscuits. « Vous voyez le type avec le chapeau bleu ? » William lève les yeux et acquiesce. « Il a étudié à Cambridge. Il était avocat. Et l'autre, là, avec les bottes en caoutchouc ? Il était professeur.

— Et vous ? Pardon, je ne connais pas votre nom.

— Colin. » Il mange deux biscuits en sandwich qu'il mâche à peine. Des miettes brunes se logent dans les poils de sa moustache, par-dessus ses lèvres minces et pâles.

« Expert-comptable. » William remarque, sous les différentes couches – l'anorak, le cardigan, la chemise –, une cravate bordeaux mal nouée. « Jamais je n'aurais pensé finir comme eux. » Il fait un signe en direction de David, qui gesticule devant Jenny à grand renfort de sons gutturaux. Elle lui répond de la même manière en souriant, et William ne peut s'empêcher de songer combien Gloria ferait du bien à ces hommes.

« Bonsoir, William, dit Jenny dont les chaussures résonnent sur le parquet en venant vers lui. Merci d'être venu. » Elle a une trace de rouge à lèvres rose sur la dent.

Il hausse les épaules, songe qu'il vaudrait mieux lui dire qu'on ne lui a pas laissé le choix. « Heureux d'aider un peu.

— C'est une bonne équipe, dit-elle en balayant la salle du regard, et Martin est merveilleux avec eux ! Vous ne pouvez pas imaginer à quel point il fait du bon travail.

— En tout cas, c'est formidable pour moi de l'entendre chanter après toutes ces années – il a la voix un peu plus grave, tout de même ! »

Jenny sourit, et il frotte sa dent de devant. « Merci. » Elle rit et imite son geste.

William sent la main de Martin se refermer autour de son bras. « Je vais te demander de chanter avec moi après la pause pour leur montrer comment fonctionne la partie du ténor dans "Sweet Caroline", ça te va ?

— Je ne l'ai jamais chantée.

— Tu pourrais le faire les yeux fermés. »

William regarde Jenny et Colin, puis il relève les sourcils : « Bien. »

Après la répétition, après avoir chanté pour eux, avec eux, William éprouve moins de difficultés à leur parler, à croire qu'avoir inspiré le même air rend la respiration plus facile. Il connaît désormais le nom de quelques-uns : David, qui est sourd et ressemble à Catweazle, le sorcier de la série pour enfants ; Phil, auquel il manque une dent ; Andrew, à la voix douce quand il parle, mais si forte lorsqu'il chante qu'elle est près de se briser chaque fois. Et Colin, l'expert-comptable amateur de petits gâteaux. Avant qu'ils repartent, on leur distribue des sandwiches triangles, au pâté de poissons, au saumon en boîte et à l'œuf, qui disparaissent dans leur bouche, leurs poches, et même sous un bonnet. David revient pour serrer la main à William, ce qu'il trouve particulièrement touchant.

« Tu ne te dis pas, des fois, que ça peut être douloureux pour eux ? De chanter l'amour et que le monde est beau ? » William est adossé au mur tandis que Martin ferme la salle.

« Qu'as-tu ressenti ? Pendant la séance ? » Martin fourre la clé dans la poche de son manteau et ils repartent. « As-tu eu le sentiment qu'ils souffraient pendant qu'ils chantaient ?

— Non. Mais ça m'a fait bizarre de chanter avec eux.

— Ce n'est pas parce qu'ils ont tout perdu qu'ils ne sont plus humains. Je pense que la plupart ont été un jour amoureux. La plupart ont dû aussi penser un jour que le monde était beau. Selon moi, chanter ces choses-là les aide à rester en lien avec ceux qu'ils ont été, sont, pourraient être. Je ne sais pas, William, mais quand ils sont vraiment en phase avec la chanson, les paroles, la musique, ça semble davantage leur faire du bien que du mal. Que je sois pendu si je leur présente des chansons qui ne parlent pas d'amour, de la vie, du deuil, de la douleur et de la joie. C'est ça, être humain. »

Il lève les bras en l'air : « Je les traite comme des êtres humains. »

William lui tape dans le dos.

« Enfin, peu importe, et toi, est-ce que ça t'a plu ? demande Martin en se tournant vers William au moment où ils bifurquent pour traverser Parker's Piece.

— Oui. » Il sourit. « Ça m'a vraiment plu.

— Qu'est-ce que tu as préféré ?

— Le simple fait de chanter. » Il sourit toujours. « Chanter, y a pas mieux, hein !

— On dirait. » Il se met à rire, et Martin enroule son bras autour de ses épaules pour l'attirer contre lui. « Tu es épatant avec eux, Martin, vraiment épatant.

— Faire ce qu'on aime fait ressortir le meilleur en nous.

— Et donc, David ne chante pas, pourtant il vient toutes les semaines ?

— Il ne manque jamais une répétition. On s'est produits à la messe de Noël, l'an dernier, il était là, au deuxième rang, il a lancé des regards noirs à la congrégation et il n'a pas ouvert la bouche une seule fois. » Martin éclate de rire à son tour.

Sur le chemin en diagonale passent des cyclistes. William reste sur le bord, tandis que Martin zigzague.

« J'ai bavardé avec Colin. » William veut que son ami sache qu'il a fait des efforts.

« Tu l'as vu dans ses bons jours. Sa femme l'a quitté parce qu'il refusait de se faire aider pour arrêter de boire. Elle s'est mise avec un type qui a réussi et, l'an dernier, elle est partie vivre à Londres avec ses deux enfants. Ça le tue. Grande maison, écoles privées. Il n'a même pas le droit de les voir.

— Aïe.

— Certains jour, on pourrait croire qu'il est prêt à tuer quelqu'un.

— Le groupe doit être plein d'histoires de ce genre.

— Ouais, mais pendant une heure et demie, ils peuvent mettre ça de côté pour chanter. Ils ont peut-être tout perdu, mais personne ne leur prendra leur voix.

— Qui est Jenny ?

— Une paroissienne. Elle organise l'intendance pour les gens qui préparent les boissons et les sandwiches. Ces gens-là sont des saints qui œuvrent dans le silence. »

Lorsqu'ils arrivent devant le lampadaire en fer forgé au beau milieu du square, William se retourne vers Martin. « Tu es dégoûté parce que j'ai quitté Gloria, pas vrai ?

— Dégoûté ? Non. » Martin regarde droit devant lui. « Mais tout ce chaos n'était pas nécessaire, William. Tu es entouré de gens qui t'aiment. Littéralement entouré.

— Ce n'est pas facile de se laisser aimer par des gens à qui on ne cesse de faire du mal.

— Mais putain, William ! » Martin presse le pas, tête baissée, soudain, il s'arrête net. Un cycliste jure et fait un écart au dernier moment. « Tu crois que tout le monde *mérite* d'être aimé ? Franchement ? » Il secoue la tête et repart. « Tu n'as rien de spécial, William. Tu es pareil aux autres. Parfois, nous donnons le meilleur de nous-mêmes, parfois nous donnons le pire. Ça s'appelle être humain. » Ils prennent à gauche, vers Drummer Street. « Je ne sais pas comment t'aider à t'en sortir, mais je t'ai vu, ce soir. Tu étais vivant. Et il est certain que le but de notre présence sur terre, c'est bien de vivre ! Si chanter te ramène à la vie, si cela réchauffe ton cœur et fait pulser ton sang… » Il s'arrête à nouveau et fait face à William, les mains posées sur ses épaules. « … tu ne crois pas que c'est un devoir pour toi de chanter, nom d'un chien ? Comme si ta vie en dépendait ? » Il le lâche et repart, ses semelles battant le pavé à un rythme régulier. « Moi, c'est tout ce que j'ai, William. »

Celui-ci se précipite pour le rattraper et se met au diapason des longues foulées de Martin. Ils continuent en silence. Au bout d'un moment, il compte quatre pas, puis inspire :

« *Myfanwy, may your life entirely be*
Beneath the midday sun's bright glow,
And may a blushing rose of health
Dance on your cheek a hundred years. »

Aussitôt, la voix de Martin rejoint la sienne, sans la moindre difficulté. Deux autres étudiants passent à bicyclette ; ils ralentissent, sourient, un vélo oscillant vers l'autre.

« *I forget all your words of promise*
You made to someone, my pretty girl,
So give me your hand, my sweet Myfanwy,
For no more but to say "farewell". »

Ils s'arrêtent devant l'église méthodiste et beuglent la dernière note dans le ciel de Cambridge, bras levés, main dans la main.

Martin ouvre la porte de son appartement et William le suit à l'intérieur, s'adressant à son dos : « Je ne peux pas rendre Gloria heureuse. Et elle mérite de l'être. »

Martin grimpe l'escalier. « Très bien, William. » Il secoue la tête. « Si c'est ça que tu veux te faire croire à toi-même. »

Et c'est reparti : ce mélange de peur et de colère qu'il a ressenti dans la voiture auprès de Gloria. Elle l'a traité de maudit hypocrite. En arrivant en haut de l'escalier, il sent l'ombre familière surgir en lui, toujours cette peur paralysante.

« Tu veux un thé ? » demande Martin depuis la cuisine, mais William va directement dans sa chambre.

52

Les épais boutons blancs du magnolia dans le jardin derrière la maison sont si gros qu'il leur faudrait des gonds pour s'ouvrir, semble-t-il. Le jardin partagé est semé de crocus violets, que William et Martin ont déjà piétinés par inadvertance. Certains s'en sont remis et se sont redressés tous seuls ; d'autres gisent dans la pelouse, leurs entrailles jaune et violet exposées.

Au bout de trois semaines, William s'est créé une petite routine. Il se lève après le départ de Martin au travail, s'installe à la table qui donne sur Jesus Lane, regarde les cyclistes qui se hâtent pour les cours de neuf heures et le square de Midsummer Common qui s'emplit de printemps. Les premières bouffées de terre et de fraîcheur le ramènent à l'époque où Gloria sortait avec Ray à Londres, mais il y a autre chose à présent : le soulagement de la chorale. Le jour tombe plus tard, aussi ne fait-il plus nuit lorsqu'ils quittent la salle paroissiale. Les soirs où la morsure du froid lui donne la chair de poule alors qu'il se déshabille pour se mettre au lit, il pense à Colin, à David, à Andrew. Il se demande à quel point ils ont froid, où ils dorment, s'ils ont faim.

Les nuits sont certes encore fraîches, mais la douceur gagne du terrain.

Il regarde la vie passer et, à la seconde tasse de café, parfois il appelle oncle Robert. William a promis de rester en contact, c'est le moins qu'il puisse faire. Howard a trouvé un remplaçant qui vient deux jours par semaine. Au début, Gloria est rentrée à Stepney, et puis la semaine dernière, elle est partie en vacances. Où, et avec qui, il ne le demande pas, mais il se sent soulagé.

Après avoir fait quelques commissions en ville – imprimer des paroles de chanson, trouver des partitions, se mettre en relation avec l'église pour faire venir un accordeur de piano –, il revient à l'appartement et passe un des disques de Martin. Parfois, il se contente d'écouter, les yeux clos, concentré, et il se demande comment il a fait pour survivre pendant tant d'années sans toute cette beauté. Il est stupéfait que la musique classique qui a tant compté pour lui pendant si longtemps n'ait jamais trouvé place au sein de son couple. Le soir, il va à des concerts pour lesquels Martin a des places gratuites.

Les deux dernières semaines, il a travaillé avec un petit groupe de ténors du Chœur de Minuit pendant une demi-heure, laissant les basses à Martin. Au départ, il était si nerveux qu'il ne distinguait rien hormis ses mains qui tremblaient et ses commentaires insipides, mais la semaine suivante, les choses se sont passées différemment. Pendant vingt minutes, ils se sont totalement abandonnés, et le son qu'ils ont produit lorsqu'ils ont rejoint les basses, reformant le chœur, était tellement meilleur que William en aurait sauté de joie.

« Martin n'est pas facile à suivre, mais vous enseignez bien », a dit Colin, et William a éprouvé un sursaut de fierté et de gratitude.

« Merci, Colin. Vous avez une très jolie voix.

— Moi, j'ai une très jolie voix ? » Colin a ri doucement. « C'est vous, notre Pavarotti à nous. »

William s'est mis à tripoter son bouton de manchette. « Vous aimez l'opéra ?

— Autrefois, oui. Je l'ai vu, une fois, à Covent Garden, Pavarotti. » Le souvenir de ce moment de plaisir se lisait dans ses yeux, et William a remarqué pour la première fois qu'ils étaient d'un vert ô combien profond.

Ce matin, il force la fenêtre à guillotine à s'ouvrir un peu plus grand que d'habitude et il observe le cœur citron des fleurs de magnolia laiteuses. Laissant l'air frais entrer, il rassemble son bol et celui de Martin, les lave, puis se rassoit à table.

La sonnerie stridente du téléphone le fait bondir.

« Allô, Cambridge 57912 ?

— William ! Comment vas-tu ?

— Bonjour oncle Robert. Ça va, et toi ?

— Tu nous manques. On essaie de garder la tête hors de l'eau.

— Comment se débrouille le remplaçant ? »

William entend Robert reprendre sa respiration avant de parler. « Je l'ai renvoyé, il ne nous était pas très utile, hélas. Le père de Gloria est venu deux jours par semaine, mais ça ne peut pas durer. Si ça continue, il faudra qu'on délègue à Bunts.

— Je suis vraiment désolé. » D'habitude, Robert passe son temps à essayer de voler des clients à Bunts, pas à lui en adresser. Robert ne répond pas. « Je reviendrai bientôt. Comment va Gloria ?

— Elle est toujours absente. Elle revient dans deux jours. Mais elle a le cœur brisé, William. Le cœur brisé. » Il se sent vide, ne sait quoi répondre. « On garde le contact, hein ?

— Oui, je l'ai promis.

— Et tu as intérêt. Enfin, je t'appelais pour te dire que je t'ai réexpédié un courrier de ta mère par la poste, et ce n'est pas une suggestion mais un ordre. Tu dois l'ouvrir, cette fois, William. Et si tu as besoin d'en parler, je suis là. N'importe quand, jour et nuit. »

Soudain, il a la bouche très sèche. Est-elle malade ? Il a passé des années à ignorer sa mère en se trouvant des justifications, mais il a toujours su qu'à un moment, il faudrait bien qu'il accepte les choses.

« J'imagine que ce n'est pas la peine de te demander de quoi il s'agit ? demande-t-il d'un ton qui se veut léger.

— Ça la concerne elle, pas moi. »

53

« Bien, dit Martin au groupe en passant la main dans son épaisse chevelure. Il y a un festival de printemps la semaine prochaine à mon ancien collège, ce qui nous offre une nouvelle chance d'entendre le “Miserere”. Ceux qui veulent venir, levez la main. »

Toutes les mains se lèvent. Ils sont quinze ce soir-là. Colin se penche vers William en souriant et l'attrape par la manche pour lui faire lever la main à son tour. Mais William la lui arrache si brusquement que Colin tressaille.

Martin ne l'a pas prévenu. Il se sent piégé. « Je n'y vais pas.

— Pourquoi ? » demande Colin. Tout le monde l'écoute. « C'est gratuit.

— Je sais, mais je n'en ai pas envie. » William parcourt la salle des yeux et croise le regard attentif de Jenny.

« Donc, nous serons dix-sept, dit Martin sans même se tourner vers William. Fantastique. Et ensuite, chocolat chaud au Copper Kettle ! »

Quelques-uns applaudissent.

« Tu ne veux vraiment pas venir ? » Un peu plus tard, Martin est assis sur le canapé avec une tasse de thé.

William secoue la tête, gêné de sa réaction vis-vis de Colin.

Martin étend le bras sur le dossier et le regarde longuement. « On n'en a jamais parlé, hein, du "Miserere".

— Non, répond William à l'autre bout du long canapé, et je te suis reconnaissant de ne pas avoir essayé. »

Martin fronce les sourcils. « Mais tu *adorais* ce morceau. Pourquoi t'en priver à cause d'un incident malencontreux qui remonte à si loin maintenant ? »

William contemple Martin, serrant les dents de toutes ses forces.

« La musique est toujours la musique, c'est plus grand que l'orgueil d'un choriste. C'est plus grand et ça le dépasse largement, continue Martin en buvant une gorgée de thé, voilà ce que tu devrais te dire.

— Laisse tomber, Martin. » William se lève avec l'envie de balancer le mug qu'il tient dans sa main. « Tu crois tout savoir de moi, mais tu ignores ce que je ressens ! Et ce truc-là, je suis incapable de le digérer ! Voilà ce que je ressens. »

Martin se lève à son tour, il est à quelques centimètres de lui et lui prend le mug.

« Alors réfléchis à ça, monsieur le Traumatisé, dit-il doucement : tu n'as aucune idée de ce que j'ai ressenti après t'avoir embrassé. Crois-moi, tu n'en as pas la plus petite idée. Ni le jour où tu as laissé les autres croire que je t'avais agressé. Si je n'avais pas réfléchi en me disant que la personne concernée comptait plus que ce qui s'était passé, je ne t'aurais pas adressé la parole quand je t'ai retrouvé à la sortie de l'église avec

Gloria, et jamais je ne t'aurais laissé venir t'installer chez moi. »

Il a raison, bien sûr. Chacun de ses mots sonne juste. Que se serait-il passé s'il avait fait d'autres choix ? Et si tout ce qui lui est arrivé avait pu l'aider à grandir ? Si chacun de ces événements catastrophiques avait été une sorte de croisée des chemins et qu'il ait choisi une voie meilleure ? Mais y penser est trop douloureux.

« Je n'irai pas. » William plonge les mains dans ses poches. « J'ai chanté avec toi, j'ai écouté cette musique que je m'étais juré de ne plus jamais écouter, mais je ne retournerai pas dans cette église pour entendre ce morceau.

— Les gars seront déçus, l'interpelle Martin en quittant la pièce.

— Je suis certain qu'ils s'en remettront, répond William. Bonne nuit. »

Il se change, fait sa toilette dans la salle de bains, puis revient vers la cheminée et prend le petit rectangle d'épais papier blanc à la bordure dorée.

Evelyn et Frank vous convient à leur mariage

All Saint's Church, Mumbles

Samedi 4 mai à 14 heures

La cérémonie sera suivie d'une réception
au Langland Court Hotel.

(Désolés de vous prévenir si tardivement,
mais nous avons pensé que
la vie était trop courte pour gâcher
la moindre chance d'être heureux.)

Tout en bas, cette écriture penchée familière qu'il savait si bien imiter : *Il est temps de passer à autre chose, tu ne crois pas ? Cela signifierait tant pour moi si tu venais.*

***

Le bras sectionné est chaud et mouillé entre ses mains.

« Emporte-le à l'extérieur, dit Jimmy. Montre-leur et demande aux parents à quel enfant il appartient.

— Je ne peux pas ! » répond-il.

Jimmy le pousse par-derrière. « Mais si, tu peux ! »

Il lutte pour faire volte-face et rentrer à toute vitesse. Jimmy le pousse à nouveau et il trébuche dans la foule des mères. Elles le malmènent en essayant d'attraper le bras. Sa poitrine se soulève ; un terrible cri naît au-dedans. Des mains puissantes enserrent ses bras.

« William ! Réveille-toi. Tu fais un cauchemar. »

Il est assis dans son lit, respirant fort, avec ce mélange habituel d'effroi et de soulagement. Martin est à ses côtés, en tee-shirt et caleçon. Un instant, il se demande où il est et pourquoi Gloria n'est pas là. Il essaie de calmer son souffle, de détendre ses bras crispés, d'ouvrir les poings.

« Je ne savais pas si je devais te toucher ou pas. » Martin a l'air bouleversé.

William se laisse retomber sur son oreiller. « J'ai crié ?

— On peut dire ça, en effet, répond Martin en esquissant un sourire. Je m'attendais plus ou moins à ce que ça arrive, mais tu m'as flanqué une peur bleue.

— Tu attendais plus ou moins que ça arrive ? »

Martin ramasse la couverture qui est tombée au bout du lit et la replie. « Un jour Gloria m'a dit que parfois tu te réveillais la nuit en hurlant, voilà tout. »

Martin s'assoit sur le lit en sous-vêtements, cheveux ébouriffés, son tee-shirt fait des plis dans le dos, et soudain, on dirait qu'ils sont de retour dans le dortoir du collège. William éclate de rire. « Je ne suis pas facile, hein ? »

Martin sourit. « Tu sais que j'ai toujours préféré les gens intéressants. »

William sent sa vision se brouiller ; il n'essaie pas de lutter. « J'ai tout gâché, hein ?

— Étant donné que tu es la personne la plus douce et la plus gentille que je connaisse, je dois dire que tu as un don extraordinaire pour tout foutre en l'air. »

Il sent une larme couler dans son oreille. « Tu es un vrai ami, Martin.

— Je vois que la musique est en train de te rendre à toi-même. Tu l'as exclue de ta vie comme si c'était le truc qui te faisait du mal, alors que depuis le début, c'est justement ce qui peut te sauver. » Il pose une main ferme sur la jambe de William. « Écoute de la musique, chante, enseigne-la, respire-la, chaque jour. Tu y arriveras.

— Ma mère va se marier, bredouille-t-il en désignant la cheminée. Elle veut que je vienne. »

Martin parcourt des yeux l'invitation. « Waouh. » Il se redresse et se retourne vers William. « C'est du lourd. » Il se rassoit sur le lit. « Tu vas y aller ? »

William hausse les épaules. « Je suis complètement paumé. Et toi, où tu vas ? » demande-t-il à Martin qui se lève à nouveau. Il n'a pas envie de rester seul.

« Il est trois heures du matin, dit Martin en sortant, à ton avis, où est-ce que je vais ? » Sa tête réapparaît dans l'embrasure de la porte : « Nous préparer un chocolat chaud, bien sûr. »

54

Colin ne vient pas à la répétition. Cela inquiète William plus qu'il ne l'aurait cru. Les membres du Chœur de Minuit ont tous leurs fragilités, mais il y a chez Colin quelque chose qui touche particulièrement William. Sa manière de tenir ses feuilles avec tant de soin. Son habitude de retirer son caban crasseux pour le poser sur le dossier de sa chaise. William sent le gouffre entre ce que Colin était et ce qu'il est devenu ; un poids lui reste sur la poitrine, qui ne disparaît qu'en rentrant à la maison avec Martin. À présent, il apprécie ses répétitions avec les ténors. Ça ne le gêne même pas que David se joigne à eux systématiquement et passe tout son temps à le fixer des yeux.

Lors des pauses, Colin a raconté à William que son ex-femme et ses deux enfants vivaient à Londres avec son nouveau mari, qui a un emploi bien payé à la City – mais pas autant que Colin il y a cinq ans, quand il était expert-comptable, avant qu'il se soûle à mort poussé par la culpabilité d'avoir succombé à une pauvre aventure d'une nuit. Il n'a pas de droit de visite. Il n'a pas vu ses enfants depuis un an. Il se demande comment se débrouille son fils dans le secondaire. Il se demande s'ils appellent l'autre « papa ». Il se demande ce que leur mère leur dit à son propos.

Ce soir, William fait travailler les ténors sur « Can't Help Falling in Love ». Ce n'est pas facile car Gloria adore cette chanson et Colin leur manque, lui qui y arrive toujours du premier coup. William chante plus fort que d'habitude pour les entraîner avec lui. Tout en chantant, il regrette de ne pas l'avoir fait pour Gloria, ne serait-ce qu'une fois. Elle aurait adoré. Il en aurait peut-être fait un peu trop, mais il y aurait mis du cœur. Sur le point de chasser cette pensée ainsi qu'il en a chassé des centaines de milliers d'autres avant elle, William décide pourtant de la laisser tourner dans sa tête, de laisser la musique ramener Gloria vers lui. *Je veux éprouver l'amour et la tristesse*, décide-t-il. Alors que William se tient ainsi devant les autres, battant la mesure de sa main droite, chantant presque à pleins poumons, David sort du petit groupe et lève une main vers lui. Tout le monde continue de chanter. Arrivé à quelques centimètres, son visage hirsute plein d'intensité, ses yeux bleus remplis d'interrogation, de curiosité, il appuie la main contre le torse de William. La pression est ferme et chaude, et celui-ci sent les vibrations du chant passer dans la main de David. Ils se regardent l'un l'autre, et David sourit. Sans bouger la main, il se retourne vers les autres, puis la retire d'un coup, comme s'il avait touché quelque chose de brûlant. Un petit concert d'applaudissements s'ensuit, et bien que William ne comprenne pas tout, il se joint à eux.

Plus tard, pendant qu'ils mangent et se servent des sandwiches, William grimpe sur une chaise et demande si quelqu'un sait où est Colin. Nul n'a de réponse.

« Qu'est-ce que tu fais quand il en manque un ? » demande-t-il sur le chemin du retour. Parker's Piece est trempé après une giboulée vive et brève, et la terre surprise exhale le fort parfum de la nouvelle saison.

« Je dirige une chorale, pas une auberge.

— Tu n'as jamais la tentation d'en faire plus ?

— Je leur offre un endroit où être humain une fois par semaine. C'est ça, ma contribution. »

Le lendemain, William prépare des sandwiches et une Thermos de thé sucré, puis passe cinq heures à arpenter Cambridge : les bancs de Midsummer Common, Parker's Piece, Jesus Green ; les porches d'Eaden Lilley et de Joshua Taylor. Il croise d'autres membres du Chœur de Minuit, mais aucune trace de Colin. Il recommence le lendemain, passe et repasse dans les rues du centre, au cas où Colin serait arrivé à l'instant où il tournait au coin d'une autre rue.

« Quel dommage s'il rate le "Miserere", dit Martin le lendemain matin en enfilant son anorak. Il l'adore. J'irai là-bas directement après le travail, ensuite on doit boire un chocolat au Copper Kettle, donc je rentrerai tard. Je ne te demande pas si tu viendras, mais ça me ferait rudement plaisir.

— Bonne journée, Martin. »

Il entend son pas dans l'escalier, puis la porte qui s'ouvre. Mais au lieu qu'elle se referme aussitôt, Martin revient sur ses pas.

« William ?

— Oui ?

— Es-tu allé voir au jardin botanique ? »

William s'élance presque en courant, fâché de n'y avoir pas pensé tout seul. Après avoir arpenté les allées et inspecté les serres au pas de course, il s'assoit près de la fontaine où il reste pendant une heure et demie, le déjeuner posé à côté de lui sur le banc. En plus des sandwiches, il y a à présent deux Pim's, une pomme et un biscuit enrobé de chocolat – comme si Colin était un gamin ou un animal qu'on attire avec des friandises. Son corps se crispe d'anxiété en l'imaginant dans le caniveau, inconscient, ivre ou blessé. Chaque fois que William se le représente, il voit sa cravate bordeaux enfouie sous ses couches de vêtements.

Il repense à David lors de leur dernière répétition, et il sent presque encore sa main sur sa poitrine. *Ça ne va pas. Je ne peux pas faire face. Je ne suis pas de la même trempe que Martin. Je ne supporte pas la douleur.* Il se lève et se voit dire à Martin qu'il ne viendra plus s'occuper du chœur, puis demander si c'est toujours une condition pour qu'il puisse demeurer chez lui. Peut-être est-il temps de rentrer, de toute façon. Il aime à penser que Gloria a eu quelques semaines pour accepter que tout soit fini entre eux, que peut-être elle est prête à envisager un avenir différent.

Au lieu de repasser par Parker's Piece, il prend par Mill Road, quartier qu'il n'a jamais visité à l'époque où il était choriste. Martin appelle ça les bas-fonds de Cambridge, ce qui, trouve William, est plus adapté que « centre historique ». Un manteau de tweed en lambeaux et une paire de chaussures aux semelles décollées attirent son attention. Le vagabond prend une allée de gravier à laquelle William n'avait encore jamais prêté attention. De loin, il le suit jusqu'à un cimetière rempli de pierres tombales mal alignées, couvertes de lichens et penchées selon des angles improbables. Fatigué, l'homme s'assoit sur un banc, contre un mur.

« William ? »

Colin a l'air différent. C'est lui, mais dans une version détériorée. Ses pommettes sont plus saillantes, ses cheveux plus ébouriffés. Il se laisse tomber sur le banc.

« Il y a des jours que je vous cherche. Où étiez-vous passé ?

— J'étais à Londres.

— Combien de temps y êtes-vous resté ?

— Le temps qu'il a fallu pour récupérer assez d'argent pour payer mon billet de retour.

— Tenez », dit William en lui donnant le sac.

Colin le regarde, prend le sac en hésitant. « C'est pour moi ? »

William hoche la tête.

Il l'ouvre et fourre aussitôt un sandwich dans sa bouche. Il pue l'alcool. William n'avait encore jamais remarqué ça chez lui. Certains membres du Chœur de Minuit boivent sec avant les répétitions, et William se demande maintenant si Colin prend délibérément soin d'y venir sobre.

« Vous avez vu vos enfants ? demande William au bout d'un moment.

— Ma fille. De loin. En face de l'école. » Colin a les yeux baissés. « Elle avait l'air heureuse. Elle riait avec ses amies.

— Vous ne lui avez pas parlé ? »

Il secoue la tête. « Ça me suffisait de la voir pendant quelques minutes. » Il tend la jambe pour pouvoir plonger la main dans la poche de son pantalon. Il déplie un papier usé et le tend à William. C'est une photo de famille ; on y reconnaît Colin, avec sa femme et ses deux enfants, qui ont l'air d'avoir cinq et sept ans. Il désigne la fillette. « C'est Katy. Elle est plus grande, maintenant et elle a les cheveux plus courts.

— C'est leur adresse ? » demande William en montrant l'envers de la photo.

Il acquiesce.

« Vous disiez que vous ne saviez pas où ils vivaient.

— Je peux pas y aller, alors c'est comme si je l'ignorais. » Il baisse la tête, et William craint qu'il se mette à pleurer. « Quand elle les a emmenés à Londres, elle a dit que si j'arrêtais de boire, je pourrais les voir.

— Martin m'a dit que vous n'étiez pas autorisé à les voir.

— Pas si je bois. Et je n'arrive pas à m'arrêter, donc c'est du pareil au même. Et puis de toute façon, je veux pas que mes enfants me voient dans cet état.

— Un peu de thé ? » propose William.

Colin acquiesce mais il repère les petits gâteaux. « Des biscuits enrobés de chocolat. J'en avais pas vus depuis l'époque où j'étais écolier. » Il se raidit tout à coup. « Au fait, quelle heure est-il ? »

William regarde sa montre. « Dix-sept heures dix. »

Colin se lève, vacille, retombe sur le banc. « C'est aujourd'hui, hein ? Le "Miserere" ? Venez donc avec moi.

— Non, merci.

— Comme vous voudrez. » Il part dans la mauvaise direction, laisse choir sa photo. « Merci pour la nourriture.

— Vous avez fait tomber la photo.

— Je sais.

— Vous n'en voulez plus ? »

Il secoue la tête. William le regarde avancer : deux fois il trébuche. Lorsque Colin finit par tomber et que son épaule heurte une pierre tombale, William se penche pour récupérer la photo, court vers lui, l'attrape par le bras, le passe par-dessus son épaule et l'aide à poursuivre son chemin. Il leur faut bien une demi-heure pour arriver à l'église. Le front en sueur, le bras droit engourdi à force de soutenir Colin, les aisselles dégoulinantes, William rompt la promesse qu'il s'était faite et, pour la première fois en treize ans, pénètre dans la cour du collège.

55

Le portail est aussi haut que dans son souvenir. L'échelle reste la même, que vous mesuriez un mètre vingt ou un mètre quatre-vingts. L'édifice est majestueusement élevé et, pourtant (à sa grande surprise !), il éprouve toujours le sentiment d'y être le bienvenu. Espérant que Colin puisse tenir debout seul à présent, William pénètre dans le narthex, et une bouffée d'air ancien laisse un goût râpeux dans sa gorge.

« Venez, William, vous allez vous régaler », dit Colin en franchissant le seuil.

Tout est là. Le plafond finement ouvragé, les reflets d'or sur le sol, les couleurs profondes de la lumière que diffusent les vitraux.

Colin repère les autres et se dirige vers eux cahin-caha en trottinant. Ses compagnons se poussent pour lui faire de la place. Jenny est là, vive et pleine de joie, montrant quelque chose sur le programme à l'un des membres du chœur. Elle porte une écharpe rouge par-dessus sa veste. William s'assoit au bout, à côté de Colin, mais Martin qui est un peu plus loin dans la rangée se lève et fait signe aux autres de se pousser pour qu'il puisse prendre place à côté de son ami.

« Tu es venu, dit-il en lui tapotant la cuisse.

— C'est un accident », marmonne-t-il.

Il prend le programme : Rachmaninov, Purcell, Weelkes. De vieux amis.

Les bancs se remplissent ; imperméables, vestes de tweed et anoraks comme autrefois, et puis aussi des écharpes de couleurs vives qui traînent par terre, des manteaux afghans, une veste arc-en-ciel attachée avec des épingles. Éclat de pourpre et de blanc sur sa gauche : les voilà. Il ressent une montée d'adrénaline, à croire que c'est lui qui s'apprête à chanter. Frêles et minuscules, grands et dégingandés, grassouillets et pleins de taches de rousseur, vêtus d'aubes trop longues ou trop courtes, les garçons avancent en procession, avec leurs surplis légers, blancs et ondulants.

Il regarde la rangée des membres du Chœur de Minuit ; ils respirent fort, sont assis avec gaucherie, leurs godillots sont crottés, leurs vieux lacets défaits. Peut-être sont-ils son bouclier, sa protection contre le passé ; ces hommes brisés, pour lesquels vont chanter ces jeunes garçons qui ne sont pas des anges. Ordinaires et pourtant extraordinaires, tous autant qu'ils sont. Un sursaut d'émerveillement le submerge. Peut-être que Martin avait raison, le naufrage de sa famille est insignifiant comparé à toute cette grandeur, cette profondeur. C'est ridicule, bien sûr, mais le sentiment que cette église l'aime lui revient, plus fort que jamais. Et voilà Phillip ! Toujours très mince, un peu voûté, la tête penchée d'un côté avec cette détermination, ce sens de l'objectif à atteindre. Les choristes s'installent, remplissant les stalles sur les bas-côtés.

Et soudain William découvre qu'ici, on peut voyager dans le temps. Car ici rien ne change – les chandeliers, la lumière, les prie-Dieu, les ornements en fer forgé au bout de chaque banc. Tandis que les garçons prennent place et disposent leur partition, William descend de plus en plus loin dans les tréfonds de lui-même. Le temps se dédouble, il est à la fois à côté de Martin, adulte, et de ses choristes de Minuit qui se trémoussent en dégageant des relents nauséabonds, et puis de son moi âgé de treize ans qui s'apprête à chanter le « Miserere » d'Allegri.

« Les sacrifices de Dieu sont un esprit brisé. » Les mots du prêtre sont aussi familiers à William que son propre nom. « Un cœur brisé et contrit, ô Seigneur, Tu ne mépriseras pas. Confessons humblement nos péchés à Dieu tout-puissant. »

Il n'y a rien à faire. La boucle temporelle et spatiale est bouclée, et William se retrouve pris au cœur de ce moment qu'il fuit depuis treize ans.

56

Alignés dans le narthex, les choristes sentent le poids des attentes peser sur eux. D'habitude, les grands jours, William imagine l'église tout émoustillée d'accueillir tant de monde. Aujourd'hui, il n'a pas le loisir de se livrer à ce genre de pensées. Il est tout simplement terrifié.

Il regarde Martin, sur la gauche, les yeux fixés droit devant lui. Depuis la correction qu'il a reçue il y a deux semaines et ce qui s'est passé ensuite dans les toilettes, ils ne se sont pas adressé un mot ni même regardés dans les yeux. Hier, dans les vestiaires, après le rugby, quelqu'un s'est écrié : « Ne tournez pas le dos à Mussey ! », et William s'est contenté de boutonner sa chemise.

L'orgue se met à jouer, puissant et riche ; William pourrait crier. Ça y est, le grand jour qu'il attend depuis l'âge de cinq ans est arrivé, pourtant, jamais il ne s'est senti aussi anxieux et démoralisé. Arrivé sur le seuil de l'église, Martin se penche vers lui et c'est si soudain, si rapide que William sursaute :

« Alors, tu l'as envoyée, la lettre à ton oncle ?

— Oui. J'aurais mieux fait de t'écouter. »

Les sourcils de Martin se relèvent et il souffle, les joues comme des balles de ping-pong. « Qu'est-ce que tu leur as dit ?

— Pas grand-chose : "Je quitte à l'instant Cambridge pour Swansea. Je reviens dans deux semaines pour le grand jour de William. S'il vous plaît, venez. Tous les deux. Je suis désolée." »

Martin ne fait pas de commentaire.

Trop tard maintenant ; sa mère, oncle Robert et Howard sont là. Peut-être se sont-ils déjà parlé et ont découvert la supercherie. L'idée qu'Evelyn puisse ne pas être furieuse lui paraît à présent ridicule et il se déteste.

Il n'essaie pas de les repérer. Il inspire à fond et décide que pendant l'heure qui vient, il n'est plus que choriste et soliste principal. Cela suffira peut-être. Il s'inquiétera plus tard du fait qu'il est aussi fils et neveu.

Un rayon de soleil jaillit soudain sur leur droite. Seize garçons tournent la tête pour voir la mère de William ouvrir la porte et s'engouffrer dans l'église. Elle le repère immédiatement.

« Pardon ! lit-il sur ses lèvres, alors qu'elle est à deux ou trois mètres, pantelante. Il y a eu un accident. »

Un religieux apparaît, sa robe noire oscillant au rythme de son pas rapide.

« Vous devez attendre que les choristes soient passés. » Il la prend par le bras et l'éloigne des garçons.

« Bien sûr, désolée. Je suis sa mère », dit-elle en désignant William.

Martin fixe Evelyn des yeux et William l'entend soupirer. Ils se mettent à avancer en procession et William se concentre sur le vitrail derrière l'autel ; ainsi, les visages pleins d'attention ardente du public ne sont plus rien d'autre qu'un flou étouffant.

Il pose sa partition et soudain sa décision de se concentrer uniquement sur Phillip et la musique vacille, parce que Evelyn essaie d'avancer sur la pointe des pieds avec ses chaussures brillantes à talons hauts. Comme les bancs sont disposés face aux bas-côtés, personne ne peut entrer sans être vu. William ne reconnaît rien de ce que porte sa mère : manteau, sac à main, écharpe, souliers. Tout est nouveau. Elle s'arrête devant un banc où les gens n'ont pas l'air trop tassés et attend qu'ils lui fassent un peu de place. À sa gauche, William a la surprise de reconnaître Mr. et Mrs. Mussey. Quand il est allé chez eux à Noël, ils avaient dit qu'ils viendraient s'il chantait les solos, mais il pensait que Martin leur aurait dit de ne pas se déplacer.

Evelyn retire son foulard de soie jaune et accepte le programme de l'office que lui tend l'homme à sa droite ; alors William s'aperçoit en rougissant violemment qu'oncle Robert et Howard se trouvent juste derrière elle.

« Les sacrifices de Dieu sont un esprit brisé : un cœur brisé et contrit, commence le prêtre, ô Seigneur, Tu ne mépriseras pas. »

Robert et Howard sourient mais ils sont visiblement mal à l'aise. Qu'a-t-il donc fait ? Evelyn jette un coup d'œil au programme, mais son corps est tourné vers le chœur. Vers William.

« Confessons humblement nos péchés à Dieu tout-puissant. Nous avons péché, nous nous sommes écartés de Tes enseignements telles des brebis égarées. Nous avons trop suivi les inclinations et les désirs de nos propres cœurs. » Les mercredis ordinaires, au moment des vêpres, la congrégation répond au prêtre du bout des lèvres. Aujourd'hui, l'assistance lui renvoie la parole de manière éclatante. « Nous avons offensé Tes lois sacrées. Nous avons laissé inaccomplies les tâches que nous aurions dû terminer ; nous avons commis des actes que nous n'aurions pas dû commettre ; il y a quelque chose de malsain en nous. »

Si seulement il pouvait revenir sur les actes qu'il n'aurait pas dû commettre. Toute l'assemblée récite d'une voix tonitruante la prière ; oncle Robert et Howard semblent toujours aussi mal à l'aise. Sa mère est obnubilée par lui, elle affiche ce que Martin appellerait son sourire « tranche de fruit ».

Sans même jeter un regard à Phillip, William entonne les réponses qu'il a déjà chantées des centaines de fois.

« *Ô Seigneur, entrouvre nos lèvres.*
Et de nos bouches sortiront des louanges envers Toi.
Ô Seigneur, hâte-Toi de nous sauver.
Ô mon Dieu, hâte-Toi de nous aider.
Gloire au Père, au Fils et au Saint-Esprit ;
Ainsi qu'il était au commencement,
aujourd'hui et à jamais : un monde sans fin. Amen.
Sois loué, ô mon Dieu. »

Les fidèles se rassoient et toute l'attention se concentre sur les choristes. L'événement du jour. Dans le silence,

William ouvre sa partition et, pour la première fois depuis quatre ans, aborde un solo sans regarder Phillip dans les yeux.

Petit coup de coude de Martin et, avec une fraction de seconde de retard, il démarre.

« *Miserere mei, Deus...* » Les sopranos, les ténors et les basses se mêlent, comme le courant de l'eau sur les galets dans le ruisseau. *Aie pitié de moi, mon Dieu.*

Oncle Robert regarde à présent William.

Celui-ci se concentre à nouveau sur Phillip et découvre combien son visage est tendu, combien il le regarde intensément. Il se tait pendant deux mesures.

« *Secundum magnam* », chante le chœur à l'unisson.

Maintenant les ténors mènent – « *misericordiam* » –, puis les basses, puis les sopranos, dont les voix laissent déjà présager l'ascension imminente et vertigineuse.

Mais William ne peut s'en empêcher. Evelyn, Robert et Howard le fixent tous les trois avec ferveur. Il chante avec les sopranos et les basses lorsqu'ils se mélangent, doux et soyeux dans la fin de la phrase qui s'étire délicatement : « *Tuuuu-aaaam.* » *En raison de Ta grande bonté.*

Retour vers Phillip, dont les yeux brillent d'intensité, exigeant son attention, mais ils entrent dans le premier moment de silence, et ensuite, les basses ont toute une phrase avant qu'on en revienne à lui.

Evelyn n'a toujours rien vu. Elle lui adresse un petit signe.

« *Et secundum multitudinem miserationum tuarum.* » Le plain-chant s'épanouit, doux et puissant, emplissant l'église. *D'après l'immensité de Ta miséricorde.*

Que cherche Howard à ses pieds ? Oncle Robert tend la main vers sa mère : il veut lui faire savoir qu'ils sont là avant que William ne commence à chanter les solos.

« *Dele iniquitatem meam* », terminent les basses. *Efface mes offenses.*

La main d'oncle Robert se pose sur l'épaule d'Evelyn. Le premier solo arrive. Phillip va se pencher en avant, tête inclinée, prête à lui faire signe. Mais quoi ! Evelyn sursaute et fait volte-face. Robert esquisse un geste muet et… Oh ! Un éclair de sang dans la main d'Howard. Des tulipes ! Il lui offre des tulipes rouges ! Il ne distingue plus que le dos de sa mère.

La musique s'élance.

D'un geste rapide et efficace, Evelyn arrache les tulipes de la main d'Howard et le gifle. Robert sursaute et les tulipes s'envolent vers les saints, stupéfaits, en surplomb. Des pétales rouges jaillissent, suivant un instant leur propre trajectoire avant de retomber pour se poser sur une épaule, une tête, un bras. Le bouquet échoue avec moins de grâce sur les genoux de Mrs. Mussey.

William sent sa gorge se nouer. Il ne peut plus respirer. Maintenant ! « *Amplius lava me ab uniquitate mea.* » Saut en chute libre, sans parachute. L'église s'emplit de ce son surnaturel, presque inhumain. Pur. Parfait.

Délivre-moi de tout mal.

Le clerc fond sur Evelyn tel un corbeau et l'attrape par le bras. Il l'emmène. En s'en allant, elle se retourne pour le regarder.

Voilà : « *Et a peccato meo munda me.* »

Enlève-moi mes péchés.

Retour dans des notes moins aiguës. Solide comme le roc, tandis que les ténors se regroupent autour de lui.

Howard a la joue rouge. Sa mère a été expulsée de l'église. Les yeux de son oncle sont de minuscules soucoupes d'argent.

C'est insoutenable. Il ne peut plus regarder ça. Pourtant, le simple fait de se tourner vers Phillip à présent revient à sauter d'une planète à l'autre. Cette torture doit s'arrêter, il doit se mettre en sécurité et retrouver le visage de son maître de chœur. Alors seulement il s'aperçoit que Phillip ne se concentre pas sur lui, mais sur son ami, à côté de lui, et c'est là qu'il comprend. Un sursaut glacé le parcourt de la tête aux pieds en réalisant qu'il n'a pas chanté une seule note depuis le début. C'était Martin, tout du long.

Il reste quatre solos. Il refuse de gâcher une seconde de plus pour sa misérable mère. Cette fois il est là, il est prêt, c'est tout ce qui lui reste. Il respire, se redresse et se concentre exclusivement sur Phillip. Il reste deux mesures et il suit chaque note sur la partition, ses yeux allant de la musique à Phillip. Musique, Phillip. Rien. D'autre. Phillip. Musique.

Mais Phillip ne se penche pas vers lui. Il ne le regarde même pas. Comme si William n'existait plus. C'est Martin que le maître de chœur sollicite. Et au solo suivant, et pour celui d'après, et encore après, même si la concentration de William ne vacille pas une seconde.

Lorsque c'est terminé, au bout de douze minutes, Phillip enfin le regarde. Et à cet instant, William sent non seulement la disgrâce dans laquelle il est tombé aux yeux du maître de chœur, déçu, mais aussi de tous les autres : les choristes, sa famille et tous les membres de cette maudite congrégation.

Tout à coup, rester là une seconde de plus lui est intolérable. Il n'a même pas conscience de prendre une décision. Son corps l'emporte ; il s'extrait des stalles, écrasant au passage les pieds des autres, et détale dans les bas-côtés. En passant près d'oncle Robert et Howard, il marche sur une tulipe et dérape. Ses bras font un instant des moulinets, mais il retrouve son équilibre et continue à courir, le souffle rauque et rapide, martelant les dalles.

En arrivant dans le narthex, il voit sa mère que le clerc tient toujours par le bras. Il continue à courir dans la lumière douce et fraîche du printemps, franchit la cour carrée, passe le portail près de la conciergerie, jusque dans la rue.

Enfin, il s'accroupit et s'adosse au mur, la tête entre ses mains.

« William ! »

C'est elle qui accourt. Et non loin derrière, oncle Robert et Howard. Il se lève, les genoux tremblants. Les voilà tous à présent sur le trottoir.

« Tu es content, maintenant ? » Evelyn regarde Robert en plissant les yeux. Elle essaie d'attraper la main de William, mais celui-ci s'écarte. « Je vous avais dit que ce serait trop de pression pour lui.

— Evelyn, c'est toi qui nous as demandé de venir ! fait sèchement Howard dont la joue est toujours rouge.

— Je vous ai demandé de ne *pas* venir. » Ses mâchoires sont si serrées que c'est un miracle qu'elle réussisse à parler.

William avise le regard désespéré qu'Howard lance à Robert, puis à lui. Et dans ce bref échange, son oncle comprend qui a écrit la lettre.

« Tu as frappé Howard. » William se retourne contre sa mère. « Tu l'as frappé ! »

Un instant, elle est médusée. « C'est lui qui m'a attaquée ! Avec ces maudites fleurs ! »

William voit la stupéfaction se peindre sur les traits d'Howard. « Elle a toujours détesté ces fleurs, lui avoue-t-il. Autrefois, elle les mettait à la poubelle. » Il la punit. « N'est-ce pas que c'est vrai, maman ?

— Je voulais juste que vous nous laissiez tous les trois tranquilles ! » À présent, elle pleure. « Tout ce que je voulais, c'est avoir une famille normale, pas ce fichu Lavery et Fils ! Je ne voulais pas de fleurs : je voulais ma famille ! » Avec un cri de rage, elle pousse Robert. « Pourquoi ce n'est pas toi qui es mort à sa place ?!

— Evelyn ! s'écrie Howard. Nom de Dieu ! »

William ressent soudain un grand calme. Il se détourne de Robert et Howard pour faire face à sa mère. Jamais il ne s'est senti si en colère. Ni si puissant.

« Si quelqu'un devait mourir, dit-il doucement, j'aurais préféré que ce soit toi. »

Evelyn cesse de pleurer et le regarde.

« William, dit Robert à voix basse, ça suffit.

— C'est toi qui as gâché cette journée, et je ne te le pardonnerai jamais. » Il continue comme si son oncle n'avait rien dit. Il regarde l'église, derrière sa mère. Un souffle de vent ébouriffe ses cheveux. « Ramène-moi à la maison. »

Autour d'eux, l'atmosphère est électrique après le choc des mots qui viennent d'être prononcés. Evelyn le regarde, elle cligne les yeux. Au bout de ce qui paraît un long moment, elle reprend soudain son souffle. « Tu ne peux pas partir ainsi.

— C'est déjà fait.

— Mais je retourne à Swansea ce soir. J'ai un entretien demain. Il faut que je trouve une maison, une école pour septembre. Dès que le semestre sera terminé, je viendrai te chercher. »

William lit le choc sur le visage de Robert. Il ignore tout des plans d'Evelyn.

« Il te reste seulement quelques mois, reprend-elle, tout ira bien.

— Je n'y retournerai pas. »

Evelyn semble ne pas comprendre. « Mais tu ne peux pas venir avec moi non plus. Je loue une chambre, il n'y a pas de place.

— Dans ce cas, j'irai chez oncle Robert. » Les deux hommes regardent par terre. « Je peux, hein ? leur demande-t-il.

— Naturellement, tu es le bienvenu, répond Robert qui semble incapable de regarder quiconque. Mais c'est ta mère qui décide. »

William est certain qu'elle va se remettre à pleurer, mais alors elle se reprend et rassemble ses dernières forces.

« D'accord, dit-elle en regardant William, ça ira en attendant que tout soit prêt. »

William aperçoit trois hommes en robe qui passent le portail : le clerc, Phillip et Mr. Atkinson. Dès qu'ils voient William, ils font halte. Derrière eux, trois autres personnes apparaissent : Martin et ses parents.

57

« Ça me suffit, dit doucement Colin lorsque les choristes sont repartis. On se croirait au paradis, hein ? » Son accent écossais, à peine discernable la plupart du temps, apparaît soudain prononcé. « Qui ne voudrait pas venir écouter ça ? Expliquez-moi, William, parce que je n'arrive pas à comprendre qu'une personne sensée n'en ait pas envie !

— C'est une longue histoire. » William se lève, un peu étourdi, il a désespérément besoin de sortir de là.

« Ça va ? lui demande Martin, et l'espace d'un instant, William se sent complètement déboussolé en le voyant.

— Allons au Copper Kettle, Colin, dit-il sans prêter attention à Martin. J'ai besoin de respirer, ils nous rejoindront là-bas. »

Ils traversent la cour carrée et inspirent l'air frais printanier ; Colin sent encore l'alcool, mais il semble avoir un peu dessoûlé et arrive à suivre le pas pressé de William.

« Incroyable, vraiment », déclare Colin en passant devant le majestueux Senate House, puis ils continuent sur les pavés jusqu'à King's Parade. « Ce sont des gosses, mais on dirait vraiment qu'ils font venir le paradis jusqu'à nous lorsqu'ils chantent comme ça. » William lève les yeux vers Colin. D'habitude, il ne parle pas ainsi. Leurs regards se croisent. « Ouais, moi, ça me suffit, merci beaucoup. »

Une Ford Capri descend King's Parade en roulant à tombeau ouvert. Ils s'arrêtent et regardent passer le véhicule mangé par la rouille qui éparpille les gravillons et s'arrête dans un crissement de frein devant Great St. Mary.

« Cette espèce de crétin sans cervelle va repartir exactement de la même manière qu'il est venu, dit Colin.

— Je vous invite à dîner, Colin, qu'est-ce qui vous ferait plaisir ? » William s'apprête à continuer, mais Colin ne bouge pas.

« Merci de m'avoir préparé ce repas, tout à l'heure. » Colin serre William contre lui avec maladresse. Dans son cou, une odeur âcre et douceâtre. « Et d'avoir chanté avec moi. Vous êtes un type bien. » Il le lâche et regarde à nouveau la voiture qui fait demi-tour. Tout à coup, il s'éloigne. William doit se mettre à courir pour le rattraper.

« Qu'est-ce qui presse ? »

Le bruit de la Ford qui accélère, grogne et rugit au passage des vitesses agace William. Il ne veut pas la regarder, mais le grondement s'intensifie et il ne peut s'empêcher de jeter un coup d'œil sur la gauche à l'approche du véhicule.

« Au revoir, William », dit doucement Colin en s'écartant du trottoir.

Au moment de l'impact, le corps de Colin est projeté sur le capot effilé, il roule par-dessus le pare-brise et atterrit de l'autre côté de la rue, avant que William ait eu le temps de crier.

Le gyrophare bleu balaie King's Parade. Un ruisselet de couleur vive coule de la bouche de Colin, descend le long de sa joue gauche. Il serre fermement la main de William, mais ses yeux ouverts ne voient plus. Jenny est agenouillée de l'autre côté, elle lui caresse la tête en lui parlant. Ils se lèvent et observent les ambulanciers qui installent le blessé sur une civière. Les autres membres du Chœur de Minuit se sont rassemblés sur la chaussée avec Martin.

Lorsque le brancard est à l'intérieur de l'ambulance, le conducteur attire William un peu à l'écart pour que Colin ne les entende pas.

« Il a de la famille ? Il faut qu'ils viennent à l'hôpital. Le plus vite possible.

— Très bien. » William hoche la tête, sort de sa poche la photo que Colin a laissée choir au cimetière. « Je vais les faire appeler, mais puis-je l'accompagner dans l'ambulance ?

— D'accord, mais dépêchez-vous. »

William court vers Martin. « Tu peux joindre sa femme ? » Il fourre dans sa main la photo salie et lui montre l'adresse. « Dis-lui de venir à Addenbrooke le plus vite possible.

— OK. » Martin regarde autour de lui. « Merde, où est-ce qu'il y a une cabine ?

— Non. Tu dois rentrer à la maison. J'ai besoin que tu m'apportes des trucs à l'hôpital. Il faut que tu notes.

— Pas de problème. » Martin sort un petit agenda de la poche de sa veste et prend le minuscule crayon accroché sur la tranche. « De quoi as-tu besoin ?

— Deux serviettes, des ciseaux – les plus affûtés que tu aies –, un gant de toilette, un savon, un rasoir, de la crème à raser, une brosse à dents, un coupe-ongles, une Thermos d'eau chaude, du bain de bouche et un journal. »

Martin hoche la tête, écrivant toujours tandis que William grimpe dans l'ambulance.

58

« Colin, lui murmure William à l'oreille, je vais vous préparer. Votre famille va venir. » Dans sa chambre de l'hôpital d'Addenbrooke, Colin ne serre plus la main de William et sa respiration est superficielle. « Les médecins me prennent pour un fou, mais ça m'est complètement égal. »

Martin tient à son tour la main de Colin pendant que, dans un coin de la chambre, agenouillé devant un gros sac en plastique, William sort un journal qu'il étale par terre.

Le regard de Martin alterne entre Colin et la photo qu'ils ont posée sur la table de chevet. « Tu as du pain sur la planche.

— Laisse-moi faire. » William déroule une serviette et la glisse sous la tête de Colin. Il coupe un peu plus de sept centimètres de cheveux et jette les mèches sur le journal. Plongeant ses doigts dans la Thermos d'eau chaude, il les passe dans la chevelure pour défaire les nœuds. Tout en regardant la photo, il le peigne, dessine une raie, coupe à nouveau.

« J'ai combien de temps ? demande-t-il sans lever les yeux.

— Ils ont quitté Londres il y a une demi-heure, alors je dirais moins d'une heure.

— Qu'est-ce que tu leur as dit ?

— Que Colin avait eu un accident et qu'il n'allait pas s'en sortir. Qu'il pensait toujours à eux trois et que s'ils voulaient lui dire au revoir, il fallait venir tout de suite. »

Les mains de William s'immobilisent. « Qu'a-t-elle répondu ?

— Une fois qu'elle a enfin compris que c'était sérieux, elle m'a demandé dans quel état il était et si ça risquait de choquer les enfants.

— Et ?

— Je lui ai dit de ne pas s'inquiéter pour ça.

— Très bien. »

William donne la dernière touche aux cheveux. Il verse de l'eau chaude sur le gant de toilette, tandis que Martin se penche vers Colin en entonnant « Myfanwy ». Il lui frotte le visage, insistant sur la commissure des paupières et des lèvres, là où le sang a séché. La peau est fine et flasque sous le gant. La crème à raser se répand sur ses mains comme si elle était vivante. La voix de Martin apaise William, de même que la résistance de la barbe sous le rasoir, et la peau claire et fraîche qui apparaît à chaque passage.

William s'occupe ensuite de tailler les sourcils de Colin, il les met en forme avec son pouce mouillé jusqu'à ce qu'ils soient lisses et luisants, avec une touche de gris. Martin est revenu au premier couplet, William ne sait pas combien de fois il l'a chanté. Avec l'eau chaude qui reste, il lave les mains de Colin, incruste ses ongles dans le savon, puis les cure avec l'extrémité d'une lime. Il les coupe ensuite, en ne laissant qu'un croissant blanc. Lorsque les mains sont sèches, il lui lime les ongles. Enfin, il plonge la brosse à dents dans le bain de bouche et l'introduit avec soin dans la bouche de Colin.

Celui-ci paraît désormais dix ans de moins, plus petit, plus mince. William lisse à nouveau le sourcil gauche avec son pouce, puis il s'assoit sur le lit en face de Martin.

« Chante le dernier vers avec moi », lui dit Martin en désignant la main de Colin, que William prend dans la sienne.

« Il est allé à Londres, reprend William au bout d'un moment de silence. Il a vu sa fille à la sortie de l'école. »

Martin soupire. « Le pauvre. Au moins, il est rentré à temps pour le "Miserere". »

Dans la chambre flotte une odeur de savon, de crème à raser, d'antiseptique. Il fait nuit à présent. William contemple le croissant impeccable du pouce de Colin.

« Si j'avais eu la présence d'esprit, je l'aurais retenu. Je l'aurais sauvé. »

Martin secoue la tête. « Ne perds pas ton temps avec ce genre de réflexions, William. Tu as fait plus que n'importe qui d'autre pour lui. » Il sourit avec tendresse.

La grande aiguille de l'horloge murale avance d'une minute supplémentaire.

« Il va nous manquer, hein ? dit William. Je veux dire, à nous tous, à tout le chœur.

— Ouais, acquiesce Martin. Il faudra qu'on chante spécialement pour lui la semaine prochaine. À sa mémoire. »

Ils se taisent pendant un moment. Le souffle de Colin s'étrangle et les deux amis sursautent, mais la situation revient à la normale, il a la bouche entrouverte.

« Alors ? fait Martin en murmurant tout bas. Ça t'a fait quoi d'être de retour là-bas ?

— Une horreur, c'était la première fois que je m'autorisais vraiment à me rappeler tout ce qui s'était passé. Mon Dieu ! C'était affreux !

— J'ai toujours voulu te le dire : j'espérais que Phillip te laisserait chanter après que tu avais manqué le premier solo. Ça m'ennuyait que tu puisses croire que je te l'avais volé.

— Jamais je n'ai pensé ça. Imagine si tu ne l'avais pas fait ! Que serait-il arrivé dans ce cas ?

— Impossible de savoir.

— J'ai eu tellement honte, Martin, pendant si longtemps. Le ratage le plus spectaculaire de toute l'histoire du chœur. »

Colin s'étrangle à nouveau. Ils le regardent quelques instants jusqu'à ce qu'il s'apaise.

« Ce n'est pas ainsi que je me souviens de toi. Et je te parie n'importe quoi que Phillip non plus. Tu as peut-être commis le pire, mais également le meilleur. Tu étais époustouflant. Absolument époustouflant. N'empêche… » Martin se redresse un peu et regarde William dans les yeux, plein de malice, tandis qu'un sourire s'esquisse. « … le moment le plus dramatique, c'est quand tu as détalé à travers les bas-côtés comme si tu avais l'enfer à tes trousses. » Rictus. « Si tu avais vu la tête de Phillip ! Il était médusé, il s'est contenté de te suivre des yeux ! » Martin éclate de rire. « J'ai pensé qu'il allait falloir non seulement que je chante les solos, mais aussi que je dirige le chœur ! »

Martin renverse la tête en arrière et rit à gorge déployée. William prend alors conscience qu'il s'agit d'un moment décisif et il décide de saisir sa chance. Après avoir passé treize ans à l'étouffer, il autorise l'écheveau de ses souvenirs à refaire surface. Et miracle, le rire remonte avec.

« Tu oublies lorsque j'ai glissé sur la tulipe à mi-chemin », parvient-il à articuler en riant.

Le visage de Martin s'éclaire et son corps est secoué d'hilarité. « Oh oui ! C'était tellement plus chic qu'une peau de banane ! »

Bientôt, ils n'arrivent plus à reprendre leur souffle et se tiennent les côtes. Ainsi hilare, le visage de Martin est sans âge et William a treize ans à nouveau ; c'est le même garçon, mais cette fois, il est libre.

Le crissement d'un brancard dans le couloir les ramène à la réalité, leurs corps se détendent, les muscles de leur visage sont douloureux.

« Dieu du ciel, ça fait du bien ! finit par dire William. Jamais de la vie je n'aurais cru pouvoir rire de tout ça. » Il reprend sa respiration. « Je me sens comme lavé. »

Martin acquiesce. « Le rire est le meilleur des remèdes.

— Merci, Martin.

— Ah, tu me connais, toujours partant pour rigoler.

— Je ne parle pas de ça.

— Ah ? »

William observe Colin. « Merci pour tout. Pour avoir sauvé le "Miserere". T'être réjoui de me voir devant l'église avec Gloria. M'avoir accueilli chez toi. » Du coin de l'œil, il voit que Martin le regarde. Enfin, il se tourne vers lui. « Je ne te mérite pas. »

Martin sourit et secoue lentement la tête. « Je te l'ai déjà dit : nul ne mérite personne.

— Merci. »

Martin désigne Colin. « Tu as accompli un petit miracle, aujourd'hui, mon ami. Il ne peut pas te le dire, mais il te serait extrêmement reconnaissant, c'est certain. »

Un sursaut d'espoir gonfle les poumons de William. Il ne sait pas trop pourquoi, mais cela le propulse au pied du lit. « Assurons-nous que les draps couvrent complètement ses pieds : si sa femme les voit dans cet état, c'est cuit. »

Après avoir bordé les draps façon hôpital, Martin se frotte les mains. « Bon ! Je vais tenter de nous trouver une tasse de thé, même immonde. »

William roule le journal et le laisse choir dans le sac, puis range le reste par-dessus. Il cale ensuite le tout dans le coin et attend en regardant Colin : sa mâchoire, le petit canal qui descend sous son nez, ses lèvres rose pâle. Il décide qu'en rentrant chez Martin, il va mettre le « Miserere ». À fond.

Il a beau tourner le dos à la porte, bien qu'ils arrivent en silence, il sait qu'ils sont là. Elle est mince, en talons, avec un manteau vert vif, flanquée d'un adolescent aux cheveux ondulés qui lui tombent sur les épaules et d'une fille plus jeune qui tient la main de sa mère entre les siennes.

« Bonjour. » La chaise couine sur le sol lorsqu'il se lève. « Je suis William.

— C'est vous qui avez téléphoné à maman ? » demande la fille, qui a le menton et le nez de Colin. Ils demeurent à la porte.

« Non, mais je chante dans un chœur avec ton papa.

— Nous ne savions pas que Colin faisait partie d'un chœur », dit la femme, et en prononçant son nom, c'est comme si elle prenait soudain conscience de sa présence. Elle s'approche, les enfants la suivent. « Que s'est-il passé ? demande-t-elle doucement. On m'a dit que c'était un accident de la route.

— Il a été renversé par une voiture.

— Il avait bu ? » demande la fille.

Son frère fait la grimace. « Katy ! »

La main aux ongles vernis de rouge de la femme s'étale sur sa bouche, une larme perle entre ses cils. William remarque l'éclat d'un diamant en oblique sur son doigt fin.

« Tu as dit qu'il aurait l'air différent, maman », dit la fille. Le garçon s'approche du lit.

« Je croyais qu'il le serait, ma chérie. » Elle regarde un instant William.

« Est-ce qu'il nous entend ? » Le garçon a cette voix encore jeune qui à tout instant peut partir dans les aigus.

« Je pense, répond William, il a serré ma main tout à l'heure quand je lui ai dit que vous alliez venir. »

La fille fait le tour du lit en courant pour se placer auprès de William et elle prend la main de son père. « Bonjour, papa », murmure-t-elle.

La femme prend son autre main.

« Je vous laisse, dit William en se retirant.

— Non ! répond aussitôt la femme en désignant un siège dans le coin. S'il vous plaît, restez. Je ne savais pas qu'il avait des amis ici. »

William s'assoit.

« Maman, il serre pas ma main.

— Il est très faible, ma chérie. »

William n'avait pas prévu de dire quoi que ce soit, mais soudain, il parle au garçon. « Je sais qu'il se demandait comment ça se passait dans ta nouvelle école… Daniel, c'est bien ça ? »

Le visage de l'adolescent exprime la surprise et la douleur. Il s'approche de sa mère. « Maman, je peux ? » À son tour, il prend la main de son père et William ne distingue plus que les croissants blancs des ongles de Colin. « L'école, ça va, mais tu me manques. »

Cinq minutes plus tard, Colin cesse de respirer, mais pas avant que trois personnes lui aient dit adieu et l'aient embrassé sur le front.

Cinquième partie

ABERFAN

59

Martin verse le café dans deux tasses. Le soleil du matin blanchit les volutes de vapeur qui s'élèvent au-dessus. Ils ne se sont pas encore couchés.

« Où est-il ? » William feuillette la collection de disques de Martin.

« Ça dépend de la version que tu cherches.

— Ça m'est égal. » Il se tourne vers Martin. « Je te laisse choisir. »

Celui-ci s'approche et sort aussitôt un trente-trois-tours de sa pochette, qu'il montre un instant à William : c'est un enregistrement de King's College.

« Assieds-toi », dit-il en s'approchant du tourne-disque.

William s'exécute et ferme les yeux. Il entend le vinyle qu'on sort de sa pochette, puis le diamant qu'on pose, suivi d'un crépitement. Il sent l'assise du canapé bouger quand Martin s'assoit à côté.

« Ça va ? » lui demande Martin douze minutes plus tard.

William ouvre les yeux et hoche la tête lentement. « Je suis toujours là.

— Pas de combustion spontanée ? » Martin sourit, puis fronce légèrement les sourcils. « Tu t'es imaginé de retour à l'église ?

— Plus loin en arrière.

— Tu l'écoutais avec ta mère.

— Et mon père. » Il sourit. « Sur ses genoux, en fait.

— Avec des sablés au beurre à proximité ? »

William éclate de rire et une larme coule sur son visage. « Sûrement. » Il boit une gorgée de café et ils gardent le silence pendant un moment.

« Martin, tu crois que Colin a tenu ? Je veux dire, qu'il a attendu qu'ils soient là pour lui faire leurs adieux ? »

Martin incline la tête. « C'est possible. Tu lui as dit qu'ils allaient arriver, n'est-ce pas ? »

William renifle et se tourne vers lui. « Je peux t'emprunter ta voiture, demain ?

— Bien sûr. Tu vas où ?

— Voir ma mère.

— Dans ce cas, je te donnerai les clés, mais uniquement lorsque tu auras dormi quelques heures. »

William regarde sa montre : il est six heures passées. « Tu as raison. » Il se lève. « Si je me couche maintenant, je pourrais partir vers dix heures. »

Martin le serre un instant contre lui, près de l'étouffer. « Bravo, quoi qu'il se passe, bravo », lui murmure-t-il à l'oreille.

***

Il arrive à Mumbles en début d'après-midi, une étendue de sable lisse et brillante vient se perdre dans l'eau miroitante. Au cours des heures passées dans la voiture,

William a résisté à l'envie de préparer ce qu'il allait lui dire. À plusieurs reprises, pourtant, il s'est surpris à sourire en pensant au plaisir de sa mère en le voyant, et une sorte de soulagement s'est emparé de lui. En tournant à gauche pour grimper le raidillon de Plunch Lane pour la deuxième fois de sa vie, il sent la sueur coller le tissu à ses aisselles.

Les pelouses sont impeccables, et les jardinières sur les rebords des fenêtres, qui débordent de pétunias, sont luxuriantes mais en ordre – typique d'Evelyn. La porte de la maison est en verre coloré, avec trois planches de bois jaune partant du coin en bas à gauche, tels des rayons de soleil inversés. Lorsqu'il est venu après les obsèques à Aberfan, il n'a même pas réussi à sortir de la voiture. Aujourd'hui, il n'a pas le choix, aussi, dès qu'il a éteint le moteur, il sort et remonte l'allée. En arrivant à la porte, son cœur bat la chamade.

La sonnette émet un bruit strident à deux notes, et aussitôt William sait qu'elle résonne dans une maison vide. Pas le moindre mouvement derrière la paroi de verre. Elle est sortie. Il appuie néanmoins de nouveau sur la sonnette. Encore une fois.

« Elle n'est pas là », lui dit une voix avec un accent gallois à couper au couteau. Sur sa gauche, la voisine est sortie dans son jardin. Elle est grande et mince, et porte des pantoufles ornées d'épais rubans de sequins roses qui scintillent au soleil.

« Vous savez quand elle va rentrer ? »

La femme secoue la tête, fait la moue. « Tard. Elle est partie à Sutton Coldfield. »

Quelque chose se vrille dans son ventre ; la panique, un sentiment de trahison. « C'est loin », dit-il pour s'empêcher de poser une question plus directe – après tout, c'est une parfaite inconnue.

La femme sourit d'un air de conspiratrice : « Elle est partie chercher sa belle-fille. »

Un instant, William se demande qui ça peut bien être. Il contemple les sequins aux pieds de la femme et remarque ses ongles vernis à travers son collant beige.

« Elle va aider Evelyn à se préparer pour le mariage. » Elle se concentre à présent sur William. « Puis-je lui dire qui est passé ?

— Non. » William est déjà de retour à sa voiture et ouvre la portière. « Merci, ça n'a pas d'importance. »

60

Des jonquilles se dressent, fières et dorées, dans le soleil de la fin d'après-midi à l'angle de leur rue. De loin, l'enseigne Lavery et Fils paraît petite et trop modeste. Il a mis trois heures et demie pour aller de Swansea à Birmingham. Il a appelé Martin d'une station-service en lui demandant s'il pouvait garder sa voiture quelques jours : il rentre chez lui. À présent, enfin garé sous l'enseigne – ce qui n'était pas prévu –, tout ce qu'il ressent, c'est la fatigue.

Personne à l'horizon ; son soulagement est immense. Il s'est demandé s'il découvrirait Robert et Howard faisant la causette à Evelyn et Gloria, et comment diable il trouverait sa place dans cette recomposition. Dans le couloir, la vieille horloge monte la garde, rythmant de son *tic-tac* la vie soigneusement rangée d'Howard et Robert. Il accroche son anorak à la patère tout au bout à droite, ainsi qu'il l'a toujours fait. Pas de manteau sur la suivante, celle de Gloria. Il demeure immobile un moment, écoutant le silence de la maison, puis il franchit la porte au bout du couloir, qui mène aux locaux professionnels.

La salle de préparation est propre, silencieuse et en ordre. Précisément comme elle doit l'être. Il pose les mains sur la table. S'il y avait un corps en attente, il n'hésiterait pas à s'en occuper, cela le calmerait, lui permettrait de s'oublier un moment. À la place, il vérifie les stocks dans l'armoire, ouvre les robinets, tripote les instruments. Au bout d'un moment, il retourne à la maison.

Revenir dans sa chambre est ce qu'il y a de plus difficile. La couette orange pavot et les rideaux assortis, la coiffeuse en chêne, le fauteuil en cuir, rien n'a bougé. Il passe en revue les surfaces nues ; le napperon s'étend sur la coiffeuse, il n'est ni froissé ni encombré de bouteilles de parfum ou de mouchoir. Pas de crème pour les mains, de bracelets, d'épingles à nourrice ni de rouge à lèvres. Pas de montre gousset d'infirmière. Il ouvre l'armoire, quelques cintres métalliques se balancent doucement. Ça a marché. Il l'a laissée pour qu'elle le quitte. Ce qu'elle a fait.

Il a dû s'assoupir, mais il se réveille en entendant des portières claquer. Bruit de porte, puis de la moquette qu'on foule.

« Robert ? Howard ? » Il se précipite sur le palier, il ne veut pas les effrayer.

Les deux hommes tournent la tête : expressions de surprise identiques, aussitôt remplacées par de larges sourires. William descend l'escalier et Robert lui ouvre grand les bras, tel un parent avec son enfant.

Il le serre contre lui, tandis qu'Howard se joint à eux.

« Pourquoi ne nous as-tu pas dit que tu venais ? » Robert s'écarte et sourit à William.

« Je ne savais pas que j'allais venir.

— Je vais mettre la bouilloire à chauffer, dit Howard en serrant le bras de William.

— Oh oui ! » William réalise soudain qu'il n'a rien mangé ni bu depuis le matin.

« Toast et Marmite ? demande Howard en joignant les mains.

— Oui !

— C'est juste un en-cas, dit-il en disparaissant dans la cuisine. La saucisse en croûte sera prête dans deux heures. »

William et Robert vont au salon ; à travers le passe-plat ouvert, ils entendent gronder la bouilloire, le cliquetis d'une cuillère, le réfrigérateur qu'on ouvre.

« Combien de temps vas-tu rester ? Tu es arrivé à quelle heure ? C'est ta voiture dans l'allée ? demande Robert.

— Robert ! » Howard rit dans la cuisine. « Tu poses trop de questions, laisse-lui au moins une chance de te répondre ! »

Il s'assoit sur le canapé. Dans le fauteuil d'en face, Robert le fixe d'un regard intense et interrogatif en souriant. Howard arrive avec trois mugs de thé et un paquet de biscuits fourrés.

« Commence par ça pendant que le pain grille.

— Merci. » Le fait qu'Howard ne respecte pas l'ordre du sucré et du salé a toujours paru à William une attitude discrète mais délicieusement anarchique.

« Donc, que se passe-t-il ? » Robert s'avance au bord du siège, plus près de William. « Ça va ?

— À peu près. » Il hausse les épaules. « Je suis allé voir maman, aujourd'hui.

— À Swansea ? » Robert est sidéré. « Depuis Cambridge ? »

Il hoche la tête.

« Pourquoi ? »

William boit une gorgée de thé, tenant son mug à deux mains. Il regarde tour à tour Robert et Howard, et lit dans leurs yeux la même intensité. « Ça a duré assez longtemps, non ? On n'a pas l'éternité devant nous. »

Robert essuie sa joue d'un geste rapide.

« Mais elle n'était pas là. Elle est venue ici, hein ? Chercher Gloria ?

— Comment le sais-tu ? demande Robert qui rosit.

— Sa voisine me l'a dit.

— Et tu es revenu ici ? »

Howard lui tend les biscuits. Il en prend un.

« Je ne savais pas quoi faire d'autre.

— Tu les as ratées d'à peine une heure, répond doucement Robert.

— On vient juste de les amener à Spaghetti Junction, dit Howard. Ta mère était inquiète de prendre le train dans le mauvais sens et de se retrouver à Ipswich.

— Vous me l'auriez dit ?

— Quoi, qu'elle est venue ici ? » Robert désigne d'un geste la pièce autour d'eux.

« Qu'elle et Gloria sont visiblement devenues copines. »

Robert regarde Howard, puis William. Il soupire et hoche la tête. « Par le ciel, William, aucun de nous ne savait ce qui était le mieux. Mais tu aurais dû lui parler, dit-il d'un air suppliant.

— Je ne pouvais pas ! Elle m'aurait persuadé de rester ! Comme elle m'a persuadé de l'épouser au départ !

— Elle était dans un tel état – Robert fronce les sourcils – et elle n'arrêtait pas de dire qu'elle voulait voir ta mère.

— Mais pourquoi est-ce que ça a tant d'importance ? » demande William. Il surprend à nouveau ce regard d'impuissance entre les deux hommes.

« William. » Le ton d'Howard est posé. « Tout ça, c'est entre toi et Gloria, pas nous. Il faut que tu lui parles.

— Mais je vous l'ai dit : je ne peux pas ! Et le fait qu'elle se soit rapprochée de maman ne va pas aider.

— Ça, tu n'es pas en position pour en juger, William. Pas avant de lui avoir parlé.

— Iras-tu au mariage ? » Howard prend son mug et boit une gorgée.

« Je voulais avoir une vraie conversation avec elle. Au mariage, ça ne sera pas possible. Vous ne trouvez pas que ce serait bizarre d'être là, sans pouvoir parler ?

— Peut-être, mais cette situation a toujours été bizarre. Ce serait un sacré rameau d'olivier que tu tendrais à ta mère, tu ne crois pas, en étant là, avec un magnifique sourire, quand elle marchera vers l'autel ?

— Si Gloria n'était pas là, ce serait beaucoup plus facile.

— Et si tu le faisais pour ta mère, reprend Robert, et que tu t'expliques avec Gloria plus tard ?

— Facile à dire. » William ne peut s'empêcher de sourire devant leurs airs plein d'espoir. « Allez, c'est bon, je vais essayer.

— Alléluia ! Tu vas retourner à Cambridge en attendant ?

— Il faut que je rapporte à Martin sa voiture. » Il leur sourit. « Mais je suis là pour l'instant. Vous pouvez me confier du travail, je m'occupe de tout. »

61

William dépose doucement le septuagénaire dans son cercueil. L'embaumement lui a pris deux heures. Il le revêt très vite de son costume de tweed et de la cravate à carreaux fournis par la famille. Le soleil verse son halo doré à travers la pièce comme toujours en milieu de matinée. Il a presque terminé ; le peigne a tôt fait de venir à bout de la chevelure clairsemée de l'homme.

Deux petits coups frappés à la porte : Howard entre. « Martin au téléphone pour toi. »

William pose le peigne sur le torse du défunt et va dans le bureau. « Martin ?

— Comment vas-tu ?

— Ça va. Je viens de terminer mon premier embaumement. Je me débats encore avec le mariage de ma mère.

— Tu vas y aller ?

— Oui. Howard a souligné le fait que ce serait le meilleur des rameaux d'olivier. »

Martin rit, puis lui demande : « Comment tu te sens à l'idée de revoir Gloria ?

— Je suis terrifié. »

Après une nouvelle pause, Martin reprend soudain : « Elle m'a appelé de chez ta mère. Elle dit que si tu viens, ce serait plus simple pour tout le monde que je sois là aussi. »

William voit Howard lever la tête vers lui. « Plus simple ? Comment ça ?

— Au cas où tu aies besoin de soutien, je serais là. Et c'est pareil pour Gloria, j'imagine. » Il pousse un petit rire : « Vois en moi une espèce de garde du corps. »

William voudrait s'emporter contre ces deux femmes qui décident de sa vie, mais sa seule pensée est combien il serait bon d'avoir Martin à ses côtés. « Je pourrais venir te chercher après ton travail vendredi prochain, rester dormir sur place, et on repartirait le lendemain matin.

— Ce serait plus simple que je prenne le train pour Birmingham et on partirait de là-bas. Ça t'éviterait un aller-retour pour rien.

— Tu es sûr ?

— Tout à fait.

— Merci. Robert et Howard veulent arriver assez tôt pour avoir le temps de déjeuner. Ils détestent avoir faim pendant un mariage.

— Oh, les perspectives s'améliorent de minute en minute. »

Hormis dormir, procéder à des embaumements et manger les bons petits plats servis par Howard et Robert, tout ce que fait William au cours de la semaine qui suit, c'est s'acheter un costume gris, pour que personne ne puisse le confondre avec sa tenue de travail, et prendre rendez-vous pour une audition auprès du chœur du CBSO, l'orchestre symphonique de Birmingham. Quand il était au lycée, des garçons de sa classe ont chanté dans le chœur des jeunes de l'orchestre symphonique de la ville, mais Robert lui a dit qu'un nouveau chœur d'amateurs venait d'être formé, dont la tâche immense consiste à se hausser au niveau des standards internationaux. William a donc postulé avant de trop y réfléchir, et on l'a convié à une audition la semaine prochaine.

Très vite, vendredi arrive : le mariage a lieu le lendemain. Howard prépare un bœuf bourguignon. L'atmosphère dans la cuisine est détendue, pleine de bonnes odeurs. William met la table et Robert prend de l'avance en nettoyant les casseroles.

« Un petit apéro avant de manger ? propose Howard. Bière ? Gin-tonic ? »

Ils s'assoient à table, lui à un bout, Robert et Howard sur les côtés.

« Prêt pour demain ? demande Robert.

— Je n'en sais rien. » William décapsule trois bières et fait glisser une bouteille devant chacun d'eux. « Est-ce que tu te sens triste pour papa ? demande-t-il à Robert. Du fait qu'elle en épouse un autre ?

— Je suis triste qu'il ait passé si peu de temps en compagnie de ta mère, mais si quelqu'un sait que c'est exactement ce qu'il voulait pour elle, c'est bien nous. »

Howard soupire et rit doucement en hochant la tête. Font-ils référence à quelque chose qu'il devrait savoir ?

« William, dit Howard qui sent sa confusion, tu t'en souviens, n'est-ce pas ? De ce qu'il nous a dit juste avant de mourir ?

— Non. Je n'étais pas présent. Vous étiez là, mais maman et moi on est arrivés trop tard.

— Tu ne te rappelles rien ? reprend Robert, incrédule.

— Je me rappelle que vous nous avez laissés seuls avec lui, mais il était déjà mort. Et maman, qui avait si peur de rater ce moment. Elle lui parlait, et j'étais gêné pour elle, car je savais qu'il était déjà mort. »

Soudain, il est au bord du précipice, avec le sentiment que quelque chose arrive derrière lui, qui va le pousser. Il le sent battre en lui.

« Ce n'est pas ainsi que les choses se sont déroulées, William. »

Howard pose doucement sa bière sur la table.

« Ta mère avait passé toute la journée à l'hôpital, continue Robert. Nous, on s'était occupés de toi. Elle nous a appelés en début de soirée en disant qu'il fallait qu'on vienne. Quand on est arrivés, on l'a trouvée dans un drôle d'état. Elle n'avait pas mangé, pas même bu une tasse de thé ni été aux toilettes. On lui a dit de sortir quelques minutes.

— Elle ne voulait pas, ajoute Howard, mais elle a fini par sortir malgré tout. »

Une odeur d'antiseptique, quelque chose de doux et d'un peu écœurant. Un verre translucide sur la table de chevet. Désir de sortir avec sa mère, désir de rester. Soudain les portes de la mémoire s'ouvrent et tout est là, devant lui.

Son père a perdu tant de poids que les os de ses hanches dessinent des crêtes sous le drap. Son visage est tout en os. Il n'est plus le jumeau parfaitement identique de Robert.

Ce dernier pose la main sur le bras de son frère. Howard tient fermement William par les épaules, il le pousse doucement vers le lit.

« Si tu ne lui dis pas au revoir maintenant, tu le regretteras peut-être plus tard. »

Son père ouvre les yeux. Il tourne la tête vers lui. Une main décharnée se lève lentement et se pose un instant, avec maladresse, sur sa tête, puis retombe. Comme elle est légère, et faible ! Cette main qui naguère le chatouillait, le soulevait, lui faisait des câlins et jouait avec lui.

« Où est ta mère ? » La voix est aussi faible et maladroite que la main.

« Elle est partie faire pipi et boire un thé. » Il se sent bête et regrette d'avoir dit ça.

« Elle revient tout de suite, Paul », dit gentiment Robert.

Son père pointe le doigt sur chacun d'eux : « Les Trois Mousquetaires.

— Qu'est-ce qu'on va devenir sans toi ? » Robert caresse le bras de son frère, sa voix emplit toute l'atmosphère. Howard reste derrière William, la pression de ses mains se fait plus forte sur ses épaules.

Les lèvres de son père sont craquelées, sa langue pâle essaie de les humecter. Robert prend un mouchoir, le trempe dans l'eau et lui humecte la bouche. Paul ne bouge pas, puis sa main se lève à nouveau. Il s'apprête à parler.

« Veille à ce qu'ils restent ensemble, Robert. S'il te plaît, maintiens le lien entre eux. » Sa pomme d'Adam monte et descend le long de sa gorge amaigrie. « Et si elle rencontre quelqu'un d'autre… » Ses deux bras se haussent, et il lève les pouces.

Soudain, sans prévenir, sans aucune manifestation, d'un instant à l'autre, il n'est plus là. Il a encore les yeux ouverts. Le choc tétanise William, des pieds à la tête.

« Non ! » Evelyn est à la porte. Elle s'approche du lit. « Non ! »

Robert et Howard s'écartent. Robert pleure en silence, Howard lui tient la main. C'est la première fois que William les voit se toucher.

« Il est parti il y a quelques secondes, Evelyn. Il était en paix », murmure Howard. La tête de Robert ploie comme s'il n'avait plus de force. Ses larmes tombent sur le lino et William songe qu'il ne peut pas, c'est au-dessus de ses forces. Il veut s'enfuir, il veut partir avec son papa.

« Evelyn, dit Howard, nous allons te laisser un moment avec lui. Veux-tu qu'on emmène William ?

— Non ! S'il vous plaît, ne l'emmenez pas. »

Le désespoir de ce « s'il vous plaît » transperce le cœur de William.

Les deux hommes sortent, les épaules de Robert tressautent sous ses profonds sanglots.

William est terrifié. Combien de temps peut-on avoir aussi mal ? Il tremble en voyant sa mère se coucher sur le lit, glisser sa tête sous le menton de son père. « Paul, sanglote-t-elle, tu ne m'as pas attendue. »

À quelques centimètres du visage de sa mère baigné de larmes, ces yeux, où son père n'habite plus, telles des billes de marbre froid enfoncées dans les orbites.

Robert pleure toujours dans le couloir. Le lit est secoué des sanglots de sa mère. Et le corps de son père, déserté, révolte William. Il n'en peut plus ! Il est comme figé sur place. Il implose. Il explose.

Ils quittent l'hôpital une heure plus tard. Elle passe le bras autour des épaules de William en marchant et l'attire contre elle.

« Maintenant, c'est toi et moi, William. Toi et moi. »

Il se souvient de la voix de son père – « Veille à ce qu'ils restent ensemble, Robert » – et son cœur d'enfant de huit ans sait qu'à partir de cet instant, son petit monde va partir en morceaux.

62

« Il est toujours prévu qu'on se retrouve pour le déjeuner ? » demande Martin en jetant un coup d'œil à William, sur le siège passager.

Ils sont à une demi-heure de Swansea. Ils ont écouté de la musique, chanté, ri. N'ont évoqué aucun sujet important.

« Oui, il y a un pub non loin de chez maman.

— Je vais me défiler, si ça ne te dérange pas.

— Toi ? Renoncer à un bon repas ? Que se passe-t-il ?

— J'ai rendez-vous avec Gloria. » Il fait la grimace. « Elle a peur.

— D'accord », répond-il en réalisant, à présent qu'ils sont presque arrivés, que lui aussi aurait aimé profiter de la compagnie de Martin. Mais c'est surtout l'idée que Gloria appréhende de le voir qui lui serre le cœur. « Où avez-vous rendez-vous ?

— Sur le front de mer, à midi.

— Je pensais qu'elle serait avec ma mère. »

Martin secoue la tête. « Apparemment, seule sa demoiselle d'honneur est avec elle. »

Une idée, telle une décharge électrique, le fait soudain se redresser. « Dans ce cas, je vais également esquiver le déjeuner. Tu peux me déposer devant chez maman ?

— Tu es sûr ? demande Martin, dubitatif.

— Tout à fait.

— Elle sera occupée, et comment feras-tu pour te rendre à l'église ?

— C'est l'église locale, elle ne doit pas être très loin. » Puis, une poussée d'adrénaline : « Si tout va bien, je me ferai peut-être emmener ! »

« Vous désirez ? » La femme à la porte a le même âge qu'Evelyn et, un instant, William cherche dans son visage une ressemblance avec sa mère avant de comprendre que ce n'est pas elle. « Nous sommes un peu occupées pour le moment, dit-elle prête à refermer avec un sourire poli.

— Je viens voir Evelyn. »

Soudain, ses deux mains se portent à sa bouche et elle fait un pas en arrière. « Dieu du ciel, vous êtes William, c'est ça ? »

Il acquiesce.

« Attendez. » Elle referme la porte doucement. William aperçoit sa silhouette qui file vers la gauche. Il observe le sol de béton. Une variation de la lumière le pousse à lever les yeux, et soudain, ses poumons se gonflent. Malgré le verre opaque, ses gestes, la manière dont ses bras tombent le long de son corps, l'inclinaison de sa tête, tout cela lui est aussi familier qu'une vieille douleur.

La porte s'ouvre. Énormes bigoudis, robe de chambre matelassée, pantoufles rouges. Maquillage sophistiqué.

Différente. Pareille. Elle demeure la main sur la poignée, immobile, silencieuse.

« Eh bien, dit-elle doucement en esquissant un sourire, si ce n'est pas sa Seigneurie. C'est bon de te voir, William. »

Elle se penche vers lui, un bras tendu, et un instant, William pense qu'elle va lui serrer la main. Mais c'est son visage qu'elle touche. D'un geste doux et bref, puis elle remet la main dans sa poche.

« Laisse-moi te regarder une minute. William James, vingt-six ans.

— Bonjour, maman.

— Bonjour, William. » Elle recule d'un pas et lui fait signe d'entrer.

Elle le conduit dans un salon spacieux, inondé de lumière par de larges bow-windows à petits carreaux, certains en cul de bouteille.

« Assieds-toi. » Elle désigne un généreux canapé en peluche. Elle s'assoit face à lui dans un fauteuil assorti aux larges accoudoirs. La femme qui lui a ouvert entre, les joues rouges, les mains posées sur sa poitrine.

« Evelyn, la voiture sera là dans une heure et on ne s'est pas encore occupées de tes ongles ni de ta coiffure.

— Je ne resterai pas longtemps, dit William. Je voulais juste te voir avant le mariage. »

Evelyn regarde son amie. Est-ce de la panique ou de l'excitation qu'il lit dans ses yeux ?

« Ça ira, Norma. Si tu me coiffes et t'occupes de mes ongles maintenant, tu n'auras qu'à te préparer ensuite, pendant que je passerai un peu de temps avec William.

— D'accord. Faites comme si je n'étais pas là. » Elle prend un peigne mais le repose aussitôt. « Vous voulez du thé ?

— Je m'en charge pendant que vous la coiffez, dit William.

— Formidable ! » Evelyn lui adresse un sourire radieux, et il ne s'est pas trompé : c'est de l'excitation. « La cuisine est à droite, tu y trouveras tout ce dont tu as besoin. »

Quand il revient avec le plateau, Norma retire le dernier bigoudi et commence à peigner les cheveux de sa mère. Evelyn affiche une espèce de sourire semi-permanent, mais ses mains tapotent nerveusement ses genoux.

« Tu es très belle maman.

— Ce serait triste si je n'étais pas rayonnante le jour de mon mariage, non ?

— Comment est-il ? demande William qui approche les mugs à portée des deux femmes.

— Il est merveilleux, William.

— C'est bien. » Soudain, il est à court de mots.

« Et donc, quelles nouvelles de ton côté ? » dit-elle d'un ton agréable mais avec une posture qui semble plutôt sur la défensive.

Il se sent désolé pour Norma, qui incline légèrement la tête d'Evelyn pour pouvoir s'occuper de ses cheveux qu'elle contemple avec une concentration de légiste, comme pour montrer à William qu'il n'a pas à s'inquiéter, car elle ne se préoccupe pas du tout de ce qui se passe autour d'elle.

« L'orchestre symphonique de Birmingham démarre un nouveau chœur. J'auditionne la semaine prochaine. »

Evelyn redresse la tête d'un seul coup. Avec un visage si radieux, rien d'étonnant à ce qu'un homme veuille l'épouser. Ils pourraient être encore assis au Copper Kettle à discuter de son dernier solo. Il aimerait être aussi posé qu'elle. Il n'arrive pas à rester tranquille, ne cesse de se trémousser sur le canapé, remarque la grosse cheminée de briques qui domine la pièce, avec la photo de son mariage à lui.

Norma secoue la bombe de laque et en remplit la moitié de la pièce. Elle regarde l'heure. « Plus qu'une demi-heure, Evelyn. Je regrette vraiment de ne pouvoir vous laisser seuls, c'est terrible, mais nous devons encore nous changer toutes les deux, et je ne me suis même pas occupée de tes ongles.

— Je vais m'en charger », dit William. Les deux femmes le regardent avec une surprise identique, et il ne peut se retenir de rire. « Je fais ça tout le temps, dans mon travail. »

Norma pose à nouveau les mains sur sa poitrine. Evelyn lui lance un regard. « Bienvenue dans le monde des Lavery et Fils, Norma.

— Je suis plutôt bon pour la manucure, Norma, dit-il en souriant. Et si vous alliez vous changer toutes les deux, ensuite, je m'occuperai de tes ongles, maman. »

Evelyn hoche la tête brusquement et se lève aussitôt. « C'est parti, Norma ! » Elle pose les mains sur les épaules de son amie et la pousse hors de la pièce. « Allez, on y va ! »

Il les suit avec le plateau pour se rendre à la cuisine. Derrière la porte fermée de la chambre, il entend des mains qui claquent et des pieds qui sautillent par terre.

Souriant, il lave et essuie les mugs avant de retourner au salon.

Il s'approche d'une alcôve, à gauche de la cheminée, où il a remarqué les dos fins des pochettes de disques d'Evelyn en parfait état, même si elle a souvent dû les écouter. Bien entendu, ils sont méticuleusement rangés dans l'ordre alphabétique, et il lui faut moins de dix secondes pour trouver ce qu'il cherche. Il le pose sur le tourne-disque, déjà prêt, puis s'assoit et attend. Dès qu'il entend la porte s'ouvrir, il se lève, met en route le disque et se rassoit. La qualité du son est encore meilleure que chez Martin.

Miserere mei, Deus :
secundum magnam misericordiam tuam.
Aie pitié de moi, mon Dieu : dans Ta grande clémence.
Et secundum multitudinem miserationum tuarum,
dele iniquitatem meam.
Dans l'immensité de Ta miséricorde, efface mes offenses.

La porte s'ouvre et laisse apparaître une version plus jeune et plus élégante d'Evelyn, vêtue d'une robe crème ajustée, avec une rose orange à la boutonnière. Un flacon de vernis à ongles assorti à la fleur dans sa main. Elle s'apprête à dire quelque chose, mais, en entendant la musique, elle se tait.

« Assieds-toi, maman. » William lui tend la main. Elle lui donne le vernis. Il le secoue, *tic-tic-tic.*

Amplius lava me ab iniquitate mea :
et a peccato meo munda me.
Délivre-moi de tout mal et enlève-moi mes péchés.

Quoniam iniquitatem meam ego cognosco :
et peccatum meum contra me est semper.
Car je connais mes fautes :
et le péché est toujours devant moi.

Elle s'assoit près de lui, leurs regards se croisent un instant, puis il prend sa main dans la sienne. Avec soin, il applique le petit pinceau gonflé et rutilant sur la longueur de son ongle. Le son est d'une telle qualité, on dirait que les choristes sont dans la pièce.

Tibi soli peccavi, et malum coram te feci :
ut justificeris in sermonibus tuis, et vincas cum judicaris.
Je n'ai péché que contre Toi,
et commis le mal sous Tes yeux :
afin que Tu te sentes justifié dans Tes paroles,
et clair quand Tu es juge.

Il dépose sa main sur l'accoudoir du canapé et elle lui tend l'autre. Il sent qu'elle palpite, il sent la chaleur du sang dans son corps.

Asperges me hyssopo, et mundabor :
lavabis me, et super nivem dealbabor.
Purifie-moi avec l'hysope et je serai propre ;
lave-moi et je serai plus blanc que neige.
Auditui meo dabis gaudium et laetitiam :
et exsultabunt ossa humiliata.
Laisse-moi entendre la joie et le contentement :
que les os que Tu as brisés puissent se réjouir.
Averte faciem tuam a peccatis meis :
et omnes i niquitates meas dele.

Détourne Ton visage de mes péchés :
et efface toutes mes mauvaises actions.

Seconde couche. Il a tant à dire, mais pour l'instant, la main douce et chaude de sa mère se trouve dans la sienne, il la fait belle pour son mariage, et ils écoutent le « Miserere » d'Allegri.

Cor mundum crea in me, Deus :
et spiritum rectum innova in visceribus meis.
Donne-moi un cœur pur, ô Seigneur :
donne un souffle nouveau à l'esprit qui est en moi.
Ne proiicias me a facie tua :
et spiritum sanctum tuum ne auferas a me.
Ne m'éloigne pas de Ta présence :
et ne m'enlève pas Ton esprit saint.
Redde mihi laetitiam salutaris tui :
et spiritu principali confirma me.
Ô accorde-moi le confort de Ton aide :
et confirme-moi auprès de Ton esprit libre.

Quand la musique se termine, il lève les yeux vers elle et leurs regards se croisent.

« Je suis tellement désolé de la manière dont je t'ai traitée, maman. » Il a peur de fondre en larmes.

Elle sourit doucement et pose une main sur la sienne. « Tu étais déchiré par la manière dont moi je traitais Robert et Howard. » Elle retire sa main et se renfonce dans le canapé. « Tu sais, il y a une part de folie dans le deuil. Pendant quelques années après la mort de ton père, il me manquait une peau protectrice. » Elle se frotte le bras. « J'étais à vif. Chaque fois que je voyais ton oncle, c'était comme si on avait versé du sel sur cette plaie. » Elle fait la grimace. « J'étais tellement jalouse d'eux, en tant que couple. Je leur ai présenté des excuses, mais je suis heureuse de pouvoir le faire auprès de toi à présent. Je ne supportais pas de voir combien tu étais proche d'eux, alors qu'en fait c'était merveilleux.

— Je suis heureux que tu te maries. Papa le serait aussi, je le sais.

— Merci, William. Je n'oublierai jamais ton père.

— Je sais. » Ils demeurent assis en silence un moment. « Je ne pensais pas que tu irais vraiment à Swansea sans moi. » Il n'avait pas l'intention de dire ça, et il a peur de paraître bourru.

« Je ne pensais pas que tu ne viendrais pas ! Les six premiers mois, j'ai changé tes draps toutes les semaines, pour qu'ils soient frais si jamais tu venais. » Elle secoue la tête. « C'est terrible ce qu'on peut se gâcher la vie. Il devrait y avoir une brigade d'anges pour nous arrêter dans ces moments dangereux, hélas, visiblement, ça n'existe pas. Tout ce qui nous reste, mon précieux fils, c'est la capacité à pardonner, à nous faire pardonner et à continuer à faire de notre mieux.

— Dans ce cas, allons-y, non ?

— Oui. » Elle inspire profondément et étend les mains pour contempler ses ongles, de la même couleur que la rose accrochée à sa robe. « Bravo, William, c'est parfait. Qui l'aurait cru ? » Elle pose les mains sur ses genoux. « En fait, j'ai seulement fait semblant de sortir de ta vie ; en réalité, je t'ai suivi de près. J'en sais plus que tu ne crois.

— Qu'est-ce que tu sais ?

— À la fin du lycée, tu t'es un peu embourbé, puis tu as excellé lors de ta formation d'embaumeur. Tu as accompli avec courage un travail difficile à Aberfan, mais tu en es resté traumatisé. Tu as épousé une femme formidable en insistant sur le fait que tu ne serais jamais père, et tu l'as quittée parce que tu pensais qu'elle serait mieux sans toi.

— Je sais que tu voulais bien faire en passant du temps avec Gloria… »

La porte s'ouvre et Norma reparaît, transformée, dans sa robe de soie bleue, maquillée, les cheveux attachés en chignon. « Cinq minutes, Evelyn.

— Oh, que tu es belle ! » Evelyn hausse les sourcils et sourit à son amie.

Norma exécute une petite révérence, puis fait la grimace. « Dieu du ciel, comme je voudrais que vous ayez plus de temps, mais la voiture va arriver ! » Elle regarde William. « Vous venez avec nous, non ? Dans la voiture, je veux dire ?

— J'en serai honoré – autrement, je serai en retard : je suis à pied. »

Evelyn se lève. « D'accord. Norma ! » Le ton redevient professionnel, et elle agite ses doigts en l'air pour faire sécher plus vite le vernis. « Où est cette bourse fantaisie que tu insistes pour me faire porter en guise de sac à main ?

— Tout de suite. » Norma retourne dans le couloir et, en revenant, glisse une bourse de soie au bout d'une chaîne par-dessus la main d'Evelyn.

« Et si on disait que c'est un cadeau de mariage, hein, Norma ?

— Le ciel soit loué pour le mascara waterproof, répond-elle en souriant.

— Et le vernis à séchage accéléré. »

On frappe à la porte.

« C'est le chauffeur, dit Norma. Bravo pour les ongles, William ! »

Elle file jusqu'à la Rolls-Royce ancienne, couleur crème, et se penche pour parler au chauffeur. « Vous deux, asseyez-vous à l'arrière », dit-elle en se redressant avant de faire le tour en courant pour s'installer à côté de lui.

Dès qu'ils démarrent, elle lui fait la causette à voix haute.

« Donc, dit Evelyn tandis que la voiture descend la petite rue escarpée, tu sais que la femme merveilleuse que tu as épousée sera là ? » Dans quelques minutes, ils seront à l'église ; cette pensée électrise William, mais il tente de ne pas y prêter attention. « Je sais ce que tu essaies de faire, mais tu lui dois plus qu'une simple discussion. » Soudain, Evelyn regarde dehors et William s'aperçoit qu'ils sont arrivés. « Je dois dire, William, malgré tout l'amour que j'ai pour toi, que tu aurais pu mieux choisir ton moment. Nous y sommes déjà !

— Eh bien, dit Norma en se retournant vers eux, une manière de gagner un peu de temps, ce serait bien que William te conduise à l'autel. » D'un air triomphal, elle regarde Evelyn, puis William. « Qu'est-ce que vous en dites, hein ? »

Il surprend un sursaut de joie dans le visage d'Evelyn.

63

Le porche de l'église sent la pierre froide et le papier poussiéreux. Norma s'est assise devant, après s'être assurée qu'il y avait de la place pour William.

« Quelle musique as-tu choisie pour commencer ?

— Vivaldi. « Les Quatre Saisons ».

— Joli. Laquelle ?

— L'hiver, concerto pour violon en *fa* mineur.

— Très chic !

— Mais à quoi t'attendais-tu d'autre ?

— Maman ? » Il regarde droit devant lui.

« Oui, mon fils.

— C'est toi que j'aime le plus. Ça a toujours été le cas. »

Soupir. Puis elle lui serre le bras. Enfin, elle s'écarte pour se planter devant lui : « Il y a encore une chose que tu dois me dire, William. » Elle le toise d'un air sérieux et William sent sa gorge se nouer.

« Quoi ?

— Est-ce que j'ai du rouge à lèvres sur les dents ? »

Il éclate de rire. « Non. Tu es parfaite. »

Dès que la musique commence, un froufrou accompagne le mouvement des gens qui se lèvent, et l'église a beau être petite, William est stupéfait de constater que tous les sièges sont occupés.

« Nom d'une pipe ! dit-il.

— Tu auras tout le temps du monde pour faire connaissance avec ces personnes, dit-elle à croire qu'elle lit dans ses pensées. Vous autres, vous êtes au premier rang, côté gauche. »

Et les voilà : Martin, une tête de plus que tous les autres, qui regarde autour de lui. À côté, Howard et Robert, et ensuite, près de l'allée, cheveux châtains, le dos bien droit : Gloria.

Le pouls de William s'accélère, son cœur bat plus fort, ses mains sont moites.

« Je vais être accaparée tout le reste de la journée, murmure Evelyn en souriant, tout en adressant des signes de tête aux gens, tandis qu'ils entament leur marche solennelle vers l'autel au rythme de la musique. Concentre-toi sur Gloria. »

Soudain, il se sent piégé, terrifié. Des visages inconnus et souriants, tel un champ de fleurs exotiques. Howard se retourne et croise le regard de William, puis il donne un petit coup de coude à Robert, qui se retourne à son tour et chuchote quelques mots à Gloria. William se blinde – elle ne se retourne pas.

L'homme qui attend Evelyn est grand, il a d'épais cheveux gris et il ne se tient pas tout à fait droit. Lorsque son futur beau-père se retourne, William s'aperçoit que sa jambe gauche a quelque chose de bizarre.

« Le voilà ! murmure Evelyn comme si elle était surprise de le voir.

— Il doit me détester, répond William en regardant le prêtre souriant vers lequel ils se dirigent.

— Mais non. Ce n'est pas ce genre d'homme. »

Ils sont au pied de l'autel. Frank adresse un petit signe de tête à William en souriant. Puis ses yeux se posent sur Evelyn, et William n'a plus aucun doute sur le fait que cet homme aime sa mère. Elle lâche le bras de son fils et s'apprête à prendre la main tendue de Frank lorsqu'un sanglot lui échappe – un petit cri sauvage. Frank passe la main dans son dos, elle respire et se redresse. Elle se retourne vers William et lui lance un clin d'œil.

Sans elle, il se sent tout à coup horriblement exposé, privé d'ancrage. Aussitôt, il vient prendre place à côté de Gloria. Ils regardent droit devant eux pendant que l'assemblée s'assoit.

« Soyez tous les bienvenus pour cet heureux événement, dit le prêtre en ouvrant les bras, le mariage de nos amis bien-aimés, Frank et Evelyn. »

Si proche de Gloria après toutes ces semaines, il respire son parfum, l'odeur propre de ses cheveux, et son estomac se vrille. Il n'a pas besoin de se tourner pour voir la différence. Même pas besoin de regarder. Il le sait, c'est tout. Gloria est enceinte.

« Je ne l'ai pas fait exprès, je te le promets. » Gloria pose la main sur son ventre arrondi.

Le cimetière est jonché de confettis. La famille de Frank a été appelée pour faire des photos, et Gloria a accepté la proposition de William d'aller faire un petit tour. Plus tard, il racontera que la cérémonie a été pour lui une expérience de décorporation. Ainsi assis près d'elle au moment des cantiques, il a été frappé par des éclats de joie si intenses et physiques qu'il a canalisé toute son énergie dans le chant. La première fois, au vers deux de « Praise My Soul, the King of Heaven », il a fait littéralement bondir le prêtre. Martin s'est joint à lui, pour qu'il ne soit pas seul à attirer l'attention. Il ne comprenait pas comment cette chose dont il n'avait jamais voulu puisse le rendre aussi heureux. Peut-être était-ce le simple fait d'être à nouveau près d'elle.

« Je te crois », dit-il, les mains enfoncées dans les poches pour être sûr de ne pas céder à la tentation de la prendre dans ses bras, de passer les doigts dans ses cheveux magnifiques et de toucher sa silhouette nouvelle.

« Bon, très bien. Je suis contente que les choses soient claires. » Elle refuse toujours de le regarder. « Et je suis contente qu'Evelyn et toi, vous ayez parlé. » Pause. « Après tout ce foutu temps. »

Il hoche la tête. « Oui, après tout ce foutu temps. » Leurs pas crissent sur le gravier.

« Je ne voulais pas qu'elle soit privée en tant que grand-mère, après avoir été privée en tant que mère.

— Tu as eu raison. Tu as toujours été meilleure que moi pour ça.

— Tu es un vrai boulet, William. »

Il s'attend à voir un sourire fleurir sur son visage, mais rien. Elle est en colère. Évidemment. Les épouses ne sont pas comme les mères. Elles peuvent cesser d'aimer.

« Comment tu vas ? » Il désigne le renflement de sa taille, et elle a beau être mal disposée à son égard, il a des papillons dans le ventre.

Elle hausse les épaules. « Je fais ce que je peux. »

Des confettis roses et blancs traversent en voltigeant une pierre tombale devant eux. Un éclat de rire retentit depuis l'église. Il va bientôt leur falloir revenir. Il voudrait prendre la main de Gloria, ballante le long de son corps ; il remarque qu'elle porte toujours son alliance. Sa mère et Frank se dirigent vers la voiture.

Un léger coup de vent fait rouler d'autres confettis sur le gravier et jusque sur les chaussures crème de Gloria. Elle lance le pied en avant pour les chasser. Devant l'église, Evelyn monte dans la belle voiture ancienne, tandis que Frank lui tient la portière, le visage fendu par un sourire. La portière se referme, et la voiture s'éloigne en passant devant une foule de gens qui leur font signe.

Soudain, William essaie de prendre la main de Gloria, mais elle secoue la tête. Un souffle de vent lui rafraîchit le visage. Il y a davantage de nuages que de ciel bleu à présent. En regardant en oblique la silhouette plus épaisse de Gloria, il sait soudain ce qu'il doit faire. Et il veut tellement qu'elle soit là quand il le fera.

« Gloria ? » Il s'arrête, et il lui sait gré de s'arrêter elle aussi et, pour la première fois, de le regarder dans les yeux.

« Quoi ?

— Je vais aller à Aberfan. Acceptes-tu de venir avec moi ?

— C'est tout ce que tu as à me dire, hein ? » Regard féroce ; il remarque combien elle serre l'anse de son sac à main. « Et moi qui me demandais si tu allais m'interroger pour savoir comment je m'en tire depuis ton départ en songeant que je vais être mère célibataire. Je me disais que peut-être tu voudrais savoir ça, William !

— Je suis désolé », répond-il en clignant les yeux pour chasser les larmes qui aussitôt le brûlent.

Gloria demeure fermement plantée devant lui. « Je m'apprêtais à te dire que j'étais enceinte. J'essayais de trouver la meilleure manière. Et puis il y a eu cet affreux baptême. Et puis tu… tu es parti ! Comment as-tu pu me faire ça, William ? »

La brise fraîche forcit. Il a les mains froides ; il voudrait prendre celle de Gloria. « Je voulais te libérer de moi. »

Elle secoue la tête et laisse échapper un rire de tristesse.

« S'il te plaît, viens avec moi à Aberfan.

— Quand ? » Le vent colle sur son visage une mèche en diagonale, mais elle ne la repousse pas.

Il hausse les épaules, regarde les voitures qui démarrent. « Demain ? »

Dans ses yeux verts, l'animosité semble diminuer, elle le regarde à la recherche de quelque chose. « D'accord. »

Il relâche l'air qu'il retenait dans ses poumons sans en avoir conscience. « Merci, Gloria.

— J'aurai souvent besoin d'aller aux toilettes, dit-elle sans lui renvoyer son sourire.

— Aucun problème. »

Elle lui tourne le dos et se dirige vers l'église. « Maintenant, laisse-moi un peu, dit-elle en tournant la tête, j'ai atteint ma limite.

— D'accord », répond-il en observant le balancement familier de ses hanches, sa marche au pas décidé, conscient qu'il regarde bien plus que Gloria : une partie de lui-même, une partie d'eux. « Merci ! » crie-t-il.

Elle lève un bras en s'éloignant, et il ne sait pas si c'est en signe d'acceptation ou pour le rembarrer.

64

Après avoir mangé les sandwiches que William a préparés pour eux dans la cuisine d'Evelyn ce matin, Gloria dort pendant tout le trajet de Swansea à Merthyr Tydfil. Une fois réveillée, elle reste muette et se détourne de lui pour regarder par la fenêtre. C'est déconcertant. Depuis le jour où il l'a rencontrée, Gloria a toujours été volubile. Toute la vie adulte de William a été narrée à travers sa voix à elle. En temps normal, en traversant les villages de la vallée – Cilfynydd, Troedyrhiw –, elle s'amuserait à essayer de prononcer ces noms. Il voudrait tant engager la conversation avec elle, mais il estime qu'il n'en a pas le droit tant qu'elle ne lui a pas dit ce qu'elle a à lui dire. Malgré tout, de surprenantes flèches de joie ne cessent de le transpercer chaque fois qu'il la regarde à la dérobée.

« Tu dois en avoir gros sur le cœur », dit-il enfin en traversant Pentrebach, à trois kilomètres d'Aberfan. « Je comprends, alors sens-toi libre. »

Gloria regarde toujours le paysage, l'autre versant de la vallée, doré par le soleil de l'après-midi. « Commençons par cette visite. »

Dans l'esprit de William, Aberfan ne connaît que la nuit ; le toit de l'école Pantglas y est à jamais écroulé, tordu sous les éboulis dont il émerge en présentant des angles bizarres, comme un parapluie brisé. Les rues, elles, sont plongées dans le noir, le sol y est collant.

Arriver en plein jour le dérange, avec le vert des arbres qui se détache sur le ciel bleu, et puis le fait de passer devant la nouvelle école aux abords du village, avec cette cour de récréation pleine d'enfants.

Là où les bulldozers avaient naguère entassé les masses de matière échappées du terril s'élève désormais un centre d'action sociale, derrière lequel il gare la voiture de Martin. Pendant que Gloria part à la recherche de toilettes, William fait quelques pas pour contempler une cage à poules bleu électrique, un tourniquet et des balançoires aux montants d'un rouge plein de gaieté.

Il entend le pas de Gloria derrière lui. Elle vient se poster à ses côtés.

« Voilà où se trouvait l'école », dit-il. Un petit chien attend que sa maîtresse âgée le rattrape, puis renifle le tourniquet.

Comment l'imagination et la volonté humaines ont-elles réussi à transformer le village qu'il a connu en ce qu'il est désormais ? C'est confondant. Il n'a pas envie de regarder cette aire de jeux, ni ce centre d'action sociale. Il est venu voir des hommes héroïques ramper au milieu du carnage, la peau noircie, le regard hanté, et des pelles animées d'un mouvement perpétuel et désespéré. Il est venu sentir la boue de charbon sous ses pieds, entendre le grondement des camions entrant et sortant du village.

« Je vais faire un tour au jardin du mémorial. » Gloria continue au-delà de l'aire de jeu. Elle pousse la barrière métallique où il est inscrit : *Ici se trouvait l'école Pantglas*. William la suit, et ils déambulent à travers les petits rectangles bien délimités de pelouses impeccables, semées d'arbustes et de massifs bordant les allées tracées avec soin. « C'est le plan de l'école. » Gloria désigne des lignes dessinées à droite et à gauche. Il se demande ce qu'elle sait d'autre. Combien de fois elle a fait des recherches sur cet endroit qui revêt pour lui une telle importance.

Il hoche la tête, un instant saisi par les corolles des soucis qui bordent les limites des allées et des pelouses. L'ordre et le calme des lieux lui sont un affront. Malgré tout ce qu'elle croit connaître, Gloria ne sait rien. Aucun visiteur ne peut avoir la moindre idée de ce qui s'est passé ici. Il tourne le dos à la montagne et regarde en direction de Moy Road. À droite, les vieilles maisons ont l'air tellement normales et intactes, avec leurs fenêtres entourées de briques, telles des dents blanches espacées. Qui peut savoir qu'en regardant à travers ces fenêtres, il a vu des monceaux de gravats noirs, semés de branches, de briques, de jouets, de débris de piano ? Il se souvient de cette chaussure à talon aiguille qui dépassait d'un monticule noir noyant à demi un escalier blanc, pareil à de l'os.

Dans l'air, une odeur d'herbe. Une pie se pose au sommet d'un petit cerisier. À gauche, en descendant, deux rangées de maisons neuves. Les anciennes ont été totalement détruites. L'une d'elle appartient-elle à Betty ? Est-elle encore vivante ? William contemple la rue qui menait de l'école à la salle de préparation.

« Je vais à l'église, mais tu n'es pas obligée de m'accompagner. » Il commence à regretter de ne pas être venu seul. Il n'a rien à dire à Gloria sur ce village qu'ils visitent.

« Je viens avec toi. » Elle plonge les mains dans ses poches.

Ils avancent sur Moy Road, puis descendent une ruelle escarpée qui mène à l'église. William ne se rappelle pas les espèces de canaux entre les maisons parsemés de cordes à linge, où l'herbe transperce le goudron. Il ne se souvient de rien d'autre à part l'école et l'église, et puis de cette rampe en métal qui borde la ruelle, parce qu'il a vu une femme s'y agripper en descendant, quand ses genoux ont lâché.

À mi-chemin, il s'arrête net.

« Qu'est-ce qu'il y a ? demande Gloria. Que se passe-t-il ?

— Elle n'est plus là.

— Qu'est-ce qui n'est plus là ? »

Il se frotte la tempe pour arrêter ce vrombissement et va au bout de la ruelle. Il contemple le bâtiment sombre avec son clocher moderne en briques qui, il le remarque soudain, a la forme d'une croix incrustée dans la pierre.

« Ce n'est pas ça ! » Il regarde à droite, à gauche, pour être certain de ne pas s'être trompé.

« Ils ont dû démolir l'ancienne pour en reconstruire une nouvelle, dit doucement Gloria. On comprend bien pourquoi. »

Quelque chose bouge dans les cheveux de William, comme un élastique qui s'envole. « Mais pourquoi ? On n'a rien fait de mal, là ? » Il entend sa voix, haut perchée, brisée. « Ils n'auraient pas dû la détruire. »

Il s'approche du triste bâtiment et touche la grille de métal. Tout lui paraît si vide, si immobile sans les mères avec leur fichu noué sous le menton, leur manteau d'hiver serré sur la poitrine, sans les mineurs noircis de charbon, épuisés et déterminés, sans l'Armée du Salut avec son thé, ses KitKat et sa prodigalité de whisky et de cigarettes.

Tout lui paraît si *ordinaire*.

Une explosion derrière eux les fait sursauter. Ils se retournent et voient une vieille Ford Cortina descendre la ruelle en trombe, la fenêtre du conducteur baissée.

« C'est là qu'ils attendaient, dit William en se retournant et en frottant la grille. Les parents.

— C'est là que tu as montré la chemise de ce petit garçon ? »

Il sent la chaleur et la pression sur sa main quand Gloria y glisse la sienne.

« Mais ça n'était pas ainsi.

— C'est mieux, non ? » Elle lui parle doucement, sans quitter l'église des yeux. « Tu ne crois pas que c'est mieux que les choses ne restent pas telles quelles, pour le bien de toutes les personnes qui doivent continuer à vivre ici ? Hein ? »

Il secoue la tête, fronce les sourcils. « Mais s'il n'y a plus rien… si ça n'existe que dans ma tête… » Quelque chose se rompt en lui. À l'entendre, on pourrait croire qu'il est fou. Il ne veut pas que Gloria le prenne pour un fou. Il soupire – respiration-jappement. « Il faut s'y faire.

— Naturellement. » Elle serre sa main plus fort. « Mais tu vas y arriver. Comme avec ta mère.

— Que veux-tu dire ? »

Elle contemple toujours l'église. « Tu as compris que les gens changeaient ; en vérité, ils ne pourraient pas rester tels quels, même s'ils le voulaient. »

Il regarde droit devant lui, sa main dans la sienne. Oui, il tient la main de Gloria dans la sienne. Peut-être que ça va aller, finalement.

« Je vais aller voir les tombes, mais ça fait une bonne grimpette. Tu veux m'attendre dans la voiture ou sur le banc dans l'aire de jeux ?

— Non, je t'accompagne. » Elle le regarde. « Il faut juste que je prenne mon temps. »

Ils remontent la ruelle, prennent vers la gauche et s'éloignent du jardin du mémorial et du centre d'action sociale, puis ils tournent à droite, dans la venelle qui mène au cimetière, sur le versant. Les tombes les plus anciennes sont en bas, les pierres sont enfoncées, de guingois, constellées de mousses et de lichens gris, verts, blancs. Plus haut sur le flanc de la colline, des demi-cercles blancs remontent en deux longues rangées, tels des bonbons à la menthe Polo géants se détachant sur le ciel. William voudrait courir à leur rencontre, mais ce serait un peu étrange, et Gloria est avec lui, aussi, il ralentit le pas, le regard fixé au loin.

« Nom d'un chien, ils les aiment, leurs collines ! » Les mains sur les hanches, Gloria respire fort pendant quelques instants, puis elle repart.

Enfin, ils se retrouvent sur une allée aplanie devant les tombes. Des tombes qui, songe William, sont là depuis sept ans. Il a beau être assez près pour les toucher, il éprouve la sensation étrange de s'éloigner. Les années sont fluides, comme si elles s'écoulaient à travers lui. Le vide qu'il a ressenti en contemplant la nouvelle église se met à grandir en lui, à le remplir d'une légèreté qui lui permet enfin de respirer.

Au pied de chaque pierre tombale se trouvent des ornements personnalisés : ailes d'ange, cœurs, bibles ouvertes, extraits des Écritures, poèmes, photos dans des cadres dorés. Il avance lentement, lit chacune des inscriptions.

Si nous pouvions offrir le monde,
Nous l'offririons et plus encore
Pour voir ceux que nous aimions tant
Repasser la porte en souriant.

À mi-chemin du premier rang, Gloria s'assoit sur un banc, derrière lui, et se mouche. William voudrait trouver la tombe de la fillette à la main parfaite, mais il ne peut se rappeler son nom. Sur une photo, un garçon avec une raie bien tracée sourit de toutes ses dents, trop grandes pour sa jeune bouche. Les corps brisés de ces enfants qu'il n'a pas connus vivants sont restés si longtemps à la surface de sa mémoire que c'est comme s'ils faisaient partie de lui-même. Et pourtant, il ne s'agit pas des souvenirs de leurs parents, ni même de la communauté. Ce sont les siens. Les siens et ceux de Jimmy, d'Harry et des autres embaumeurs. C'est cela qui les relie ensemble, qui les met à part du reste du monde.

William jette un coup d'œil par-dessus son épaule, une femme en bleu s'assoit près de Gloria. Il se retourne vers les tombes.

« Bonjour, dit Gloria, j'ai pris votre place, peut-être ? Je peux aller ailleurs.

— Pas de problème, il y a assez de place pour trois. »

La femme se met à rire. Après un instant de silence, elle demande : « D'où venez-vous ?

— Nous habitons près de Birmingham, mais nous étions à un mariage à Swansea. Et vous, vous êtes d'ici ?

— Oui, mon chou. J'y ai vécu toute ma vie.

— Ah, fait Gloria avec hardiesse et douceur, toute ma sympathie pour ces moments terribles que vous avez vécus.

— Merci. »

William marche le long de la rangée.

Une fleur précieuse, prêtée et non donnée,
Germée en ces lieux, épanouie dans les cieux.

« Et pourquoi êtes-vous venus ? l'interroge gentiment la femme. J'espère que ça ne vous dérange pas que je vous pose la question, mais je me demande toujours ce qui peut bien amener les gens ici. »

Gloria s'éclaircit la gorge. « Il ne s'agit pas de curiosité malsaine, je vous le promets. Mon mari est embaumeur. Il est venu aider quand c'est arrivé. » William ne se retourne pas, mais une vague de chaleur monte en lui lorsqu'il entend Gloria l'appeler « mon mari ». « Il voulait rendre hommage aux défunts.

— Je m'en souviens, quel terrible travail. Et quel terrible service ils nous ont rendu. Personne ne voulait y penser. » William fixe la photo du garçon qui sourit.

Gloria baisse d'un ton, mais il l'entend toujours. « Il est revenu pour les obsèques, mais c'est la première fois depuis.

— Il est venu aux obsèques ? C'est plus que je n'ai pu faire. Je ne suis pas allée à l'enterrement de ma propre fille, vous imaginez ?

— Je ne peux rien imaginer de tout cela.

— La culpabilité m'aurait entièrement dévorée s'il ne s'était pas produit quelque chose. Mon petit miracle à moi, qui m'a permis de continuer. Et encore maintenant.

— Que s'est-il passé ? Ça ne vous dérange pas que je vous pose la question ? »

William avance un peu mais il l'entend toujours. Il regarde les inscriptions en écoutant le doux rythme de la voix de cette femme.

« Il y a un sentier que ma petite fille et moi, on aimait bien emprunter. Elle filait sur sa trottinette, avec mon sac à provisions accroché au guidon, rempli des petites choses qu'elle ramassait. Des morceaux de fougères, des fleurs des champs, des mûres, tout ce qu'elle trouvait, elle le mettait dans le sac.

« Le jour des obsèques, j'ai dit à mon mari d'y aller pour nous deux, et j'ai grimpé là-haut. Je voyais tout le monde, mais nul ne pouvait me voir. Je me suis assise contre ce gros rocher où elle faisait des dessins à la craie. Je me demandais s'il en restait quelque chose, mais il avait tellement plu que tout avait disparu. J'avais l'impression d'être l'œil de Dieu. Je voyais les gens disposer les fleurs sur cette immense croix. Elles venaient des quatre coins du monde, ces fleurs. Les gens paraissaient si petits. Et je me disais : comment fait-on pour supporter ça ? Comment peut-on survivre à cette douleur ? J'aurais voulu que nous mourions tous ce jour-là ! Tous ensemble. Voilà qui aurait été mieux, je me disais. »

William veut désespérément se retourner, mais il n'y arrive pas.

« Et puis soudain, il y a eu ce fracas venu de nulle part, au-dessus de ma tête. Ce foutu hélicoptère rempli de photographes ! Ça a failli m'anéantir. C'était *ma* fille qui était morte, *mon* cœur qui s'était brisé. Qu'est-ce que le reste du monde pouvait bien avoir à faire avec ça ? Et c'est à ce moment-là que je l'ai entendue, cette voix magnifique ! Elle venait de derrière moi. Elle chantait "Myfanwy", une chanson qui signifie beaucoup pour nous, ici dans les vallées.

— Oui, dit Gloria à mi-voix, je la connais.

— Je n'ai pas osé bouger. La personne qui chantait se croyait seule. Alors je suis restée adossée à mon rocher, à regarder la terre qu'on jetait sur le cercueil de ma précieuse petite fille, et j'ai laissé cet… ange, qui qu'il soit, être ma voix. Je l'ai laissé chanter cette merveilleuse chanson triste pour ma petite fille. Et maintenant, je viens seule ici et je la lui chante aussi. »

Enfin, William se retourne. S'est-il occupé de cette enfant, a-t-il tendu un lambeau d'étoffe à sa mère ? Faisait-elle partie de celles qui sont tombées à genoux en reconnaissant un vêtement ? Était-ce la fillette à la main parfaite ? Et aujourd'hui, cette femme est assise près de Gloria dans un gai manteau de printemps, avec un rouge à lèvres abricot. *Les êtres humains sont extraordinaires*, pense-t-il.

« En redescendant de la colline, continue-t-elle en regardant William, je ne me sentais pas mieux, mais je ne sais pourquoi, j'avais désormais l'espoir qu'en temps voulu, je parviendrais à le supporter. »

Gloria regarde William. Elle ne pleurera pas, mais il sait qu'elle le voudrait.

« William, viens donc saluer cette dame. »

Il s'approche, main tendue. Sa poigne est ferme.

« Bonjour, soyez le bienvenu, à nouveau.

— Merci, dit-il en croisant son regard intense. Puis-je vous demander quelque chose ?

— Si vous voulez. » Elle hoche la tête, esquissant un léger sourire.

« Quand je suis venu ici, une femme est arrivée à l'église, elle voulait nous aider à préparer les enfants pour les identifier. Betty. Sa maison a été détruite. Vous la connaissez ?

— Bien sûr que je connais Betty. » La femme sourit. « Ici, tout le monde se connaît. Ils ont reconstruit sa maison. Vous êtes passé devant tout à l'heure. C'est très luxueux. Tout le confort moderne.

— Vous croyez que ça l'ennuierait qu'on passe la voir ? »

La femme se lève et lisse son manteau. « Je vous accompagne, si vous voulez. »

65

La sonnette émet un bruit grêle et aigu. Mouvement à l'intérieur, la silhouette floue devient de plus en plus nette et la porte s'ouvre.

« Regarde, Betty ! » La femme les présente comme s'il s'agissait d'un butin qu'elle pourchassait. « Je t'ai amené des visiteurs. »

Betty pose d'abord les yeux sur Gloria, remarque qu'elle est enceinte. « Qui est là ? » Elle sourit. Elle a les cheveux gris, sa robe à fleurs ne disparaît pas sous un chandail d'homme et elle porte des pantoufles et non des bottes en caoutchouc. Son visage est plus plein et plus ridé. Mais aux yeux de William, elle est exactement pareille.

« Betty. » Il s'avance vers elle. « Je suis William Lavery. J'étais un des embaumeurs volontaires. »

Betty porte les mains à son visage tandis qu'elle reprend son souffle. « Par le ciel ! Comment pourrais-je vous oublier ? » Elle s'approche et le serre contre elle, enroulant ses bras autour de sa taille, le visage collé sans réserve contre sa poitrine. Il sent ses petites mains qui s'agrippent dans son dos.

« Et voici… ? demande-t-elle en le lâchant et en souriant à Gloria.

— Gloria, ma femme. »

Elle caresse la joue de Gloria. « Voulez-vous une tasse de thé ? » Ses yeux sont deux minuscules lacs bleus.

« Je tuerais pour un thé ! répond Gloria tandis qu'un sourire fleurit sur son visage. Mais il faut d'abord que j'utilise vos toilettes, si ça ne vous dérange pas. »

Betty garde un instant le silence, puis elle attrape les bras de Gloria. « Vous avez l'air épuisée. Si vous alliez vous reposer un peu dans la chambre d'ami, et nous vous apporterons le thé là-haut. »

Gloria lui adresse un sourire de reconnaissance.

Betty pose la main sur l'épaule de Gloria et lui désigne l'intérieur. « En haut de l'escalier, à gauche pour les toilettes, à droite pour la chambre. Les draps sont propres. »

Gloria la serre contre elle. « Je vous aime déjà, Betty. »

Elle se met à rire et, avec William, regarde Gloria entrer. Les marches grincent doucement à mesure qu'elle les gravit.

« Venez à la cuisine, je vais préparer du thé. »

William la suit. « Voilà donc votre nouvelle maison ?

— Plus si neuve que ça maintenant. » Betty sourit et attrape les mugs, la bouilloire, le thé, tous à portée de main. « Comment avez-vous rencontré Mary ? »

William s'appuie au comptoir de la cuisine tout en longueur. « Gloria a parlé avec elle au cimetière. » Betty le pousse un peu pour accéder au frigo. « Elle nous a raconté que le jour des obsèques, elle est montée dans la montagne et qu'elle a entendu quelqu'un chanter "Myfanwy".

— On connaît tous l'histoire. Son ange. »

William ne dit rien. Betty cesse tout à coup de verser le lait. « Oh Seigneur, c'était vous ?

— Je suis revenu pour rendre hommage aux défunts, mais je ne voulais pas imposer ma présence, aussi, j'ai suivi le sentier qui monte derrière le cimetière, et quand ce maudit hélicoptère est apparu… » Il hausse les épaules. « Je me suis juste mis à chanter. »

Elle secoue la tête. « On a tous été durement frappés, mais certaines personnes s'en sont mieux remises que d'autres. » Elle agite le thé, puis referme le couvercle et se concentre sur lui. « Mary en fait partie. Elle a eu deux autres enfants depuis. Un garçon et une fille. Ils sont adorables. Alors vous voyez, vous n'avez pas seulement aidé ces parents à dire au revoir à leurs petits, vous avez aidé Mary à vivre avec sa perte. » Elle verse le thé dans un mug et le lui tend. « Tenez, montez ça à votre femme. »

Il entre dans la chambre à pas de loup, mal à l'aise, mais il comprend aussitôt, même si elle lui tourne le dos, que Gloria s'est endormie. Il pose le thé sur la table de chevet en rotin, au cas où elle ait soif à son réveil, et ressort sans bruit avant de redescendre. Betty est assise dans le salon ; la pièce est carrée, avec un canapé et deux fauteuils disposés autour d'une table basse triangulaire.

« Elle dort.

— Tant mieux pour elle. Quand le bébé doit-il naître ? »

William est soudain frappé à l'idée qu'il n'a pas pensé à le lui demander. « Je ne sais pas.

— Comment ? » Son visage hésite entre sourire et froncer les sourcils.

« C'est une longue histoire. » Il s'assoit sur le canapé face à Betty. « J'ignorais jusqu'à hier qu'elle était enceinte. Je l'ai quittée il y a deux mois. »

Elle le scrute, comme si elle attendait qu'il lui raconte une autre version de l'histoire, qui ait du sens. « Vous êtes en train de me dire que c'est la première fois que vous vous voyez depuis des semaines ? Et c'est ici que vous l'amenez ? »

Une horloge sonne en hâte quelque part dans la maison. Un chat arrive en courant et se précipite sur les genoux de Betty. Elle pose la main sur son dos et il se couche.

« J'ai pensé que si j'arrivais à faire la paix avec Aberfan, je pourrais être en paix avec moi-même. » Il désigne l'escalier d'un signe de tête : « Et avec elle.

— Donc, les difficultés que vous avez, dit-elle en se renfonçant dans son fauteuil et en croisant les jambes, sont liées à ce qui est arrivé ici ?

— Oui », répond-il en se demandant, à voir l'expression de son visage, pourquoi diable il n'a pas pensé à venir la voir plus tôt. « Depuis le jour où je suis reparti d'Aberfan, je fais des cauchemars, j'ai des flashback dans la journée. Le jour des obsèques, j'ai décidé qu'il était désormais impensable pour moi d'avoir des enfants. C'était une idée insupportable. Je l'ai dit à Gloria, aussitôt. J'ai voulu rompre avec elle. Mais il n'y a rien eu à faire. » La théière et les mugs sont posés sur la table basse, avec des biscuits dans une assiette, sur un napperon en papier, mais ils n'y touchent pas. La pression monte en lui, il voudrait lui dire ce qu'il n'a jamais confié à personne. Parfaitement immobile, elle le regarde, et cela le ramène aussitôt à la sacristie, à ce moment où elle attendait qu'il soulève le drap recouvrant l'enfant. « Ce que je n'ai jamais dit à personne... » Il s'arrête pour reprendre sa respiration. « Voilà, quand je pense ne serait-ce que quelques secondes à avoir moi-même un enfant, me vient en tête l'image de son corps meurtri sur une table mortuaire, et je dois l'embaumer. Parce que si j'avais un enfant et qu'il meure, je ne pourrais laisser personne d'autre s'en occuper, hein ? » Ses yeux se remplissent de larmes, et lorsqu'il parvient enfin à regarder Betty, il s'aperçoit qu'il en va de même pour elle. « Je l'ai quittée parce que j'ai pensé que c'était la chose la plus généreuse que je puisse faire. Lui laisser vivre sa vie avec un autre. Mais j'ignorais qu'elle était enceinte. Sans quoi je ne serais jamais parti. »

Un craquement sonore sur le palier attire leur attention. Ils se regardent à nouveau l'une l'autre. Long silence, tel un souffle contenu, puis le pas de Gloria rapide sur le palier, une porte qui se ferme, la chasse d'eau, nouveau bruit de pas, silence.

« Bien. » Au bout de quelques secondes, Betty se lève et le chat dégringole par terre, l'air égaré. Elle s'assoit à côté de William sur le canapé et prend ses deux mains dans les siennes. « Dieu sait que nous avons souffert, à Aberfan, ça a été l'enfer ! Long, rude, l'enfer, quoi. Mais nous sommes toujours là. » Le regard déterminé de Betty le tient comme une étreinte. « Et nous avons réussi à rire autant qu'à pleurer, il y a à nouveau des enfants, l'école est pleine et on a envie que la vie continue. Et il y a beaucoup de raisons pour avoir envie que la vie continue. Ce que vous avez accompli ici, cette terrible tâche, a rendu supportables des moments insupportables. Et d'après mon expérience, c'est ainsi que les choses se passent. Quand nous traversons des situations impossibles, quelqu'un ou quelque chose nous vient en aide – à condition que nous acceptions cette aide. Et dans les moments les plus sombres, William, vous nous avez aidés. Un jour, à Dieu ne plaise, vous aurez besoin d'aide. Et je pense que vous l'obtiendrez. » Elle fronce les sourcils. « Et il me semble que si Mary a le courage de prendre à nouveau le risque de vivre ce cauchemar, vous aussi, vous le pouvez. »

William absorbe les paroles de Betty, sa présence, sa bonne volonté. Il n'éprouve pas le besoin de dire quoi que ce soit.

« Vous aimez vraiment Gloria, n'est-ce pas ?

— Oh oui. » La détermination avec laquelle il lui répond fait se relâcher quelque chose en lui, quelque chose qu'il tenait serré, comme un muscle bandé.

Betty sort un mouchoir de sa manche et le pose sur ses genoux.

« Bon, tout ça est très intime, mais il semblerait bien que je me retrouve prise au beau milieu, donc je vais vous dire ce que j'en pense et voilà tout. D'accord ?

— D'accord, répond-il doucement.

— Il me semble que de toute cette douleur que vous avez fait vivre à vos proches, y compris à vous-même, quelque chose de très bon pourrait sortir – elle regarde le plafond – pour tous les trois. Ce qui clôt ce chapitre et permet au suivant de débuter, c'est que vous deveniez père, en connaissance de cause, parce que vous savez mieux que les autres ce qu'est la souffrance, combien un enfant est précieux, et ce avant même qu'il soit là ! Et ça, William, c'est un vrai cadeau, non ? »

Il hoche la tête. Betty se frotte les mains et ce doux bruit emplit la pièce.

« Je vais devoir m'absenter pendant deux heures. Je ne serai pas de retour avant l'heure du dîner. Je passerai au *fish and chips*, et vous pouvez rester dormir ici si vous voulez. »

Elle soulève le plateau et le rapporte à la cuisine. « Il va faire froid, n'hésitez pas à vous servir. » Elle revient au salon, prend son manteau et l'enfile d'un mouvement souple et plein d'aisance. Elle lui fait au revoir et referme la porte derrière elle.

Il s'assoit, écoute le bruit des pas rapides de Betty qui diminue. Puis il retire ses chaussures, les dépose près de la porte d'entrée et grimpe l'escalier. Il est certain que Gloria l'a entendu parler à Betty, aussi peut-être qu'elle l'attend, mais un tel silence règne dans la maison qu'il se demande si elle ne s'est pas rendormie. Dans ce cas, il ne la réveillera pas. Il s'étendra à côté d'elle, près de ce corps miraculeux de chair et de sang, et lorsqu'elle ouvrira les yeux, il ira lui préparer une autre tasse de thé et s'assoira avec elle sur le bord du lit. Il lui demandera pardon, fera en sorte qu'elle sache à quel point il l'aime, et alors, il lui demandera.

Parce que cette pensée, cet émerveillement coulent dans ses veines, lui donnent envie de rire, de danser, de chanter !

« Gloria, demandera-t-il en souriant, quand allons-nous faire la connaissance de notre bébé ? »

Remerciements

Bonne fée marraine : personnage féminin
de certains contes de fées qui détient
des pouvoirs magiques et vient en aide
au héros ou à l'héroïne.

J'en ai deux : Susan Armstrong, mon agente, d'une efficacité redoutable, tout en demeurant toujours calme et affable. Signer avec elle a changé ma vie du jour au lendemain. L'autre est Louisa Joyner, chez Faber, l'éditrice dont tout le monde rêve : d'une intelligence fulgurante, intuitive et passionnée. Merci également à l'équipe de C&W : Matilda Ayris, Kate Burton, Jake Smith-Bosanquet, Alexander Cochran et Katie Greenstreet ; et à celle de Faber : Pete Adlington, Hannah Marshall, Libby Marshall, Josephine Salverda et Josh Smith. Tous et toutes, sans exception, et avec enthousiasme ont accompli brillamment leur travail. Merci à Claire Gatzen, relectrice à l'œil de lynx sans pareil.

Merci également à mes professeurs en écriture, à commencer par mon professeur d'anglais à la John Willmott Comprehensive School, Lynne Jung, qui m'a appris que je pouvais écrire. À Sally Cline, au défunt W. G. Sebald, à Andrew Motion, Paul Magrs, Michèle Roberts et à la promotion 2001 de l'UEA.

À celles et ceux qui se sont montrés aimables et m'ont apporté leur aide alors qu'ils n'en avaient nullement l'obligation : Rachel Calder, Catherine Clarke, Anna Whitelock, Mary Nathan, Max Porter, Martin Wroe, Miranda Doyle, Jill Dawson et Isobel Abulhoul. Merci à Kate Ahl et Andrew Hewitt, qui les premiers ont lu mon manuscrit avec intelligence et clairvoyance. À Gillian Stern, éditrice talentueuse, pour ses encouragements. À Aki Schilz de chez TLC, Julia Forster et au Bridport Prize.

Dans l'univers digne et attentionné des pompes funèbres, je remercie Billy Doggart, qui a coordonné l'extraordinaire effort des bénévoles à Aberfan, et son collègue Peter Gaunt, deux héros qui m'ont confié leur histoire dès le début. Merci à James Skeates de m'avoir ouvert cette fenêtre sur l'univers intérieur des embaumeurs et à Matthew King de m'avoir autorisée à le regarder travailler. À Adrian Haler d'avoir répondu à mes questions concernant les conditions de travail dans les années 1960 (toute erreur m'incombe). À Huw Lewis, auteur de *To Hear the Skylark's Song* et enfant d'Aberfan. À Tom Davies, journaliste qui couvrit la catastrophe et auteur de *The Reporter's Tale*, et au photographe Andrew Whittuck.

Merci à Mark Tinkler, Alastair Roberts et Jonathan Hellyer Jones qui ont tous généreusement partagé avec moi leurs histoires de choristes. À Helen Robbins et Millie Cant pour leurs conseils dans le domaine musical, et à Tim Boniface, que j'ai observé travailler avec un autre chœur peu conventionnel. À Derek Rice, de la Tate Gallery, pour les informations au sujet du musée dans les années 1960.

Merci à Arun Midha, Barbara et Chris Matthews, mes conseillers à Swansea. À Adrian Rees pour cette conversation décisive au sujet du titre. À Willie Williams et David Keleel pour cette retraite de rêve sans laquelle rien de tout cela n'aurait été possible. À Jacki Parris dont la chambre d'ami m'a servi de bureau toute une saison durant et dont l'amitié est présente en toute saison. À Miriam Ware pour sa sagesse.

Merci à Carol Holliday et Steve Shaw, Julia et Martin Evans pour toutes ces conversations et ces rires autour de la vie et de la condition humaine. À mes compagnes lors des festivals, Lesley Thompson et Kate Grunstein. Aux écrivains du jeudi matin et aux lecteurs du vendredi midi. À Isobel Maddison et à la communauté Lucy Cavendish, à Cathy Moore et aux amis du festival littéraire de Cambridge, qui m'ont nourrie au fil des années.

À ma mère et ma sœur, à Liam et Ada. À mes merveilleuses filles bien-aimées, Alice et Ruby, je suis tellement heureuse de vous rendre fières.

Enfin, mes remerciements commencent et se terminent avec John, mon meilleur ami depuis trente-huit ans, qui s'est franchement couvert de ridicule dans sa croyance indéfectible que ce jour viendrait.

Cet ouvrage a été composé et mis en page
par Nord Compo à Villeneuve-d'Ascq

Imprimé en France par
CPI Bussière
en juillet 2023
N° d'impression : 2072719

#lisez! engagé
www.lisez.com
Pour plus d'information :
Imprimé sur du papier issu de forêts gérées durablement.

Pocket – 92 avenue de France, 75013 PARIS

S33263/02